Chère Françoise,

# MURTHY

Bien amicalement,

[illegible]

Paris 1995

DU MÊME AUTEUR

*Le Magicien*, Fleuve Éditions, 2008 ; Pocket, 2009
*Le vent t'emportera*, Fleuve Éditions, 2010 ; Pocket, 2015
*Les Sirènes noires*, Fleuve Éditions, 2015 ; Pocket, 2025
*Les Rotules en os de mort*, nouvelle numérique
*La Porte du vent*, Fleuve Éditions, 2023 ; Pocket, 2024

JEAN-MARC SOUVIRA

# MURTHY

fleuvenoir

Fleuve Éditions
92, avenue de France – 75013 Paris
serviceclients@lisez.com


ISBN : 978-2-265-15664-7

Dépôt légal : octobre 2025

Pour Laure,
qui danse, rit, chante et m'enchante.
Elle ne retient que les meilleurs souvenirs
de sa très longue vie, ce qui fait sa force.
Continue.

« C’est très joli d’être innocent ;
il ne faut pas en abuser. »

Marcel Pagnol

# Prologue

Murthy Banerjee n'était pas téméraire. Il n'aimait pas le risque, fuyait le danger et la violence. Quand il se lança dans son activité occulte et lucrative, il était loin d'imaginer que c'était précisément ce qu'il avait convoqué dans son sillage. À l'extrême.

Ceci est son histoire.

# 1

Murthy, la visière de son casque intégral baissée, fonçait sur son scooter, un Yamaha TMAX 530. La plaque d'immatriculation, endommagée et laissée volontairement sale, était quasi illisible. Il suivait l'itinéraire programmé sur le GPS de son smartphone jusqu'au point de rendez-vous, reçu par WhatsApp, « devant le McDo, porte d'Asnières ». Il arriva dix minutes en avance. En profita pour tourner au ralenti dans le quartier. Murthy portait une attention toute particulière aux voitures stationnées qui auraient pu être celles de flics. Il se méfiait quand il y avait un ou deux types à bord qui ne bougeaient pas et qui donnaient l'impression d'être en planque. C'est ce qu'on lui avait appris. En cas de doute, il continuait son chemin et prévenait le commanditaire par SMS. Murthy n'avait jamais détecté quoi que ce soit. Il ne baissait pas la garde pour autant.

Pour cette treizième course, rien ne lui paraissait anormal. Une pluie fine commençait à tomber. Il repéra son contact qui sortait d'un taxi devant le McDo. Un grand bonhomme maigre, dégingandé, nerveux, qui se dévissait la tête à la recherche du coursier. Il serrait contre lui une sacoche ordinaire de couleur beige. Murthy l'observa environ une minute. Pas de danger. Il s'approcha à petite vitesse du taxi garé en double file, s'arrêta, releva la visière de son casque et échangea des mots brefs avec le type qui se tenait debout, à côté de la portière ouverte de la voiture, pressé de partir. La sacoche changea d'épaule. Murthy rabaissa sa visière d'un geste sec et, sans plus attendre, mit les gaz en direction d'une épicerie de la rue du Théâtre, dans le 15e arrondissement. L'endroit indiqué pour la remise.

À cet instant précis, et pour la première fois, Murthy fut confronté au danger. La violence, elle, s'invitera plus tard.

Une voiture de police surgit et tenta de lui barrer la route. Murthy faillit la percuter. Il hurla de peur dans son casque, mais ne s'arrêta pas. Un réflexe. Le taxi, lui, redémarrait tout juste quand il fut aussitôt bloqué par deux autres véhicules, gyrophares et sirènes actionnés. Des policiers en jaillirent, arrachèrent de son siège le grand type bileux, le plaquèrent au sol et le menottèrent. Celui qui dirigeait les opérations, un Asiatique aux cheveux longs attachés bas sur la nuque, criait de choper le mec qui s'enfuyait sur son scooter.

Murthy accéléra autant que possible sur les pavés glissants. Il rétablissait le scooter lorsqu'il dérapait à chaque coup de frein ou d'accélérateur. Dans les rétroviseurs, il voyait les phares des voitures de police se rapprocher. Murthy conduisait en apnée, les yeux exorbités, le cœur tapant les deux cents pulsations. Il fonçait, accompagné par le son grave du moteur du TMAX, dans ce théâtre urbain où les passants traversaient la route sans regarder, où les véhicules changeaient de file sans mettre de clignotants. Des piétons l'injurièrent de colère. Enfermé dans sa terreur, Murthy ne les entendit pas. Fuir, à tout prix, fuir. Les flics le talonnaient. Leurs sirènes hurlaient derrière lui, ajoutant à la panique.

Il grimpa sur un trottoir et prit de la distance grâce à la circulation dense qui ralentit ses poursuivants. Ces derniers peinaient à se frayer un chemin entre les voitures à l'arrêt. Murthy, la vision brouillée par la pluie, essuya de sa main gantée la visière de son casque. Il ignora quelques feux rouges sous les klaxons d'automobilistes furieux. Tandis qu'il slalomait entre les autobus, il ne vit que tardivement l'un d'eux qui quittait son arrêt. Il freina brutalement, dérapa sur l'asphalte et cogna la carrosserie de son épaule. Murthy tomba, son casque frappa le bitume. Le bus s'arrêta. Les voitures de police se rapprochaient. Les passagers, nez contre la vitre, regardaient le jeune homme tout de noir vêtu se relever à la hâte, redresser son deux-roues et s'enfuir.

Sous l'effet de l'adrénaline, Murthy ne sentait pas la douleur qui irradiait dans ses épaules et sa jambe gauche. Il fonça de nouveau sur un trottoir et, enfin, n'entendit plus les sirènes stridentes. La menace s'était également évanouie dans ses rétroviseurs. Il entra alors à vive allure dans la rue du Théâtre et pila devant l'épicerie. Un type l'attendait, il lui fit un signe discret. Murthy hurla « y a les flics », en même temps qu'il lui tendait la sacoche. Son contact lui remit une enveloppe, qu'il cala dans son blouson en redémarrant brutalement.

Deux minutes plus tard, les voitures de police déboulèrent dans la rue. L'homme avait préféré jouer la prudence et ne pas se montrer. Assis au fond d'un bar, la sacoche sous une banquette, il avait commandé un café, son journal à la main. Les flics continuèrent sans s'arrêter, mais, quelques encablures plus loin, abandonnèrent. À l'évidence, l'homme au scooter leur avait échappé.

Murthy, lui, avait toujours l'impression d'entendre les sirènes alors que personne ne le poursuivait. Secoué de spasmes, submergé par une terreur rétrospective, il ne parvenait plus à accélérer. À vitesse réduite, il regagna le restaurant dans lequel il travaillait.

Quand Murthy entra dans la salle, Raj, le patron, comptait la recette du déjeuner. Pendant qu'il parlait fort, en hindi, le téléphone coincé entre l'épaule et la joue, il lui indiqua la cuisine d'un geste qui signifiait : « Va terminer la plonge. »

L'esprit confus et le corps endolori après sa chute, il obéit. Il attacha son tablier d'une main tremblante. Il avait la bouche sèche, les jambes en coton et les battements de son cœur continuaient leur cavalcade. Il avala deux grands verres d'eau avec des antalgiques pour atténuer les douleurs qui se réveillaient. Les yeux fermés, vacillant, il s'appuya contre un mur de la cuisine, respira profondément plusieurs fois pour recouvrer son calme. Il venait d'échapper à une opération de police. Il envoya un WhatsApp à Imad, la seule personne du réseau qu'il avait vue. Et encore, qu'une seule fois.

« J'arrête », écrivit-il.

La réponse arriva dans la minute.

« Tu t'en es bien sorti. T'inquiète, la prochaine fois on va mieux gérer. »

Murthy effaça les messages. Il n'avait pas la lucidité suffisante pour décider quoi que ce soit.

# 2

Murthy Banerjee était un jeune homme de vingt et un ans, d'origine indienne, né à Paris. Il travaillait comme serveur et plongeur au Malabar[1], un restaurant qui proposait des spécialités du Bangladesh, du Pakistan, de l'Inde et du Sri Lanka. Un de ses cousins tenait ce commerce animé dans le secteur de la gare du Nord, surnommé Little Jaffna[2].

Dans les années quatre-vingt, de nombreux Indiens, surtout des Tamouls, poussés par la guerre qui sévissait au Sri Lanka, s'étaient exilés en France et établis dans le 10e arrondissement de Paris ainsi qu'à La Courneuve, en proche banlieue. Dans cette microsociété du sous-continent indien, certains emplois s'exerçaient par nationalité. Les cuistots étaient des Tamouls, les Bangladeshis des vendeurs à la sauvette, et les Indiens des commerçants. On ne comptait plus les centaines de devantures colorées : des bazars aux articles improbables, des épiceries devant lesquelles s'entassaient des sacs de riz du Pendjab, des restaurants aux plats épicés, mais aussi des boutiques de téléphonie et de transferts d'argent. Des agences de voyages côtoyaient des magasins de saris multicolores et de bijoux fantaisie, qui transformaient

1. Région littorale du sud-ouest de l'Inde.
2. En référence à la capitale de la province du Nord, au Sri Lanka.

les femmes en princesses. Les reines de Bollywood d'un jour trouvaient ici leur bonheur.

C'est dans cet environnement que travaillait Murthy, et les mille euros qu'il gagnait grâce à ce petit boulot servaient, pour partie, à financer ses études d'histoire. Ça, c'était son côté clair.

Son côté sombre, lui, le reliait à la myriade de coursiers qui transportaient l'argent du trafic de cannabis. Il n'était qu'un simple intermédiaire. Un maillon entre des personnes qui ne devaient jamais se rencontrer. Il faisait partie des petites mains indispensables au bon fonctionnement du business, et entre lesquelles circulaient des millions d'euros. Autant de mouvements de cash qui reposaient sur un engagement tacite : « Tu voles, t'es mort. »

Murthy avait obtenu ce job par hasard. Un de ses compatriotes et amis, qui bossait comme coursier, s'était planté avec son deux-roues. Hôpital pour des semaines. Il lui avait expliqué dans les grandes lignes en quoi consistait le travail, avait occulté l'origine des fonds transportés et banalisé les risques. Il avait surtout mis l'accent sur des billets faciles à gagner. Murthy avait besoin de cet argent, il avait accepté. Il avait rencontré un homme prénommé Imad, qui l'avait testé sur un premier transport. Un étudiant sans casier judiciaire, l'idéal. Il avait aussitôt été recruté. Voilà comment les choses s'étaient goupillées.

À chaque convoyage, il empochait cinq cents euros, soit la moitié de son salaire mensuel. Et comme il était sollicité quatre à cinq fois par mois, le compte était vite fait. On parlait de deux mille à deux mille cinq cents euros. Net d'impôts. Son patron, de bonne composition, était persuadé que Murthy gagnait de l'argent de poche en faisant le coursier, sans se douter du type de courses qu'il effectuait. Il acceptait donc que le jeune homme s'absente, mais jamais pendant les heures de pointe, et à condition qu'il rattrape ses absences en prolongeant le service. Aux yeux de tous, Murthy passait pour un gamin courageux et responsable.

Son père, Iswaran Banerjee, un homme âgé et respectable, exerçait comme écrivain public dans une boutique du quartier, qui vendait aussi des cartes téléphoniques et du petit matériel informatique. Il ressentait une fierté toute particulière pour son fils.

« Bientôt, répétait-il souvent à son épouse, analphabète, notre fils sera professeur d'histoire. Tu te rends compte ? Professeur d'histoire ! Alors que moi, à son âge, je découpais des bateaux au chalumeau à Alang[1]. Depuis mes douze ans, je respirais de l'amiante, et je pataugeais dans une eau tellement polluée que nous étions tous malades. Rappelle-toi quand nous nous sommes mariés, je ne gagnais même pas un dollar par jour et ne possédais que ce que j'avais sur moi. Et lui sera professeur d'histoire, en France ! »

Quand Iswaran s'arrêtait de parler, des étoiles plein les yeux, son épouse souriait, lui serrait les mains et l'embrassait.

Murthy allait se marier dans quatre mois avec Malini, une jeune Indienne, également étudiante en histoire. Après ça, il arrêterait tout. Malini ignorait l'activité obscure à laquelle son fiancé se livrait. Déjà six mille cinq cents euros planqués chez lui, qui correspondaient à treize transports. Une vraie fortune. Douze réalisés sans anicroche, le treizième, catastrophique. Le petit Indien mince, comme il était surnommé, grâce à sa réputation de sérieux, d'intelligence et de débrouillardise, avait très vite été repéré par ceux qui l'employaient.

En début de soirée, Murthy, son travail terminé, accrocha son tablier à un clou dans la cuisine. Pour évacuer le stress de la course-poursuite, il avait mis de l'ardeur à nettoyer la cuisine et à ranger les ustensiles. Raj, son cousin, afin de le

1. Ville côtière de l'État du Gujarat, à l'ouest de l'Inde, connue pour ses chantiers de démolition navale.

remercier, offrit pour ses parents des samossas aux légumes, des *vadas* – ces beignets aux lentilles blanches –, du riz et du fromage. C'était un mardi, et les Indiens ne mangent pas de viande le mardi. Ni le vendredi, d'ailleurs. Des jours considérés comme sacrés.

19 h 30. Le temple de Ganesh de la rue Pajol fermait à 20 heures. Murthy estima que, avec le TMAX, il y serait en moins de cinq minutes. Il lui fallait, avant de rejoindre ses parents, s'y arrêter pour faire taire ses angoisses. Un sas. Il y trouverait des gens paisibles cherchant l'harmonie du corps et de l'esprit.

Sur le seuil de ce lieu de prières, il enleva ses bottes et les rangea dans les casiers métalliques installés le long de la porte d'entrée vitrée. Il salua d'un signe de tête deux femmes en sari, des clientes du restaurant, qui berçaient dans leurs bras de jeunes enfants. Des hommes se recueillaient devant les statues à tête d'éléphant du dieu Ganesh. L'odeur entêtante des bâtonnets d'encens se mêlait à celle des nombreuses fleurs qui décoraient le temple. Murthy s'assit, le dos bien droit, face à une statue du dieu Shiva. Il ferma les yeux, respira profondément, et débuta la prière par *Om Namah Shivaya*[1], avant d'égrener la liste de ses souhaits, dont le premier était : « Je vous en prie, ne m'abandonnez pas. » Le jeune homme comptait puiser dans l'hindouisme la sérénité et le calme. Il en avait besoin.

À 20 heures, apaisé, il quitta le temple. *Plus que quatre mois. À la fin, je n'aurai pas loin de vingt mille euros, je pourrai payer les noces.* Il essayait de se rassurer, car pour aller au bout de son projet, renoncer à convoyer le cash n'était pas une option. *Les divinités sont avec moi, elles m'ont protégé.*

---

1. « Salutations à Celui qui est de bon augure. »

# 3

Le mamba noir, l'un des serpents les plus mortels au monde, s'enroulait autour de son bras gauche et plantait ses deux crochets venimeux dans son épaule. L'homme souleva lentement son bras musclé, le regard fixé sur les yeux sombres du reptile. Il admira ensuite les écailles d'un brun métallique, qui luisaient au soleil. Ensuite, il tourna le visage et observa son bras droit. Un autre mamba, celui-ci dans les gris-vert, s'enroulait de manière identique. Là aussi, la gueule béante laissait entrevoir deux crochets plantés dans l'épaule. Il effleura de la main la tête du reptile comme s'il la caressait. *Le tatoueur est un génie, ils sont plus vrais que nature*, se dit-il.

Accoudé à la portière de la voiture, il contempla encore un moment le serpent qui paraissait dormir au soleil. Sa passagère, une grande jeune femme, blonde et mince, soupira.

— Franchement, tu n'en as pas marre de contempler ces horreurs ?

Le conducteur, agacé par cette remarque déjà entendue mille fois, répliqua sans la regarder ni hausser le ton :

— Elvire, tu ne comprendras jamais rien.

L'homme s'appelait Miller. Mais rares étaient ceux qui le connaissaient par son nom. Dans le milieu du tatouage, des bars de nuit de la capitale et du monde interlope qu'il côtoyait, il répondait au surnom de Mamba.

Mamba regarda l’horloge du tableau de bord.

— 15 h 30. On fait quoi ? Y a que toi qui es en contact avec Tonio. Répète ce qu’il a dit exactement.

— Tu es lourd ! Il m’a dit que ça se passerait place de la Nation à 15 h 30, et qu’il appellerait pour nous donner des précisions, lâcha Elvire. On peut encore attendre un peu, non ?

— Je lui laisse une demi-heure et après on se casse. Je n’ai pas envie de traîner dans le coin. À force, on va se faire repérer.

— Roule, si ça peut te rassurer.

Mamba repartit à petite vitesse et, les yeux rivés sur les rétroviseurs, fit une nouvelle fois le tour de la place de la Nation, peu fréquentée pour un samedi après-midi. Le téléphone d’Elvire vibra. Elle prit l’appel. Se contenta de réponses monosyllabiques. Minimalistes. Durée de la communication : moins de vingt secondes.

— Gare-toi près de l’Irish Pub. Le type va sortir du métro et filer le sac à un mec en scooter. C’est prévu à 16 heures pile.

— OK.

Mamba entra au ralenti dans la rue Fabre-d’Églantine et s’engagea à gauche dans la contre-allée. Il stationna sur une place réservée aux livraisons, à l’angle de l’avenue du Bel-Air, face à l’Irish Pub, situé une vingtaine de mètres devant.

Depuis les travaux réalisés par la Ville, la place offrait davantage d’espace aux cyclistes et aux piétons. Là, des gamins se livraient à des courses de trottinettes sous le regard anxieux de leur mère, des flâneurs patientaient devant une baraque à crêpes, d’autres feuilletaient des revues au kiosque à journaux à côté d’une sortie du métro. Un vieux monsieur élégant promenait en laisse quatre chihuahuas couleur sable, qui ne dépassaient pas les deux kilos chacun.

La terrasse de l'Irish Pub était partiellement occupée en cet après-midi d'avril. Les badauds profitaient des premiers rayons de soleil après un hiver passé sous un ciel plombé. Devant le bar, plusieurs vélos, dont certains aux roues ou à la selle manquantes, attachés à des arceaux métalliques, formaient un tas de ferraille. Un air doux pénétrait par les vitres ouvertes de la 407. Pas de type à scooter en vue.

Mamba alluma une Marlboro avec un Zippo acheté bien des années plus tôt dans une boutique de surplus militaire, à l'occasion d'un long périple aux « States », comme il aimait à le dire. Le briquet portait l'écusson de la 1re division de cavalerie de l'US Army, un blason jaune barré d'une diagonale noire, sur lequel figurait la tête d'un cheval dans la partie supérieure. Une unité d'hélicoptères qui s'était illustrée pendant la guerre du Vietnam, et que les cinéphiles avaient découverte grâce à des scènes d'anthologie dans le film *Apocalypse Now*. Mamba fit claquer le couvercle de son Zippo en signe d'impatience.

— Passe-moi une clope et arrête avec ce briquet, c'est énervant. Le gars ne va pas tarder, sois patient.

Mamba jeta un coup d'œil à sa montre, une Panerai Luminor Marina à huit mille deux cents euros. Elle indiquait 15 h 55.

— Elvire, prends le volant.

À 16 heures, un scooter blanc arriva et se positionna face à la sortie du métro. Le conducteur du deux-roues laissa tourner le moteur au ralenti et ne bougea pas de sa selle. Il n'enleva pas non plus son casque, un modèle ouvert qui permettait de voir le visage au teint pâle d'un jeune homme et quelques cheveux blonds. Le coursier manifestait des signes d'inquiétude. Il regardait de tous les côtés et ses mains s'agitaient sur les poignées du scooter. *Très jeune, soixante kilos tout mouillé, vraiment pas une menace*, estima Mamba. Appuyé contre l'aile avant gauche de la 407, une cigarette à la main, il se donnait une contenance en faisant semblant de consulter son téléphone. À aucun moment il ne croisa le regard du gamin.

16 h 04. Mamba, les yeux rivés sur la bouche du métro, devait repérer un homme qu'il ne connaissait pas. Tout d'abord, des groupes de jeunes gens déboulèrent sur l'esplanade en riant et en courant, suivis de personnes moins pressées, puis de parents avec leurs enfants. Les sorties s'espacèrent ensuite progressivement. Et il n'y eut plus rien. Mamba ne bougea pas.

16 h 06. Un type moustachu, corpulent, râblé, la cinquantaine, une sacoche en bandoulière serrée contre la poitrine, finissait de gravir les marches avec difficulté. Il s'arrêta une fois en haut pour reprendre son souffle et chercha du regard le coursier. Léger signe de main de celui-ci, qui sembla enfin se détendre un peu. Elvire démarra le moteur. Mamba écrasa le mégot.

16 h 07. Le moustachu se dirigea vers son contact. La sacoche changerait de main dans dix secondes. Les deux hommes ne perçurent la menace que lorsqu'un grand type porteur d'une casquette et de lunettes de soleil entra dans leur champ de vision. Les mouvements s'accélérèrent. Mamba arracha la sacoche au moustachu, qui voulut résister. Un direct au foie lui coupa le souffle. Il s'écroula à genoux en se tenant le ventre, la bouche grande ouverte comme un poisson hors de l'eau. Derrière ses Ray-Ban, Mamba croisa le regard bleu effrayé du jeune coursier. Un coup de pied dans la cuisse le déséquilibra, entraînant dans sa chute le scooter.

Elvire transpirait. Un mélange de nervosité et de peur. Ce n'était pourtant pas la première fois qu'ils se livraient à ce genre d'action. Elle frotta les paumes de ses mains sur son jean, enclencha une vitesse et avança lentement la voiture. Attirer le moins possible l'attention. Quelques personnes en terrasse avaient levé les yeux de leur smartphone. Le bruit de la chute du scooter sur le bitume les avait alertés. Aucun d'entre eux ne pensa néanmoins à filmer la scène, dont ils n'avaient pas vu le début, ni compris quoi que ce soit. Pas de bagarre, pas de cri, pas de hurlement, pas de cavalcade. Ils replongèrent le nez sur leur écran.

16 h 10. Mamba, sans se retourner, fit les quelques pas qui le séparaient de la voiture. Il s'installa et referma la portière sans la claquer. Elvire quitta aussitôt la place de la Nation. Personne ne remarqua le départ du véhicule. Et bien malin celui qui aurait pu citer sa marque ou sa couleur.

16 h 11. Le gros moustachu se releva avec difficulté et aida le jeune coursier à s'extirper du deux-roues.

— J'ai rien vu venir, haleta l'homme, le buste courbé, les mains appuyées sur ses genoux.

Le conducteur du scooter pleurait à la fois de douleur et de peur.

— Moi non plus. On croira jamais qu'on a été attaqués ! On va nous accuser d'avoir tiré l'argent de la came, on est morts.

— C'est bon, je sais qui prévenir. Barre-toi et boucle-la. Il ne va rien nous arriver.

# 4

La Peugeot 407 s'engagea dans l'avenue du Trône et prit la direction de Vincennes.

— C'est calme derrière, dit Elvire, qui regardait sans cesse dans les rétroviseurs.

— Tant mieux.

— Tu avais bien mis une nouvelle immatriculation ?

— Évidemment ! J'avais repéré pas mal de 407 de la même couleur que la nôtre, il me reste quelques jeux de plaques en stock.

— OK. Mais je me demande s'il ne faudrait pas changer de voiture quand même…

— Pourquoi ? Elle est parfaite, celle-ci. Anonyme, banale, la citadine de monsieur Tout-le-Monde.

Elvire, une vingtaine de minutes plus tard, rentra la voiture dans un box. La porte rabattue, à l'abri des regards indiscrets, Mamba ouvrit la sacoche et en sortit sept liasses de billets serrées par des élastiques. Il en défit une et compta.

— Trente mille. Recompte.

Elle prit son temps et recompta.

— Exact. Trente mille. Il y a sept liasses. Deux cent dix mille. Soixante-dix mille chacun. Tu planqueras la part pour Tonio.

Elvire acquiesça et ils se séparèrent. La jeune femme vivait au dernier étage d'un grand appartement dont les fenêtres donnaient sur le parc Monceau, cette partie très chic du 17e arrondissement. L'immeuble haussmannien, un parmi tant d'autres, appartenait à sa richissime de mère. Mamba, de son côté, louait un deux-pièces au troisième étage d'un bâtiment quelconque dans une rue sans charme du populaire 19e arrondissement. Les deux comparses et Tonio possédaient désormais chacun la somme de cinq cent cinquante mille euros, extorqués de la même façon.

Elvire rentra chez elle et enferma son argent, ainsi que la part de Tonio, dans un coffre-fort mural. Après avoir pris un bain, elle se désola, comme à son habitude, de l'image renvoyée par le miroir en pied, qu'elle essuya pour en enlever la buée. *Une femme longiligne sans forme, des cheveux coupés trop court et teints dans un blond presque blanc… Mon visage aurait pu être sympa si je n'avais pas cette putain de bouche tombante, qui me donne l'air de toujours faire la gueule ou, pire, de mépriser les gens.* En peignoir, assise sur le rebord de sa baignoire, elle lut, plus par réflexe que par intérêt, les publications de ses « amis » sur Facebook. Dans la soirée, elle se fit livrer des sushis qu'elle picora sans faim en écoutant le CD de Bertrand Belin, *Tambour vision*. Installée sur son canapé, les jambes repliées sous elle, elle se laissa emporter par la voix du chanteur aux intonations proches de celles de Bashung, et fredonna avec lui une de ses chansons préférées, « La Nouvelle ». Quand elle s'endormit, le jour n'allait pas tarder à se lever.

Mamba gara sa voiture dans un parking qu'il louait à proximité de son appartement. Près de l'entrée de l'immeuble, sous le porche d'un commerce abandonné, un clochard avait élu domicile. Il répondait au prénom de Cyrus. Il faisait partie intégrante de la rue avec ses affaires rangées dans deux Caddies et son matelas. Cyrus mangeait des sardines à même la boîte de conserve lorsque Mamba s'arrêta devant lui, deux canettes de bière fraîches à la main.

— Salut, Mamba ! En vadrouille ?

L'homme essuya d'un revers de manche l'huile qui lustrait son imposante barbe blanche.

— Comme toujours, jeune homme.

Cyrus partit d'un rire franc.

— Jeune homme ? Oui, avant. Tu veux que je te montre à quoi je ressemblais quand j'étais un jeune homme ?

Amusé, Mamba observa Cyrus farfouiller dans une poche intérieure de sa veste. Il en sortit une photo aux couleurs passées. Elle représentait un homme d'une vingtaine d'années sur une plage, athlétique, bronzé, entouré de jeunes filles en maillot de bain. Mamba sourit.

— Tu devais faire un carton !

— Je me défendais pas mal, approuva Cyrus d'un rire qui secoua son gros ventre. C'était avant 1979, quand les femmes de mon pays étaient libres et pas recouvertes de voiles noirs.

D'origine iranienne, Cyrus avait débarqué en France dans les années quatre-vingt-dix et, de déboires conjugaux en faillites professionnelles, avait échoué dans cette rue quelques années plus tôt. Mamba s'était pris d'amitié pour cet homme original et attachant qui refusait toute aide sociale. Il lui donnait des vêtements, des paquets de cigarettes et des piles pour sa radio. Cyrus l'écoutait à longueur de journée à l'aide d'un petit écouteur fiché dans une oreille. Quelques habitants du quartier se montraient également généreux envers lui, le confortant dans son mode de vie.

Mamba ouvrit les canettes, retira l'emballage qui enveloppait une boîte de cigarillos, en tendit un à Cyrus et les alluma avec son Zippo. Des gestes devenus habituels entre les deux hommes. Pendant qu'ils buvaient leur bière, ils discutaient de tout et de rien, comme de vieux amis.

En réalité, un autre lien existait entre eux. Celui de la connivence. Cyrus, quand il ne connaissait Mamba que de vue, avait en effet constaté que ce dernier se retournait fréquemment avant de rentrer chez lui la nuit. Et que, chaque matin, il marquait un temps d'arrêt sur le pas de la porte de l'immeuble pour observer les alentours avant de s'engager dans la rue. C'était ainsi que leur relation avait commencé.

Un jour, Cyrus, intrigué par l'attitude de son voisin, avait dit sur le ton de l'humour et de sa voix grave : « La voie est libre, tu peux y aller. » Mamba avait souri sans un mot, avait traversé la rue pour entrer dans le bar où il prenait quotidiennement le petit déjeuner. Un bar-tabac de quartier qui réunissait les lecteurs du *Parisien*, les addicts aux jeux de grattage, ceux qui râlaient face à l'augmentation du prix du tabac, de l'essence et des impôts, ceux qui s'agaçaient après un match de foot décevant du PSG… Bref, un bar-tabac de quartier. Le barman, un mec sec et court sur pattes, la lèvre ornée d'une moustache fine et peu fournie, avait l'habitude d'accueillir ce client taciturne et taiseux d'un « Bonjour, comment qu'ça va bien aujourd'hui ? ». Ce à quoi Mamba répondait par un simple hochement de tête. Le garçon de café, sans doute encouragé par ce silence, poursuivait par un sempiternel « Un p'tit café crèèème et un croissant ? ». Mamba se taisait, il avait juste envie de lui coller une baffe et de lui dire de fermer sa gueule de blaireau. Ce matin n'avait pas dérogé à la règle. Son petit déjeuner expédié, il avait en revanche commandé un café à emporter. Quelques instants plus tard, Mamba s'était planté devant Cyrus, lui avait tendu le gobelet et avait scruté le bonhomme sans parler. Cyrus avait soutenu son regard sans ciller. Mamba s'était alors accroupi pour être à sa hauteur et lui avait dit : « Faut qu'on parle. » C'était il y a plus d'un an, et leur lien s'était petit à petit transformé en amitié.

Tout en buvant une gorgée de bière, Mamba glissa cinquante euros en billets de dix dans la main de Cyrus, comme il le faisait chaque semaine. Au début, cette remise d'argent avait été une contrepartie de la vigilance qu'exerçait le clochard. Puis, un soir, celui-ci avait rétorqué : « Mon ami, je peux ouvrir l'œil sans cet argent. » Mamba avait haussé les épaules et s'était contenté de répliquer : « Moi, ça me fait plaisir. » Le fait est que Cyrus protégeait les arrières de ce solitaire et, en homme avisé, ne posait jamais de question. Il prêtait notamment attention aux allées et venues des gens et des voitures qu'il ne connaissait pas et qui auraient pu s'intéresser à l'immeuble où vivait son ami. Jusqu'ici, rien de particulier ne s'était produit, pourtant Cyrus ne baissait jamais la garde malgré son air bonhomme.

— Tout va bien ? La rue est calme ?

— D'une tranquillité absolue.

# 5

L'appartement de Mamba était petit. Une location meublée de bric et de broc, à l'exception d'une télé grand écran avec home cinéma. L'odeur de tabac froid, persistante, imprégnait tout. Une ampoule nue pendait du plafond de la chambre au bout de fils électriques torsadés. Elle éclairait d'une lumière froide un lit défait où deux oreillers étaient tassés l'un sur l'autre. Dans le petit salon, même ambiance. Ici, la lumière du jour ne pénétrait jamais, puisque les volets étaient en permanence fermés. Par certains côtés, cet endroit ressemblait davantage à un squat qu'à un lieu de vie. Une penderie contenait quelques habits ordinaires. Le seul vêtement de valeur était un Perfecto de la marque Schott acheté mille cinq cents dollars à New York.

L'élément central de la pièce à vivre était un terrarium agrémenté de branches tortueuses et de plantes artificielles. Un mamba noir d'un an, qu'il s'était procuré illégalement en Belgique auprès d'un trafiquant de reptiles, s'enroulait autour d'une de ces branches. Mamba s'accroupit et regarda le serpent qui présentait des signes de nervosité. Le haut de son corps dressé se balançait de droite à gauche. Fasciné, Mamba ne quitta pas des yeux l'animal. Avec des gestes lents, il positionna une sangle en caoutchouc de manière à enserrer les quatre côtés vitrés, puis il fit pivoter le terrarium fixé sur un plateau amovible, découvrant ainsi un coffre avec une petite ouverture. Il enfonça les soixante-dix mille euros, qui rejoignirent le reste de l'argent et fit ensuite l'opération inverse. Le reptile n'apprécia pas ces mouvements qui perturbaient son environnement. Gueule noire largement ouverte aux crochets impressionnants, il se précipita sur la vitre à quelques centimètres du visage de Mamba, qui, par réflexe, recula vivement.

Il s'adressa au serpent en souriant :

— Putain, tu me fais le coup chaque fois, mais tu me files toujours autant les jetons. Pourtant, je m'y attends...

En début de soirée, Mamba ressortit. Il lança un petit signe amical à Cyrus en passant près de son campement, et fila jusqu'à sa voiture. Aux aguets, mais avec une décontraction feinte, il traversa Paris. La circulation, comme souvent, était laborieuse, et il se gara quarante-cinq minutes plus tard rue de Tolbiac, dans le 13e arrondissement, à quelques centaines de mètres d'un salon de massage asiatique où il avait ses habitudes. *Il faudra que j'en change*, se dit-il. *La routine, ce n'est jamais bon.*

Il s'agissait d'un de ces innombrables lieux de prostitution qui pullulaient dans la capitale, devant lesquels les hommes jetaient des regards furtifs avant d'en pousser la porte vitrée et d'y entrer rapidement. À l'intérieur, une des filles, vêtue seulement d'un kimono en satin bleu orné de fleurs jaune et rouge, reconnut l'homme. C'était le seul client qui portait sur sa poitrine et ses bras des tatouages épouvantables qui la mettaient mal à l'aise. Elle lui adressa un sourire commercial avec un mot de bienvenue auquel il ne répondit pas, et lui indiqua une alcôve. Mamba posa un billet de cent euros sur une console où un chat porte-bonheur agitait une patte sans discontinuer. La fille referma la porte, alluma un bâtonnet d'encens et enclencha un CD de sons de la nature. Elle défit ensuite son kimono. Mamba se déshabilla, s'allongea sur le dos sur la table de massage, ferma les yeux et se laissa faire.

Plus tard, il dîna dans un restaurant des Champs-Élysées. Un plat banal, mais une addition astronomique. Il s'en foutait, il avait de l'argent. Lorsqu'il rentra chez lui, vers minuit, Cyrus ne dormait toujours pas. Assis sur son matelas, il écoutait les cours de la Bourse dans le casque relié à sa radio.

Au regard interrogatif de son ami, Cyrus répondit d'un pouce levé.

# 6

Sur la terrasse ombragée d'une luxueuse villa des environs de Tanger, au Maroc, loin des bruissements de la ville, Rachid Mansouri, entouré de ses fidèles, tenait une sorte de conseil de guerre. Assis autour d'une table sur laquelle il y avait abondance de fruits, de pâtisseries, de thé et de jus de fruits, les convives attendaient que le chef se serve avant de se servir eux-mêmes.

À la tête du plus gros réseau de narcotrafic qui arrosait l'Europe en résine de cannabis, le milliardaire franco-marocain était devenu le maître de la mer d'Alborán[1], et faisait l'objet de nombreux mandats d'arrêt. Surnommé El Dorado en raison des lourds bijoux en or – montre, chaînes, bagues, gourmettes… – dont il était affublé, celui-ci n'accordait aucune importance aux demandes d'arrestation et d'extradition. D'ailleurs, quand ses proches l'interrogeaient à ce sujet, il répondait invariablement, avec un haussement d'épaules et d'un ton désabusé : « Je m'en fous de ces conneries, c'est que de la paperasse. Une bonne grosse liasse de billets empêchera toujours que ces mandats soient exécutés. »

1. Partie de la mer Méditerranée, comprise entre la péninsule Ibérique au nord, le Maghreb au sud et le détroit de Gibraltar à l'ouest.

Sur les photos des mandats, on pouvait voir un homme de taille moyenne, âgé de soixante ans, en surpoids, aux cheveux bruns clairsemés et plaqués en arrière. Somme toute, un gros type d'aspect ordinaire. Ou presque. Car deux petits yeux d'un noir vif, enfoncés dans la boule de graisse de son visage, démentaient cet air inoffensif. Personne, en effet, ne soutenait son regard perçant, sauf à s'en faire un ennemi. Or le détail de ses crimes et les poursuites judiciaires encourues s'étalaient sur assez de pages pour dissuader quiconque de le défier.

À l'abri de hauts murs d'enceinte, l'imposante villa, ses dépendances et le parc étaient protégés par un système sophistiqué de vidéo et par des hommes armés de kalachnikovs. Mais la tranquillité de la famille Mansouri reposait également sur les attentions particulières de membres de la police et de la gendarmerie royale qui, grassement payés, patrouillaient autour de la propriété.

Pour l'heure, en tout cas, deux hommes de confiance, Vialle et Dalmasso, se tenaient non loin d'El Dorado. Vialle, fasciné par les mafieux japonais, exhibait un corps entièrement recouvert de tatouages exécutés par un artiste nippon à Tokyo. C'était là le seul ancrage de ce Parisien de naissance avec le pays du soleil levant. Dalmasso, quant à lui, se passionnait pour la cuisine italienne. Niçois d'origine, il fallait sans doute chercher cet intérêt culinaire dans une relative proximité géographique. En dehors de ça, Vialle et Dalmasso étaient des taiseux. Physiquement, ils se ressemblaient : grands, minces, bruns, vêtus de costumes de marque. Vialle portait les cheveux longs noués en catogan, Dalmasso les avait courts. Tous deux contrôlaient d'une main de fer les équipes qui transportaient la came du Maroc jusqu'en Espagne et en France. Et sur ordre de Rachid Mansouri, ils éliminaient, à l'occasion, ses ennemis. El Dorado n'avait aucun secret pour ses hommes de confiance.

Les deux jeunes femmes et les trois hommes qui se tenaient sur la terrasse ce jour-là – le premier cercle de Rachid Mansouri –, celles et ceux avec lesquels il pilotait le trafic de drogue, savaient que l'orage allait éclater. Soudain, El Dorado écrasa sa cigarette dans un cendrier.

— J'ai deux trucs à vous dire qui me foutent en rogne. Le premier, c'est qu'en milieu de semaine dernière, les flics ont failli choper un de nos coursiers. Le gamin est démerdard, il les a largués et a livré le fric. J'ai demandé à Imad d'avoir un œil sur lui. Qu'est-ce que ça nous apprend ? Que la police française est sur notre dos.

El Dorado alluma une nouvelle cigarette et s'adressa à son frère, assis en face de lui.

— Sofiane, je veux que tu essaies de choper des infos là-dessus. Et sinon, le second truc qui me casse vraiment les couilles, dit-il en haussant la voix, c'est l'attaque de nos collecteurs par une équipe de connards.

Sur ces mots, Rachid leva la main gauche à hauteur de son visage écarlate de colère, et écarta ses doigts chaussés de lourdes chevalières en or.

— Cinq fois ! Cinq fois en six mois qu'ils se font braquer. Et ça a recommencé hier, toujours à Paris. C'EST MON PUTAIN DE FRIC ! hurla-t-il.

Le narcotrafiquant insista sur ces six syllabes pour exprimer sa rage.

— Personne s'attaque à Mansouri, vous entendez ? PERSONNE ! Et pourtant, quelles réactions il y a eu de notre part depuis le début ? ZÉRO, vous entendez ? ZÉRO. Aucun de vous s'est bougé le cul pour faire cesser ce bordel.

Le chef mafieux ne parvenait plus à contenir sa fureur. Face à lui, personne n'osait prendre la parole. El Dorado se versa une tasse de thé et mangea des quartiers de mangue en faisant claquer sa langue. Silence du petit groupe. Enfin, il se tourna vers une des deux jeunes femmes et fit signe, d'un geste circulaire de la main, à tous qu'ils pouvaient se servir.

— Noémie, redis-moi combien on m'a volé.

— Un million six cent cinquante mille euros, répondit sa collaboratrice, formée dans une école de commerce, en France.

— Même pas une goutte d'eau. Mais j'vais rien laisser passer pour autant. Enfoncez-vous bien ça dans l'crâne. RIEN. Leïla, un avis sur ce merdier ?

— Je suis d'accord avec toi, les pertes sont résiduelles, approuva la logisticienne, elle aussi issue d'une école spécialisée française. Je ne recommanderais pas de mettre en place un autre système de collectes : ce serait long, compliqué et ça pourrait nous désorganiser un moment.

— C'est vrai, admit Rachid Mansouri. Sofiane, mon frère, je t'écoute.

— On peut surveiller nos équipes.

— À voir. Une autre idée ?

Silence embarrassé du petit groupe.

— Je vois que vous n'avez rien d'intéressant à proposer, soupira El Dorado, exaspéré. On se verra plus tard. Sofiane, tu restes. D'un geste de la main il fit signe à Vialle et Dalmasso de ne pas les suivre.

Rachid Mansouri demeura seul avec Sofiane, son frère cadet âgé de trente-cinq ans, la seule personne en qui il avait une confiance absolue, même s'il le trouvait trop mesuré à son goût. C'était un homme mince, élégant, avec un début de calvitie, une barbe de trois jours soignée, et des lunettes de vue rondes aux fines montures en métal. Rachid était démonstratif et vulgaire, Sofiane tout l'inverse. Il dirigeait des bureaux de change à Dubai, conçus pour blanchir les centaines de millions d'euros engendrés par le trafic de drogue de son frère.

Tandis qu'ils se promenaient dans la vaste propriété, l'aîné des Mansouri se mit à triturer une énorme chaîne en or qui pendait à son cou, puis retroussa les manches de sa chemise blanche Armani. Volubile, il parlait avec de grands gestes :

— Sofiane, tu dois bien faire gaffe. Rien ne roule jamais comme prévu. Au fait, comment ça s'est passé à Ouezzane ?

— Mal. Des fellahs déchaînés nous accusent de surexploiter les nappes phréatiques et d'épuiser les cours d'eau pour irriguer nos champs de cannabis ! Ils ont saccagé la place du marché en criant qu'ils crevaient de faim et qu'ils exigeaient l'accès à l'eau potable. J'étais chez le wali[1] quand tout a dégénéré. J'ai vu l'émeute depuis sa fenêtre.

— Qu'est-ce qu'il a dit ?

— D'après toi ? Il m'a dit texto : « Tu vois, Sofiane, combien ça me coûte pour vous laisser bosser, ton frère et toi : une fortune ! » Je lui ai donné un très gros paquet de pognon pour qu'il arrose tout le monde. Je sais qu'il va en garder au moins la moitié pour lui.

— Tu as fait ce qu'il fallait, comme ça, on est peinards.

Les deux hommes continuèrent de marcher en silence, les mains enfoncées dans les poches de leur pantalon, absorbés par leurs pensées.

— Est-ce que tu as une idée, toi, pour choper ceux qui nous braquent ? demanda Sofiane.

Rachid Mansouri prit quelques secondes de réflexion avant de répondre :

— On va faire comme les flics. Quand ils ont une grosse merde sur les bras, genre un meurtre dans la rue, ils interrogent tous ceux qui passent dans le quartier. Jusqu'à ce qu'ils tombent sur quelqu'un qui a vu quelque chose.

— D'accord, mais c'est risqué, on n'est pas des flics !

Rachid balaya d'un revers de main l'objection de son frère.

1. Gouverneur.

— Pour commencer, on va se concentrer sur le braquage d'hier, celui de la place de la Nation. Appelle Nordine. Dis-lui de trouver un mec et une nana présentables, habillés correct et parlant sans accent, qu'ils se fassent passer pour des flics.

— Facile, il a un gros réseau.

— Faudra bien briefer ceux qui iront. Je veux qu'ils s'y collent tous les samedis après-midi jusqu'à ce qu'ils mettent la main sur une info.

— Tu sais quoi ? Plutôt que d'appeler Nordine, je vais aller en parler avec lui à Paris. On va régler ça là-haut.

— Tu as raison, c'est toujours mieux que ces putains de portables. Te fais pas choper par les flics. Un de mes contacts m'a confirmé que tu avais un mandat d'arrêt au cul, comme moi d'ailleurs. Sauf que, moi, je m'en tape.

— Je sais comment m'y prendre, j'ai de faux papiers, pas d'inquiétude.

Rachid Mansouri acquiesça, puis il s'arrêta et se tourna vers son frère.

— Sofiane, je sais pourquoi ça coince. Côté livraison de la came, vente, retour du fric, ça roule. Le point de faiblesse, ce sont les collecteurs. Ça fait un moment que je me dis qu'il faut serrer la vis.

— Et donc ?

— Je veux que tu lâches un peu la machine à calculer et que tu t'occupes de ceux que tu n'aimes pas. Montre les dents.

— D'accord, répondit Sofiane, sans afficher un enthousiasme délirant.

— Il va falloir buter quelques bouffons qui la ramènent trop. Même si ce n'est pas eux qui tirent notre fric, ça va se savoir, ça devrait calmer tout le monde.

# 7

Le lendemain de cette discussion à Tanger qui le concernait en partie sans qu'il le sache, Murthy entra dans la boutique de son père, « Iswaran Banerjee – Écrivain public ». Le tintement aigrelet de la porte attira l'attention de celui-ci. Assis au fond de la pièce, concentré sur le clavier d'un ordinateur, il rédigeait un texte en tapant à deux doigts.

— Je termine, j'en ai pour cinq minutes, le client ne va pas tarder à venir chercher ma traduction.

La pendule affichait 12 h 30. Murthy déposa sur le comptoir des lunch-box, comme il avait coutume de le faire deux fois par semaine. Avec un sourire, et beaucoup de fierté, il laissa son regard se promener sur les cadres qui ornaient tout un pan de mur, bien qu'il les connaisse par cœur. Ils racontaient, plus qu'un long discours, le parcours de son père. Il le voyait, toujours avec émotion, jeune, très maigre, déguenillé, pieds nus en équilibre sur une poutrelle métallique. Un chalumeau à la main, il découpait les tôles d'un navire échoué dans le cimetière des bateaux d'Alang. Plusieurs photographies en noir et blanc montraient ainsi son père, malgré tout souriant, entouré d'adolescents comme lui. Ils travaillaient dans une mer polluée, irisée par les rejets d'hydrocarbures, qui les ceinturaient jusqu'à la taille. Là-bas, des dizaines de navires attendaient d'être démantelés par des hordes de mendiants.

Sur d'autres clichés, Murthy se reconnaissait, bébé, venant de naître à Paris, blotti dans les bras de ses parents. Suivaient des photos de ses sœurs. Iswaran Banerjee était devenu un autre homme. Des diplômes présentaient son ascension sociale. Ils attestaient de son assiduité aux cours de français dispensés le soir et de l'excellence des notes obtenues. Mais celui que le père et le fils contemplaient avec le plus de vanité, c'était la certification d'écrivain public, qui assurait sa capacité à exercer ce métier.

Le tintement de la porte sortit Murthy de ses songes. Le client venait retirer sa traduction. Une fois celui-ci parti, Iswaran Banerjee ferma la boutique.

— Nous allons maintenant pouvoir déjeuner en paix.

Murthy admirait son père. Ce dernier avait fêté ses soixante-quinze ans et portait beau. Grand, mince, la peau sombre, il arborait une barbe blanche, fine et bien taillée qui faisait ressortir la profondeur de ses iris noirs. Il prenait soin de lui. Pourtant, il souffrait d'une tuberculose contractée sur les chantiers de démolition de navires.

Les deux hommes s'installèrent sur la table de travail, débarrassée des outils qui y traînaient. Raj, le restaurateur, leur avait préparé un assortiment de spécialités.

— Baba, tu as largement l'âge de cesser de travailler, mais je te vois toujours aussi passionné, avec des étincelles dans les yeux.

— Je n'ai pas envie de m'arrêter. Écrivain public est un métier fabuleux. Les gens t'accordent le droit d'entrer dans leur vie pour que tu les aides. Et je ne parle pas que des démarches administratives. Je connais les peines de cœur, les causes de divorce, les secrets de famille. Je suis devenu le confident de nombreux de nos compatriotes.

Iswaran Banerjee laissait libre cours à son enthousiasme. Murthy souriait.

— Je suis un peu comme un médecin, discret et à l'écoute pour bien comprendre les besoins de chacun. Il faut aussi être patient et bienveillant parce que, pour certains, il est difficile de parler. Et aimer rédiger. Je suis un écrivain au service du public. Enfin, mangeons avant que ce ne soit froid.

— Baba, je souhaiterais te parler de quelque chose qui me tient à cœur, dit Murthy avec gravité.

— Tu m'inquiètes, de quoi s'agit-il ?

— De la cérémonie du mariage avec Malini. J'ai fait des économies et j'aimerais contribuer aux frais qui s'annoncent élevés.

— Je ne vois pas ce que tu veux dire, murmura Iswaran, vexé, en se raidissant. Ce n'est pas dans notre tradition que les enfants financent les festivités de leur mariage.

— Si on oubliait un peu les traditions, pour une fois, insista Murthy d'un ton conciliant.

Devant le regard furieux de son père, le jeune homme s'emberlificota dans des explications qui, loin d'apaiser Iswaran, l'irritèrent davantage.

— Je ne veux plus entendre un seul mot de ta part à ce sujet, mon fils.

Quelques secondes plus tard, leur silence fut interrompu par des coups frappés sur la porte. Des coups rapides, forts, de ceux que l'on devine porteurs de mauvaises nouvelles ou malveillants. Le père et le fils sursautèrent. Inquiets, ils se dirigèrent vers l'entrée de la boutique. À travers la vitre, ils distinguèrent trois hommes vêtus de noir qui s'impatientaient et firent signe d'ouvrir quand ils aperçurent Iswaran Banerjee.

— Murthy, ce sont les Tigres tamouls[1]. Je t'en prie, laisse-moi faire.

---

1. Les Tigres de libération de l'Eelam tamoul (LTTE) ont été impliqués dans diverses activités illégales, dont des extorsions et des rackets à l'encontre de commerçants tamouls, pour financer la création d'un État tamoul indépendant au Sri Lanka. Depuis la fin de la guerre civile, en 2009, le LTTE est officiellement interdit dans de nombreux pays, y compris la France.

— Baba, non ! Ce sont des terroristes, des racketteurs…

— Tais-toi.

Le père déverrouilla la porte et s'effaça pour laisser entrer les trois hommes, agressifs.

— Enlève les cadres de ta devanture. Je vais coller l'affiche de notre fondateur et héros, Velupillai Prabhakaran, celui pour qui nous défendons la cause.

— Il a été abattu en 2009, votre héros. Quelle cause défendez-vous encore ? intervint Murthy.

L'un des Eelam Boys, comme ils se nommaient, le saisit par le cou et le plaqua contre le mur.

— Arrêtez, je vais enlever mes cadres. Ce sont les tarifs de mes prestations, les gens les connaissent maintenant.

Les individus placardèrent la photo de leur martyr bien en vue. Ils déroulèrent leur drapeau noir orné d'un sabre dégoulinant de sang, avec ces mots : « À la mémoire du génocide tamoul du 18 mai 2009 », et le fixèrent au-dessus de la boutique de l'écrivain public.

— Donne-nous ta contribution pour la lutte armée. Dépêche, on est pressés.

— Il n'y a plus de lutte armée, dit Murthy, en colère. Vous n'êtes qu'une bande de racketteurs qui s'en prend à des commerçants isolés.

Là, des coups de poing et de pied plurent sur le jeune homme, qui perdit connaissance.

# 8

Trois semaines s'étaient écoulées depuis la sortie colérique de Rachid Mansouri dans la villa de Tanger. Vialle et Dalmasso, les deux porte-flingues, encadraient Sofiane. Tous les trois descendaient, sans un mot, un escalier en colimaçon, étroit, sombre, sale, qui paraissait s'enfoncer dans les profondeurs de la terre. Les murs étaient couverts de tags haineux ciblant la police. Quatre lettres en majuscules revenaient souvent : ACAB. *All Cops Are Bastards.* « Tous les flics sont des salauds. »

Le hurlement prolongé qui remonta jusqu'à eux, amplifié par l'étroit boyau de l'escalier, saisit Sofiane Mansouri aux tripes. Pour se donner une contenance, il alluma une Winston, tira quelques bouffées avant de poursuivre la descente. Silence des deux gardes du corps, leur main près de la crosse de leur Glock 9 mm. Jamais Sofiane n'avait entendu une telle plainte, une plainte dans laquelle se confondaient l'agonie, le désespoir et l'abandon ultime. Il dirait plus tard à des amis proches : « Dans la puissance de ce cri de souffrance, j'ai cru assister à la disparition de l'humanité. À partir de cet instant, j'ai eu le sentiment de plonger en enfer. C'était terrible. Pourtant, je ne suis pas croyant. »

En bas, les caves s'alignaient. Les murs de plusieurs d'entre elles avaient été défoncés à la masse pour créer un endroit plus vaste. Cela faisait belle lurette que ces sous-sols ne servaient plus à entreposer du vin, des vélos ou des cadeaux de Noël. C'était là que se réglaient les comptes.

La puanteur était tenace. Elle prenait à la gorge. Un mélange d'humidité, de moisi et de crasse, d'abord. Puis venaient les relents de pisse et de merde. Mais ce qui dominait tout, c'était l'odeur de la peur, ou plutôt de l'effroi exhalé par tous les pores de la peau des deux suppliciés. La mémoire de la terreur s'inscrivait dans le béton de ce lieu de perdition, rongé par le salpêtre, ainsi que sur les parpaings éclaboussés de sang. La lumière blanche, crue, éblouissante, d'une lampe halogène, projetait alentour les ombres de ces hommes, acteurs d'un film d'horreur.

Sofiane Mansouri rejoignit Nordine Hassani, leur représentant à Paris. Ils échangèrent une accolade silencieuse. L'un et l'autre portaient un costume et des chaussures à dix mille euros, avec une montre de luxe. En revanche, Imad Chakir, dit Imad le rouquin, l'homme lige de Nordine, celui qui gérait la circulation de l'argent entre les collecteurs, revêtait l'apparence négligée d'un sans domicile fixe. Tous trois fumaient, peut-être pour atténuer les odeurs pestilentielles, ou pour offrir une diversion à leur esprit. Ils observaient en silence les deux types assis devant eux, nus, ligotés sur des chaises en fer posées sur des bâches en plastique. Leur visage était affaissé sur leur poitrine, méconnaissable, et ils baignaient dans le sang et les excréments. Leur corps ne retenait plus rien.

Les tortionnaires, vraies machines à tuer équipées de poings américains en acier aux pointes saillantes, interrogèrent du regard Nordine. D'un geste, celui-ci fit cesser le massacre. Il écrasa sa cigarette contre un mur et se frotta les paumes. Les deux torturés pleuraient en silence, ils savaient que c'en était fini pour eux.

— Qui est-ce ? demanda Sofiane.

— Les frères Zniber. Des connards agressifs qui se la jouaient caïds. On les voyait rôder autour de nos points de deal depuis quelque temps.

— Et ?

— Rien. Pourtant, avec ce qu'ils ont pris, ils auraient dû craquer mille fois.

— Qu'est-ce qu'ils racontent ?

— Ils sont au courant que nos collecteurs ont été attaqués, mais aucune info circule sur les braqueurs.

— Rien d'autre ?

— Un des deux a dit que c'était bien fait pour notre gueule et que, même s'il savait qui braquait nos mecs, il ne cracherait rien. Dans leur planque, j'ai récupéré deux cent mille balles, c'est tout. On va les buter.

Sofiane, impressionné, gardait en mémoire cette longue plainte d'agonie qui l'avait saisi quand il descendait. Il ne pouvait se résoudre à condamner ces hommes.

— Ce n'est pas nécessaire. Mets-les dans le coffre d'une voiture et jette-les vivants, je dis bien vivants, sur un tas d'ordures, dans leur banlieue pourrie. Ils serviront d'exemples.

— Comme tu veux, c'est toi le boss. De toute façon, ils ne survivront pas.

Précédés par les gardes du corps, Sofiane, Nordine et Imad le rouquin remontèrent. Dès qu'ils parvinrent à l'air libre, Sofiane laissa échapper un soupir, comme s'il s'était retenu de respirer pendant toute sa visite aux Enfers.

C'était une belle journée printanière, avec un ciel bleu éclatant et un air doux, propice à la rêverie et aux promenades en amoureux. Mais ailleurs. Ici, quelle que soit la météo, rien ne changeait. Tel était le lot des zones de perdition avec leurs halls d'immeubles calcinés, leurs appartements vétustes, leurs boîtes aux lettres arrachées, leurs voitures sur cales et leur population terrorisée. Sur un terrain vague plein d'ornières, appelé autrefois « aire de jeux », des gamins jouaient au foot avec un ballon rafistolé. Pas un brin d'herbe, pas un arbre, aucun pépiement d'oiseaux, la nature jouait, elle aussi, les absentes.

La cité ressemblait à une forteresse cadenassée. Une citadelle assiégée. Un sentiment renforcé par la présence de guetteurs postés sur les toits des immeubles ou aux abords, ainsi que par celle de voitures prêtes à bloquer les issues si les flics se pointaient. Là, le silence était parfois troublé par les cris ou les sifflements codifiés des guetteurs, des gamins de treize ou quatorze ans qui gagnaient plus d'argent que leur père. Ils rêvaient d'être un jour à la tête du trafic. L'ascenseur social dans le business des drogues était souvent stoppé net par des rafales de kalachnikov.

Pour l'instant, les apprentis narcotrafiquants ne signalaient aucun danger. Les rares passantes tiraient, visages baissés, des chariots avec quelques courses provenant d'un commerce voisin. Lorsqu'elles pénétraient dans le hall de leur immeuble, elles évitaient de croiser le regard de ces adolescents arrogants, insultants, avachis sur des sièges défoncés et crasseux, et qui vendaient toutes sortes de cames. Certains montraient crânement la crosse de leur arme dépassant de leur jean. D'autres tenaient à portée de main une kalachnikov appuyée contre un mur. Ils se pensaient invulnérables alors que, dans deux ou trois ans, ils finiraient dans les tiroirs réfrigérés d'une morgue. Une fiche en carton attachée au gros orteil ou à la cheville indiquerait en quatre lignes leur identité et l'origine de leur mort violente. Triste épitaphe judiciaire d'une courte vie. « Ces gosses, on les voit naître, grandir, et puis on les mesure. » Tels avaient été, un jour, les mots d'un flic désabusé. Dans les enquêtes criminelles, la description d'un cadavre est en effet très précise, et on y indique notamment sa taille. « Et puis on les mesure. » Une phrase lapidaire, juste, qui résume tout.

Les différents produits et tarifs, qui variaient selon la quantité, étaient affichés dans l'entrée. Sur d'autres murs, à la peinture blanche, étaient inscrits les numéros d'immatriculation des véhicules de la Brigade anticriminalité, la BAC, ainsi que les prénoms et les numéros de téléphone de ses effectifs. Provocation et sempiternel sentiment d'impunité.

Les femmes, elles, étaient à peine tolérées sur ce territoire. Familières avec les battements du cœur de la cité, celles-ci sentaient, aujourd'hui, que quelque chose d'inhabituel se passait tant la tension était palpable. Elles n'avaient qu'une hâte, s'enfermer chez elles. Se barricader.

Imad le rouquin, avant de partir de son côté, échangea quelques mots avec Nordine. Il était question d'importantes sommes d'argent à récupérer.

# 9

Sofiane Mansouri, appuyé contre la voiture, une autre Winston aux lèvres, évalua d'un œil critique l'endroit dévasté qui rapportait des centaines de milliers d'euros chaque mois. Un parmi une myriade qu'ils contrôlaient. Autant de « points de vente » convoités par la concurrence et que leurs dealers défendaient à l'arme automatique.

— C'est dans cette misère qu'on gagne le plus, dit Nordine, comme s'il lisait dans les pensées de Sofiane. On n'a qu'à se baisser pour ramasser le fric.

— Et si les mecs s'entretuent, le réservoir des remplaçants est inépuisable, compléta Sofiane Mansouri en haussant les épaules. Des Kleenex.

Sur ces mots, il alluma avec un briquet en or, gravé au diamant de ses initiales, la cigarette que Nordine protégeait du vent. Les deux hommes, toujours entourés de leurs gardes du corps, regardaient les dealers, guetteurs et autres petites mains du trafic qui, à leur tour, les observaient avec déférence et respect. Les dominants face aux dominés.

Ils prirent place dans une Porsche Panamera noire, immatriculée en Pologne, un véhicule de location obtenu grâce à des permis de conduire bidon, et réglé en espèces par le narcobanditisme à des sociétés complaisantes. Précédée par une Mercedes, louée selon le même procédé, la voiture se déplaçait rapidement. Une heure plus tard, ils s'engouffraient dans le garage d'une grande maison en bordure du lac d'Enghien, la luxueuse villa de Nordine. Pendant le trajet, les deux hommes n'avaient parlé que de futilités et écouté d'une oreille distraite le rap de Karim Kharbouch, connu sous le pseudo de French Montana. Une musique prisée par leur chauffeur. Ils avaient attendu d'être en tête à tête pour aborder ce qu'ils appelaient « les questions de fond ».

Nordine et Sofiane se promenaient dans le jardin de la villa. Ils regardaient une bande de jeunes gens s'affronter dans une course de canoës. Malgré leur présence discrète, Vialle et Dalmasso assuraient leur sécurité.

— J'aurais bien aimé être comme eux, dit Sofiane. Insouciant, léger, sans avoir à me retourner sans cesse dans la rue, ou à constamment changer de numéro de portable.

— Avec pas un rond en poche, une voiture d'occase toujours en panne, des fringues à dix balles, et bouffant du riz ou des patates à partir du 15 du mois. Je pense que tu n'aurais pas tenu longtemps, ironisa Nordine.

— Tu as raison. Bon, avec tes collecteurs, comment ça se passe ? Raconte.

— C'est simple, tout roule. Ils sont sous surveillance, mais ne se doutent de rien. Ils n'ont pas été braqués depuis plusieurs semaines. L'argent rentre sans problème.

— Tant mieux. Et à Nation, tu en es où ?

— Toujours aucune info. Pourtant j'ai un couple qui fait plus flics que les vrais. C'est le troisième samedi qu'ils arpentent le trottoir là-bas, ils n'ont rien obtenu.

— Ils ont interrogé les habitués ?

— Oui, un paquet : des mères de famille, des gamins à vélo ou à trottinette, des joueurs de boules, des amoureux, des vendeurs de journaux, de frites, des barmen… Zéro.

— Qu'ils continuent.

— OK, mais ils risquent d'attirer l'attention des condés, et là, ce sera plus la même musique. J'aimerais autant nous éviter les interrogatoires, la garde à vue et tout le bordel.

— Combien as-tu récupéré ces deux derniers mois ?

— Vingt millions environ. Ils sont ici, en sécurité, bien planqués. Même des chiens détecteurs de billets seraient incapables de les renifler. Dès que tu me donnes le feu vert, je les bouge selon ton souhait.

Nordine Hassani était le saraf des Mansouri, c'est-à-dire leur banquier, dans leur jargon. Pierre angulaire de tous les réseaux de narcotrafic opérant en France et dans le monde, les sarafs organisaient notamment les convois routiers ou aériens chargés de cash à destination des Émirats, de Dubai ou de n'importe quelle autre capitale du blanchiment d'argent. Là-bas, tant qu'on n'agitait pas le terrorisme et qu'on n'y vendait pas de la came, les compteuses à billets tournaient à fond pendant que les financiers, gestionnaires et changeurs se frottaient les mains. Le grand banditisme français et international coulait ainsi des jours heureux, d'autant que ces pays n'exécutaient jamais les mandats d'arrêt en vue d'une extradition.

De retour dans la villa, Nordine ouvrit une sacoche de cuir souple qui renfermait un million six cent cinquante mille euros, le montant des vols subis par les Mansouri. La règle était simple : le saraf répondait des pertes sur ses fonds propres. Sofiane remercia d'un léger signe de tête.

— Qu'as-tu prévu dans les prochains jours ? demanda celui-ci en refermant le sac.

— Je dois récupérer environ cinq millions des tournées habituelles, et un peu plus de quatre cent cinquante mille d'un nouveau point de deal prometteur dans une cité du 78. On est pas mal, pour huit jours ! Imad se charge de centraliser tout le cash avant que je le récupère.

— Nordine, ça fait presque vingt-six bâtons, il y a beaucoup trop d'argent dehors. Je vais voir avec mon frère pour accélérer la ventilation du fric, et, toi, tu nous transmets un plan de circulation du cash jusqu'à Dubai. Après, je m'en occuperai.

— D'accord.

— En attendant, tu peux m'en dire davantage sur Imad ?

— Imad, le Kabyle aux cheveux roux ? Je crois que tu l'as impressionné dans la cave. Il n'osait pas parler.

— Je m'en suis rendu compte, continue.

— Ce mec est un vrai génie ! Il gère au top le réseau des collecteurs et des coursiers, et joue à merveille les traîne-lattes. Il a vraiment l'air d'un clodo.

— Je confirme, acquiesça Sofiane en souriant.

— Une attitude voulue et assumée. Imad est au RSA, il prend mille cent balles par mois de prestations sociales en tant que célibataire en charge de deux enfants qu'il n'a pas. Il est champion pour fabriquer de fausses attestations.

Rire des deux hommes.

— Moi, je le paie quinze mille, mais il vit avec ses mille balles. Je crois même qu'il va à la soupe populaire, au cas où les flics auraient l'idée de s'intéresser à lui. À part Imad, aucun collecteur ou coursier ne me connaît.

— J'aime entendre que tu t'en portes garant… Et justement, ta bande de coursiers, tout est sous contrôle ?

— Pour l'instant, ça peut aller. Faut toujours faire gaffe, ces mecs sont instables. Par contre, j'en ai un au-dessus du lot. Un petit Indien, vif, intelligent, fiable. Sur une des dernières remises, les flics étaient là. Il leur a baisé la gueule en beauté. Il a réussi à se tirer avec le fric et à le remettre au contact. C'est lui qui va récupérer les quatre cent cinquante mille. J'ai demandé à Imad qu'il le rencontre. J'ai une autre idée de travail pour lui.

— Comment s'appelle-t-il ?

— Murthy Banerjee.

— OK. De toute façon, je te fais confiance pour gérer tes équipes… et fidéliser tout ce petit monde. Je crois t'avoir déjà parlé de Noémie, non ?

— Celle qui sort d'une école de commerce ?

— Oui. Elle, elle tient une liste, dans un tableau Excel, de tous ceux qu'on arrose pour fluidifier le trafic de part et d'autre de la Méditerranée. Ceux qui contrôlent le scanner des camions au port de Tanger, les bagagistes d'aéroports, les dockers, les douaniers, les policiers, les magistrats, les élus… Chacun touche son enveloppe tous les mois. Ce sont quasiment nos salariés.

Les deux hommes s'esclaffèrent. Des salariés ! Il y avait vraiment quelque chose de jouissif dans cette idée.

— Personne ne résiste au froissement des billets, confirma Nordine avec mépris. C'est comme les chiens avec les croquettes, ils se jettent dessus en remuant la queue.

— Exactement ! Cet investissement nous coûte une blinde, c'est sûr, mais c'est indispensable !

— El Dorado doit être content.

— En ce moment, il met la pression sur Noémie et Leïla, dit Sofiane. Elles bossent comme des dingues parce qu'on a commencé à structurer le trafic de cocaïne sur l'Espagne et la France. À grande échelle.

— Il n'y a rien de plus rentable, admit Nordine.

— Pas loin de mille pour cent de bénéfices. Ce qui nous laisse de la marge pour salarier tout un nouveau troupeau de corrompus et avoir une logistique en béton.

— Et puis c'est un business pérenne. Ce n'est pas demain la veille que les bateaux et les containers de cocaïne vont disparaître.

— C'est sûr. Comme dit Rachid : « Tant que les Européens auront à la place du nez un aspirateur à farine, y a pas de risque que ça s'arrête. »

— Donc le fric va rentrer, c'est certain.

— À jet continu. J'ai acheté de grosses compteuses à billets et recruté des financiers spécialisés dans l'optimisation fiscale. Je vais les positionner dans les pays où nous avons des intérêts. Pendant le repas, je te détaillerai la nouvelle structure du business, et le rôle que tu vas y prendre.

— *Incha'Allah*, et touchons du bois, il paraît que ça porte bonheur, conclut Nordine.

Les deux hommes, détendus et complices, se dirigèrent sur ces mots vers le jardin où une employée de maison venait de servir le dîner face au lac.

# 10

Le dîner s'achevait. Trois fois par semaine, Murthy partageait sa soirée avec ses parents, ses deux sœurs, ses grands-parents maternels et sa grand-mère paternelle. Tous, excepté lui, vivaient sous le même toit, dans un appartement de la rue Demarquay, au cœur du quartier Little Jaffna. Dans un coin de la salle à manger, la famille se recueillait chaque jour devant un autel consacré aux divinités Shiva, Vishnou et Ganesh, le dieu à tête d'éléphant. Des offrandes de fleurs les honoraient. Et un bâtonnet d'encens s'y consumait la plupart du temps.

Comme tous les vendredis, Malini, la fiancée de Murthy, l'accompagnait. Discrète, elle ne prenait la parole que si elle y était invitée. Ce soir-là, le dîner avait revêtu une importance particulière, car il y avait été question des préparatifs du mariage des deux jeunes gens.

Pour l'occasion, les femmes portaient des saris multicolores et s'étaient peint un bindi sur le front. Ce rond rouge, sorte de troisième œil, indiquait qu'elles étaient mariées. Elles buvaient des jus de fruits, les hommes du thé. Après les traditionnels plats indiens – beignets de légumes, lentilles et riz cuisinés de différentes façons –, le repas s'était poursuivi avec des fruits. Les parents de Malini avaient apporté des desserts – du *kheer*, un riz au lait crémeux avec de la cardamome, et du *barfi*, une pâtisserie au caramel à base de lait concentré, de sucre, de noix de coco et d'amandes. Tous s'exprimaient en hindi et un joyeux brouhaha résonnait dans l'appartement. Chacun donnait son avis sur les noces à venir, mais surtout chacun rajoutait des invités, élargissait le menu, prévoyait un orchestre… Les femmes riaient, les hommes approuvaient. Pourtant, sans rien laisser paraître, ils comptaient en silence et avec angoisse les frais qui sans cesse augmentaient. Dans ces moments-là, il était exclu de parler argent. Toutes les femmes souhaitaient accompagner Malini pour choisir son sari de mariage qui, de beau, s'annonça ensuite magnifique, et enfin exceptionnel. En tout cas, il serait rouge, comme il se doit. La mère de Murthy quant à elle n'oublia pas son fils, qui devait être aussi flamboyant que le dernier des maharajas. Elle lui tenait les mains, heureuse.

— Je veux que tu portes le plus beau des *sherwanis*[1].

Les pères transpiraient rien qu'à imaginer les coûts faramineux que cela engendrerait. Ils savaient qu'il faudrait oublier leur voyage en Inde pendant au moins trois ans. Murthy, lui aussi, faisait les comptes. Il aurait pu financer la fête grâce aux collectes, mais l'hostilité de son père à cette idée bloquait toute discussion.

De loin, il interrogea du regard Malini, qui approuva d'un léger signe de tête.

— Il commence à se faire tard, déclara-t-il. Je vais raccompagner Malini chez elle, demain on passe des examens.

Les jeunes gens embrassèrent leurs familles. Les femmes, joyeuses, tapaient dans leurs mains. « Quel beau mariage ça va faire. Le quartier ne va pas en revenir ! »

1. Vêtement traditionnel pour homme, de couleur crème avec des broderies en argent. Il est porté avec un turban et une écharpe à l'occasion de certaines cérémonies comme le mariage.

se réjouissaient-elles. *Et nous, non plus*, pensaient en même temps les pères des fiancés. Avant de partir, Murthy remit discrètement à sa mère quatre cents euros. Elle économisait ces sommes que lui remettait son fils afin de financer une cure pour son mari.

Dehors, Murthy et Malini enfilèrent leur casque, puis le TMAX prit la direction de l'avenue Paul-Vaillant-Couturier à La Courneuve, un quartier où la communauté indienne – du Sri Lanka, du Pakistan et du Bangladesh – était majoritaire et où vivait Murthy. Une vingtaine de minutes plus tard, Murthy rentrait son scooter dans un atelier de mécanique dont il avait la clef. Le patron, un Tamoul, le laissait y garer son deux-roues en échange de quelques courses chez des fournisseurs du garagiste. Malgré l'heure tardive, la plupart des commerces, pour l'essentiel des épiceries devant lesquelles s'entassaient des sacs de riz, ainsi que des bars et des restaurants étaient ouverts. Aux terrasses, Tamouls et Indiens fumaient et buvaient des Kingfisher – une bière indienne – à la chaîne. Ils retardaient le moment d'aller se coucher. Certains des clients hélèrent Murthy pour qu'il se joigne à eux, mais le jeune homme, d'un sourire et d'un signe de main, déclina leur offre. Malini lui serrait le bras.

Murthy louait un deux-pièces situé au quatrième étage sans ascenseur d'un immeuble vétuste. En y pénétrant, il alluma quelques bougies devant l'autel dédié à la divinité Vishnou et se recueillit un bref instant les yeux fermés. Le jeune homme avait organisé le séjour en un lieu d'étude. Des dizaines d'ouvrages d'histoire garnissaient les étagères. Le bureau surchargé de documents laissait quant à lui juste une place pour l'ordinateur portable. Malini sourit en contemplant le capharnaüm qu'elle connaissait si bien, et débarrassa une chaise qu'une pile de classeurs encombrait. Elle regarda ensuite autour d'elle et, finalement, choisit de s'installer sur la partie du canapé qui n'était pas envahie. Les deux jeunes gens allaient d'abord travailler. Malini était contente d'être là. Elle espérait seulement que ses parents ne l'appelleraient pas pour savoir si elle était bien rentrée chez elle.

# 11

23 heures. Elvire dormait profondément lorsqu'elle fut tirée de son sommeil par une sonnerie insistante. Elle prit l'appel et se fit répéter au moins trois fois le message pour être sûre qu'elle le comprenait bien.

Même heure. Mamba, avec mille précautions, venait de déposer dans le terrarium de son reptile, nerveux et dangereux, une souris. Chez lui, le réfrigérateur contenait deux boîtes essentielles et rien d'autre : un paquet d'une trentaine de petits rongeurs, acheté dans une animalerie, et une boîte rouge contenant un antivenin polyvalent, antidote aux morsures mortelles de ce serpent.

Désormais, Mamba regardait un DVD. Pas n'importe lequel. Celui d'*Apocalypse Now*. *Le* film, comme il disait. Il l'avait visionné un nombre incalculable de fois, et il en connaissait par cœur les principales répliques ainsi que la bande originale. Satisfait de son début de soirée, après avoir testé un nouveau salon de massage asiatique, il gardait en mémoire le plaisir reçu de la jeune fille particulièrement habile. *Même si les habitudes ne sont pas bonnes, j'y retournerai.* Après ça, il avait partagé quelques canettes de bière avec Cyrus et fumé des Marlboro. Le rituel du soir entre les deux hommes. En partant, Mamba avait donné une cartouche de cigarettes et cinquante euros à son ami.

— La route est claire, camarade, avait dit Cyrus en guise de bonne nuit.

*Apocalypse Now*. Mamba, fasciné par Marlon Brando, qui jouait le rôle du colonel Kurtz, un officier américain complètement barré et en perdition, récita en même temps que l'acteur au crâne rasé une de ses répliques favorites. « Nous sommes les hommes cruels... Les hommes empaillés, appuyés les uns contre les autres, la caboche pleine de paille... » Absorbé par cette séquence délirante, Mamba faillit ne pas entendre le portable qui vibrait. Elvire. Leur téléphone spécial. Il mit le DVD sur pause, prit l'appel et écouta la jeune femme qui parlait rapidement.

— Quand ? Maintenant ? questionna-t-il, étonné et irrité.

Elle répéta le message.

— OK. Il faut que je me grouille alors. Je passe te chercher.

En raccrochant, il appuya sur la touche « arrêt » de la télécommande, éjecta le film et le rangea dans sa boîte. Il vida ensuite d'un trait son verre de whisky Macallan, tira une dernière bouffée du joint qu'il s'était roulé avant de l'écraser entre ses doigts et de le jeter dans un cendrier qui débordait.

Quand Mamba sortit, Cyrus, enroulé dans sa couverture, dormait, le visage tourné vers la rue, ses écouteurs fichés dans les oreilles.

*

* *

À la même heure, Murthy se leva de son bureau, étira son dos et se frotta les yeux. Malini, elle, referma son ordinateur.

— On va se coucher ? dit le jeune homme.

À cet instant, le portable qu'il dissimulait dans sa poche vibra. Au regard interrogatif de sa fiancée, il répondit par un sourire gêné et lut le message WhatsApp. Il réfléchit quelques secondes et écrivit : « C'est bon, je m'en occupe. » Il effaça aussitôt les échanges.

— Je ne connaissais pas ce téléphone. Tu en as deux ? Pourquoi ?

— C'est Raj, mon patron, qui me l'a donné. Il veut être sûr de me joindre. Il vient de m'envoyer un texto parce qu'il a besoin d'aide pour réparer une grosse fuite d'eau dans la cuisine.

— Murthy, c'est 23 h 30 ! Ça ne peut pas attendre ? Raj n'a qu'à se débrouiller. On a des exams demain après-midi !

— J'en ai pour une heure maxi, promis.

Il déposa un léger baiser sur les lèvres de Malini, saisit son casque, ses gants et enfila son blouson en dévalant l'escalier. Sur le GPS de son portable, il programma l'adresse qu'un inconnu lui avait indiquée : « Stade de France. » Dix-sept minutes pour y aller. Pleins phares, il fonça dans les rues des banlieues parisiennes, la trouille au ventre, avec en mémoire la précédente opération où il avait failli se faire intercepter par la police.

*

* *

L'équipe de France de football venait d'affronter avec succès, dans un match amical, l'équipe d'Irlande. Le public et les supporters étaient repartis en chantant. Les derniers marchands d'écharpes, de sweats, de casquettes et autres objets floqués finissaient de charger les camionnettes de cartons. Les vendeurs à la sauvette de boissons et de sandwiches avaient déjà remballé leurs glacières. Le silence commençait à retomber sur ce temple du sport, et l'esplanade, maintenant déserte, affichait les stigmates de la soirée. Des serviettes en papier, des emballages de burgers et des gobelets menaçaient de s'échapper des poubelles débordantes. Des rafales dispersaient des boîtes en carton et des sachets éventrés de chips. Des canettes de bière et de sodas vides se baladaient sur le bitume, accompagnées de petits sons métalliques. Dans peu de temps, les engins de nettoyage interviendraient. En attendant, trois hommes tassés dans une Audi noire, dissimulée entre deux camionnettes, surveillaient les abords du stade, guettant les voitures qui passaient ou les piétons qui traînaient.

La Peugeot 407, tous feux éteints, entra au ralenti dans l'avenue. Mamba et Elvire ne remarquèrent pas l'Audi. Les trois hommes, en revanche, repérèrent immédiatement le véhicule qui se déplaçait sans phares. Mamba se gara dans une rue perpendiculaire, face au parvis, et détailla les lieux avec attention.

— D'après Tonio, c'est là que les quatre cent cinquante mille balles vont changer de mains, dit Elvire.

— Impossible d'intercepter le collecteur s'il se plante au milieu de la place. Je vais être à découvert sur au moins trente mètres, ils auront le temps de me voir et de se barrer.

Mamba se tut, il réfléchissait.

— Ou alors, il y a une autre solution : on laisse faire et quand il démarre, je me mets à son cul et je le percute dans un virage ou à un feu rouge.

— C'est violent ! s'exclama Elvire. Mais pour quatre cent cinquante mille balles, ça vaut le coup que si tu penses arriver à le stopper, non ?

— Ouais, confirma Mamba.

De leur côté, deux des types de l'Audi étaient partis à pied à la recherche de la 407 qu'ils aperçurent quelques centaines de mètres plus loin. L'un d'eux passa un coup de fil.

— On a peut-être un truc. Un couple dans une bagnole, ils ont l'air de surveiller le même endroit que nous.

— Des flics ? demanda aussitôt l'interlocuteur.

— Ça m'étonnerait, ils sont dans une vieille caisse pourrie.

— Des amoureux qui vont baiser ?

— Possible, on verra. Mais c'est peut-être ceux qui s'intéressent à nos collecteurs.

— Si c'est le cas, faut que vous les chopiez pour savoir qui leur file les infos.

— Entendu !

Tandis que le type rangeait son téléphone dans la poche arrière de son jean, Mamba repéra les deux silhouettes vêtues de sombre au bout de la rue.

— Bordel, on dirait des flics ! lâcha-t-il.

— Qu'est-ce qu'on fait ?

— Rien. On ne bouge pas. On voit comment ils la jouent.

Au même moment, Murthy, plus que jamais sur le qui-vive, arriva à petite vitesse sur l'esplanade du Stade de France, plongée dans la pénombre. Il s'arrêta au centre. *Je suis inconscient d'accepter un échange en pleine nuit dans un tel endroit.* Tentant de museler son angoisse, il descendit de son TMAX, laissa le moteur tourner, les phares allumés, prêt à s'enfuir au moindre doute. Il releva la visière de son casque et, aux aguets, regarda de tous les côtés. Les alentours étaient pratiquement vides, silencieux, les grands projecteurs éteints, et les déchets qui jonchaient le sol accentuaient cette impression de désolation. Murthy tremblait de peur, au sens propre.

— Tiens, voilà le mec, murmura Mamba en voyant le scooter s'arrêter.

— Il flippe complètement, ajouta Elvire qui avait remarqué le comportement agité du jeune gars.

— Les deux flics ont disparu. Je parie qu'ils vont gauler les collecteurs. Je le sens pas, ce coup.

Mamba, tendu, se retenait de fumer. Il jouait avec le couvercle du Zippo, dont le claquement répétitif crispait la jeune femme.

— Attendons de voir, tempéra-t-elle.

Une Alfa Romeo vint se positionner sur le trottoir face à Murthy. Un homme en descendit. *C'est pour moi*, se dit le jeune homme en grimpant sur son scooter, main droite sur la poignée des gaz. Le type s'avança, fit un geste pour signifier que tout allait bien. Il tendit ensuite une sacoche que Murthy accrocha en bandoulière. Là, sur le point de filer, celui-ci repéra avec appréhension une Audi noire qui se dirigeait vers eux, au ralenti.

— T'inquiète, lui souffla l'homme. Ils sont là pour notre sécurité.

Mamba et Elvire, attentifs, analysaient dans les moindres détails la scène qui se déroulait sous leurs yeux.

— On laisse courir, c'est trop chaud, trancha Mamba, qui avait décodé la manœuvre. Ce ne sont pas des flics mais des mecs qui protègent l'échange. Tu vois avec Tonio, il y a un truc qui déconne.

Sur ces mots, il enclencha la marche arrière de la Peugeot et, les feux toujours éteints, ils dégagèrent sans se faire remarquer des passagers de l'Audi.

# 12

Murthy connaissait l'endroit où il devait remettre l'argent. Pas besoin de GPS. Le message WhatsApp était comme toujours minimaliste : « Palais des Congrès, porte Maillot. » Il rabaissa brusquement la visière de son casque et, soudain, il se produisit quelque chose d'inattendu. La frousse irrépressible qui l'avait envahi le poussa à prendre deux sens interdits à toute vitesse. Il sentait son cœur cogner dans sa poitrine et le sang battre à ses tempes. Pleins phares, en pleine accélération, il se dirigea vers l'autoroute A1 et s'engagea sur la voie qui rejoignait Paris. Il tourna à fond la poignée des gaz. Le puissant scooter le propulsa à cent quatre-vingts kilomètres à l'heure dans le tunnel vers le périphérique extérieur. Personne dans les rétros. Impossible d'avoir été suivi. Moins d'une minute plus tard, il filait sur le périphérique, ralentissant à l'approche des radars, et accélérant juste après.

0 h 10. La circulation place de la Porte-Maillot demeurait encombrée à cause des travaux de réaménagement qui rétrécissaient les voies. Cela durait depuis plusieurs mois et rendait furieux les Parisiens. Murthy se faufila entre les voitures et s'arrêta sur le large trottoir, devant l'entrée principale du Palais des Congrès. Il n'avait qu'une hâte : se débarrasser de la sacoche. Comme toujours, il ignorait quelle somme

il transportait. Fidèle à son habitude, aux aguets, il laissa le moteur en marche, histoire d'être prompt à se sauver si besoin.

La peur ne le quitta pas une seconde. Autour de lui, il n'y avait pas grand monde. Des touristes, essentiellement, qui regagnaient leur hôtel, le pas pressé. Ils lançaient des regards furtifs à Murthy. En pleine nuit, croiser un jeune homme casqué et vêtu de sombre, près d'un scooter noir dont le moteur tournait au ralenti, ça n'avait rien de rassurant. Il lut leur inquiétude. *C'est moi qui dois avoir peur*, *pas vous*, songea-t-il. Rapidement, une camionnette bleue en mauvais état stoppa en double file au son des klaxons des automobilistes. Murthy ne lâcha pas des yeux l'homme mince aux cheveux roux qui s'avançait vers lui sans se presser, sans se retourner, en allumant une cigarette. Imad. Il glissa le briquet dans la poche de son jean informe et, avec un léger sourire, désigna le sac que portait Murthy.

— Salut, Murthy. Tout s'est bien passé ?

— Oui, il y avait une voiture, paraît-il en protection. Il y a un problème ?

— À part les flics ? Non, le rassura Imad, préférant ne pas évoquer les attaques sur les collecteurs.

Murthy acquiesça et lui remit la sacoche. L'homme tira de la poche intérieure de son blouson en tissu beige, sale et graisseux, une enveloppe en papier kraft qu'il palpa avant de la lui donner avec un clin d'œil.

— On t'a mis un petit bonus pour te récompenser de ton travail. Dis voir, Murthy, ça te dirait de bosser davantage pour moi ?

Imad le rouquin ne lui laissa pas le temps de répondre.

— Grimpe sur ton scoot et suis-moi.

Le ton indiquait un ordre, pas une proposition. Murthy le regarda s'éloigner vers la camionnette d'un pas tranquille. Le sac pendait négligemment dans sa main gauche. *Il ne devait pas y avoir grand-chose, il est trop cool.* D'une pichenette, Imad projeta sa cigarette dans le caniveau et grimpa dans le véhicule délabré. Dans son sillage, Murthy s'inséra dans le flot de la circulation et suivit Imad sur le boulevard périphérique intérieur. *Tu ne peux pas t'empêcher de toujours choisir la pire des solutions, comme si te brûler les ailes t'apportait du plaisir*, se fustigeait-il.

Imad roulait sur la voie de droite à la vitesse réglementaire. Quelques minutes plus tard, il emprunta la bretelle de sortie en direction de la porte de Clignancourt. Il remonta ensuite une partie du boulevard Ornano, zigzagua dans des petites rues et s'arrêta à proximité d'un bar à chicha rempli de monde dans lequel il invita Murthy à entrer. Accueilli par le gérant, le rouquin échangea quelques mots avec lui puis, pendant qu'il saluait les clients, adressait un mot à l'un, donnait une tape sur l'épaule à un autre, le patron déverrouilla une porte où était inscrit « PRIVÉ ». Il attendit qu'Imad et Murthy la franchissent pour la refermer.

— On est ici chez moi, on va pouvoir discuter tranquillement. Tu sais combien y a dans la sacoche que tu transportais ?

— Aucune idée, répondit Murthy. Je n'ai pas à le savoir.

— Quatre cent cinquante mille. C'est moi qui ai demandé à ce que tu t'occupes de cette course.

— Pourquoi ?

— Parce que tu es fiable. Encore bravo pour l'autre jour, quand tu as réussi à semer les flics et remettre l'argent.

— Je n'ai pas réfléchi, j'ai mis les gaz et je me suis sauvé.

— C'était bien joué. Tu bosses pour nous sans accroc. Et tu nous alertes même dès que tu crois qu'il y a peut-être les flics dans le secteur.

— Je ne veux pas me faire arrêter.

— OK, mais en général les mecs qui font ce job foncent sans se préoccuper de quoi que ce soit. Ça passe ou ça casse.

Ils nous claquent entre les doigts et, du jour au lendemain, ils se tirent sans prévenir. Toi, tu es plusieurs crans au-dessus d'eux. Du coup, mon boss m'a demandé de te proposer autre chose.

— Autre chose ?

— Rien de compliqué, et ce serait très bien payé. Au lieu de transporter une sacoche entre deux types, tu iras la récupérer à des endroits que je t'indiquerai et tu me la rapporteras. Tu travailleras en direct avec moi.

— Dans quels endroits ?

— Des cités pas loin d'ici.

— C'est dangereux ?

— J'vais pas t'mentir, y a toujours un peu de danger quand on bouge l'argent de la came. Tu t'en es aperçu. Mais le risque est réduit parce que, là où tu iras, c'est sous notre contrôle. T'auras en permanence une protection.

Murthy demeura silencieux. Il avait envie de se sauver, de tout abandonner, mais il était incapable de bouger. *Comme si te brûler les ailes t'apportait du plaisir…*

Imad le rouquin en profita pour enfoncer le clou.

— On m'a dit que tu envisageais de te marier bientôt. C'est vrai ?

— Oui, murmura Murthy.

— Donc tu as sûrement besoin d'argent. Grâce à ce job, tu doubleras facile tes gains par rapport à ce que tu touches aujourd'hui. Si tu fais une collecte par semaine, ça te fait quatre mille euros au minimum dans le mois. Pas mal, non ?

Le jeune homme, troublé, réfléchissait. Imad alluma une cigarette, le laissant se débattre avec sa conscience. *Ce type m'appelle par mon nom, connaît ma vie et me propose de travailler avec lui. Je n'aurais jamais dû le suivre. Je vais refuser et prétexter devoir me concentrer sur mes études.*

— Je veux bien essayer.

— Tu le regretteras pas. J'ai un coup de fil à passer, maintenant.

Imad s'absenta quelques minutes. Murthy, lui, but le Coca que le barman lui avait apporté en lui décochant un clin d'œil. Il consulta aussi son portable. Pas d'appel ni de SMS de Malini. Désormais, des pensées contradictoires se bousculaient dans sa tête. *Ça fait beaucoup d'argent pour le mariage, je vais retenter d'en donner à mon père. Ça m'embête, c'est l'argent de la drogue et ce n'est pas moral. Si Malini l'apprend, ça va clasher. Je dois me débrouiller pour la tenir loin de tout ça.*

Le retour d'Imad mit fin à sa réflexion.

— Demain matin, t'es libre ?

— Je commence mon service au restaurant à midi.

— Parfait ! Je passe te chercher à 8 h 30 en bas de chez toi. Mon boss veut te rencontrer.

— Je préfère devant le métro de La Courneuve plutôt que devant chez moi.

— Ça roule, à demain.

Murthy, encore abasourdi par ce bref échange, suivit du regard la camionnette d'Imad qui s'éloignait en direction du boulevard périphérique. À son tour, il se remit en route. Direction La Courneuve, chez lui. Vite rejoindre Malini, qui devait s'inquiéter. Murthy roulait lentement quand il aperçut de nouveau la camionnette à une centaine de mètres de lui. Sans réfléchir, il coupa les gaz et laissa quelques véhicules s'intercaler entre son scooter et elle afin de la suivre discrètement. Plus tard, jamais il ne put donner d'explication rationnelle à son comportement. Toujours est-il que ce choix d'entreprendre une filature aurait des conséquences inattendues, semblables à une cascade de dominos, la chute du premier entraînant celle de tous les autres.

Pour l'instant, plusieurs voitures le protégeaient de la vue du conducteur. *Laisse tomber, tu fonces droit au-devant d'emmerdes. Imagine que le mec te repère, tu fais quoi ? Arrête.* Murthy, pourtant, continua. Le rouquin roulait désormais sur l'autoroute A1 et passa devant le Stade de France. *J'ai du bol qu'il y ait autant de circulation, mais je ne devrais pas trop faire le malin. À la prochaine sortie, je me tire.* Malgré ses injonctions intérieures, Murthy s'engagea derrière Imad, qui bifurqua sur la gauche et accéléra. Le jeune homme n'écoutait plus la voix de la raison. Enfin, Imad emprunta une sortie vers Enghien, et passa devant le casino où les joueurs se pressaient pour entrer. La chance accompagnait Murthy. Des conducteurs roulaient au pas, cherchant désespérément une place de stationnement pour aller défier le hasard. Un petit embouteillage se forma. Ainsi dissimulé, le jeune homme ne perdit pas pour autant des yeux les feux arrière de la fourgonnette et aperçut Imad pénétrer dans le garage d'une grande villa qui donnait sur le lac.

Murthy essayait de réfléchir. *Je fais quoi maintenant ?* Son cerveau moulinait dans le vide. Une phrase lancinante tournait en boucle dans sa tête : *Barre-toi d'ici au plus vite.* Bloqué dans son indécision, il choisit néanmoins, comme d'habitude, la plus mauvaise des solutions et s'approcha de la maison dont l'entrée, en retrait d'une vingtaine de mètres de la rue, ouvrait sur un jardin faiblement éclairé. Il arrêta son moteur, releva la visière de son casque. Deux hommes marchaient côte à côte. Le rouquin et un homme en costume qu'il n'avait jamais vu auparavant. Il mémorisa l'adresse et attendit que les deux hommes regagnent l'intérieur pour redémarrer son scooter. Plus loin, il mit les gaz, se traita de tous les noms d'oiseaux en pensant à Malini. Imad le rouquin aperçut trop furtivement le TMAX pour le relier à Murthy.

# 13

— On arrive, annonça Imad.

La camionnette, autant déglinguée à l'extérieur qu'à l'intérieur, pénétra dans le garage de la villa dont le volet métallique roulant, qui venait de se lever, se rabaissa aussitôt la voiture rentrée. *La villa de cette nuit*, se dit Murthy. Dans le hall de la maison, un petit homme mince, élégant, finissait une conversation en arabe. Quand il raccrocha, il posa le portable sur une table et suivit, en souriant, le regard interrogatif de Murthy.

— C'est un téléphone satellite ; il est plus épais que ton smartphone et l'antenne sert à établir la communication avec un truc là-haut, indiqua-t-il en levant un doigt. Allons nous asseoir, on sera mieux pour discuter.

Murthy, à la suite de ses hôtes, entra dans un salon dont les fenêtres donnaient sur le lac d'Enghien. Deux barques amarrées devant le jardin se balançaient mollement sur une eau sans houle. *Malini adorerait cet endroit paisible.*

— Je m'appelle Nordine. Imad m'a beaucoup parlé de toi, il dit que tu fais un bon job. Tu peux m'expliquer comment tu t'organises, comment tu gères ces échanges, bref, comment tu vois le truc ?

Murthy, mis en confiance, rendit compte de sa façon de travailler, d'être attentif à son environnement lors des remises d'argent, de sa prudence. Concentré, Nordine l'écouta et se permit quelques questions quand il avait besoin de précisions, avant de reprendre la main sur l'échange.

— Ça te plaît, ce que tu fais ?

— Oui, assez, répondit le jeune Indien, impressionné par Nordine.

*Il est classe, un vrai boss.*

— Ça me va. Imad a commencé la réorganisation du travail des équipes. Hier soir, il t'a proposé une mission plus intéressante, exact ?

Murthy hocha la tête.

— Il m'a dit que tu étais d'accord. C'est bien ça ?

Imad enchaînait les tasses de café et s'intéressait sans le montrer à l'attitude de Murthy.

— Presque, j'aimerais en savoir davantage.

— Bien sûr, répondit Nordine.

Avant de poursuivre, celui-ci se tourna vers Imad, avec lequel il eut un bref échange en arabe :

— *Tu m'as dit qu'il avait accepté le job, mais je le sens hésitant.*

— *C'est normal, tu dois le rassurer et bien lui présenter le truc. Tu le fascines, ça va être facile.*

Nordine, souriant, expliqua à Murthy comment s'organisait la collecte du cash dans les cités de la région parisienne que contrôlaient les Mansouri, sans jamais prononcer le nom des deux frères ni les mots « drogues », « cames », etc. En réalité, il s'attacha à trois choses : valoriser le jeune homme, le rassurer en minimisant les risques et lui confirmer qu'il gagnerait plus d'argent. Murthy allait accepter. Surtout, il se sentait incapable de refuser la proposition face à ces deux hommes, et notamment face à Nordine, qui en imposait.

— Je veux bien essayer, dit-il.

— Ça marche, se réjouit Imad. Je vais mettre en place la prochaine tournée dans une cité du 93. En attendant, tu continues comme d'habitude, d'accord ?

— D’accord.

— Murthy, reprit Nordine d’une voix douce, tout ce qu’on te demande, c’est de ne jamais parler de notre nouvel arrangement ni de cette maison. C’est très important, je te fais confiance, et j’espère ne pas être déçu.

— Vous ne le serez pas, marmonna Murthy, qui ne trouva rien de mieux à répondre.

— Parfait ! Et si tu as besoin de quoi que ce soit, on est là. Imad va te donner son numéro de portable.

Quand Murthy prit son service au restaurant à midi précis, il ne cessait de repenser à sa discussion avec Nordine et Imad.

— Gamin, tu as la tête ailleurs aujourd’hui, râla son patron. Ça fait dix fois que les clients t’appellent.

— Excuse-moi, Raj, je stresse pour mes examens.

Après son service, Murthy fonça au temple de la rue Pajol, où il récita des prières avec ferveur aux principales divinités Vishnou et Hanumān. Il pria longuement et déposa des offrandes devant la statue de Ganesh, le dieu à tête d’éléphant.

# 14

Cinquième samedi, place de la Nation, pour les deux faux policiers envoyés par Nordine. Prudent, le duo restait discret. La jeune femme s'appelait Amélie et son acolyte Kamel. Tenue vestimentaire correcte et visages sévères. Personne n'avait encore mis en doute leur supposée fonction. Familiarisés avec les lieux, ils identifiaient désormais les personnes déjà interrogées au cours de leur petite enquête et se tenaient à distance. Il ne servait en effet plus à rien de se mêler à ces gens, sauf à attirer leur attention. Quant à la terrasse du pub devant laquelle s'était produite l'agression, elle ne comptait que des clients de passage, aucun habitué. Ils avaient donc renoncé à les questionner.

— On va pas se refaire les bars aujourd'hui, dit Kamel. Les patrons connaissent toujours des flics, et si on se pointe trop souvent, y en a bien un qui va appeler le commissariat du coin pour se rencarder.

— Je suis d'accord, acquiesça Amélie. Et je n'ai pas envie non plus de tomber sur un vrai flic en train de boire un coup !

— Je crois qu'on est sur la même longueur d'onde. Maintenant, va falloir expliquer à Nordine que c'est inutile de poireauter ici ; personne n'a rien vu. Y a pas eu de coup de feu, le truc a dû se faire sans éclat, sans cri. Faut passer à autre chose !

Amélie ne répondit pas. Elle continuait d'observer les allées et venues des fidèles du samedi. Les mêmes mamans sur les bancs qui discutaient entre elles en surveillant leurs mômes, les mêmes amoureux qui se retrouvaient et échangeaient des mots doux. Kamel regardait sans les voir toutes ces personnes. Il n'avait qu'une hâte : dégager de là. Amélie suivait des yeux un vieil homme, qui promenait en laisse quatre petits chiens. Une réflexion lui sauta à l'esprit : *Il me semble qu'on n'a jamais vu ce type.* Elle se tourna aussitôt vers son partenaire.

— Tu te souviens d'avoir vu le vieux avec les clebs ?

— Non, admit Kamel après un court instant.

Ils sortirent de la voiture et s'avancèrent sans se précipiter vers le promeneur de chiens. Kamel lui mit vite fait sous les yeux une carte de police pas trop mal imitée.

— Bonjour, monsieur, on peut vous poser quelques questions ?

— Si vous voulez.

— Ils sont mignons, vos chiens, c'est quelle race ? demanda Amélie.

— Des chihuahuas. Ils sont formidables !

Les chihuahuas voulaient jouer et aboyaient pour attirer l'attention de leur maître. Kamel les jugea vite crispants. Il compara leurs jappements aux grincements des charnières mal huilées d'une porte, mais préféra se taire.

— Chut, mes gâtés. Je n'entends pas ce que me dit le policier.

Il se tourna vers les deux jeunes gens.

— Si vous n'y voyez pas d'inconvénient, on peut parler en marchant, sinon mes petites crapules vont devenir insupportables.

— Oui, bien sûr. Vous fréquentez souvent la place ? s'enquit Amélie.

— Presque tous les jours. Sauf le mois dernier, j'étais chez ma fille, à la montagne. Pourquoi me posez-vous cette question ?

— Il y a un mois environ, un samedi, il y a eu une bagarre dans le coin. Ça vous dit quelque chose ?

— Euh… oui.

— Comment ça ? intervint Kamel.

— Je promenais mes gâtés, comme toujours. Cette bagarre, comme vous l'appelez, m'a paru assez curieuse. Ça s'est passé devant la terrasse du pub. Un grand gaillard s'en est pris à un monsieur qui parlait avec un jeune sur un scooter. Il lui a arraché sa sacoche et lui a donné un coup de poing. Il a aussi fait tomber celui qui était sur le scooter. Voilà, c'est tout.

Le duo de faux flics devint soudain plus attentif.

— Et ceux qui ont été agressés, ils n'ont rien fait ?

— Je crois qu'ils étaient trop occupés à se relever, estima le vieil homme.

— Vous pourriez décrire celui que vous qualifiez de « gaillard » ?

Amélie avait un carnet et un stylo. Elle s'apprêtait à prendre des notes pour faire vrai, *comme les flics à la télé*. Le promeneur de chiens se concentra avant de répondre :

— Eh bien… Un grand type avec des lunettes de soleil et une casquette, costaud, chauve, et des tatouages sur les bras… À un moment, il a enfilé un blouson. C'est tout ce dont je me souviens.

— Vous pouvez être plus précis ? insista Kamel. Comment étaient ses tatouages, son blouson, sa casquette ?

Le vieux monsieur s'arrêta de marcher et s'efforça de fouiller davantage dans sa mémoire. Les aboiements reprirent instantanément, ce qui exaspéra Kamel.

— Chut, les petits, laissez papa réfléchir. Voyons… Pour les tatouages, je n'ai pas fait attention. Le blouson ? Non, ça ne me revient pas. Mais la casquette, oui. Mon petit-fils a la même. Bleue, avec deux lettres blanches, NY, sur le devant.

— OK. Quel âge vous donneriez à ce type ?

— Je ne sais pas, aux alentours de la quarantaine peut-être.

— Et comment il est parti ? demanda Amélie.

— Je dirais dans une voiture claire, mais je n'en suis plus sûr. Je n'ai pas vu le conducteur non plus. Ça s'est passé rapidement, vous savez.

Amélie et Kamel, qui avaient enfin mis la main sur leur témoin tant recherché, lui posèrent encore mille questions sans obtenir autre chose que des « Je ne sais pas » ou des « Je n'ai rien vu d'autre ».

# 15

Les frères Mansouri, assis en retrait à la terrasse d'un café au Grand Socco, célèbre quartier de la vieille ville de Tanger, buvaient du thé. Ils étaient dans leur fief. Les tables autour d'eux restaient volontairement inoccupées. Une précaution qui ne perturbait pas le patron puisqu'il recevrait un gros paquet de billets à leur départ. Comme d'habitude.

Vialle et Dalmasso, davantage présents pour le décor que pour la sécurité des deux narcotrafiquants, demeuraient malgré tout vigilants. Ils filtraient les chanceux admis à venir saluer les frères et éconduisaient les importuns. Les poches remplies de dirhams, ils distribuaient aussi l'aumône aux pauvres. Les mendiants en haillons, les joues creusées, édentés, les visages burinés de ceux qui passent leur vie dehors quel que soit le temps, se confondaient en remerciements. Une manière de s'assurer la fidélité d'un vaste réseau d'informateurs serviables, serviles et reconnaissants. Le tout à moindre coût.

Sur un geste de Sofiane, Dalmasso introduisit le chef de la police de la ville à la table des deux narcos. Rachid, en convoquant ainsi le policier, au vu et au su de tous, montrait à tous sa puissance. Le commissaire, engoncé dans un costume noir, renouvela son allégeance avec obséquiosité. Il n'avait pas le choix. Il attendit ensuite d'être invité à s'asseoir pendant que le porte-flingue, d'un claquement de doigts, indiquait au serveur d'apporter du thé et des pâtisseries. Rachid Mansouri interrogea avec une fausse bonhomie le chef de la police installé face à lui :

— Brahim, fais-moi plaisir, donne-moi de bonnes nouvelles.

— Eh bien... commença le policier en se raclant la gorge. Les conditions météo du côté de la mer d'Alborán vont être excellentes à partir de cette nuit.

— Je t'ai pas demandé un point météo. En quoi ça va me servir ?

— Des *pateras*[1] surchargées de migrants vont prendre la mer pour aller en Espagne.

— Et ?

— On ne fera rien pour les en empêcher. On compte laisser bosser les passeurs. C'est le sauvetage maritime espagnol qui devra secourir les clandestins. Comme ça, tu pourras envoyer tes *narcolanchas*[2] remplis à bloc. Ils seront tous occupés à la pêche aux migrants.

— Brahim, je m'en tape, de ces conneries. Qu'est-ce que les flics et la garde civile vont foutre pendant ce temps ?

Sofiane voyait monter l'impatience de son frère. Il lui fit signe de se calmer. Le policier continua d'une voix assurée :

— L'hélico de la police est en maintenance, et la garde civile sera sur le dispositif du sauvetage en mer, parce qu'il y aura un paquet de bateaux. C'est de l'info en béton, ça m'a coûté de l'argent !

— OK, Brahim, ça m'va. J'enverrai cinq *lanchas*. J'te fais pas un dessin si ça merde.

— Tout va bien se passer, monsieur Rachid, répondit le flic, avec toute la conviction dont il était capable.

---

1. Petites embarcations à fond plat très instables.

2. Bateaux rapides, utilisés par les narcotrafiquants pour faire transiter la drogue entre le Maroc et l'Espagne.

— Parfait. Je vais te donner un cadeau en échange, poursuivit El Dorado après quelques instants de réflexion. Demain en fin d'après-midi, au péage qui mène à Rabat, tu vas intercepter un camion qui contient quarante tonnes de résine. C'est de la merde, elle ne vaut rien, elle est juste bonne à brûler. Elle ne manquera à personne, et tu passeras pour un cador de la lutte contre les stups. Ta direction te félicitera, les journalistes feront de beaux articles et de belles photos, les Stups français transmettront leurs remerciements à tes supérieurs. C'est tout bénef pour toi.

Le chef de la police, la main sur le cœur, exprima sa reconnaissance et sa soumission.

— Des saisies à la con comme ça, si tu fais ce que je te dis, je peux t'en balancer une tous les deux mois. Ça te va ?

— Merci, monsieur Rachid. Mon directeur et mon ministre vont se réjouir, c'est sûr, grâce à vous.

— Tu peux y aller, on a encore du monde à voir, le congédia Sofiane d'un geste de la main.

Sur ces mots, celui-ci balança sur la table une grosse enveloppe entrouverte. Tous pouvaient apercevoir les liasses que Brahim touchait. Le commissaire de police s'en empara avec avidité, ne s'attarda pas et salua les deux hommes avant de s'éclipser.

— Tu as pigé, Sofiane ?

— Depuis le temps, ta stratégie n'a plus de secret pour moi. Tu comptes faire grimper Brahim dans la hiérarchie en lui donnant des infos bidon, jusqu'à ce qu'il atteigne les plus hauts échelons de la police de Rabat.

Rachid Mansouri approuva d'un signe de tête et éclata d'un rire tonitruant. Il avala sa tasse de thé brûlant et très sucré, puis s'essuya la bouche avec son mouchoir avant de rabâcher, d'un air satisfait, un discours que Sofiane connaissait par cœur. El Dorado se délectait de son pouvoir.

— Quand tes pions sont au sommet, qu'est-ce qui peut t'arriver, hein ? Dis-moi ? Rien. Ils me mangent tous dans la main.

Sofiane attendait la fin de la diatribe de son aîné en caressant deux bracelets berbères en argent, qu'il portait au poignet droit. Ses porte-bonheur. Il se contenta de répondre par une mimique et écarta les bras comme pour signifier : « Il ne peut rien nous arriver. » Après ça, les deux frères reçurent encore quelques affidés venus quémander un service ou offrir les leurs. Finalement, Sofiane sonna l'heure du départ, et Dalmasso chassa les derniers solliciteurs. Certains adressèrent aux Mansouri des suppliques en joignant leurs mains et tentèrent de s'approcher. Aussitôt, les gardes du corps, inflexibles, ouvrirent leur veston sans un mot, et montrèrent la crosse de leur arme. Un geste qui suffit à dissuader les importuns.

Le chef narco avait hâte de déambuler dans le dédale des rues du marché de la vieille ville. Il adorait ça. Le message qu'il envoyait était simple : « Je suis des vôtres, j'ai grandi parmi vous, je ne vous oublie pas, je suis fidèle. » Sofiane, lui, repensait à toute la violence et aux morts qui jalonnaient leur ascension et qui continuaient à les maintenir à la tête du narcotrafic. Quant aux gardes du corps, ils se déplaçaient, sur le qui-vive, écouteur vissé dans l'oreille, arme apparente à la ceinture. Devant eux, à une centaine de mètres, quelques policiers en uniforme dégageaient les mendiants assis à même le sol. Les deux frères se trouvaient au centre d'une bulle de protection. Les passants se collaient au mur des ruelles étroites pour leur laisser la place, le regard envieux d'une richesse qu'ils ne pouvaient même pas imaginer. Des femmes exténuées ployaient sous le poids de sacs de marchandises qu'elles portaient sur leur dos. Parfois, sous l'impulsion de Sofiane, Vialle ou Dalmasso leur remettait quelques billets, une fortune pour elles.

Les Mansouri et les gardes du corps finirent par sortir de la médina. Une puissante limousine Mercedes les attendait, portières arrière ouvertes, sous la surveillance de flics zélés. Après la distribution de la dernière liasse, ils s'installèrent, et le chauffeur, dans le silence absolu de la voiture, patienta jusqu'à ce que les instructions de Rachid Mansouri tombent.

— On rentre.

La Mercedes s'inséra dans le trafic chaotique de la ville, collée par le véhicule des porte-flingues. Le chauffeur ne se départait pas de son flegme, envoyant parfois de brefs coups de klaxon pour faire dégager les traînards.

Dans le calme de l'habitacle, les deux frères analysaient les informations qu'ils venaient de recevoir de la part du couple de faux policiers.

— Au moins, maintenant, on sait à peu près à quoi ressemble le type qui tire notre fric. C'est un début, conclut Sofiane.

— Ouais, mais c'est quand même léger. Je ne suis pas beaucoup plus avancé. Qu'est-ce qu'il en pense, Nordine ?

— Pour l'instant, pas grand-chose. Il fait circuler la description de cet enfoiré dans tout notre réseau. Une description curieuse, d'ailleurs. Elle ne correspond pas aux mecs qui sont habituellement dans le trafic. L'âge surtout.

— D'accord, et alors ?

— Alors rien, c'est juste un ressenti.

— Avec ça, on va pas loin. Ne traîne pas, Sofiane. Quand on l'aura chopé, parce que crois-moi on va l'choper, il va faire un séjour à la cave et cracher tout ce qu'il sait avant qu'on le bute.

El Dorado cachait mal sa mauvaise humeur. Sofiane enchaîna :

— À propos de la cave. La dernière fois, j'ai assisté à la fin de l'interrogatoire des frères Zniber avec Nordine et

Imad le rouquin. Ces gars étaient clairement hostiles. En revanche, c'est sûr, ils n'avaient rien à voir avec nos tireurs.

— Ce qui compte, c'est que tu as montré qui on était, et surtout qu'ils ont vu le boss. Continue comme ça. Qui c'est qui les a flingués ?

— Personne. J'ai préféré qu'on les jette dans une décharge. Ils étaient pratiquement morts.

— Putain, mais qu'est-ce que t'as dans le crâne, Sofiane ? explosa El Dorado. Tu crois que c'est comme ça qu'on se fait respecter ? On dirige, ou plutôt *je* dirige, un gros trafic de came, pas l'Armée du Salut.

— OK. OK. T'énerve pas, j'ai compris.

# 16

Au milieu de la nuit, un SUV sans plaque d'immatriculation fit irruption dans une cité d'Argenteuil, dans le 95, un des hauts lieux du trafic de cannabis. Il freina brutalement devant une entrée d'immeuble. Quatre hommes vêtus de noir, cagoulés, sortirent du véhicule et arrosèrent à l'arme automatique des dealers, qui, tranquillement assis, n'eurent pas le temps de riposter. En marchant sans se presser, les assaillants continuèrent de rafaler des types qui s'enfuyaient. Ils avançaient, indifférents aux locataires qui les filmaient depuis leurs volets entrebâillés. De temps à autre, ils tiraient en l'air dans le but d'effrayer les imprudents. Par principe. Il n'y avait personne pour neutraliser ce commando méthodique, qui distribuait la mort au gré de ses déplacements. Au bout de trois interminables minutes, le chauffeur du SUV klaxonna brièvement. Les quatre hommes montèrent dans le véhicule qui disparut aussi vite qu'il était apparu.

Des voitures de police, toutes sirènes hurlantes, arrivèrent un quart d'heure plus tard sur les lieux de la fusillade. Le bilan ne fut pas long à être dressé. Trois morts, une dizaine de blessés, des centaines de douilles éparpillées sur la route, autant d'impacts sur les murs, aucun témoin. La routine…

Sofiane Mansouri terminait de dîner avec des amis dans le restaurant d'un hôtel de luxe de Marrakech quand il reçut la nouvelle. La fusillade qu'il avait ordonnée sur un réseau concurrent était une réussite. Il répondit d'un bref « OK ». Il but ensuite un verre de vin et reprit ses couverts, perturbé. Il n'avait pas envie d'envoyer un message à son frère. Pour dire quoi ? « J'ai fait tuer de jeunes mecs. J'ai montré les dents. Tu peux être fier de moi. » Sofiane n'était pas fier de lui. Il écoutait d'une oreille distraite les discussions et les rires de son entourage, des Marocains insouciants, riches, oisifs, pas du tout versés dans le trafic de drogue. Des gens dont les principales préoccupations se limitaient à faire fructifier leur argent sur des places financières européennes.

# 17

Cette même nuit, Mamba se tenait devant Cyrus, son ami, avec deux canettes de bière fraîches. Le clochard ôta les écouteurs de ses oreilles et éteignit la radio.

— Ça te dit ?

— Et comment ! Tu n'aurais pas une petite clope pour l'accompagner ?

— J'ai mieux. Deux cigares, des robustos. T'en penses quoi ?

— Que ce soir c'est la fête !

Cyrus se frotta les mains de plaisir. Mamba fit claquer le couvercle de son Zippo après avoir allumé le cigare que son ami venait de caler entre ses lèvres. Il tira quelques bouffées, les yeux fermés, savourant ce moment, puis but de longues gorgées de bière et rota de satisfaction. Mamba sourit et leva sa canette à sa santé.

Pendant près d'une heure, Cyrus assis sur son fauteuil, Mamba appuyé contre une voiture, refirent le monde. Mamba n'entretenait ce genre d'échanges qu'avec le mendiant. Cela lui faisait du bien de gommer un peu, l'espace d'un instant, le monde de violence dans lequel il s'était enfermé.

Alors que Mamba s'apprêtait à rentrer, son ange gardien le rassura sur la tranquillité de la rue. Il hésita ensuite une seconde, et se lança :

— Mamba, j'ai un service à te demander.

— Tout ce que tu veux. Je t'écoute.

— Peux-tu m'apporter un livre ? J'aimerais bien lire *Une brève histoire du temps*, de Stephen Hawking. Tu connais ?

— Pas du tout. De quoi ça parle ?

— De la création de l'Univers, du Big Bang, ça me fascine. Tu devrais le lire aussi.

— Quand tu l'auras terminé.

En réalité, il aurait plutôt eu envie de lui répondre : « Jamais de la vie, je m'en fous de l'Univers, et de tout d'ailleurs. » Mamba glissa dans la main de son ami un billet de cinquante euros avec un clin d'œil.

— Je t'achète ça demain. Bonne nuit, camarade.

De retour chez lui, Mamba se versa une bonne rasade de Macallan sans glace. Il dégustait son whisky à petites gorgées, debout, en observant le long serpent noir assoupi, qui digérait une souris. Mamba inséra dans le lecteur CD la bande-son du film *Apocalypse Now*. Elle démarrait sur « The End », un des titres emblématiques des Doors.

Il s'installa dans le canapé après s'être resservi généreusement de son whisky favori, alluma un joint et tira quelques tafs, les yeux dans le vague. Tonio avait merdé sur le dernier coup, mais s'il se remettait à balancer des infos béton à Elvire, il espérait avoir environ un million dans quelques mois. Il se barrerait ensuite aux States. *Bye bye everybody*. Il en avait conscience : la vie qu'il menait ne pouvait pas durer.

Encore un peu de Macallan. Un autre joint. Il avait la tête qui tournait.

— Je suis complètement schlass, dit-il à haute voix, en éclatant de rire.

Mais son rire s'arrêta net. Mamba était contrarié et inquiet par le silence de Tonio. Afin de ne plus y penser, il regarda pour la énième fois son film fétiche. Le son amplifié par le home cinéma, Mamba avait l'impression que les hélicoptères de combat, accompagnés par « La Chevauchée des Walkyries », traversaient l'appartement. Le vacarme infernal des rotors et des tirs des mitrailleuses l'enveloppaient. Il ne put s'empêcher de déclamer, en même temps que le lieutenant-colonel Bill Kilgore : « J'aime l'odeur du napalm au petit matin ! » Les paupières lourdes, il leva dans la foulée son verre vers l'écran de télévision et murmura :

— Putain, faut quand même une sacrée paire de couilles pour dire ça.

*

* *

Murthy et Malini, à la même heure, dînaient dans un petit restaurant tamoul de Little Jaffna. Au menu, un *dahl palak*, un curry de lentilles mélangé avec des épinards et des épices. Malini avait insisté pour que le plat ne soit pas trop épicé. Ils arrivaient à la fin de leurs examens et étaient confiants. Plus qu'une demi-journée d'épreuves. Murthy était euphorique, heureux. Seule ombre au tableau : il refusait d'avouer à sa fiancée qu'il gagnait de l'argent d'une provenance douteuse. En fait, il anticipait la réaction de la jeune fille qui ne serait autre qu'un rejet simple et net.

Le dîner terminé, ils firent une halte au temple de la rue Pajol et adressèrent prières et dévotions aux divinités hindoues. Là, baignés dans une sorte d'ambiance mystique, loin de l'agitation parisienne, ils rejoignaient l'Inde qu'ils n'avaient connue que deux fois chacun, lors de vacances familiales. Après ces instants d'apaisement, Murthy glissa un billet de dix euros dans une grosse boîte cylindrique en métal sur laquelle était inscrit « DONATION OFFERING », ainsi que les mêmes mots en tamoul.

Ils sortirent ensuite. Retour à la réalité. Direction La Courneuve.

*

* *

La soirée d'Elvire avait été paisible, détendue. Un dîner avec sa compagne, une jeune photographe professionnelle rencontrée l'année précédente à la Fashion Week, lors du défilé d'un styliste japonais. La semaine de la mode. Elvire, la femme aux multiples personnalités. Celle de la nuit qui dépensait son fric sans compter dans la haute couture, les chaussures hors de prix et les parfums rares. Et l'autre, la face cachée, celle qui jouait avec le feu en volant l'argent des narcos. Sûr que s'ils la trouvaient, ils la tortureraient et la tueraient. Elle frissonna. Un mélange indéfinissable de frayeur et de plaisir.

Après un dernier verre dans les jardins de l'hôtel Prince-de-Galles, les deux amantes regagnèrent l'appartement d'Elvire et firent l'amour. Pendant que sa compagne dormait, Elvire, enveloppée dans un kimono, fumait et gambergeait. Accoudée au balcon de la terrasse, le regard perdu vers les arbres du parc Monceau, elle ne parvenait pas à aligner deux pensées positives. La nuit, les idées étaient toujours plus noires. Et les siennes, particulièrement. Un sujet, notamment, tournait en boucle et l'empêchait de fermer les yeux. *Qu'est-ce qu'il fout, Tonio ? Plus d'appels, plus de messages, que dalle. Quand j'essaie de le joindre, je tombe direct sur sa messagerie. C'est pas normal... Mais puisque j'ai son fric, il va bien finir par se manifester pour le récupérer.* Elle essayait de se rassurer avec cet argument. La vérité, c'est qu'elle flippait méchamment. *Je n'ai pas les épaules pour gérer une telle situation.* Elle se donnait encore un peu de temps pour en reparler à Mamba. Oui, mais combien ? Il allait très mal réagir, c'était sûr, et elle angoissait d'avance. Elle tira une dernière fois sur sa fine cigarette consumée jusqu'au ras du filtre et, d'une pichenette, la balança dans le vide. Elle regarda la petite luciole rouge qui tournoyait en tombant. Elvire alluma une autre Vogue d'une main tremblante.

# 18

Patrick Chebel, le sous-directeur des affaires criminelles de la PJ, jeta le cure-dents qu'il mâchouillait avant d'entrer dans l'amphithéâtre bondé. La centaine de flics se tut. Chebel avait hérité ses cheveux blonds, qu'il coupait très court, de sa mère normande, et son regard noir de son père algérien. Il posa un dossier peu volumineux sur le pupitre et rajusta ses lunettes. Il était connu pour ses phrases concises et parfois abruptes. Visage renfrogné, il avait la tête des mauvais jours. Il ouvrit la chemise cartonnée et jeta un rapide coup d'œil à quelques feuillets, puis il démarra son briefing par une phrase qui était devenue sa marque de fabrique, provoquant quelques rires étouffés dans la salle.

— Je vous la fais courte. Dans deux jours, à 6 heures, on déclenche l'opération « Alborán ». Elle vise les frères Mansouri, Rachid et Sofiane, les plus gros trafiquants de cannabis sur notre sol. Les Stups et les Financiers ont préparé un dossier qu'ils remettront aux chefs de groupe à l'issue de la réunion. En résumé, c'est un an d'enquête, trente millions d'euros et onze tonnes de résine que nous avons vus circuler dans le réseau Mansouri. On estime que ce n'est que la partie émergée de l'iceberg, que le plus gros nous est passé sous le nez. Malgré tout, les Stups, que je félicite, sont parvenus à bâtir l'organigramme du réseau. Pour les principaux objectifs, les équipes seront panachées entre effectifs Stups, Financiers et Crime organisé. Avant de laisser la parole à ceux qui ont monté l'opération, j'ai deux choses à vous dire. Premièrement, je sais que certains d'entre vous ont des accointances avec des journalistes. On ne leur donne aucune info, ni le nom de code ni quoi que ce soit. C'est compris ? S'il y a une fuite, l'affaire est par terre.

Silence dans la salle. Comme tous les officiers redoutaient Chebel, ils se garderaient bien de franchir cette ligne rouge.

— Deuxièmement, Sofiane Mansouri, qui fait l'objet d'un mandat d'arrêt, est venu à Paris. Selon une source, il s'est déplacé sous une fausse identité, a atterri à Barcelone et a loué une voiture pour rejoindre la France. Il est passé tranquillement entre les mailles du filet. Il a rencontré leur saraf, Nordine Hassani, mais l'info nous est parvenue trop tard. D'après nos écoutes, le collecteur principal, Imad Chakir, dit Imad le rouquin, vient de livrer une importante somme d'argent à Hassani. L'opération qu'on déclenche consiste aussi à saisir ce cash, et tous les biens rattachés aux Mansouri, à Hassani et consorts. Je ne me leurre pas : les frères ne bougeront plus du Maroc après les arrestations et saisies dans leur réseau en France. Et ça m'étonnerait que, de l'autre côté de la Méditerranée, la coopération fonctionne, tant cette famille est généreuse.

Patrick Chebel marqua une pause, comme pour accentuer son propos. Puis il termina son briefing :

— Nous avons donc deux cibles principales : Nordine Hassani, le saraf, et Imad Chakir, le collecteur central. On interpelle aussi la myriade de dealers, de petits collecteurs et de coursiers qui bossent pour eux. En tout, je table sur une cinquantaine de gardes à vue.

Pendant plus d'une heure, les différents chefs de service déclinèrent point par point tous les écueils de la procédure. Les officiers de police judiciaire prenaient des notes, et chaque unité reçut un dossier complet sur leur cible. Patrick Chebel, lui, consultait son téléphone et sortait parfois de l'amphithéâtre pour répondre à un appel. Une fois le volet technique épuisé, il reprit la parole :

— Durant l'opération, les écoutes seront suivies en direct. Je vais bloquer trois équipes qui pourront réagir si un imprévu se présente.

Il s'interrompit une nouvelle fois pour attirer l'attention de son auditoire.

— D'après ce qu'on m'a dit, il y a ici des acharnés de Tinder.

Le sous-directeur laissa les rires s'exprimer dans l'assistance et leva la main pour obtenir le silence.

— Que ce soit bien clair, celles et ceux qui ne seront pas présents à 5 heures pour la mise en place de l'opération seront virés de la PJ. Dans le même ordre d'idée, il y en a parmi vous qui ont besoin de raconter leur vie sur les réseaux sociaux et de se photographier en mission. Je rappelle que c'est strictement défendu. Inutile de vous détailler les conséquences que de tels comportements ont en matière de sécurité. Soyez prévenus, la sanction, ce sera le passage en conseil de discipline. À bon entendeur…

Patrick Chebel quitta l'amphithéâtre dans la foulée. Ambiance glaciale parmi les officiers de police.

# 19

Quand le chef de service des Stups, Hadrien Legendre, entra dans l'antre de Chebel, celui-ci, les pieds sur son bureau, fumait un cigarillo en lisant un mémo confidentiel. Il leva à peine les yeux du document.

— Je sais ce que tu vas dire, que c'est défendu de fumer à l'intérieur, mais je n'ai pas le temps de descendre. Sers-toi un café pendant que je termine cette note. C'est au sujet du flingage dans la cité du 95, trois morts, dix blessés. Le ministre va sur place ce matin avec la presse, le directeur de la PJ l'accompagne.

Hadrien Legendre connaissait le mode de fonctionnement de Chebel. Le laisser finir ce qu'il avait entrepris était incontournable. Il alla donc au secrétariat, se fit couler un café et revint le boire à côté du sous-directeur. Ce dernier rangea le document dans l'armoire forte, ralluma un cigarillo et en offrit un à Legendre, qui refusa d'un signe de tête. Il pouvait maintenant lui parler.

— On a une conversation téléphonique entre un collecteur de confiance des Mansouri, qu'on a sur zonzon[1], et un coursier inconnu de notre dispositif.

— Lis-moi la retranscription.

1. Écoute téléphonique, dans le jargon de la police.

— C'est le collecteur qui appelle, il est speed : « Demain, j'te file un très gros paquet. Ça urge. » Le coursier répond après quelques secondes de flottement : « D'où ça sort, ton truc ? » Côté collecteur, le ton monte : « J'peux pas faire autrement, j'ai une embrouille avec des gars, ça risque de mal se terminer. » Le coursier n'est vraiment pas emballé, on le sent assez nettement : « T'es sûr qu'ça peut pas attendre ? » Cette fois, le collecteur explose de colère, il hurle presque : « Écoute, connard, si j'me fais tirer le colis ou si j'me fais fumer, ce sera à cause de toi, et tu t'assiéras sur l'addition. T'as pigé ? » Le coursier commence à avoir la trouille : « C'est bon, c'est bon. Où tu prévois l'échange ? » Réponse : « 19 heures, ce soir, métro Château-d'Eau. Un deux-roues. J'te laisse un message sur Telegram pour te dire où on s'retrouve pour que j'te file le paquet, et j'te dirai où l'autre coursier doit l'apporter. C'est en train de se caler au-dessus. » Le coursier n'aime pas ce plan, il le redit : « Monter un truc pareil à la dernière minute, c'est galère. » Le collecteur raccroche sans rien dire.

— Et donc ? interrogea Chebel.

— La conversation date de ce matin, depuis plus rien. Ils ont dû changer de téléphone. De toute façon, on ne peut pas intercepter ce qui transite par Telegram. Je propose de choper les coursiers au point de rendez-vous. Le collecteur, on se le fera dans la foulée.

— La veille du lancement de l'opération Alborán ? s'étonna Chebel. Ce n'est pas un bon plan. Nos cibles vont paniquer, détruire des preuves et se tirer. On ne peut pas prendre le risque de foirer cette mission après des mois d'enquête.

— Ce ne sera pas le cas si on déclenche les interpellations juste après celles de Château-d'Eau. On les avance de quelques heures, c'est tout. Et sur les cibles principales, j'ai déjà des équipes en planque, on ne les lâche pas, insista le chef des Stups.

— Château-d'Eau, c'est en haut du boulevard de Strasbourg, pas loin de la gare de l'Est, en plein quartier africain. En fin de journée, il y a un monde fou, là-bas, et la circulation est abominable, ça risque de dégénérer. Tu vois ça comment ?

— Tous mes gars sont pris, je comptais solliciter une équipe solide du Crime organisé, avec un renfort de la BAC de l'arrondissement. Je pense que ça vaut le coup, surtout pour saisir une grosse somme dont on ne connaît pas la destination.

— Je ne suis pas très chaud mais d'accord. En revanche, borde bien ton dispositif et préviens les équipes que l'opération est avancée. De mon côté, j'informe le directeur. Je crois que ça ne va pas lui plaire. Tu as intérêt à être sûr de ton coup. Tu as vingt-quatre heures pour tout monter.

Le chef des Stups acquiesça. Il mesurait parfaitement l'ampleur du désastre si son plan échouait.

— Autre chose, reprit Chebel. Les frères Zniber, ça te parle ?

— Oui, répondit Hadrien Legendre après quelques secondes de réflexion. Deux mecs qui gèrent des points de deal dans des cités du 93, avec une équipe assez agressive. Selon nos sources, ils grimpent dans le trafic. Pourquoi ?

— À mon avis ils vont cesser de grimper, annonça Chebel, en se marrant. Ils ont été récupérés gisant sur une décharge, puis déposés, enroulés dans des draps, devant les urgences de l'hôpital d'Aulnay.

— Par qui ?

— Des types cagoulés, qui se sont barrés rapidos dans une caisse avec une fausse immatriculation. C'est ce qu'on voit sur les caméras de la vidéosurveillance de l'hôpital. L'info vient des collègues du 93.

— Ils sont sérieusement amochés ?

— C'est rien de le dire. Les deux sont dans le coma ! Ils ont subi une séance de torture en règle. Un miracle s'ils s'en tirent. On les a identifiés grâce à leur ADN. Pour l'instant, le 93 reste saisi de la tentative d'homicide volontaire avec des tortures et actes de barbarie.

— Les flingages dans les cités, c'est comme les tremblements de terre. Il faut s'attendre à des répliques après la première secousse, commenta Hadrien Legendre, fataliste.

# 20

Hadrien Legendre briefait l'équipe chargée de l'interception du collecteur. Elle était pilotée par un commandant de police expérimenté. Legendre avait épinglé sur un panneau de liège deux clichés. L'un représentait un jeune homme africain, la trentaine, mince. L'autre, une reproduction en couleurs au format 30 × 40, extraite d'une vue satellite de Google Earth, du quartier autour de la station Château-d'Eau. Sur celle-ci figuraient, marqués en rouge, les accès au métro. Le commissaire désigna, dans un premier temps, la photo du jeune type.

— On n'en est pas sûrs, mais c'est sans doute ce gars qui viendra avec l'argent. Une fois qu'il l'aura remis, il va se tirer très vite.

Pas de commentaire de la part des flics, qui scrutaient le portrait. Legendre enchaîna et pointa du doigt deux rues sur la copie d'écran de Google Earth.

— On a des sorties de métro de part et d'autre du boulevard de Strasbourg, qui est encadré par la rue du Château-d'Eau et la rue Jarry. Le type qui récupérera le cash sera certainement sur un deux-roues. Il s'enfuira soit tout droit sur le boulevard, soit en empruntant la rue Jarry, deux cents mètres plus haut sur la gauche.

— On ne doit pas lui laisser le temps de prendre de la vitesse. Ce genre de mecs sont de vrais pilotes, observa le commandant.

— Qu'est-ce que vous proposez ?

— On se le fait avec mes gars en piétons, quand le fric change de mains. C'est le seul moment où il est à l'arrêt.

— Il est risqué, votre plan. Le contact ne dure que quelques secondes. S'il s'arrache, c'est plié, remarqua le commissaire.

— Je mettrai aussi une voiture au niveau de la rue Jarry pour l'intercepter au cas où, et une équipe moto en dernier barrage.

— Vous connaissez l'endroit ? demanda Hadrien Legendre.

— Oui, c'est le quartier africain. Toujours blindé de monde, avec ses salons de coiffure, ses bars, ses restos, ses magasins de fringues, ses épiceries. Sans compter les vendeurs à la sauvette qui glandent sur les trottoirs.

— Les arrestations risquent de dégénérer, avec la foule.

Le commandant entendait très bien les réserves de son supérieur. Il se voulut néanmoins rassurant.

— En fait, il n'y a que deux mecs à serrer, c'est tout. Et pas armés, a priori. Mon équipe est au complet, nous serons huit. La BAC de l'arrondissement interviendra très vite aussi. Ça fait dix hommes en plus.

— D'accord. La remise est prévue à 19 heures. Pas d'autres infos. Les lignes ne tournent plus.

— Pas de problème, on se mettra en place vers 18 heures.

*

* *

En fin de matinée, Murthy et Malini sortirent du centre d'examens. La dernière épreuve d'histoire était terminée.

Ils échangèrent longuement sur leurs travaux respectifs, se rassurant mutuellement. Ils pensaient avoir réussi. Dans une ambiance légère, ils déjeunèrent de burgers avec du Coca. Une entorse à leur nourriture indienne. Puis Murthy raccompagna Malini chez lui et fila au restaurant où il travaillait.

Il était à peine 15 heures. Raj versa deux tasses de thé, il en tendit une à Murthy.

— Alors, bientôt professeur ?

— La route est encore longue. C'est juste la licence. J'en ai encore pour quelques années.

— Est-ce que ça veut dire que tu vas rester travailler chez moi ?

— Bien sûr.

Murthy finit de boire son thé et se mit en action. Il lava la vaisselle, nettoya et rangea la salle, après quoi il aida un livreur à entreposer des caisses de canettes dans la cave. Cet Indien, qui fournissait les établissements du quartier, portait en permanence, en travers du front, deux marques blanches, des cendres de l'encens réputées apporter force et protection.

Tout à sa tâche, Murthy ne vit pas le temps passer. Au moment de partir, Raj lui donna quelques boîtes hermétiques contenant un repas pour sa famille. Le jeune homme le remercia en joignant ses deux mains et en inclinant son visage. Dehors, il rangea les lunch-box dans le top-case de son scooter. Il s'apprêtait à rejoindre Malini pour aller dîner chez les parents de sa fiancée quand son téléphone vibra dans la poche de son pantalon. Celui des courses qui lui rapportaient de l'argent.

Il ne voulait pas répondre. Pas ce soir. Il devait rentrer. Un message WhatsApp était arrivé. Surtout ne pas le lire. Ne pas montrer qu'il en avait pris connaissance. Remettre le téléphone dans sa poche et l'oublier. C'était ce que lui dictait sa conscience, pourtant Murthy appuya sur la petite icône verte et lut « RDV 19 h, métro Château-d'Eau, numéros pairs ». « D'accord », écrivit-il dans la foulée.

Aussitôt, il regretta son geste. Il effaça les messages. *Si j'avais fait le mort, que se serait-il passé ? Rien, certainement. J'aurais prétendu que je n'avais pas entendu. Ça peut arriver. Je suis nul. C'est plus fort que moi.* Tout en se flagellant, il tentait cependant de relativiser, de se rassurer. *Après tout, j'en ai pour une heure max, et je prends cinq cents.* Le jeune homme se raccrocha à ça. *Je dois m'en tenir à ce que je me suis fixé. Encore quatre mois, après j'arrête tout.* Murthy ne le pensait pas réellement. Il respira profondément et jeta un coup d'œil à sa montre. *Dans une heure. J'ai le temps d'y aller et de faire un repérage pour voir si c'est OK. Au moindre doute, je me tire.*

# 21

À partir de 18 heures, les flics commencèrent les repérages pour anticiper l'itinéraire probable de fuite du coursier et se faire une idée plus précise des lieux afin de cadenasser le dispositif. Hormis le commandant, chef de groupe, et son adjoint, l'équipe était plutôt jeune. Elle se fondait facilement dans la masse des piétons du boulevard de Strasbourg. Pas d'oreillettes, pas de radios qui crachotaient, pas de bosses sous les chemises qui laisseraient deviner des armes. Ils communiquaient entre eux avec leur portable et se déplaçaient seuls, à la vue les uns des autres. À cette heure-ci, une foule bigarrée avait envahi les trottoirs et les boutiques. Se noyer dans la masse était relativement simple.

Les policiers prirent la mesure de ce quartier bon enfant, à la population majoritairement d'origine africaine. De chaque côté du boulevard, il y avait en effet des dizaines de salons de coiffure, avec des rabatteurs qui proposaient tresses, faux ongles, ou encore produits éclaircissants pour la peau. Les potentielles clientes, elles, discutaient, riaient, palabraient, refusaient ou se laissaient embobiner.

Autant ces femmes étaient inoffensives, autant les nombreux vendeurs à la sauvette s'avéraient davantage problématiques. Des types méfiants qui avaient vite fait de repérer des policiers en maraude. Ne pas attirer leur attention ni surtout croiser leur regard était primordial. Ils pigeraient illico. Deux flics s'installèrent à la terrasse de la brasserie Royal Strasbourg. Fausse décontraction, yeux rivés sur les accès au métro, à quelques mètres d'eux.

Les véhicules de la BAC, pendant ce temps, se postèrent plus bas sur le boulevard. Leur présence n'avait rien d'exceptionnel et laissait indifférents les habitués du quartier. L'heure de la remise approchait, tous se tenaient aux aguets, scrutant les alentours. De son côté, le chef de groupe flânait dans un magasin d'objets d'occasion à proximité. Son portable à la main, il répondait parfois à un texto. Encore quelques minutes, puis il sortirait du magasin, allumerait une cigarette et, sans se presser, se dirigerait vers le lieu de l'échange. Ne pas se montrer trop tôt.

Un des jeunes officiers, T-shirt et surchemise très amples pour masquer l'arme qu'il portait sur le devant, glissée dans le pantalon, s'arrêta devant une femme corpulente vêtue d'un boubou multicolore. Assise sur une chaise en plastique, elle proposait des spécialités culinaires de la Côte d'Ivoire. Le policier papota un peu avec elle et acheta une boule de *foutou*, de la banane plantain mélangée à du manioc. L'Africaine tenta de lui refourguer de la sauce et une boisson, qu'il refusa d'un sourire. Il lui tendit un billet de cinq euros et resta à côté d'elle pour manger tout en discutant.

À quelques pas, une imposante enceinte Bluetooth, posée devant la vitrine d'un salon de coiffure, crachait de la musique congolaise. Le volume était fort, très fort. Des mecs riaient, tapaient dans leurs mains et esquissaient de petits mouvements de danse. À cela s'ajoutait le vacarme de la circulation. *Avec ce boucan infernal, nos radios sont inopérantes*, se disaient les flics.

18 h 45. Murthy avait déjà effectué deux passages sans rien remarquer de problématique. Il stationna en haut du

boulevard de Strasbourg, en attendant de rejoindre l'entrée du métro dans un quart d'heure. Il avait prévu d'arriver avec trois ou quatre minutes de retard, histoire d'être certain que tout soit clair.

18 h 55. Les voitures et les motos de la PJ se mirent en place. Tous, maintenant, se rapprochèrent des sorties de métro. Lors de ses passages, le TMAX de Murthy n'avait pas été repéré, noyé dans la masse des scooters qui encombraient le boulevard et zigzaguaient entre les voitures et les fourgons.

19 heures. Le commandant quitta le magasin, une cigarette coincée entre les lèvres. Il repéra un jeune Africain, mince, athlétique, sacoche en bandoulière. La photo affichée pendant le briefing était fidèle à la réalité. Le type était aux aguets. Ce dernier marqua un temps d'arrêt, se retourna plusieurs fois et regarda sa montre. Il se déplaça ensuite de quelques mètres et s'appuya contre un mur, ce qui lui permit d'avoir une vue d'ensemble sur le boulevard et le large trottoir. Néanmoins, il ne prêta pas attention au gars qui terminait de manger une boule de *foutou* à quelques mètres de lui.

Aussitôt, les flics se rendirent compte que l'homme était un habitué des remises d'argent. *Il est malin et prudent*, estima le commandant. *Au moindre doute, il se tirera en courant.* Le chef de groupe passa quelques appels très brefs. Les dernières consignes se noyèrent dans les basses de l'enceinte. Le livreur montrait des signes d'impatience, le coursier aurait dû être là, à l'attendre, et pas le contraire. Il était inquiet. Quatre minutes de retard. Il pianota sur son portable et guetta une réponse. Les secondes qui s'égrenaient étaient bien trop longues pour quelqu'un qui se baladait avec un sac rempli d'argent provenant de la drogue. Le chef de groupe envoya un message au dispositif : « Le mec flippe, si le coursier ne vient pas, on l'arrache quand il se barre. »

19 h 04. Murthy baissa la visière de son casque, démarra et se rendit au rendez-vous. Il ressentait chaque fois les mêmes sensations de peur, la gorge sèche et le cœur battant. Il s'arrêta au feu rouge de la rue du Château-d'Eau. Bien que sur le qui-vive, il ne détecta aucune des voitures banalisées garées le long de la voie. Aucune chance, elles étaient inoccupées. Son regard se focalisa sur la sortie du métro et se planta sur un jeune type à proximité. Son attitude correspondait à celle de ses contacts habituels. Il devina que le gars, nerveux, s'apprêtait à partir. Feu vert. Circulation chaotique, dense. Murthy traversa le boulevard et monta sur le large trottoir. Là, il zigzagua au pas entre les piétons, devant les femmes qui vendaient des sandwiches et des boissons. Surtout, il veilla à ne pas déranger les sempiternels groupes de mecs qui discutaient fort, tapaient dans leurs mains et rigolaient.

Murthy s'approcha au ralenti de sa cible. Il releva la visière sombre de son casque et lui glissa quelques mots. L'homme parut enfin soulagé. Aussitôt, la sacoche changea de mains. Murthy la cala contre sa poitrine en même temps qu'il se penchait pour entendre le lieu de la remise. Surprise. Il se figea plusieurs secondes. *Ce n'est pas possible, j'ai dû mal comprendre, il y a trop de bruit.* Trop tard, le type avait déjà filé. Il rabaissa d'un coup sec la visière. Il avait la trouille. Le bruit de sa respiration était amplifié dans le casque. Un soufflet de forge. Murthy repéra à dix mètres de lui une ouverture pour descendre du trottoir et se tirer. Son regard se verrouilla sur cette issue. Comme toujours dans ces moments de stress intense, son cœur cavalait et son sang pulsait dans ses tempes.

Légère accélération. Éviter les piétons. Murthy, hypnotisé par le replat du trottoir, avait les yeux rivés droit devant lui.

Dans deux secondes, il foncerait sur le boulevard. Soudain, un bras puissant, recouvert d'un tatouage de serpent, l'enserra brutalement sous le cou, l'étrangla. La tête de Murthy partit en arrière. Éjecté de la selle, il chuta lourdement sur l'asphalte. Le scooter continua sur sa lancée et percuta un arbre.

# 22

À Madrid, Vialle et Dalmasso, assis à la terrasse d'un café sur la Plaza de Olavide, savouraient une bière fraîche. Ils portaient un regard détaché sur la foule joyeuse et bruyante qui les entourait et trinquait à la vie. La veille, munis de faux documents d'identité, ils avaient débarqué du ferry qui reliait Tanger à Tarifa. Quelques heures plus tard, ils avaient loué des chambres dans un hôtel du centre de la capitale espagnole. Les deux exécuteurs attendaient un homme qu'ils ne connaissaient pas et qui se prénommait Majid. Vialle, pour passer le temps, se mit à examiner avec dédain les tatouages dessinés sur le dos de ses mains.

— Mes premiers, il y a quinze ans. Les pires, c'est sûr. J'avais pas de fric à ce moment-là, et j'ai toqué à la porte d'un mec se prétendant tatoueur dans un bled perdu.

Dalmasso détestait les tatouages. Il écoutait d'une oreille distraite.

— J'aurais dû lui péter les bras, c'est tout ce qu'il méritait, cet enfoiré.

— Un peu excessif, tu ne crois pas ?

— Non, c'est la sanction qu'on réserve aux mauvais tatoueurs. Maintenant, j'ai une véritable œuvre d'art sur tout le corps. Mais ça, ça ruine tout.

Bref sourire de Dalmasso qui s'en foutait royalement. Vialle tendit ses poings.

— Main gauche, la gueule du chien que j'avais à l'époque, un pitbull, une vraie bombe. Main droite, un poulpe. Quand cette bestiole chope une proie, elle la lâche plus. Comme moi.

Dalmasso acquiesça sans un mot, but une gorgée de bière et consulta son smartphone. Un mail de son notaire lui confirmait que sa proposition financière pour l'achat d'un restaurant à Neuilly-sur-Seine était validée. Il n'en parla pas à son acolyte. Il n'aimait pas étaler sa vie privée. Pour lui, c'était comme se foutre à poil. Il réfléchissait déjà à la décoration de son futur établissement, au recrutement d'un chef, à la carte qu'il proposerait, lorsqu'il fut interrompu par l'arrivée d'un type. Celui-ci s'assit en face d'eux en disant simplement :

— Majid.

Un grand Marocain, massif, le crâne rasé. La brutalité inscrite dans les gènes. Ses yeux méfiants scannaient en permanence les alentours. *Un mec recherché, des mains et une gueule de tueur*, pensa spontanément Dalmasso. *Rachid déconne de nous envoyer un spécimen pareil.*

— Tu as apporté ce qu'on a commandé ? demanda Dalmasso.

— Dans ma bagnole, à l'abri des regards.

— OK. Tu veux un verre ou on y va maintenant ?

— On dégage de là, on règle le truc, et après basta.

Vialle approuva d'un hochement de tête tandis que Dalmasso écrasait sa cigarette et calait un billet de vingt euros sous un verre. Les trois hommes quittèrent le bar.

*

* *

Au même moment, Sofiane Mansouri, via son téléphone chiffré, donnait des instructions très précises à Nordine pour blanchir vingt millions d'euros grâce à des comptes offshore reliés à des sociétés fantômes. Le portable sur haut-parleur, le saraf prenait des notes au fur et à mesure des ordres. Le fric ainsi disséminé dans différents pays serait ensuite regroupé sur le compte d'un bureau d'agent de change à Dubaï, ouvert par Sofiane et Noémie, la comptable. Impossible alors de tracer l'argent de la came qui entrerait dans le circuit bancaire officiel. Imad le rouquin assista, admiratif, à la conversation entre les deux boss. *Ça ressemble à un entonnoir, leur machin*, se dit-il avant de ranger dans la poche de son blouson graisseux un rouleau de billets serrés par des élastiques. Quinze mille euros. Une goutte d'eau.

*
* *

19 h 05, à La Courneuve. Malini consulta son portable pour la dixième fois. Rien. Murthy aurait dû être là depuis plus d'une heure. Sa nouvelle tentative fut renvoyée sur la messagerie. « Murthy, je suis malade d'inquiétude, rappelle-moi, je t'en prie. »

19 h 10, à Paris, boulevard de Strasbourg. Murthy n'avait rien vu venir. À plat ventre, sans son casque, les mains dans le dos, il était sonné. Il tourna la tête vers les cris et les insultes qu'il entendait. Il vit le collecteur plaqué au sol et menotté par un type paraissant manger quelque chose. Une poigne puissante saisit Murthy par le col pour le soulever. Une douleur fulgurante lui cisailla le cou. Les menottes trop serrées lui faisaient aussi un mal de chien. Il dut redresser la tête pour observer le gars qui l'avait arraché du bitume. Un grand balèze. Casquette bleue de l'équipe de base-ball de New York, Ray-Ban, les deux bras tatoués de serpents. À une de ses épaules pendait la sacoche contenant l'argent. Murthy, submergé par la panique, suffocant, aurait voulu

parler au type brutal qui le tenait en le regardant d'un air narquois. Mais il ne pouvait pas.

Autour du jeune homme, des tas de flics reconnaissables à leur brassard orange fluo marqué « POLICE » s'étaient regroupés. Il aperçut son TMAX renversé contre un arbre, l'essence s'échappant du réservoir. *Il est foutu.* Ce fut sa première pensée cohérente. Il sentit ensuite son téléphone vibrer. *Malini, à tous les coups.* Cette deuxième réflexion le fit atterrir. Murthy était néanmoins dans l'incapacité d'analyser quoi que ce soit, ni de mesurer les conséquences de son arrestation.

Déjà, une foule de curieux s'était rassemblée. Les forces de l'ordre furent prises à partie par une cinquantaine d'Africains, qui les insultaient et voulaient les empêcher d'embarquer Murthy et le coursier. Les flics sortirent leurs armes et, comme les perturbateurs se mettaient à filmer avec leur portable, ils enregistrèrent la scène avec leur GoPro. Images contre images. En cas de débordements, les vidéos seraient transmises à leurs avocats. Précaution utile.

Soudain, un des Blacks se détacha du groupe et, d'un geste, fit taire tout le monde. Dreadlocks, lunettes de soleil, gilet de cuir sans manches ouvert sur un torse mince et nu, jean porté très bas sur les hanches, petite sacoche Gucci en travers de la poitrine. Ses bras et son ventre présentaient des cicatrices de coups de couteau. Il s'adressa au chef de groupe et, goguenard, désigna du doigt les serpents tatoués sur ses bras.

— C'est pour faire flipper ou pour faire rire ?

— Comment tu t'appelles, monsieur le comique ?

— MGD, répondit l'Africain de sa voix éraillée. Machine Gun Diallo. Et toi ?

— Moi, c'est Miller. Je devrais avoir peur de toi, machinchose, gaulé comme tu es ? Maintenant, toi et tes mecs, cassez-vous.

— Je vois que tu mates ma sacoche Gucci. J'suis sûr qu'avec ton salaire de merde de keuf, tu peux même pas t'la payer.

Rire de MGD et des gars qui l'entouraient. Miller se retint pour ne pas le défoncer. MGD écarta alors les pans de son gilet, montrant la crosse d'un pistolet, tatouée au niveau de sa hanche. Le canon plongeait sous la ceinture du pantalon. Miller esquissa un sourire, s'avança et le toisa de sa hauteur. Il planta un doigt sur le tatouage.

— On dirait un vrai *gun*, murmura-t-il. C'est une menace ? Imagine, je te croise la nuit, on voit moins bien, la nuit, c'est connu, je pourrais croire que c'est un flingue et là, *poum poum*…

Des renforts arrivèrent. Les flics, désormais en surnombre, embarquèrent Murthy et le collecteur sous les huées. Une camionnette de la police enleva le scooter. Fin des opérations.

Fally Ipupa, le roi de la rumba congolaise, chantait « Mayday ». Les Blacks se dispersèrent en fredonnant la chanson. MGD, lui, s'approcha d'une jeune femme restée en retrait.

— Essaie de savoir d'où viennent ces connards de keufs, surtout celui avec les serpents tatoués sur les bras. Le Black qui s'est fait serrer, on voit qu'il a l'habitude, mais l'autre, le jeune pakos, on aurait dit un lapin bloqué dans les phares d'une voiture.

# 23

Murthy était assis à l'arrière d'une voiture de police, à côté d'une jeune femme blonde aux cheveux courts. Plus tôt, il avait entendu son prénom, Elvire. Elle portait un gilet noir multipoche marqué « POLICE JUDICIAIRE ». Miller, au volant, conduisait vite. Les autres voitures suivaient, gyrophares activés, dans un concert de deux-tons assourdissant. Murthy, ballotté, se maintenait penché en avant, retenu par la ceinture de sécurité. Impossible de s'asseoir contre le dossier sans ressentir une violente douleur dans les poignets, toujours meurtris par les menottes. Il n'osait pas parler. Il réfléchissait. Il savait que tout un pan de sa vie s'écroulait. Malini, sa famille, ses futurs beaux-parents, Raj, peut-être même la fac. Il envisageait le pire et ne voyait pas d'issue. Il avait le nez contre un mur. La femme flic avait indiqué qu'il était en garde à vue pour trafic de stupéfiants et avait prononcé d'un ton mécanique tout un tas d'autres phrases auxquelles il n'avait rien compris. Il n'en avait retenu que deux bribes : « appel téléphonique à un proche » et « avocat ».

Les véhicules s'arrêtèrent après trois quarts d'heure d'un trajet éprouvant. Les portières claquèrent. Murthy, encadré par Miller et un de ses collègues, traversa le hall de l'immeuble de police. Ascenseur. Bureau. Là, le jeune Indien, enfin détaché, se frotta les poignets. Trois secondes. Elvire lui passa une autre menotte reliée à un anneau fixé à une chaîne au sol.

Quelques instants plus tard, à travers la vitre qui séparait la pièce du couloir, l'étudiant en histoire vit revenir Miller. Ce flic lui inspirait de la peur. Miller adressa un signe à Elvire, l'invitant à le rejoindre. Ils se mirent à chuchoter. La femme paraissait inquiète. L'autre haussa les épaules et, d'une moue, tenta de la rassurer. Ils entrèrent ensuite ensemble.

— Elvire, tu as expliqué au jeune homme ses droits ?

— Oui, bien sûr. Tu veux contacter un proche ? Un avocat ? Tu en connais un ? Sinon, c'est un commis d'office qui t'assistera. Un toubib viendra aussi. C'est la règle.

Tandis qu'elle parlait, son binôme avait étalé la fouille du jeune homme devant lui : ses documents d'identité, une trentaine d'euros, des clefs et deux téléphones. Miller pianotait à présent sur son ordinateur. Ici, Mamba n'existait pas. Quelques-uns, les plus anciens de la PJ, l'appelaient Vic. En référence à Vic Mackey, le flic borderline de la série *The Shield*. Il y avait une certaine ressemblance physique. Un mec puissant et chauve, au comportement à la limite de la légalité. Ses collègues adoraient les surnoms. Miller détestait celui de Vic.

— Je voudrais joindre ma fiancée, dit Murthy.

— Ensuite, répondit Elvire. Avocat ?

— Je n'en connais pas.

— Numéro de ta fiancée ? demanda la jeune femme en saisissant le téléphone fixe. Son nom ?

— Malini Gupta.

Elvire composa le numéro que Murthy lui dictait. Malini décrocha dès la première sonnerie. Elvire annonça la couleur :

— Mademoiselle Gupta ? La police judiciaire à l'appareil. Votre fiancé, M. Murthy Banerjee, a été interpellé dans une affaire de trafic de stupéfiants ; il est en garde à vue. Je vous le passe.

Murthy porta le combiné à son oreille. Il entendit Malini qui pleurait. Désespéré, il tenta d'atténuer la brutalité des mots de la policière, de dédramatiser son arrestation. « C'est un malentendu, tout va s'arranger », expliqua-t-il alors qu'il n'y croyait pas lui-même. « Oui, je te rappelle dès que je sors. » Murthy raccrocha, la gorge sèche et les jambes en coton.

— Bon, reprenons, dit Miller. Je viens de voir que tu n'es pas connu de nos services, que tu n'es pas recherché, que ton casier judiciaire est vierge et que tu as une carte d'étudiant en fac d'histoire. Très bien ! C'est plutôt rare, les gardés à vue avec un tel profil. Tout ça plaide en ta faveur.

Murthy retenait sa respiration en attendant la suite.

— Deux téléphones, dont un prépayé vide de toute information, et une sacoche remplie de fric. Ça pue à plein nez le transporteur d'argent de la came. Ça, en revanche, c'est pas bon du tout.

— Tu as le droit de garder le silence, intervint Elvire. Par contre, le juge risque de mal le prendre. Y a que les vrais bandits qui se taisent. L'avocat te le dira. Il vaut mieux que tu coopères.

— Combien de fric dans la sacoche ? demanda Miller.

— Je ne sais pas, répondit Murthy.

— Où devais-tu la déposer ?

— Je n'ai rien compris à ce que m'a raconté le type qui me l'a donnée.

— Dans ce cas, où tu filais quand je t'ai stoppé ?

— Chez moi.

— On en reste là. Dès que ton avocat sera présent, si tu es d'accord, tu répondras aux questions. En attendant, on va chez toi. T'habites à La Courneuve, c'est ça ?

Miller montrait l'adresse figurant sur la carte d'identité.

— Oui, pourquoi ?

— Perquisition.

Murthy changea de bureau. Miller appela deux gars de son groupe.

— Prenez la sacoche, comptez le fric et rédigez un procès-verbal. Je m'occuperai ce soir de celui des interpellations.

Lorsqu'ils furent de nouveau seuls, Elvire fit part d'un doute à son binôme :

— J'ai l'impression que le jeune, c'est celui qui était au milieu de l'esplanade du Stade de France. T'en penses quoi ?

— Possible. Mais même si c'est le cas, il était trop loin pour nous remarquer.

— Si tu le dis… Combien dans la sacoche ? Tu as déjà compté, j'imagine ?

— Six cent mille. J'ai prélevé cent mille.

— C'est énorme ! On n'a jamais eu autant dans les échanges de fric. Par contre, Mamba, tu déconnes. Tu as eu la main lourde sur ce coup !

— Pas de risque. L'Indien vient de dire qu'il ne savait pas combien il y avait dedans, et l'autre, le Black, je ne crois pas non plus qu'il sache. Et quand bien même ce serait le cas, il la fermera pour ne pas passer pour un habitué du trafic. Personne ne lèvera le petit doigt pour dire qu'il manque du cash. En fait, j'aurais dû prendre plus, parfois je m'étonne de mon honnêteté.

— On fait cinquante-cinquante ? Si tu balises, je garde tout pour moi, pas de souci.

— Cinquante-cinquante, acquiesça Elvire.

*

* *

Pendant ce temps, dans plusieurs villes de la banlieue parisienne, des portes volaient en éclats, des coups de feu dissuasifs retentissaient, des grondements de chiens maintenaient des types à distance. Les arrestations et les perquisitions se multipliaient. De la came, des armes et du fric étaient saisis. Sur les poignets de Nordine le saraf, d'Imad le rouquin et d'une cinquantaine d'autres personnes, des menottes se refermaient.

L'information parvint à Tanger, chez les frères Mansouri, alors même que les descentes de flics étaient en cours. El Dorado, assis les jambes écartées pour laisser place à son ventre proéminent, écoutait quant à lui, Majid, le tueur, qui l'appelait sur son téléphone chiffré depuis Madrid. La tête rentrée dans les épaules, son bourrelet de graisse à la base du cou paraissait encore plus épais. Il se leva soudain d'un bond, écumant de rage, et jura tout ce qu'il savait en français et en arabe.

Rachid se foutait de l'opération contre son réseau en France. Il avait toujours intégré ce type de risques à l'organisation de son business. Toute sa logistique se trouvait ainsi au Maroc, et ses comptes bancaires en sécurité à Dubai. De ce côté-là, tout allait bien. La vente de la came et le reste mettraient, tout au plus, une quinzaine de jours à se rétablir. Il y aurait très peu d'incidence. Il regrettait juste les arrestations de Nordine et d'Imad.

Pour Sofiane, qui connaissait son frère par cœur, aucun doute que ce déchaînement de fureur était uniquement lié à l'appel de Majid, le tueur.

— Alors ? demanda-t-il.

— Majid va supprimer le problème.

— Tu as réglé cette histoire tout seul dans ton coin. Tu ne crois pas qu'on aurait pu en parler avant ?

— Sofiane, si je t'écoutais, on serait toujours à tourner autour du pot, sans jamais rien trancher. Tu as trop de bons sentiments pour un chef narco. Je t'aime, mon frère, mais faudrait te faire greffer une paire de couilles. On me volait mon argent. Cette histoire devrait être réglée au plus vite. Maintenant, on passe à autre chose.

# 24

Miller conduisait vite, comme à son habitude. Pas de gyrophare, pas de sirène. Murthy, les poignets menottés devant, pas trop serrés, était assis, dos calé contre la banquette, à côté d'Elvire. Personne ne parlait. Un silence parfois interrompu par des messages radio de la police. Le jeune homme n'y prêtait pas attention. Il évitait de penser qu'il était dans une broyeuse, et redoutait le moment où il allait retrouver Malini. Il colla le nez à la vitre et regarda défiler les rues éclairées par les lampadaires et les enseignes des boutiques aux néons multicolores. Elvire n'avait pas cessé de pianoter sur son smartphone depuis le début du trajet.

Ils approchaient de La Courneuve. Il pleuvait. Pas une pluie d'orage. Une pluie dense, régulière. « Une pluie qui mouille », disait parfois Murthy en tenant Malini par les épaules. Alors les deux jeunes gens tournaient leur visage vers le ciel et riaient avant de regagner vite fait un abri.

— C'est dans cette avenue à droite, indiqua-t-il en voyant Miller hésiter sur la direction.

La voiture ralentit. Près d'un rond-point, un grand panneau de la municipalité prévenait en lettres noires sur fond jaune : « La cigarette de contrebande… TUE LE QUARTIER. » Les majuscules accentuaient le message. Miller n'y prêta pas attention, à la recherche du numéro de l'immeuble de

Murthy. Ce dernier se tassait au fond du siège pour ne pas être vu. Il redécouvrait cet environnement familier avec un sentiment de profonde tristesse. Les magasins traditionnels, les épiceries avec leurs sacs de riz empilés sur le trottoir, les boutiques de « burgers-sandwiches ». Des gens déambulaient avec ou sans parapluie, d'autres étaient attablés dans des bars. *La vie paisible*, songea-t-il.

— C'est là.

Murthy leva ses deux mains menottées pour indiquer le bâtiment. Le véhicule s'arrêta. L'étudiant regardait de tous les côtés, anxieux. Elvire comprit. Elle posa une veste sur ses bras pour dissimuler les entraves. Murthy la remercia.

— Traitement de faveur, lâcha Miller en dévisageant le jeune homme dans le rétroviseur. On va descendre. Si tu fais le con, je t'explose. OK ?

— Oui, monsieur.

Malini, effarée, observait Murthy, tête baissée, menotté, encadré par les deux policiers. Les yeux rougis, un mouchoir blanc serré dans une main, elle pleurait. Miller balança quelques mots, brefs, secs, sur les raisons de leur présence. Malini, incrédule, écoutait, les yeux rivés sur son fiancé. Ces mots qu'elle n'avait jamais imaginé entendre se gravaient au fer rouge dans son esprit : « criminalité organisée », « trafic international de stupéfiants », « blanchiment d'argent ». Elle ne parvenait pas à croire ni à intégrer les abominations dont les policiers accablaient son fiancé, « complice et rouage essentiel du trafic ». Murthy, de son côté, pensait, comme une évidence : *Ce n'est pas possible, on ne parle pas de moi.*

— On va faire une perquisition. Si tu as du fric de planqué, c'est le moment de dire où il est, sinon je vais démonter tout ton studio. Compris ?

Murthy, impressionné par ce flic imposant au ton brutal, tendit ses mains vers une caisse près du canapé.

— Il est là, dans une enveloppe, sous mes livres d'histoire.

Miller souleva les livres, en sortit une enveloppe en papier kraft, la soupesa.

— Combien ?

— Sept mille cinq cents.

— Tu n'en es donc pas à ton coup d'essai. Bravo, mec ! Tu prends chaque fois cinq cents, j'imagine ? Dans ce cas, on serait sur quinze ramassages. Je me trompe ?

Murthy fit non d'un signe de tête.

— En combien de temps ?

— Quatre mois environ. Je l'ai fait pour contribuer aux frais de notre mariage, mais surtout pour aider mon père à payer son traitement médical contre la tuberculose, bredouilla le jeune homme. Il a besoin de cet argent.

— C'est merveilleux à entendre ! s'exclama Miller, sarcastique. Beau à pleurer. Le truc, c'est que si tout le monde pense comme toi, mon gars, quand on n'a pas de blé, on va braquer une banque ou on deale de la came. Mauvaise excuse.

Miller s'exprimait d'une voix sourde dans laquelle la menace n'était jamais loin.

— C'est vrai, nous allons nous marier, intervint Malini. Et c'est vrai aussi que le père de Murthy est malade.

— Elvire ?

Celle-ci répondit par un geste de la main et une moue qui signifiaient : « Laisse tomber, ce sont des mômes. »

— OK. C'est votre jour de chance, les amoureux. Si j'écris que je viens de découvrir sept mille cinq cents balles, tu passes direct pour un délinquant habitué et, là, tu morfles. Ton intérêt serait de dire que, lorsqu'on t'a chopé, c'était la deuxième fois que tu faisais ce boulot et que, avec les cinq cents balles de la première course, tu as acheté des médocs à ton père. Qu'en penses-tu ?

— Je suis d'accord, monsieur, marmonna Murthy.

— Parfait, on fait comme ça. Sauf que ça nécessite une contrepartie.

Miller marqua un temps d'arrêt, histoire que tous saisissent où il voulait en venir. Les deux jeunes gens ne comprenaient rien. Elvire, quant à elle, dissimulait mal sa colère.

— Malheureusement, je ne peux pas te laisser ce fric. Tu piges ? Ce n'est pas moral. Tu as franchi la ligne rouge, ça se paie. Et c'est à moi que tu vas payer. Toujours d'accord pour le deal ?

Maintenant, Murthy et Malini n'avaient plus que du mépris pour ce flic, qui les tenait à sa merci. Malini fit un petit signe de tête à son fiancé en joignant ses mains. Il devait accepter.

— Oui, d'accord, confirma Murthy, contraint.

— Parfait ! dit Miller en enfonçant l'enveloppe dans une poche de son blouson, satisfait. Écoute-moi bien, tu vas raconter à ton avocat que c'est la deuxième fois que tu transportais du fric et, bien sûr, tu la fermes sur notre petit arrangement financier.

Murthy approuva sans un mot.

— Bon, je crois qu'on a terminé. Tu signeras le procès-verbal de la perquise au bureau. Pas besoin d'ennuyer ta jolie fiancée, puisqu'on n'a rien trouvé chez toi. Allez, on se tire.

Malini serra Murthy contre elle, les larmes aux yeux, et lui chuchota à l'oreille : « On s'en sortira. » Le retour à la PJ se fit en silence. Là-bas, l'étudiant était attendu par son avocate, une femme blonde, visage avenant, cheveux coupés au carré. Sur un geste de Miller, un gardien de la paix conduisit Murthy et son avocate dans une salle réservée aux entretiens.

— Qui est le juge d'instruction en charge de l'affaire ? se renseigna Elvire dès qu'ils furent seuls.

— De Mézières, répondit Mamba. J'ai vu son nom sur la commission rogatoire.

— Tu le connais ?

— À peine. Je ne me souviens même pas de sa tronche. Par le passé, j'ai pourtant bossé sur quelques-uns de ses dossiers.

Mamba déchira l'enveloppe contenant les sept mille cinq cents euros et s'apprêta à enfouir les billets dans la poche arrière de son jean.

— Ce ne sont pas les scrupules qui t'étouffent, Mamba. Tu avais vraiment besoin de tirer le fric de ces gosses ? Et ne me sors pas que c'est une question de morale, parce que, nous, jusqu'à présent, on a fait nettement pire.

Mamba haussa les épaules. Il alluma une Marlboro. Il se fichait de l'interdiction de fumer dans les bureaux. Personne ne se risquerait à lui faire la remarque. Il souffla la fumée avant de lâcher :

— Cinquante-cinquante ?

— Non, merci.

# 25

— Je m'appelle Sandra Weber, j'ai été désignée pour vous défendre dans la procédure de trafic de stupéfiants et de blanchiment d'argent dans laquelle vous êtes mis en cause. Vous êtes parti pour quatre-vingt-seize heures de garde à vue au maximum et, à l'issue, vous serez présenté à un juge d'instruction pour une probable mise en examen.

— Vous êtes l'avocate commise d'office, c'est ça ?

— Non, pas vraiment. On en parlera plus tard. Revenons-en à l'affaire.

— Je n'imaginais pas que c'était aussi grave, dit Murthy.

L'avocate ajusta ses lunettes et dévisagea le jeune homme.

— Je vous expliquerai tout à l'heure le déroulement de la procédure. Comment la perquisition s'est-elle déroulée ?

— Bien, il n'y avait rien.

Sandra Weber fronça les sourcils, surprise. Son stylo tournoyait entre ses doigts. Elle jeta un coup d'œil à travers la vitre qui donnait sur le couloir. Le gardien de la paix qui les avait accompagnés n'avait pas bougé. Le nez plongé dans son smartphone, réseaux sociaux ou jeux, il semblait néanmoins ailleurs. L'avocate baissa la voix :

— Vous transportez de l'argent pour… ces gens… depuis longtemps ?

— C'est la deuxième fois, répondit Murthy, mal à l'aise.

Toute l'attitude corporelle du jeune homme démentait son affirmation. Bras serrés contre sa poitrine, visage incliné, il respirait à peine. Silence de l'avocate qui attendait que son client relève la tête. Quand il le fit, il ne soutint pas son regard pour autant.

— Ce n'est pas possible, ce que vous racontez, murmura-t-elle. Vous devez me faire confiance si vous voulez que je vous défende au mieux.

Murthy continua de se taire. L'avocate, vingt ans d'expérience dans le pénal, décodait le comportement des délinquants sur le bout des doigts. Et celui qu'elle avait en face d'elle n'entrait pas dans la catégorie « voyou d'expérience », selon son expression favorite. Il fallait qu'elle l'amène à se confier. Elle était payée pour.

— Vous avez dissimulé l'argent, c'est ça ?

Murthy était au bord des larmes. Trop de pression accumulée en peu de temps.

— Non, il l'a pris, murmura-t-il.

Sandra Weber écarquilla les yeux. Elle mesurait la tournure que prenait l'affaire, et se retint de jurer.

— Qui donc ? Les flics ?

— Oui, l'homme. Il a mis l'enveloppe dans la poche de son blouson, il y avait sept mille cinq cents.

L'avocate réfléchit quelques instants en triturant le capuchon de son stylo.

— Combien de voyages en tout ? Quinze ?

Murthy hocha la tête.

— Effectivement, ce n'est pas pareil. Si vous reconnaissez quinze voyages, vous êtes un rouage important du trafic de stupéfiants ; à ce moment-là, le juge ne va pas vous manquer.

— C'est ce que m'a dit le policier.

— Alors, vous comptiez déclarer que c'est la deuxième fois que vous collectiez de l'argent ?

— Oui, et c'est aussi ce que je devais vous raconter en précisant que j'avais dépensé les cinq cents euros de la première course.

— J'imagine. Dans un sens, ça tombe bien.

L'étudiant observa l'avocate, qui cala une mèche de cheveux derrière son oreille et posa ses mains à plat de chaque côté de son porte-documents. Elle s'avança sur sa chaise.

— Maintenant, soyez très attentif à ce que je vais vous dire. La personne qui vous a remis la sacoche va faire valoir son droit au silence. Comme tous les autres individus qui ont été arrêtés. Aucune info ne va remonter par eux.

— Je ne dois pas dire la vérité ?

— Monsieur Banerjee, je vais être brutale, mais c'est pour votre bien : la vérité, on s'en fout. Vous comprenez ?

Non. Murthy, sidéré, ne comprenait pas. L'avocate enchaîna :

— Votre seule ligne de défense, face aux policiers, c'est que vous ne savez absolument rien sur l'organisation du réseau, sur le circuit financier, ni sur qui ou quoi que ce soit, d'ailleurs.

Sandra Weber ponctuait chaque mot en tapant sur la table avec son stylo.

— Vous mesurez ce que j'essaie de vous faire entendre, monsieur Banerjee ?

En quelques heures, Murthy avait été projeté dans le monde des bandits, des flics corrompus et des avocats à messages, pour qui la vérité était une vue de l'esprit. Tout un pan de ce milieu criminel qu'il côtoyait à la marge, sans se poser de questions, sans l'imaginer, le heurtait désormais de plein fouet.

— Si j'affirme que c'est la deuxième fois que je récupérais de l'argent, ça signifie que je n'ai rien à révéler sur le réseau.

L'avocate se demanda si le jeune homme, complètement dépassé par les événements, se rendait compte qu'il avait mis les pieds dans un système qui l'écraserait, peu importe ce qu'il ferait ou dirait. Autant le laisser dans l'ignorance. Il le saurait bien assez tôt. Mais elle doutait de sa résistance sur le long terme.

— En réalité, vous allez devoir lâcher quelques trucs, sinon ça va coincer chez le juge. Il ne faut pas que votre histoire soit cousue de fil blanc.

— Je suis perdu.

Murthy se frotta le visage des deux mains.

— Je suis là pour vous aider. Ce serait bien, par exemple, que vous répondiez à quelques questions. Qui vous a recruté ? Est-ce que vous avez rencontré quelqu'un qui vous a expliqué le business ? C'est simple, et ça ne vous empêche pas de prétendre que vous ne connaissez aucun nom.

— D'accord. Mais ce n'est pas simple.

— Ça va aller. Primodélinquant, casier judiciaire vierge, deux rotations de remise d'argent : vous n'irez pas en prison.

Murthy laissa échapper un profond soupir de soulagement. Il reprenait espoir.

— Bon, maintenant, on va caler votre déclaration définitive. Je ne peux pas intervenir pendant vos auditions, je rédigerai seulement des remarques à la fin de vos interrogatoires. Mais compte tenu de ce que vous m'avez rapporté sur le comportement du policier, je doute qu'il aille au fond des choses.

Mamba, les pieds sur son bureau, fumait et manipulait le capot de son Zippo.

— Elvire, il faut faire le dos rond pendant toute la durée des gardes à vue. Moins on se montre, et plus on limite le risque d'être reconnus par un des collecteurs qu'on a braqués.

— D'accord, mais c'est toi le plus exposé de nous deux. Moi, j'ai rarement bougé de la voiture au cours de nos missions.

— Exact. C'est pour ça que je ne sors du bureau que si j'y suis obligé et que je ne vais pas traîner du côté des Stups.

— Tu penses que le gamin va se taire ? Qu'il ne crachera pas à l'avocate que tu lui as piqué son fric ?

Mamba haussa les épaules.

— C'est dans son intérêt de la boucler. S'il s'allonge sur quinze voyages, il va au trou direct. Il a peut-être perdu ses sept mille cinq cents balles, mais il sera vite dehors. Ça n'a pas de prix, la liberté, tu ne crois pas ?

Le cynisme de son binôme irritait Elvire. Elle le trouvait désinvolte, trop sûr de lui, et se retint de lui faire remarquer qu'il jouait avec le feu. Dans le fond, il aimait ça. Comme elle.

— Tu connais Sandra Weber ? Sa réputation ?

— Il paraît que c'est une bonne pénaliste, assez discrète. Je n'ai jamais entendu son nom circuler parmi les défenseurs du grand banditisme. Chez les narcos, en revanche, c'est possible.

— C'est bizarre que ce ne soit pas un avocat commis d'office qui défende l'Indien, non ?

Mamba jeta un coup d'œil à sa montre, écrasa sa cigarette et se redressa.

— Bien sûr que si, mais je m'en fous. Les trente minutes réglementaires d'entretien sont quasi terminées. Tu peux aller les chercher. On fait une audition rapide, c'est minuit. On poursuivra demain.

# 26

Une Mercedes noire se déplaçait en dessous de la vitesse réglementaire dans la capitale espagnole. Rouler plus vite n'aurait pas été raisonnable compte tenu de la foule de noctambules qui traversait les avenues du centre sans prêter attention à la circulation. Rouler plus vite n'aurait pas été prudent non plus au regard du chargement de la voiture. Majid et Vialle avaient mis leur ceinture de sécurité et ne touchaient pas à leur téléphone. Le strict respect du Code de la route s'imposait.

— Tu as déconné, dit Vialle. Faire un truc pareil en pleine ville, c'est n'importe quoi.

— Fallait l'faire, répondit Majid. Je me fous de l'endroit.

— Si on se fait contrôler par la police ou la garde civile, qu'est-ce qu'on raconte ?

— À l'allure où j'conduis, aucune raison de se faire contrôler. Une fois sorti du centre, je connais un spot où cramer la caisse.

— Super idée, et une fois la Merco en cendres, on appelle qui pour rentrer ? Un taxi ? Un Uber, peut-être ?

— Ferme-la, tu me saoules.

Majid pilotait maintenant la berline sur la M-30, l'un des périphériques de Madrid. Il veillait à ne pas dépasser les quatre-vingt-dix kilomètres à l'heure autorisés, et pour plus de sûreté enclencha le limiteur de vitesse. Clignotant à droite.

Il emprunta la bretelle de sortie vers le quartier d'Entrevías. Cette zone du Puente de Vallecas était réputée pour les trafics d'armes, de drogue et autres qui s'y tenaient. Arrêt à un feu rouge. Majid jeta un bref coup d'œil au GPS. Il était sur la bonne voie. Le feu passa au vert. Il s'engagea dans la rue sur sa droite, oubliant de mettre son clignotant. Des choses qui arrivent. Sauf que, là, l'équipage d'une voiture de police, cachée entre deux camions, avait son compteur de contraventions bloqué à zéro depuis le début de la soirée. Or, la coutume voulait que ceux qui n'avaient enregistré aucune activité pendant leur vacation paient une tournée générale. Une raison de plus, pour ces flics, de se lancer derrière la Mercedes.

Dans les rues d'Entrevías, Majid vit apparaître dans son rétroviseur une voiture qui le rattrapait, rampe lumineuse bleue en action. De brefs coups de sirène et des appels de phares lui intimèrent l'ordre de se garer. Effet contraire. Pédale d'accélérateur écrasée à fond, la Mercedes bondit. La course-poursuite s'enclencha.

— C'est parti, commenta avec un grand sourire le flic qui conduisait. C'est toi qui as dit qu'on ne ferait rien, ce soir ?

— Ceux-là vont payer pour tous ceux qu'on a loupés.

La voiture de police tentait de rester au contact de la berline, plus puissante. Le flic passager empoigna le micro de la radio. Il indiqua à son état-major et aux collègues en patrouille dans le secteur la chasse qui avait commencé et l'itinéraire de fuite.

La Mercedes, elle, fonçait, dérapait dans les virages et heurtait par le flanc des véhicules en stationnement. Vialle ne parlait pas. Il enfila une paire de gants en latex, manœuvra la culasse de son fusil d'assaut et engagea une balle dans le canon. Prêt à tirer. Plusieurs voitures participaient maintenant à la poursuite. La chasse était ouverte. Les premiers coups de feu atteignirent l'arrière de la berline. Vialle, sans se précipiter, s'agenouilla sur le siège, baissa la vitre, se pencha et lâcha de courtes rafales. Réaction immédiate, les flics ralentirent, sans abandonner pour autant.

*
* *

Dans son bureau du commissariat de l'arrondissement Villa de Vallecas, sur la Plaza Regiones, la cheffe inspectrice Maria-Jésus Ramos avait commencé sa permanence de nuit. Pas de garde à vue, juste du tout-venant géré par le poste de police. Elle s'était installée dans sa position favorite quand elle était seule : jambes croisées allongées sur le bureau, une tasse de café à portée de main, le dos du fauteuil à peine incliné. Elle relisait, pour la vingtième fois au moins, une procédure sur l'enlèvement et la disparition d'un jeune garçon de dix ans. Elle était persuadée qu'il existait une piste non exploitée au milieu des centaines de procès-verbaux. Il fallait qu'elle la trouve.

*
* *

La Mercedes s'engagea à contresens dans une avenue, slaloma entre les voitures. Les conducteurs, klaxon bloqué, faisaient des embardées pour l'éviter. Moins de deux minutes plus tard, ce furent des carambolages en chaîne qui entravèrent la poursuite des flics. Leur cible prit le large.

Pour autant, Majid ne réussissait pas à quitter le quartier. Il était paumé. Deux fois qu'il passait en trombe devant l'église San Carlos Borromeo. À côté, Vialle, très calme, tenait fermement son fusil d'assaut, un AR-15, chargeur de soixante cartouches. Il avait déjà été confronté à des situations identiques, et sa bonne étoile l'avait toujours sorti de ces mauvais pas. Il regardait les rues qui défilaient en accéléré. Contempla à trois reprises la devanture de la même quincaillerie. Le chauffeur, en rage, tourna dans une ruelle très étroite. Au bout de quelques centaines de mètres, les phares éclairèrent un escalier qui fermait l'issue. Impasse. Pédale de freins enfoncée. Le hurlement strident des pneus sur l'asphalte et le grondement du moteur furent amplifiés par le silence de la nuit. À gauche, un mur de garages aux portes en tôle. À droite, des HLM dont les fenêtres du rez-de-chaussée et des deux premiers étages étaient grillagées. Le quartier se protégeait des casses. Le demi-tour était impossible. Quant à réaliser une marche arrière pour se dégager, c'était retrouver les flics et se faire flinguer.

Dans cette chaude nuit madrilène, toutes les fenêtres de la cité étaient ouvertes. Le vacarme occasionné par la Mercedes avait couvert sans mal le son des téléviseurs et précipité tous les habitants sur leurs balcons. Ils regardèrent avec stupeur deux hommes vêtus de noir jaillir de la voiture. Indifférent aux cris des riverains, l'un d'eux vida un jerrican de vingt litres d'essence dans l'habitacle. Il en approcha ensuite un briquet et la berline s'embrasa aussitôt. Une série de « Oh ! » s'éleva en même temps que les flammes bleues, jaunes et rouges, qui semblèrent partir à la conquête du ciel.

*

* *

Maria-Jésus referma la procédure. Depuis le début, elle suivait à la radio la course-poursuite en direct. Elle connaissait par cœur son secteur et devina où la voiture des fuyards allait finir piégée dans la nasse. Elle enfila son gilet pare-balles, descendit en courant la volée de marches qui menait au poste, tout en enfonçant son arme dans l'étui de ceinture. Trois jeunes policiers en uniforme comprirent, avant que la cheffe inspectrice ne donne le moindre ordre, qu'ils allaient sur le terrain avec elle.

*
* *

Une quinzaine de personnes appelèrent simultanément les pompiers et la police. Elles furent surprises de voir arriver dans la foulée plusieurs voitures de patrouille toutes sirènes hurlantes. Des agents se précipitèrent vers le brasier, extincteurs en main, mais reculèrent vite face à la chaleur dégagée par l'incendie. Quelques-uns tentèrent de s'approcher pour balancer des jets de neige carbonique, qui n'eurent qu'un effet résiduel. Pendant ce temps, les curieux photographiaient ou filmaient avec leur smartphone. Trois minutes plus tard, leurs captations s'affichaient sur Instagram.

— Pour une fois, les flics se sont dépêchés, dit un bonhomme appuyé à la rambarde du troisième.

— C'est bizarre, commenta son fils. D'habitude, avant qu'ils rappliquent ici, il leur faut au moins une heure.

Des cris descendirent des balcons en direction des policiers. « Ils sont partis par là ! » Des dizaines de bras désignaient l'escalier que les deux fuyards avaient grimpé en courant.

*
* *

Sur le boulevard, en haut des marches, Majid et Vialle se séparèrent sans échanger une seule parole. Chacun fila de son côté.

Dès qu'il jugea avoir mis suffisamment de distance, Vialle cessa de courir, respira à fond, jeta sa veste dans une poubelle et retroussa les manches de sa chemise. Il rejoignit sans les dépasser des hommes qui marchaient en discutant. Surtout, ne pas rester isolé, c'est le meilleur moyen d'être contrôlé. Il alluma une Camel et resta au contact discret de ce petit groupe, qui commentait de manière passionnée les performances du Real Madrid. Derrière lui, il entendit une voiture qui s'arrêta, freins bloqués. *À tous les coups, les flics.* Quatre portières claquèrent. *Ne te retourne pas.* Il continua d'avancer comme si de rien n'était, mais avec une furieuse envie de s'enfuir. Il s'attendait à ce qu'on le chope et le plaque au sol. Mais rien de tout cela ne se produisit.

Il suivit les supporters du Real jusqu'à un bar, où ils s'installèrent en terrasse. Du monde, des rires, la vie ordinaire, celle qu'il n'avait que très peu connue. Il commanda une bière puis se dirigea vers les toilettes. Pour évacuer le stress, il se lava longuement les mains ainsi que le visage à l'eau froide, et les sécha avec des serviettes en papier. Après avoir remis de l'ordre dans sa chevelure, il rejoignit le comptoir et but sa bière en faisant semblant de s'intéresser au contenu d'un journal froissé. Il donnait l'apparence d'un type lambda. En réalité, il était concentré. Il essayait de se remémorer ses gestes, ceux qui avaient précédé l'incendie de la voiture. *J'ai toujours manié le fusil avec des gants, même lorsque j'ai inséré les cartouches dans le chargeur.* Donc pas d'ADN ni d'empreintes digitales. *Le feu qui brûle la caisse effacera les rares traces que j'aurais pu laisser.* Tout était sous contrôle. Il était rassuré.

À travers les vitres, il observait les voitures de police passer dans tous les sens, rampes lumineuses et sirènes en action. Comme une provocation, il s'assit en terrasse avec un double whisky sans glace, se mêlant aux clients et aux badauds qui commentaient le ballet des flics, dont certains cavalaient sur le trottoir. Toujours se fondre dans la masse et rester invisible. C'est en appliquant ces principes à la lettre que Vialle était parvenu à demeurer en vie jusqu'à présent. Il repensa au déroulement des événements de ces dernières heures. Là, quand il songea à ce qu'ils venaient de faire avec Majid, il fut submergé de dépit et de colère, et se retint de hurler.

# 27

La voiture conduite par le jeune policier arriva en un temps record sur les lieux. Maria-Jésus Ramos, cramponnée à la poignée de maintien, avait indiqué le trajet tout du long. Se planter derrière les voitures de patrouille agglutinées les unes derrière les autres dans l'impasse l'intéressait en effet assez peu. Autant filer directement du côté où les deux types avaient fui. Elle ne se faisait néanmoins pas d'illusions, compte tenu de la faiblesse des signalements. Des hommes habillés en noir, ça correspondait à peu près à la moitié des Espagnols…

Le véhicule à peine arrêté, quatre portières claquèrent, les policiers déboulèrent sur le trottoir.

— Commencez les recherches vers les abords immédiats. Avec un peu de chance, quelqu'un aura peut-être remarqué des gars au comportement inhabituel, dit-elle aux trois agents qui l'accompagnaient. Je vous envoie des renforts pour élargir la zone.

Maria-Jésus traversa l'inévitable foule de curieux attirée par la fumée noire, qui se répandait dans le quartier, et parvint enfin à la Mercedes. Le feu avait été maîtrisé par les pompiers. La berline, en partie détruite, dégageait une odeur âcre, très forte, qui irritait la gorge. La cheffe inspectrice mit un mouchoir devant son nez pour atténuer les désagréments liés aux émanations de caoutchouc et d'essence brûlés saturant l'air. Pendant ce temps, ses collègues dirigèrent un projecteur vers l'habitacle, et le halo blanc révéla la carcasse d'un fusil d'assaut coincée dans l'armature métallique de ce qui restait d'un des sièges avant. Un des flics utilisa alors sa matraque comme levier pour ouvrir le coffre entrebâillé.

— Je comprends pourquoi ils ne tenaient pas à s'arrêter, souffla Maria-Jésus.

Elle photographia l'intérieur du coffre avec son smartphone, puis elle prit les choses en main.

— Referme-le, ordonna-t-elle à l'officier posté près d'elle. Fais venir un camion-plateau pour transporter la voiture dans le garage du service. On va bosser à l'abri des regards. J'appelle le commissaire pour faire le point.

*

* *

Quelques flics s'arrêtèrent devant le bar et se concertèrent. Vialle était attentif mais ne le laissait pas paraître. Il se concentra sur son portable, tout comme la plupart des personnes autour de lui. La police renonça à questionner les trop nombreux clients. Inutile, cependant, de s'attarder dans les parages. Après avoir bu d'un trait le verre d'alcool fort qui lui apporta un réconfort éphémère, il se planta sur le trottoir. Vialle guettait les taxis. L'un d'eux, lumière verte de son enseigne de toit allumée, roulait au ralenti en quête d'une course. Un signe de la main, le taxi s'arrêta, Vialle monta prestement et indiqua la Plaza de Cascorro. Le jeune chauffeur tenta bien de lancer la conversation, curieux de connaître la cause de tant d'agitation, mais capitula devant le « J'en sais rien » sec de son passager. Il haussa alors les épaules et augmenta le son de sa radio calée sur une fréquence latino.

Arrivé à destination, Vialle se perdit dans la foule des anonymes du quartier de Lavapiés, un endroit populaire de Madrid qu'il affectionnait. Il savait où trouver un hôtel tranquille sans caméras de surveillance. Avant de s'y rendre, il acheta, dans un bazar chinois encore ouvert, un blouson de toile, une casquette, une paire de lunettes de soleil, une chemise, des sous-vêtements, des affaires de toilette, un sac de voyage et un chargeur pour son téléphone. Il se sentit déjà moins fugitif. Le lendemain, il contacterait Rachid Mansouri.

*

* *

Les voitures de patrouille et le camion qui embarqua la Mercedes laissèrent les ruelles d'Entrevías recouvrer la tranquillité de la nuit. Seule subsistait sur le goudron la trace calcinée du véhicule. Les habitants des immeubles continuèrent toutefois de commenter, de balcon à balcon, le spectacle auquel ils avaient assisté, ravis. « En tout cas, nous étions aux premières loges », résuma l'un d'eux avant qu'un autre relance les discussions avec une remarque qui déclencha une peur rétrospective : « Et dire que le réservoir d'essence aurait pu exploser… »

Maria-Jésus Ramos avait quant à elle rejoint la voiture et attendait le retour de ses agents. Elle fumait une cigarette en pensant aux démarches qu'elle devrait entreprendre pour résoudre cette curieuse affaire. Elle commencerait par faire le point avec le service de la criminalité organisée.

L'arrivée des trois policiers l'interrompit dans ses réflexions. L'un d'eux portait un sac en plastique, qu'il ouvrit pour en montrer le contenu à la cheffe inspectrice.

— On jetait un coup d'œil dans les poubelles aux alentours et on a trouvé cette veste noire.

— Et donc ?

— Elle présente des traces de brûlures sur une des manches et sent l'essence. J'ai jugé qu'elle pouvait appartenir à l'un des fugitifs.

— Bravo. Tu apporteras ce sac au labo en demandant une recherche ADN et une analyse des traces d'hydrocarbures. Si elles correspondent aux prélèvements sur la voiture, bingo, on aura un truc à exploiter.

— OK, cheffe.

— Maintenant, on regagne le service à vitesse normale. On laisse la Formule 1 à Fernando Alonso.

*

* *

Le lendemain, Vialle fut surpris d'avoir dormi sept heures d'une seule traite. Douché, rasé, changé, l'optimisme avait repris le dessus et, attablé à l'intérieur d'un bar parmi une quinzaine d'habitués, il se sentait en sécurité. Il prenait son petit déjeuner en réfléchissant à son exfiltration. Pas simple.

D'une oreille distraite, il écouta la télévision branchée sur une chaîne d'infos en continu. L'inévitable litanie de mauvaises nouvelles égrenées, comme dans tous les pays, laissaient indifférents les clients. Leur attention fut davantage attirée par un vendeur ambulant de billets de loterie. Le bonhomme était connu, accueilli par des « *Holà* Pepe » et des tapes amicales dans le dos. À son cou pendaient deux tablettes en contreplaqué sur lesquelles étaient maintenus, avec des pinces à dessin, les fameux billets de loterie. Les consommateurs avaient le regard aimanté sur les tickets multicolores, comme s'il suffisait de les étudier avec minutie pour deviner lequel était gagnant. Les phrases qu'il entendait mille fois par jour, comme « Pepe, vends-moi le gagnant et on partage », le faisaient toujours sourire. Il tapota la sacoche accrochée à la ceinture qui contenait l'argent des précédentes ventes et se contenta de dire, en riant : « Payez-moi le petit déjeuner et ça ira bien ! »

Vialle, de son côté, leva les yeux vers la télé lorsque la présentatrice relata la course-poursuite de la veille. Le visage du conducteur apparut en gros plan. Un bandeau rouge barrait le bas de l'écran et déroulait un message. « ALERTE – Fusillade à l'aube. Un malfaiteur armé abattu par la police. » La journaliste développa ensuite brièvement l'information : « Il pourrait s'agir d'un individu qui aurait échangé des coups de feu avec les forces de l'ordre cette nuit, dans le quartier d'Entrevías. » Elle ajouta encore quelques généralités sur l'affaire et termina en indiquant qu'un second malfaiteur était activement recherché.

Sans s'autoriser la moindre réaction, Vialle continua de boire son café. Il veilla aussi à ne croiser les yeux de personne. Une des bases de l'anonymat. Toujours passer inaperçu. Il se remémora, au début de leur fuite, le Beretta 9 mm glissé à la ceinture de Majid. *Le meilleur moyen de se faire flinguer quand on est en cavale, c'est de porter une arme*, se disait-il, comme une évidence. *Les flics l'ont fumé, voilà une bonne chose, c'était un connard, il l'a mérité.* Une oraison funèbre franche, brève et concise.

# 28

Murthy en était à son troisième jour de garde à vue. Miller et Elvire lui avaient posé des dizaines de questions auxquelles il ne comprenait rien ou dont il ignorait la réponse. Les deux policiers se contentaient donc d'enregistrer des « je ne sais pas », « je n'y suis jamais allé », « je ne connais pas le nom de cette personne », « c'était la deuxième fois que je collectais de l'argent ». Ils n'insistèrent pas. L'avocate expliqua à son client que toutes ces questions servaient à corroborer, ou non, les brèves déclarations des autres interpellés. Murthy, exténué, en avait assez. Il voulait rentrer chez lui. Son seul point de satisfaction fut de ne pas avoir donné l'identité de son ami qui l'avait mis sur le coup. Pour l'occasion, il inventa un intermédiaire fictif, indien comme lui. Ses interlocuteurs ne furent pas dupes, mais cela les arrangeait de ne pas explorer d'autres pistes. Ainsi qu'il s'y était engagé, il n'évoqua ni Nordine, ni Imad, ni la villa à Enghien. Là, il n'était pas question d'amitié, juste de la crainte diffuse de représailles. « Banerjee, tu n'es qu'un coursier dans cette histoire, une sorte de fusible entre deux mecs qui ne veulent pas se connaître. Celui qui te remet la sacoche et celui à qui tu la refiles. Ton rôle s'arrête là. Tu n'es personne et tu n'as fait que deux voyages », lui avait répété plusieurs fois Miller en se voulant rassurant.

Trop angoissé malgré tout pour dormir dans la cellule de garde à vue et pour manger, Murthy se contentait de boire un peu d'eau. Quand elle voyait le jeune homme amorphe, défait, assis en face d'elle, son avocate cachait son inquiétude. *Ce n'est pas le moment qu'il nous claque entre les doigts et qu'il raconte n'importe quoi, celui-là.* Lors d'un entretien, elle frappa quelques petits coups secs avec son stylo sur la table pour attirer son attention.

— Les policiers vont vous confronter aux principaux interpellés. Même si certains visages vous paraissent familiers, vous ne reconnaîtrez personne. C'est compris ?

— Oui, je ne reconnaîtrai personne, acquiesça Murthy, atone, qui n'en était plus à une bizarrerie près.

L'avocate ménagea un temps de silence avant de reprendre d'une voix plus autoritaire :

— Monsieur Banerjee, ressaisissez-vous et soyez très attentif. J'ai discuté avec mes confrères qui défendent les intérêts de messieurs Nordine Hassani et Imad Chakir. Voyez-vous à qui je fais allusion ?

— Pas du tout, répondit Murthy.

— Vous avez été en contact avec eux pour affaires, dirons-nous. D'accord ?

— Oui.

— Mes confrères ont insisté sur un point. Vous êtes le seul, parmi tous ceux qui ont été interpellés, à les avoir rencontrés et, qui plus est, à avoir accepté de travailler avec eux. Confirmez-vous ce deal ?

— J'ai demandé en quoi ça consistait et j'ai dit que je voulais bien essayer. C'est tout.

Murthy, épuisé, n'avait pas envie de parler. Pour raconter quoi ? La vérité ? L'avocate se fichait de la vérité, elle le lui avait bien signifié.

— C'est suffisant pour vous incriminer davantage tous les trois. Nous sommes dans la dernière ligne droite. Si vous voulez rentrer chez vous demain, ce n'est pas le moment de flancher. Vous avez tout intérêt à respecter mes consignes, malgré la pression que vous mettront les policiers. C'est clair ?

Léger signe de tête de Murthy. À quoi bon balancer les détails du business proposé par Nordine et Imad ? Quel intérêt d'évoquer cette rencontre dans la villa d'Enghien ? Son instinct lui commandait de la fermer. Il n'avait qu'une idée en tête, retrouver Malini.

*

* *

Quand il fallut accompagner Murthy chez les collègues des Stups pour la confrontation avec les autres mis en cause, Miller joua à fond la carte de la prudence. Certains des collecteurs qu'il avait braqués figuraient, à coup sûr, parmi les personnes arrêtées. Le danger était beaucoup trop grand pour Miller, d'autant qu'il était facilement identifiable.

— Impossible que quelqu'un t'ait repérée, lâcha-t-il à Elvire. C'est toujours moi qui suis allé au contact. Mets une casquette si ça peut te rassurer, et laisse les Stups gérer. Quand ils en auront terminé, tu ramènes l'Indien ici et on n'en parle plus.

Elvire, de mauvaise grâce, accepta en silence. Elle récupéra Murthy, le menotta mains dans le dos, et rejoignit le service des Stups. Mâchoires crispées, ventre noué, elle crevait de peur. Comme dans toutes les affaires où il y avait pléthore d'interpellés, c'était la même musique. Les va-et-vient incessants dans les couloirs, les flics qui parlaient fort, les téléphones qui sonnaient, les portes qui claquaient.

La jeune femme n'en menait pas large lorsqu'elle reconnut le quinquagénaire de la place de la Nation, qui s'était fait tirer sa sacoche par Mamba à la sortie du métro. L'homme, également menotté, était accompagné par un collègue qui lui adressa au passage une brève salutation à laquelle elle répondit par un petit sourire. Le collecteur se tourna vers elle, mais elle garda la tête baissée, le visage en partie dissimulé par la visière de la casquette. Elle se remémora la scène. *Mamba a balancé un coup de poing au collecteur, qui s'est affalé au sol, puis un coup de pied au mec à scooter, qui s'est cassé la figure. Les deux types ne s'étaient pas encore relevés avant que Mamba monte dans la voiture et que je démarre. Aucun ne m'a vue, c'est impossible.*

Dès qu'Elvire arriva à destination, les officiers des Stups prirent en charge Murthy. Là, les confrontations commencèrent. L'étudiant en histoire vit défiler devant lui des types qu'il ne connaissait pas, et d'autres auprès desquels il avait récupéré une sacoche d'argent. Tous jouèrent le jeu. Personne n'identifia qui que ce soit. Les flics, excédés, échangèrent des regards entre eux.

— On nous la fait à l'envers, laissa échapper l'un d'eux.

Murthy fut mis en présence d'Imad le rouquin.

— Prends ton temps. Tu as déjà vu ce gars, j'en suis sûr, dit le commandant.

Murthy paniquait. *Et si ce policier était au courant de quelque chose ? Si je mens et qu'il peut le prouver, est-ce que je vais aller en prison ?* Les yeux écarquillés, la respiration bloquée, il ne savait plus quoi répondre.

— Je sens que tu hésites. Ce mec, c'est le seul rouquin de la bande. Tu dois t'en souvenir, ce n'est pas possible autrement.

— Non, monsieur, son visage ne m'évoque rien, lâcha Murthy, qui aurait pourtant aimé dire le contraire.

Après Imad le rouquin, ce fut au tour de Nordine le saraf. Les deux hommes ne croisèrent pas le regard de Murthy. Épaules basses, arrondies, attitudes humbles, les yeux plantés sur leurs chaussures. Ils ne ressemblaient absolument plus aux meneurs du gang Mansouri, qu'ils incarnaient trois jours auparavant.

— Je t'écoute, dit le policier.

— Je ne l'ai jamais vu, mentit de nouveau Murthy.

— Tu te fous de ma gueule ou quoi ? Tu veux me faire croire que tu n'as eu affaire à aucun des mecs qu'on t'a présentés ? C'est ça ? Tu me prends pour un con ? hurla le flic.

Celui-ci, exaspéré par l'entêtement de Murthy, tapa violemment du plat de la main sur son bureau. Murthy sursauta de peur.

— Je vous assure que c'est vrai, monsieur, je n'ai fait que deux voyages et l'échange va très vite. En quelques secondes, c'est difficile de reconnaître quelqu'un. En plus, j'ai toujours gardé la visière de mon casque baissée, et je n'avais qu'une hâte : partir sans traîner.

— Tu veux que je te dise ? Tu as perdu l'occasion de sauver ta peau. Tant pis, on va prendre tes déclarations bidon, tu signeras le procès-verbal et tu t'expliqueras chez le juge d'instruction.

Pendant que Murthy bafouillait, Guy N'Guyen quitta la pièce. C'était lui qui avait organisé les représentations et centralisé toutes les auditions. Il se chargea donc naturellement de débriefer les résultats de l'enquête. Ambiance des mauvais jours. N'Guyen, réputé pour être un flic opiniâtre, épuisait ceux qui travaillaient avec lui. « Il ne lâche jamais rien », avait-on l'habitude t'entendre. En fait, le commandant était la caricature d'un Buffalo Bill asiatique, qu'il se plaisait à cultiver avec humour. Moustache, bouc, cheveux longs attachés bas sur la nuque, sans oublier les chemises à boutons-pression en nacre et le col fermé par un *bolo tie* – une cravate en corde de cow-boy. Il en possédait toute une collection. Bien sûr, la panoplie aurait été incomplète sans les éternels jeans et les bottes mexicaines. « Il aime un peu trop les westerns, mais N'Guyen est un putain de bon flic », résumait Patrick Chebel, quand il décrivait le chef de section des Stups.

— Quinze collecteurs ont été identifiés, et vous savez pourquoi ? Parce qu'on a photographié les remises et qu'ils ne pouvaient pas nier. Aucun, en revanche, n'a désigné Imad le rouquin et Nordine le saraf, commença N'Guyen.

— Pourtant, j'ai cru un moment que l'Indien allait flancher face à Imad, reprit un autre officier.

— Moi aussi, renchérit un deuxième. Ce mec n'a pas un profil de voyou, il se demande ce qu'il fout dans ce merdier, ça se voit. Et il flippe à mort.

— Je ne suis pas convaincu, observa le commandant N'Guyen. Ce qui me gêne avec ce gamin, c'est qu'il a une avocate qui représente d'ordinaire les grands voyous de la came, des gars blindés de fric. Elle s'est pointée en disant : « Je viens défendre les intérêts de mon client, M. Banerjee. » Sauf que je suis sûr que, avant tout ce bazar, ce môme ne connaissait aucun avocat, et encore moins Sandra Weber, et qu'il n'a pas un rond pour la payer. Ce qui signifie que d'autres s'en chargent.

— D'après toi, elle est envoyée par les Mansouri ? questionna un des jeunes flics.

— Bien sûr, qui d'autre ? C'est pratique pour eux, les avocats dont ils achètent les services ont comme consigne de faire fermer leur gueule à toute la bande. Ils parent au plus pressé avant d'organiser une défense béton. Qui s'est occupé de l'arrestation de Banerjee ?

— Le groupe de Miller, indiqua un lieutenant.

— OK. Et du décompte du fric de la sacoche ?

— Deux gars de son groupe aussi. Il y avait cinq cent mille, c'était une grosse transaction. On a bien fait de lancer cette opération.

— Qui est allé en perquise chez l'Indien ?

— Miller et Elvire.

— J'ai lu le PV, poursuivit un officier en se raclant la gorge. Cinq cents euros ont été trouvés sur lui après son interpellation. Rien n'a été découvert dans son studio et il a reconnu avoir dépensé l'argent de la première course. Tout est cohérent.

— Je vois… Au global, l'affaire tient sur les saisies de came, les écoutes et les photos des transactions. D'après certaines infos, on aurait dû ramasser un pactole chez le saraf, sauf qu'on a récupéré que cinq mille en tout et pour tout. Il y a un truc qui coince, résuma le commandant. Pourtant, on a fait le tour de la baraque avec des chiens spécialisés dans la détection de billets de banque. Résultat : zéro sur toute la ligne. C'est à n'y rien comprendre.

— C'est frustrant ! On passe à côté de quelque chose. Que fait-on avec Banerjee ? On lui met la pression ? demanda un lieutenant.

— Non, mais on ne laisse pas tomber. Je n'ai pas dit mon dernier mot avec lui, j'ai peut-être encore un coup à jouer, conclut N'Guyen. Pas simple, mais ça se tente. Je connais le juge de Mézières, je vais l'appeler pour le briefer. J'ai validé ce que j'ai en tête avec Legendre avant qu'il parte en mission à Europol.

*

* *

Une fois l'audition de Murthy finie, Elvire le reconduisit dans sa cellule de garde à vue. Mamba, faussement détendu, les pieds sur le bureau, écouta sa coéquipière en faisant claquer, par habitude, le capot de son Zippo.

— Les gars des Stups, surtout N'Guyen, ont du mal à gober que le gamin n'a fait que deux voyages, résuma Elvire.

— Ils pensent ce qu'ils veulent, ils n'ont aucune preuve de ce qu'ils avancent. Le juge ne collera pas l'Indien au trou. Il va se contenter de le mettre en examen et les choses vont se tasser. Ils ont d'autres priorités que ce mec, c'est qu'un minable coursier parmi tant d'autres.

— Si tu le dis… Pendant que j'attendais que les confrontations se terminent, j'ai quand même vu passer des collègues contrariés et j'ai entendu de sérieux coups de gueule malgré les portes fermées des bureaux. À mon avis, il y a un truc qui déconne.

# 29

Aussitôt Murthy transféré au palais de justice avec les nombreux autres gardés à vue, Mamba et Elvire quittèrent le service discrètement, chacun de leur côté. Mamba se souvint qu'il avait promis d'acheter un livre à Cyrus, un bouquin qui parlait de l'Univers, mais dont il ne se rappelait plus le titre. Heureusement, il l'avait noté sur un morceau de papier enfoui au fond d'une de ses poches. *Une brève histoire du temps*, de Stephen Hawking. Il s'arrêta dans un couloir de bus devant un café-librairie du 13e arrondissement, et abaissa le pare-soleil du côté passager équipé d'une plaque lumineuse « POLICE ».

— Je peux vous aider ? demanda l'une des libraires, une jeune femme brune, souriante, qui s'appelait Katia, comme l'indiquait son badge.

Mamba donna les références du livre. Katia partit le chercher en rayon et l'emballa dans un paquet-cadeau. Pendant ce temps, il commanda un café auprès d'une dame plus âgée, répondant au prénom de Nicole, la patronne sans doute. L'esprit du policier s'évada. *Je suis dans la vie paisible, celle que je n'ai pas choisie. C'est reposant d'y goûter cinq minutes.*

Il quitta ensuite le commerce. Avant de démarrer, il réfléchit. *J'ai cinquante-sept mille cinq cents balles sur moi. Je planque cinquante-cinq mille dans le coffre et je crame deux mille cinq cents cette nuit. À ta santé, l'Indien, la vie est belle.* Un léger sourire étira ses lèvres. Mamba traversa Paris étouffé par une circulation chaotique qui virait à la thrombose routière. La routine. Il prit son mal en patience en fumant, vitres ouvertes, Marlboro sur Marlboro.

À la radio, un journaliste décrivait avec moult détails « les nombreuses arrestations effectuées par la PJ dans un réseau de narcotrafiquants ». Mamba hocha la tête. *Je vois bien Chebel balancer ces infos à la presse et, la main sur le cœur, s'étonner des fuites. Il nous fait le coup chaque fois.* Exaspéré, il sortit de la boîte à gants un CD d'AC/DC, *The Razors Edge*. Il l'inséra dans le lecteur et monta le son à fond sur le premier titre, le survolté « Thunderstruck ». Mamba frappait en rythme sur le volant. *Voilà, j'avais besoin de cette putain de musique pour me mettre en train, plutôt que d'écouter ces conneries.* L'énergie démentielle dégagée par le jeu de guitare d'Angus Young, appuyée par la voix puissante et éraillée de Brian Johnson, dopa Mamba. Son portable vibra. L'écran afficha « Elvire ». *Elle attendra la fin du morceau.* Il savoura ces quatre minutes et rappela sa coéquipière.

— Qu'est-ce qui ne va pas ?

— Je t'ai connu plus aimable. Tout va bien, au contraire. J'ai eu un message de Tonio hier soir, mais comme j'avais laissé le portable chez moi et que je ne suis pas rentrée de la nuit, je viens juste de l'écouter.

— Bordel, pas trop tôt ! J'espère qu'il ne t'a pas baladée. Pourquoi il ne t'a pas contactée plus tôt ?

— Je te donnerai les détails quand on se verra. A priori, c'était difficile pour lui de nous joindre ces derniers temps.

— OK. Autre chose ?

— D'après lui, et c'est le plus important à retenir, nous pourrons bientôt reprendre les virées. Il veut aussi caler un moment pour récupérer son argent.

— Ça tombe bien. Ce sera l'occasion de s'expliquer face à face sur le sac de nœuds du Stade de France. Ça a failli partir en vrille. Il a intérêt à donner des réponses claires.

— Le connaissant, il le fera. Il a terminé en disant qu'il rappellerait rapidement, et qu'il n'y avait pas de lézard.

Mamba stationna sur une place de livraison à proximité de l'entrée de son immeuble, sortit de sa voiture et se dirigea vers Cyrus.

— Tu m'as l'air bien pressé, ce soir, s'amusa celui-ci. Une virée nocturne en perspective ?

Mamba se contenta de sourire en signe d'assentiment et offrit le livre à son ami, qui se frotta les mains de plaisir.

— Ça me réjouit ! Merci beaucoup !

— Bonne lecture, Cyrus. Je fais un saut chez moi et je me sauve.

Le clochard, déjà, dépliait les branches d'une paire de lunettes rafistolée avec du chatterton. Il essuya les verres à l'aide d'un mouchoir douteux. Satisfait, il s'installa dans son fauteuil à roulettes et ouvrit l'ouvrage en poussant un soupir de contentement.

Mamba jeta un bref coup d'œil à sa montre. 21 heures. Il avait extrait de la liasse de billets deux mille cinq cents euros, qu'il balança sur le canapé. Dans la foulée, il fit pivoter le terrarium. Comme d'habitude, le mouvement perturba le serpent, qui se redressa et se précipita sur la vitre, la gueule noire béante. Mamba, fasciné par le comportement effrayant de l'animal, l'observa longuement avant de déposer les cinquante-cinq mille euros dans le coffre. Il prit ensuite une longue douche, enfila des vêtements propres et, quelques minutes plus tard, les deux mille cinq cents balles en poche, il fonçait vers sa voiture. Cyrus, le nez plongé dans les profondeurs de l'Univers en compagnie de Stephen Hawking, ne vit pas son ami partir en trombe.

# 30

21 heures. Sandra Weber regardait la pendule dans le couloir du palais de justice. *Ce n'est pas possible, tout ce temps perdu à attendre*. Les collecteurs et les coursiers défilaient les uns derrière les autres dans le cabinet du juge de Mézières. Ça faisait plusieurs heures que son client et elle patientaient. Ils étaient exténués. Elle tenta néanmoins de rassurer Murthy, en faisant œuvre de pédagogie.

— Croyez-moi, c'est dans la logique des choses que vous soyez présenté à un juge d'instruction.

— Pour deux voyages ?

— Oui. Vous avez commis un délit, ne le sous-estimez pas. Le magistrat va enregistrer vos déclarations et, surtout, vous vous en tiendrez à celles faites aux policiers. C'est bien clair ?

— J'ai compris.

— Je l'espère. Ensuite, il vous mettra en examen. Ne soyez pas effrayé, c'est le déroulement normal de la procédure.

— Je pourrai rentrer chez moi ?

— Bien entendu ! Vous serez juste convoqué dans plusieurs mois devant un tribunal correctionnel. D'ici là…

Le juge d'instruction Jean de Mézières et sa greffière étaient, eux aussi, fatigués par les auditions effectuées tout au long de la journée.

— Il ne nous en reste plus qu'un seul pour ce soir, dit la greffière en soupirant. Il s'agit de Murthy Banerjee.

Le magistrat s'étira le dos, se leva et but longuement au goulot d'une grande bouteille d'eau. Pendant ce temps, la greffière téléphonait chez elle pour avertir de son retard. Avant de se rasseoir et de faire comparaître l'étudiant et son avocate, de Mézières se remémora la conversation qu'il avait eue avec le commandant Guy N'Guyen au sujet du jeune homme. Il avait hâte que cette soirée se termine.

Murthy était maintenant assis face au juge d'instruction. Les mains non menottées, il n'en menait pas large pour autant. Sandra Weber, toujours à ses côtés, lui avait rabâché à plusieurs reprises les consignes depuis qu'ils étaient arrivés au palais de justice. La greffière se tenait prête à enregistrer sur un ordinateur les questions du magistrat et les réponses du gardé à vue. Elle observait avec curiosité ce gamin visiblement apeuré, recroquevillé sur sa chaise. Un gendarme, debout contre la porte du bureau, assurait la sécurité du magistrat.

Silencieux, celui-ci lisait les auditions de Murthy, annotait quelques phrases et secouait légèrement la tête en esquissant un sourire. *Encore un beau tissu de conneries. N'Guyen m'avait prévenu.* Murthy, lui, se surprenait à admirer la vue sur Paris, de nuit, illuminé, qu'offraient l'étage élevé ainsi que les parois vitrées du nouveau palais de justice.

— Bon, on va commencer, annonça le magistrat.

Murthy se redressa sur sa chaise. Il écouta l'interminable énumération des charges retenues contre lui puis, une fois de plus, fut longuement interrogé sur son identité. Les doigts de la greffière volaient au-dessus des touches du clavier. À plusieurs reprises, le juge demanda à Murthy, harassé, de parler plus fort.

L'avocate, qui n'était pas encore intervenue, sut quand le magistrat allait entrer dans le vif du sujet. Elle le vit à son attitude. Il avait desserré sa cravate et posé sa montre sur le sous-main. Il réfléchissait à l'angle d'attaque. *C'est là que tout va se jouer. Si Banerjee revient sur ses déclarations concernant l'argent tiré par le flic, s'il reconnaît avoir été en contact avec Nordine ou toute autre personne, c'est cuit pour lui et très mauvais pour moi*, songea-t-elle.

— Plusieurs choses me chiffonnent, démarra leur interlocuteur. Déjà, pourquoi êtes-vous venu vous fourvoyer dans cette affaire ? Futur licencié en histoire, un prochain mariage, jamais poursuivi, casier judiciaire vierge, expliquez-moi, j'ai besoin de comprendre.

Murthy raconta. Il avait accepté le travail de coursier momentanément, pour financer la noce et des médicaments pour son père, atteint de tuberculose à cause de l'amiante sur les chantiers d'Alang.

— Effectivement, j'ai lu quelque part un article sur ce désastre en termes de santé publique, dit le juge.

Il se tourna vers la greffière.

— N'inscrivez pas cette digression qui n'entre pas dans le cadre de l'affaire de M. Banerjee.

L'avocate approuva d'un signe de tête. Après ça, les questions du magistrat devinrent davantage insidieuses. Il ne croyait pas un mot sur les deux voyages avoués par Murthy, ni, d'une manière générale, sur son rôle effacé dans le réseau.

Deux heures. Deux heures pendant lesquelles Murthy fut maintenu sous pression. Deux heures pendant lesquelles il s'en tint aux recommandations de son avocate. Épuisé, il bredouillait néanmoins de plus en plus et répondait maladroitement. Sandra Weber subissait ce calvaire et paraissait aussi mal à l'aise que son client. Elle avait hâte que cela se termine. Le juge, après quinze années d'instruction en matière de lutte contre les stupéfiants et la criminalité organisée, avait une parfaite connaissance des voyous… et des avocats. Il s'intéressait donc autant au comportement de Sandra Weber qu'à celui de Murthy.

— Des commentaires, maître ? Vous avez la parole.

Cette dernière se racla la gorge. Elle redoutait la décision du magistrat devant la prestation pitoyable de Murthy et se lança dans un vibrant plaidoyer en insistant sur l'aspect primo-délinquant du jeune homme. Il reconnaissait et regrettait ses deux seuls voyages, motivés par l'argent qui avait vocation à aider son père malade. Pendant qu'elle parlait, le magistrat la regardait l'air de dire : *Tu as la réputation de bosser pour les narcos marocains, je ne crois pas un seul mot de ce que tu racontes.* Il écrivit également sur un Post-it qu'il colla dans son agenda : *Pourquoi SW défend ce gamin ? Qu'est-ce qu'il sait d'important pour qu'on veuille qu'il se taise ?* Sandra Weber, sans se laisser décontenancer, acheva ce monologue dans lequel elle distilla toute sa conviction pour éviter l'incarcération à Murthy.

— Merci, maître, pour votre brillante intervention.

Le juge d'instruction se frotta les yeux, remit sa montre, *déjà 23 heures*, et rajusta sa cravate.

— Bien, conclut-il. Monsieur Banerjee, nous en avons terminé pour ce soir. Je ne suis que modérément satisfait des réponses que vous nous avez fournies. Nous devrons nous revoir pour approfondir certains points. C'est pourquoi je requiers votre placement en détention.

« C'est pourquoi je requiers votre placement en détention. »

Quand cette phrase traversa les méandres du cerveau de Murthy pour devenir réalité, il n'arriva pas à croire qu'elle lui était adressée. La respiration bloquée, son esprit ne se reconnectait plus à la réalité. Il se tourna aussitôt vers Sandra Weber qui, blanche comme un linge, n'avait visiblement pas vu venir le tir du juge d'instruction.

— Maître, ce n'est pas possible, il doit y avoir une erreur, bafouilla Murthy, refusant d'admettre l'évidence.

— Ça va aller, ce n'est pas fini, nous allons faire appel.

Déjà, le juge d'instruction et la greffière rangeaient leurs affaires, heureux de voir cette journée harassante s'achever. Les gendarmes attendaient, quant à eux, les instructions du magistrat, qui tombèrent dans la foulée :

— Merci de votre patience, messieurs. Vous pouvez transférer le prévenu à l'administration pénitentiaire.

Murthy encaissa à nouveau le choc du mot « prévenu ». Sandra Weber se leva, les deux gendarmes prirent en charge son client, complètement anesthésié par cette décision. Tout se bousculait dans la tête du jeune homme. *Le flic qui a volé mon argent m'a affirmé que je n'irai pas en prison. L'avocate m'a dit la même chose. En fait, ils se foutent pas mal de ce que je deviendrai. Et si, maintenant, je racontais tout ? Qu'est-ce que je risque de plus, puisque je vais en prison ?*

De nouveau menotté, l'étudiant se sentit entraîner vers la sortie. Il s'éclaircit la gorge pour parler. Le juge, qui classait un dossier dans une armoire, se retourna d'un air interrogatif alors que, l'avocate, en panique, comprenait aussitôt. Elle se précipita pour s'intercaler entre le magistrat et Murthy. Elle avait perçu qu'il s'apprêtait à tout déballer et entrevoyait la catastrophe qui ne manquerait pas de survenir si elle n'agissait pas. Dans ce bref instant de flottement, elle saisit le bras de son client et le serra pour attirer son attention.

— Nous allons faire appel, vous n'avez rien à craindre. Vous serez très vite dehors, le rassura-t-elle.

Le juge d'instruction resta de marbre face à cette promesse tout en pensant le contraire. Embobiné une fois de plus, Murthy acquiesça en silence et laissa passer sa chance. En entamant le long circuit à l'intérieur du palais de justice pour être remis aux agents de la pénitentiaire, il se retourna une nouvelle fois, mais sous le coup de la colère. L'avocate, quelques pas derrière lui, soupirait de soulagement, le nez sur son portable, et parlait en souriant. Inutile de connaître l'interlocuteur auquel elle s'adressait, ni la teneur exacte de la conversation. Le détachement dont elle faisait preuve était insupportable.

— Maître, dit-il d'une voix forte, je ne veux plus jamais avoir affaire à vous.

Sandra Weber, ainsi interrompue, dévisagea avec surprise le jeune homme. Même les gendarmes qui encadraient Murthy s'arrêtèrent instinctivement. Puis, après un bref coup d'œil entre eux, ils reprirent leur marche. L'étudiant avançait tête baissée.

Les trois fonctionnaires chargés de l'escorte des détenus, à qui Murthy fut remis, refermèrent les menottes sur ses poignets. Deux hommes et une femme en uniforme bleu floqué « ADMINISTRATION PÉNITENTIAIRE », munis de gilets pare-balles et de pistolets à la ceinture. Murthy subit une nouvelle fois une fouille à corps complète. Il frissonna de dégoût et resserra ses bras autour de lui. Des agents vérifièrent aussi ses vêtements et ses chaussures. *Comme si, depuis la fouille chez les flics, des objets dangereux ou de la came auraient pu apparaître*, pensa-t-il. Cinq autres détenus, devant le jeune homme, se marraient et braillaient qu'ils étaient innocents, qu'ils subissaient tous des erreurs judiciaires. Habitués de la prison, ils jouaient les durs, mais l'étaient-ils vraiment ? Ils se moquèrent en tout cas ouvertement du nouveau et lui souhaitèrent la bienvenue. Ce qui n'augurait rien de bon. Soudain, la femme qui dirigeait l'équipe ordonna sèchement de la boucler.

Murthy, enfermé dans une étroite cellule individuelle grillagée, une sorte de cage, suffoquait d'angoisse dans le fourgon blanc. Les surveillants, sur le qui-vive, étaient tous concentrés sur un seul détenu, mince, plus âgé que les autres, qui ne parlait pas, ne blaguait pas, et ne se cachait pas pour tout scruter avec attention. Effet immédiat : l'escorte devint encore plus nerveuse.

Le véhicule, désormais, fonçait dans les rues de Paris, précédé de motards qui ouvraient la route. Une voiture de la gendarmerie assurait la sécurité à l'arrière. Le convoi se déplaça dans un concert assourdissant de sirènes jusqu'à ce qu'il s'arrête dans la cour d'entrée de la prison, délimitée par de hauts murs surmontés de barbelés. L'angoisse ne quittait pas Murthy. Malgré l'heure tardive, l'admission débuta au greffe. Il prit la mesure de sa condition.

Un surveillant le conduisit ensuite vers sa cellule. Murthy portait à bout de bras un sac pour la toilette avec une savonnette, une brosse à dents, un tube de dentifrice, un rouleau de papier hygiénique, des draps, une couverture et une serviette. Sur le dessus, un livret de quatre-vingt-dix pages intitulé « Je suis en détention, guide du détenu arrivant ». *Jamais je ne lirai ce machin, je ne vais pas rester dans ce trou à rats*, songea-t-il. Ils stoppèrent devant l'une des portes marron, avec serrures et œilletons, qui s'alignaient comme dans les coursives d'un navire.

Murthy sursauta quand, dans son dos, le battant se referma brutalement. Il découvrit son nouvel environnement. Celui-ci avait une odeur d'humidité et de crasse. Neuf mètres carrés. Un matelas, simple rectangle de mousse usagée, posé sur un lit métallique, des toilettes sans lunette, un lavabo fissuré, le tout entouré de murs gris, sales, gravés de mots, de prénoms, de signes, d'insultes. Mille âmes en perdition avaient séjourné dans cet univers exigu, impitoyable. L'antichambre de la violence et du désespoir.

Épuisé par la garde à vue et le passage chez le juge d'instruction, sonné, incapable de réfléchir et de se projeter dans l'avenir, Murthy s'assit sur la literie indigente. Alentour régnait un vacarme indicible, effrayant. La tête entre les mains, il étouffait de peur, de solitude et d'incertitude. Ses affaires sur les genoux, il sut qu'il ne parviendrait pas à dormir. De grands projecteurs éclairaient les façades de la prison d'une lumière blafarde, qui pénétrait par les fenêtres dans les cellules. Une image s'imposa alors à lui, celle d'un cercueil en béton cimenté par la rage.

4 h 30. Enroulé dans une couverture, en position fœtale, Murthy se mit à sangloter. Il grelottait de froid malgré les vingt-cinq degrés. Conscient qu'il s'était fait happer dans l'engrenage du système carcéral.

# 31

Mamba démarra la soirée par ce qu'il appelait un « passage obligé ». Dans son jargon, cela signifiait une halte prolongée dans le salon de massage avec la jeune prostituée asiatique. S'ensuivit une nuit d'errance, de perdition, d'alcool, de tabac et de drogue. Au cours d'une partie de poker rapide, il gagna deux mille euros. Il quitta la table en secouant la tête, un rictus aux lèvres. *Je n'arrive même pas à perdre le fric que j'ai volé.*

Finalement, vers 2 heures, dans un bar réservé aux habitués, Mamba se livra à un show improvisé. Dans une arrière-salle à la lumière tamisée et où la musique était diffusée en sourdine, torse nu, suant, il exhiba ses tatouages devant une trentaine d'hommes et de femmes, qui levèrent leurs verres en signe d'admiration et sifflèrent. Personne ne savait qu'il était flic. Lui-même l'avait oublié depuis longtemps. L'alcool coulait à flots, les joints se consumaient, la cocaïne enfarinait les narines. La soirée passa progressivement d'un mode festif à un mode agressif. Pour finir, il défia un mec hargneux à un concours de bras de fer qu'il perdit. *Il est temps que je rentre, sinon ça va mal se terminer.*

3 h 30. Mamba approchait du campement de Cyrus, qui ne dormait pas. Assis, les yeux ouverts, le clochard écoutait la radio.

— Il est bien tard ou bien tôt, au choix, mon ami, dit-il, narquois, en ôtant ses écouteurs.

— Tu es également réveillé, répondit Mamba, la voix pâteuse. Ça va ?

— Les nuits de pleine lune, je ne dors pas, j'en ai pris mon parti. D'ailleurs, on raconte que les fous sont de sortie ces soirs-là. Et puis je suis fasciné par cet énorme projecteur de lumière blanche, qui nous éclaire depuis des dizaines de milliers de kilomètres.

Cyrus considéra Mamba, chemise ouverte, instable sur ses jambes.

— Tu as forcé sur le scotch, tu sens la femme, le tabac, la sueur et autre chose. Moi aussi j'ai souvent porté cette odeur avec fierté, comme un étendard pour affirmer ma virilité. Si c'était à refaire, je le referais.

— J'ai fêté une rentrée d'argent imprévue.

— Tu as bien raison d'en profiter ! Une petite clope ? Tu n'es plus à cinq minutes près.

Mamba sortit deux Marlboro de son paquet et, d'une main tremblante, les alluma avec son Zippo. Les deux hommes fumèrent et discutèrent un moment ensemble.

— La voie est libre ? demanda Mamba tandis qu'il s'apprêtait à partir.

— Aussi nette que possible.

Le flic, à peine rentré, s'affala tout habillé sur son lit. *Bonne nuit, Banerjee. J'ai passé une bonne soirée grâce à toi.* Sans enlever ses bottes, il s'endormit dans la seconde.

*

* *

Pendant que Mamba se saoulait, Machine Gun Diallo écoutait la jeune femme qu'il avait chargée de se renseigner sur le service de police qui était intervenu. La discussion se déroulait dans le bar du quartier qu'affectionnait MGD, son Q.G. comme il le disait parfois. Le brouhaha et les rires y couvraient toutes les discussions. MGD buvait au goulot bière sur bière et s'empiffrait de graines de *pipas*[1], dont il recrachait les coquilles salées sur le sol. Son informatrice siphonna bruyamment le fond de son verre de Coca avec une paille.

— T'es sûre que c'est les Stups ?

Avant de répondre, elle s'essuya les lèvres avec une serviette en papier.

— Oui. Ma sœur, elle est femme de ménage là-bas. Elle a vu les types que tu m'as décrits. C'est pas la première fois que je lui demande des trucs, elle a les yeux et les oreilles qui traînent partout. Personne se méfie d'elle, je crois qu'ils la voient même pas.

— Et le flic avec les bras tatoués de serpents ?

— Elle lui a jamais parlé. Par contre, elle l'a vu plusieurs fois dans son bureau avec le petit Indien quand elle balayait le couloir.

MGD glissa deux billets de cent euros sur la table, entre les bouteilles de bière et le sachet de *pipas*.

— Un pour toi et un pour ta sœur. Si t'apprends d'autres choses dans cette affaire, viens m'le dire ici, ça m'intéresse. Tu peux reprendre des frites et un Coca si tu veux, ajouta-t-il en quittant la table, sur mon compte.

Il sortit sur le boulevard, alluma une cigarette et composa un numéro sur son portable. À la cinquième sonnerie, son interlocuteur décrocha.

— Salut, Bro, j'vois qu'les matons t'ont pas encore tiré ton téléphone, s'amusa MGD.

— T'inquiète, j'ai une super planque, ils sont pas près d'le trouver. Et même si j'me fais choper, le lendemain j'en

1. Graines de tournesol.

aurai un autre. C'est un surveillant qui m'fournit. Qu'est-ce qui t'amène ?

— Raconte, d'abord : tu vas bien ? T'as besoin de trucs ? Pour fumer ? Du fric ?

— C'est bon, j'ai tout c'qui m'faut, j'suis le roi, ici.

— Cool, Master, c'est top. Y a quelques jours, les Stups ont serré un max de monde, des dealers, mais aussi des mecs qui charrient l'pognon des trafiquants. Un de ces lascars s'est fait attraper devant moi. À tous les coups, il va arriver dans ta taule. C'est un jeune pakos qui pige que dalle aux keufs ni à tout not' monde.

Les deux hommes éclatèrent d'un rire gras, lourd de sous-entendus. MGD perçut à cet instant de la musique qui émanait du portable de Master.

— Mec, c'est quoi, c'bordel ? Y a une teuf à côté de ta piaule ou quoi ?

— Nan, la nuit, tous les taulards écoutent d'la musique ou la télé à fond. Ça camoufle les cris des bagarres et de ceux qui couinent quand y s'font mettre. Vers 3 h 30, 4 heures max, ça s'calme. J'vais bientôt pouvoir dormir. Bref, c'est quoi, l'histoire de ton looser ?

— Je m'dis qu'il connaît peut-être des plans sur le fric de la came, des types dans le réseau, des planques, ce genre de trucs. À toi de voir.

— À quoi y ressemble ?

— T'inquiète, tu pourras pas l'louper. Il a la gueule d'un mec qui s'endort dans son lit, peinard, et qui se réveille le lendemain matin sur la planète Mars sans savoir comment il a atterri là.

— Ah ouais ? Lui, il va morfler sévère, s'esclaffa Master.

— C'est pour ça qu'tu devrais t'en occuper avant qu'les autres requins mettent la main dessus.

# 32

Murthy fut réveillé en sursaut par une clef qui actionnait le mécanisme de la serrure, puis par l'ouverture brutale de la porte. Le cœur battant, il se leva à la hâte. À bout de forces, à l'aube, il s'était endormi une heure. Pendant un instant, vacillant, il se demanda où il se trouvait. Devant lui, un surveillant et un jeune détenu appuyé contre un chariot. Retour à la réalité.

— Banerjee, tu n'es pas à l'hôtel, ici. Réveil tous les jours à 6 h 30.

Murthy dévisagea le surveillant, les yeux écarquillés de stupeur. Le type qui poussait le chariot se retint de rire en voyant cette expression. Il lui donna une baguette de pain, un sachet de Ricoré en poudre, une dosette de sucre, un beurre en portion, un bol d'eau chaude et des couverts en plastique.

— Le pain, c'est pour la journée, expliqua le surveillant.

— Donc il faut l'apporter au réfectoire pour les repas ? questionna Murthy.

Le gardien se marra franchement.

— Encore un qui a vu trop de séries télé. Le réfectoire, c'est en Amérique, mon gars. En France, on mange en cellule. Et il n'y a pas non plus d'uniforme orange, bleu ou je ne sais quoi. Atterris !

L'étudiant baissa les yeux sur son plateau, décontenancé. Pensant qu'il le détaillait, son interlocuteur ajouta :

— Pour la Ricoré, faudra t'y habituer. T'auras pas de café entre ces murs. Ça peut énerver, on s'épargne ça.

Dans la foulée, la porte claqua sur Murthy, figé, le plateau de son « petit déjeuner » à la main. Enfin, il s'assit. *Je ne vais jamais tenir, c'est impossible.*

Murthy marchait depuis deux heures en long, en large et en travers dans son espace vital de neuf mètres carrés, comme un rat dans une boîte en carton à la recherche d'une issue qui n'existe pas. Sans en avoir conscience, il reproduisait les codes de l'homme enfermé.

La porte s'ouvrit de nouveau.

— Banerjee, suis-moi, on va aux évaluations, aboya une surveillante. On veut savoir ce que tu as dans le ventre.

Le jeune Indien lui emboîta le pas en silence et rejoignit ainsi un gradé. Aussitôt, l'entretien commença. À chaque étape, il s'entendait dire quelque chose comme « Ça se voit que c'est la première fois que vous mettez les pieds dans une maison d'arrêt, quand vous reviendrez, vous ne serez plus dépaysé », ou bien « C'est toujours comme ça au début, c'est juste une question d'habitude ». Murthy, abasourdi par ces remarques, ne répondait pas, ne se révoltait pas. Il était convaincu que s'il hurlait « C'est une erreur, je vais sortir et plus jamais je ne remettrai les pieds dans une prison ! », tous lui riraient au nez d'avoir entendu mille fois cette phrase.

Peu à peu, il prenait conscience de l'environnement anxiogène qui l'enveloppait. Des coursives aux murs jaune pâle, éclairées par des néons blafards, dont certains en fin de vie clignotaient dans un grésillement incessant. Une succession de grilles en fer à la peinture bleue écaillée, qui produisaient un bourdonnement électrique lorsqu'on les manœuvrait pour isoler des zones. Il découvrait aussi le va-et-vient des surveillants, uniforme bleu marine, radio qui crachote, gros trousseau de clefs à la ceinture tenu par un mousqueton. Un bruit de fond en permanence. Nuit et jour.

Il fut encore interrogé sur son identité et sur les motifs de son arrestation. Il trouva ça absurde. *Comme si vous ne le saviez pas*, pensa-t-il. Au bord de l'épuisement, il se contenta de répondre par monosyllabes. Son interlocuteur, lui, cochait des cases au fur et à mesure. Ensuite, comme dans le service de police, les prises de photos, d'empreintes digitales et le prélèvement ADN s'enchaînèrent. Il était maintenant affublé d'un numéro d'écrou et d'une carte d'identité intérieure. Le seul moment qu'il apprécia, ce fut celui de la douche après quatre jours passés sans y avoir droit.

À présent, il ne portait plus ses vêtements, mais un jogging gris et informe dans lequel il flottait, et une paire de chaussures de sport usagée. Il ne réussissait pas à se faire à l'idée qu'il ne pouvait ni sortir, ni se promener avec Malini, ni préparer le mariage, ni réviser ses cours, ni travailler au restaurant, ni dîner avec ses parents. Plus rien. Arrêt absolu. Sa vie d'avant lui paraissait tellement lointaine et heureuse. Tout avait basculé en dix secondes lorsqu'il s'était retrouvé plaqué au sol par ce flic pourri aux bras tatoués. Et le plus difficile, le plus oppressant, c'est qu'il ignorait quand ce cauchemar cesserait. *Comment survivre ?*

Murthy leva les yeux vers son interlocutrice, qui répéta plusieurs fois d'affilée son nom et sa fonction. Elle avait l'habitude des primodélinquants complètement perdus. Elle s'exprima doucement :

— Je m'appelle Niagalé Camara, je suis cheffe de détention. Je suis là pour vous expliquer les règles de vie ici, mais auparavant nous allons discuter de vous. J'ai vu que vous aviez un niveau d'études bien supérieur à la moyenne de la population carcérale. Vous pouvez m'en dire plus ?

Le jeune homme, peut-être encouragé par le ton bienveillant de son interlocutrice, se confia plus facilement. Il parla de la fac, de sa fiancée, de ses projets professionnels. Niagalé Camara l'incita à développer ses idées, lui demanda s'il avait conscience des motifs de son incarcération, voulut savoir s'il pratiquait une religion, s'il fumait…

— Vous allez rester dans le quartier « arrivant » pour une durée de dix jours maximum. Pour nous permettre de vous évaluer, et aussi pour que vous vous acclimatiez. Il s'agit d'un sas, en quelque sorte. Des interrogations à ce sujet ?

— Non, répondit Murthy en haussant les épaules.

— Est-ce que vous avez des intentions suicidaires ?

Il fut étonné par la question. Il l'ignorait encore, mais on la lui poserait souvent dans les entretiens à venir. Apparemment, elle s'avérait fondamentale dans le milieu carcéral.

— Pas du tout.

La femme prit note de ses déclarations qu'elle ponctua, pour certaines, de points d'exclamation. Puis Murthy enchaîna par un entretien rapide avec un médecin. De nouvelles croix dans de nouvelles cases, et l'examen se termina sur la fameuse question du suicide.

— Non, je n'en ai pas envie et je n'y ai jamais songé, dit-il d'un ton exaspéré qui fit sourciller le médecin.

Finalement, le moment le plus difficile de la matinée, celui où il vacilla et ne put retenir ses larmes, ce fut lorsqu'il eut droit à un appel. Il n'osa pas appeler ses parents. Contacta Malini. Elle ne cessait de répéter : « Ce n'est pas possible. » Lui se cramponnait au combiné comme à une bouée de sauvetage.

— Tu as téléphoné à tes parents ?

— Non, je voulais t'entendre.

— Nos parents se sont parlé. Ils sont humiliés et ne veulent plus du mariage.

Le choc. À cette seconde, Murthy comprit qu'il n'avait plus de prise sur les événements à l'extérieur, que tout se déroulait sans lui.

*Non, je n'ai pas envie de me suicider. J'ai honte.*

# 33

Sandra Weber, débarquée par l'avion du matin à Tanger, déjeunait avec Sofiane Mansouri. Elle tenait régulièrement informé le cadet de la fratrie, révulsée par la vulgarité de Rachid, l'aîné, qui la déshabillait systématiquement du regard.

— Il y a une chose importante à retenir, Sofiane : le policier, qui s'appelle Miller et qui a interpellé Banerjee, a volé en perquisition les sept mille cinq cents euros de commissions. Il s'est contenté de lui faire avouer deux transports d'argent. Et le gamin s'en est tenu à cette version devant le juge d'instruction.

— Malgré tout, il est allé en prison. Une explication ?

— Il est arrivé exténué chez le magistrat. Ce môme est loin d'être un délinquant. En dépit du briefing en règle, il n'a pas tenu le coup et s'est embrouillé. Enfin, je ne vous cache pas que je suis quand même surprise par la décision du juge. Ce genre de truc ne vaut pas une incarcération. Bref, pour finir, Banerjee m'a récusée. Je le comprends.

— Je vois. Je veux qu'on l'aide, il n'a rien dit et s'est bien comporté. Ça doit être terrible pour ce jeune d'être emprisonné. Je vais faire passer le message. Il faut qu'on réussisse à lui adoucir la vie entre ces murs.

Sofiane Mansouri attendit une minute que le serveur s'éloigne pour poursuivre :

— J'ai par ailleurs lu attentivement toute la procédure que vous m'avez transmise, Sandra, et il y a quelque chose qui me chiffonne. Je vais avoir besoin de vos lumières. Lors de l'arrestation de Banerjee, les policiers ont fait état d'une saisie de cinq cent mille euros.

— Oui, c'est exact.

— En fait, il y avait six cent mille dans la sacoche. Ce qui signifie que cent mille se sont évaporés. Pouvez-vous me décrire ce policier, Miller, je crois, puisque vous avez été en contact avec lui ?

— Un grand type, chauve, costaud, pas aimable. Toujours affublé de la casquette des New York Yankees.

— Des tatouages ?

— Apparemment sur les bras, des motifs dépassaient de ses manches au niveau des poignets. En revanche, comme il portait un blouson, je n'ai pas pu voir à quoi ils ressemblaient.

— Autre chose ?

— C'est sa coéquipière qui s'est occupée de Banerjee pour tous les actes de la procédure avec les Stups. Miller n'a jamais quitté son bureau. J'ai trouvé ça étrange.

— Intéressant. Comment s'appelle cette femme ?

— Elvire Andrieu.

— Pouvez-vous me décrire de nouveau Miller ?

# 34

— Promenade, annonça un gardien.

Murthy avait mangé du bout des lèvres son repas. *C'est infâme.* Il sortit sur la coursive et détailla cet environnement hostile. Il suivit ensuite la dizaine d'arrivants dans un dédale de couloirs et d'escaliers. Le petit groupe franchit plusieurs grilles. Ils doublèrent un détenu qui passait un large balai et nettoyait le sol sans conviction. Ça puait à la fois le désinfectant, la misère, la crasse, le graillon et, par-dessus tout, le cannabis. La file avançait en silence au milieu du perpétuel brouhaha s'échappant des cellules.

Le jeune Indien, mort de trouille, déboula dans la cour de promenade, délimitée par de très hauts murs lépreux surmontés de barbelés. Un dépotoir jonché de détritus. L'endroit lui rappela le cirque où il admirait les fauves, petit, avec ses parents, assis sur des gradins protégés. À cela près qu'il se trouvait cette fois dans la cage aux fauves. Comme l'avait souligné le surveillant pendant la distribution du petit déjeuner, Murthy n'avait d'autre référence que l'ambiance ultra-violente des prisons américaines. Il s'attendait donc au pire. *C'est ici que je vais mourir*, se répétait-il inlassablement.

De l'autre côté des murs, le va-et-vient des voitures, des autobus, les klaxons étaient plus que jamais synonymes de vie, de liberté. À l'extérieur, pourtant, ce même vacarme exaspérait les Parisiens. Murthy chancela. Un jeune type s'approcha de lui, une cigarette en partie fumée coincée derrière l'oreille. Il se souvint de lui. C'était le détenu qui manœuvrait le chariot du matin.

— Ça va, j'vois qu'tu m'as reconnu, lança-t-il, tout sourire. Tu fais marrer tout l'monde avec ta façon d'marcher, d'mater à droite et à gauche. Ma main à couper qu'c'est la première fois qu'tu fais un séjour en taule. Viens, faut pas rester planté, on va faire l'tour d'la cour, mais tu fixes personne dans les yeux. T'as compris ?

Murthy obéit. Mains dans les poches de son jogging, il cala son pas sur celui du jeune homme.

— C'est quoi, ton nom ? Moi, c'est Johnny.

— Murthy.

— Jamais entendu !

— Je suis d'origine indienne.

— C'est comme les pakos ?

— Pas vraiment, mais si tu veux.

— C'est du kif-kif. Moi, en tout cas, j'suis gitan, on est quelques-uns ici. T'es tombé pour quoi ? T'as pris cher ?

Murthy ne s'attendait pas à cette rafale de questions qui le déstabilisa. Les quatre derniers jours lui avaient appris qu'il fallait se taire ou en dire le moins possible.

— Je faisais le coursier, mais je ne savais pas ce que je transportais.

— Tu déconnes, mec, c'est n'importe quoi c'que tu m'chantes. Tu t'balades avec des trucs et tu sais pas c'que c'est ? Même un dingo l'ferait pas. C'était quoi ? D'la dope ? Du fric ? Des pierres précieuses ? Des explosifs ?

— De l'argent.

Johnny s'arrêta. Il se tourna vers Murthy.

— C'est bon, j'ai compris ! Le fric de la came. Y a une grosse affaire en cours, j'ai vu ça à la télé. T'étais dans le coup ?

L'étudiant ne répondit pas. Les mains toujours enfoncées dans les poches de son jogging, il se remit à marcher.

— OK, t'es pas obligé de m'raconter, capitula Johnny. On t'a un peu briefé sur la manière dont ça s'passe dans c'merdier ?

— Je n'ai pas encore lu le guide du nouvel arrivant.

— Mec, t'es vraiment trop drôle.

Tout en riant, le Gitan ralluma sa cigarette et en proposa une à Murthy qui refusa d'un geste.

— J'te parle pas d'cette connerie de bouquin, j'l'ai jamais lu et j'm'en fous. De toute façon, j'sais pas lire. Par contre, j'sais compter, et vite. Enfin bref, c'est pas l'guide, comme tu dis, qui va t'empêcher d'mourir ou d'finir à quat' pattes, le cul à l'air, devant un gros Black qui t'aura collé une serviette dans la bouche pour pas qu'tu gueules.

Murthy, désormais vert de peur, ne parvenait plus à aligner deux mots d'affilée. La sortie de son camarade avait fait son effet. Et celui-ci poursuivit :

— Premier conseil : faut qu't'arrêtes d'avoir les yeux ouverts en mode soucoupes, on dirait un abruti. Surtout, j'te l'répète, dévisage personne, sinon y a moyen d't'prendre un coup de lame sans savoir d'où qu'il part.

Murthy hocha la tête en silence.

— Deuxième truc. Pour l'instant t'es dans le quartier des arrivants. Les gens d'la pénitentiaire que t'as vus dans les bureaux, y regardent ton dossier et ton comportement. Si t'es un gars à problèmes, direction le quartier des sauvages, des enragés. La prison, c'est par rapport à ton profil qu'on t'juge. Toi, y a pas d'risque, on va t'mettre avec un mec calme, pas un fou.

*Mais où est-ce que je suis tombé ?* se lamenta Murthy.

— Y a mille trucs qui faut connaître.

— Les plus importants ? questionna le jeune Indien, de plus en plus inquiet.

Johnny le Gitan soupira.

— T'as d'la monnaie ?

— Même pas vingt euros. On m'a tout pris.

— Si t'as pas d'fric, t'es indigent. Tu te contentes de manger la gamelle qui passe midi et soir, et j'te préviens, c'est dégueulasse. Pire que d'la bouffe de clebs. Faut qu'tu cantines, ça veut dire que tu commandes à l'extérieur ce qu'tu veux bouffer, et pour ça, faut des sous.

— Sauf que je n'en ai pas.

— C'est simple, quelqu'un de ta famille doit t'apporter du fric, il sera mis sur ton compte au greffe, et tu pourras manger normalement. Et même louer une télé.

— Comment ça marche ?

— Un surveillant te file une liste de ce que tu peux acheter. Tu coches les cases, c'est tout. Après, tu reçois ta bouffe. Par contre, fourre-toi bien un truc dans l'crâne : tout ce qu't'achètes en taule coûte beaucoup plus cher que dehors.

Pour Murthy, le constat était rapide. Malini possédait très peu d'argent et le flic avait volé tout ce qu'il avait économisé. Restaient ses parents qui ne voulaient plus lui parler.

— Tu fais quoi dans la vie ? lâcha Johnny, tirant Murthy de ses réflexions.

— Étudiant en histoire. Je voulais être prof, mais bon…

Le Gitan siffla d'admiration.

— Putain, là, tu fais fort. Y a p'têt quelque chose qui peut t'sauver, parce que t'es pas fait pour être dans cette jungle. L'officier, la Black, Niagalé, elle va te revoir pour faire un bilan et tout l'bordel. À c'moment, demande de faire l'auxi écrivain public.

— Le quoi ?

— Auxiliaire, ça veut dire que tu bosses dans la taule et en plus t'es payé. Moi, j'fais l'auxi pousseur. Je pousse le chariot des gamelles trois fois par jour. J'me promène de cellule en cellule, quoi. Si t'as pas ça, t'es enfermé vingt-trois heures sur vingt-quatre, tu gamberges et tu deviens fou.

— Je te remercie, je lui en parlerai.

— T'écriras des lettres et des tas d'papelards pour les détenus qui savent même pas dans quel sens on tient un stylo, sauf pour t'le planter dans l'œil si tu t'fous de leur gueule. Puisque tu veux êt' prof, c'est qu'tu lis et qu't'écris, pas vrai ?

— Oui, bien sûr, répondit Murthy. Tu penses qu'elle sera d'accord ?

— Ça va l'intéresser, c'est sûr, vu ton profil d'intello égaré dans l'enclos des lions affamés. Des mecs comme toi, y en a pas dans la taule. Bientôt, tu seras le roi du monde, et moi aussi.

— Toi aussi ?

— J't'espliquerai plus tard. En attendant, oublie pas d'en toucher un mot à Niagalé. Et retiens aussi que, même quand un taulard est sympa, ça reste un taulard et tu lui fais pas confiance. Si un mec te propose un plan, tu refuses.

Murthy eut un sourire triste en entendant ces dernières phrases. Johnny comprit.

— Moi, c'est pas pareil. J'devais faire une bonne action aujourd'hui, c'est Sara la noire qui m'l'a dit. T'as du bol, c'est tombé sur toi.

— Sara la noire ?

— C'est la patronne des Gitans, celle qu'on respecte. Elle m'l'a dit pendant que je dormais. Nous, les voyageurs, on écoute Sara.

— Les voyageurs ?

La discussion fut interrompue par une sirène. La promenade était terminée. Johnny le Gitan fit signe à Murthy de le suivre dans la colonne qui regagnait les coursives. Là, il parla à voix basse pour ne pas être entendu des autres types.

— Entre nous, les Gitans, on s'appelle les voyageurs. Je peux bien te confier ça à toi, t'as presque la même tête que moi et la même couleur de peau. T'es pas comme les autres mecs.

— C'est normal, les Gitans sont venus d'Inde au Moyen Âge.

# 35

Troisième nuit consécutive d'errance, d'alcool, de sexe, de came et, cette fois-ci, de violence pour Mamba. Dans des arrière-salles de bars sinistres, au fin fond d'une banlieue délabrée au nord de la capitale, des types organisaient des paris sur des combats sauvages à mains nues. Le *ring*, un cercle de mecs qui vociféraient et payaient pour voir du sang, avec une seule règle, simple : le vainqueur était le dernier debout. Il raflait la moitié des mises engagées. Mamba, par périodes, aimait se confronter à d'autres brutes. Il ne se battait pas pour l'argent. Lui seul, en réalité, savait ce qu'il expiait sous les coups. Dans les sous-sols de ces mêmes endroits, parfois, se déroulaient des combats de chiens. Eux allaient jusqu'à la mort. Le flic y assistait avec toute une horde de dégénérés pour lesquels la valeur d'un animal se mesurait au paquet de billets qu'il rapportait. S'il crevait, c'est qu'il ne valait rien.

Malgré l'heure avancée, Cyrus ne dormait pas. Avec une lampe frontale, il se plaisait à relire des passages du bouquin d'Hawking, terminé la veille. Le clochard maudissait la pollution lumineuse de Paris qui l'empêchait de voir le ciel profond, et il se désolait de ne plus pouvoir se laisser hypnotiser par l'infini moucheté de milliards de points lumineux. Il y avait une éternité de cela, dans les montagnes de son Iran natal, allongé sur le sol avec ses fils, il décrivait le cosmos. C'était formidable.

Cyrus entendit des pas, leva la tête du livre et aperçut Mamba qui remontait la rue en titubant. Ce dernier s'arrêta devant le campement du clochard. Cyrus remarqua son visage tuméfié et le blanc de ses yeux injecté de sang. Il grimaça.

— Fais attention, mon ami. Ce n'est pas un mal de rentrer de temps en temps chez soi porteur des stigmates du mâle dominant. Mais, à force, tu risques de finir le nez dans la sciure au fond d'un de ces bars merdiques d'où, j'en suis sûr, tu sors.

Mamba acquiesça, haussa les épaules et lui tendit une cigarette qu'il alluma d'une main tremblante avec son Zippo. Les deux hommes fumèrent en silence.

— Je sais, il faut que je me calme, répondit enfin le flic d'une voix rendue presque inintelligible par l'excès d'alcool et d'autres substances ingérées. Sinon, ça va mal se terminer.

Cette nuit, il avait envie de se confier à Cyrus, son seul véritable ami. D'avouer qu'il était policier, mais qu'il avait basculé de l'autre côté de cette ligne invisible, ténue, qui séparait le Code pénal de l'absence de codes. Que, longtemps, il avait prétexté agir ainsi pour se rapprocher des gros bandits et les choper. Pourtant, un jour, il n'était jamais revenu de ce monde obscur. Et il savait de quand datait ce point de non-retour.

Aidé par l'alcool qui avait abattu ses dernières résistances, et par l'épuisement aussi, il se laissa aller.

— Cyrus, reprit-il d'une voix à peine audible, je dois te raconter un truc. C'est important.

— Non, ce n'est pas le moment, l'interrompit le clochard. Les mecs défoncés regrettent toujours leurs confidences une fois à jeun. Quand tu seras net, si tu éprouves encore le besoin de parler, je t'écouterai.

— OK, murmura Mamba. J'crois bien que tu as raison.

— Prends une douche et couche-toi. Tout est clean ici, je veille sur ton sommeil.

Mamba, à genoux, secoué de spasmes, cramponné des deux mains à la cuvette des toilettes, vomissait ce qu'il avait ingurgité pendant la nuit. Après de longues minutes, la bouche amère de la bile crachée, il se releva, chancelant, essuya ses lèvres du revers du bras, et ôta ses vêtements sales tachés de sang. Les yeux fermés, appuyé contre une des parois de la douche, il s'abandonna à l'eau glacée qui giclait sur son corps endolori couvert d'ecchymoses. À peine séché, il s'affala ensuite dans son lit et s'endormit.

Vers 14 heures, il se réveilla d'un sommeil peuplé de violence et d'absurdité. Un mal de crâne épouvantable le terrassait. Il tâtonna sur la table de nuit et mit la main sur une boîte d'aspirine. Il vida aussi la moitié d'un flacon de Listérine pour évacuer le goût de porcherie qui avait envahi sa bouche. Une heure plus tard, douché et vêtu de vêtements propres – jean noir, chemise noire, Perfecto de cuir noir –, il eut la sensation de rejoindre le monde des vivants. Direction le bar d'en face pour avaler un double espresso. Sur le seuil de l'immeuble, les yeux dissimulés derrière ses Ray-Ban qui masquaient en partie ses ecchymoses, il observa la rue, prudent. Cyrus, engagé dans une conversation animée avec un voisin, l'aperçut et lui fit signe, d'un pouce dressé, que tout allait bien. Mamba alluma sa première Marlboro en faisant claquer le capot de son Zippo. Sans ce rituel avec le briquet, la cigarette n'aurait pas eu la même saveur. Il demeura quelques instants ainsi, à fumer et à observer les alentours. Cyrus se fit la réflexion que son ami paraissait davantage sur le qui-vive.

Finalement, Mamba écrasa sa cigarette à moitié consumée et entra dans l'établissement. Il dévisagea ce connard de barman avec sa tête de blaireau qui ne manquerait pas de lui balancer ses conneries habituelles.

— Comment qu'ça va bien, aujourd'hui ? Un café crèèème ?

Pas de réponse de Mamba. Le type devina le regard hostile, invisible derrière les verres fumés des lunettes, de ce client pas comme les autres. Le visage tuméfié et les mains écorchées posées à plat sur le comptoir le mirent mal à l'aise. Il tritura sa petite moustache et, pour se donner une contenance, replia l'exemplaire du *Parisien* qui traînait près de lui avant de se mettre en action. Mamba eut envie de le massacrer lorsqu'il s'attela à essuyer tasses et sous-tasses en les entrechoquant. D'autant que, comme si cela ne suffisait pas, le percolateur lâchait des jets de vapeur aussi bruyants que ceux d'une ancienne locomotive.

Malgré les aspirines, la migraine s'éternisait et tous ces bruits amplifiés cognaient fort dans la tête de Mamba. Il en était à son troisième café quand il reçut un SMS de Patrick Chebel. « Miller, je sais que tu es en récup, mais je t'attends avec Elvire dès que tu as ce message, ça urge. » Aussitôt, Mamba passa en revue les derniers braquages sur les collecteurs et réfléchit à ce qui aurait pu merder. Perplexe, il appela sa coéquipière. Les deux policiers savaient que leur téléphone pouvait être sur écoute. La prudence était donc de mise.

— Salut, Elvire. Je viens de recevoir un SMS de Chebel, il nous convoque.

— Oui, j'allais te contacter, il m'a aussi laissé un message à l'instant. Il dit qu'il m'attend dans son bureau avec toi dès que possible.

— Rien de plus ?

— Non, rien, répondit Elvire.

— OK. Faut qu'on se voie avant d'y aller.

*

* *

Elvire et Mamba firent le point ensemble sur les « prélèvements opérés sur les collecteurs ». Par superstition, ils évitaient le mot « braquage ». Comme si ces trois syllabes pouvaient porter malheur. Même s'ils pensaient avoir pris toutes les précautions nécessaires, ils n'ignoraient pas qu'un élément imprévu, mauvaise surprise assurée, suffirait à les envoyer directement en prison.

— Si Chebel avait de quoi nous faire plonger, on aurait déjà eu les collègues à 6 heures tapantes pour nous passer les menottes, résuma Mamba qui, par cette phrase, tentait de conjurer le sort.

Elvire approuva pour se rassurer. Mamba enleva sa montre à huit mille euros et la dissimula dans sa poche. *C'est plus prudent*. Puis ils respirèrent un bon coup et se dirigèrent vers le bureau du sous-directeur.

Ils patientaient maintenant depuis quelques minutes devant sa porte et l'entendaient parler d'une voix forte au téléphone. Chebel raccrocha. La tension grimpa d'un cran. Le portable encore à la main, il leur ouvrit et leur fit signe d'entrer. Avant d'entamer la discussion, il griffonna quelques mots sur un carnet et scruta Miller.

— Qu'est-ce que tu as fait, toi ? demanda-t-il en désignant son visage.

Une vingtaine d'années que les deux hommes se connaissaient. Ils se tutoyaient. Ils avaient partagé du danger, des réussites, des échecs, mais aussi des dîners arrosés, des confidences et des soirées de franche rigolade comme seule la police judiciaire en a le secret. Mais c'était une autre époque.

— Je me suis mis au rugby, rien de bien méchant.

— Depuis quand ?

— Depuis hier soir.

Patrick Chebel hocha la tête. Sa mimique exprimait sa pensée sans équivoque, et celle-ci se résumait à un truc du style : « Tu te fous de ma gueule. »

— Je vous ai fait venir tous les deux parce que le chef de la PJ espagnole vient de m'informer qu'un Français a été retrouvé flingué, à moitié carbonisé, dans le coffre d'une Mercedes, il y a quelques jours, à Madrid. Il a été identifié grâce à son ADN. Une histoire de course-poursuite leur a permis de le découvrir.

Elvire et Mamba soufflèrent discrètement de soulagement.

— Le type qui a été buté était enregistré au bureau central des sources par vous, Elvire. Il s'agit de Laurent Dalmasso. Vous pouvez me rafraîchir la mémoire ?

— Oui, bien sûr, rebondit la jeune femme. J'ai eu Dalmasso en garde à vue il y a environ trois ans dans une affaire de stups, et comme il s'était montré coopératif, j'avais proposé qu'il devienne une de nos sources. J'étais son unique contact.

— J'ai lu vos comptes rendus d'activité. Pendant deux ans il a fourni pas mal d'infos, mais depuis l'année dernière, plus rien.

— Effectivement, j'en ai d'ailleurs discuté avec le commandant Miller. Il était d'accord pour le radier du fichier des sources.

Ce dernier confirma d'un signe de tête.

— Autre chose, et je vous la fais courte : dans la même nuit, les flics espagnols ont flingué un des gars de la Merco, un certain Majid M'Barek. Ça vous parle ?

— C'est un exécuteur qui bosse au plus offrant, intervint Miller. On le recherchait dans le cadre de plusieurs règlements de comptes. Sept ou huit morts à son actif. Il était surnommé le Rôtisseur, parce qu'il avait tendance à faire cramer les mecs qu'il butait.

— OK. Plus besoin de le chercher, il est allongé sur la table d'autopsie à Madrid, conclut Chebel avec cynisme. Apparemment, les collègues espagnols essaient d'identifier l'autre passager de la voiture, qui a eu l'intelligence de se faire oublier. Des photos ont été prises par des caméras de surveillance. J'aimerais que vous vous rendiez en Espagne pour étudier tout ça. Préparez les ordres de mission que je les signe.

Elvire et Miller acquiescèrent. Ils s'apprêtaient à quitter le bureau.

— Miller, reste, j'ai à te parler. Au fait, Elvire, quel était le nom de code de Dalmasso ?

— Tonio, lança la jeune femme sans rien laisser paraître de l'angoisse qui lui vrillait le ventre.

# 36

Les deux hommes se retrouvèrent seuls. Chebel sortit de son armoire une boîte de cigares, une bouteille de whisky et des verres, qu'il posa sur la table de réunion.

— Un cadeau de nos collègues de l'ambassade de Cuba. Ils sont intéressés par notre expertise pour monter un service de répression de la traite des êtres humains et m'ont offert ces Cohiba, des lanceros. Profite, les cigares cubains deviennent une denrée très rare en France.

Miller en choisit un. Il en coupa une extrémité et attrapa son Zippo pour l'allumer. Chebel l'interrompit dans son geste. Il fit glisser sur la table une boîte d'allumettes grand format.

— Range-moi ton Zippo qui pue l'essence. C'est un péché face à ces merveilles.

Miller, compréhensif, s'exécuta.

— Et le whisky ? Ce sont les flics écossais ? demanda-t-il avec un sourire en coin.

— Masahiro, un whisky japonais pur malt. Il est top, et non, ça ne vient pas des collègues de Tokyo.

— Tu m'as fait rester pour fumer et boire un coup ? Je reconnais que ça vaut le détour, mais ça m'étonne. Surtout à cette heure-ci.

Pas de réponse de Chebel, qui tirait sur son cigare. Il ouvrit ensuite en grand la fenêtre pour aérer la pièce. Pendant ce temps, Miller versa du Masahiro sans glaçon dans les deux verres. Il huma l'odeur raffinée de cet alcool. Il jouait la décontraction. En réalité, il était doublement inquiet. Par la mort de Tonio, et par Chebel qui prenait son temps pour parler. Il le laissa néanmoins engager la conversation. *Il tourne autour du pot, ça n'annonce rien de bon.*

— Le coup du rugby, tu ne me l'avais encore jamais fait. Tu as joué les All Blacks tout seul vu ta tronche.

Miller haussa les épaules. Son supérieur savait qu'il n'obtiendrait rien de plus de lui. Il n'insista pas. Ensemble, ils levèrent leurs verres, les yeux dans les yeux, « à l'amitié ». Pourtant, une gêne imperceptible s'était installée. Ils goûtèrent à petites gorgées le pur malt.

— Comment ça se passe avec Elvire ? Pour moi, cette fille reste un mystère. Et le moins qu'on puisse dire, c'est qu'elle fait jaser. Apparemment, elle bosse avec des chaussures à deux mille balles et des vêtements qui coûtent bonbon. Je ne m'en étais pas aperçu, c'est ma secrétaire qui me l'a fait remarquer.

— Tu expliqueras à ta secrétaire qu'Elvire n'a pas besoin de ce job pour avoir du fric. Elle vit dans un appartement de trois cents mètres carrés à côté du parc Monceau. Ce qui lui plaît, c'est le frisson et la peur. Cela étant, elle est fiable, ne compte pas ses heures et travaille très bien.

— Amen ! répondit le sous-directeur.

Les deux policiers savourèrent ensuite le whisky japonais et tirèrent sur leur cigare dans un silence pesant qui s'éternisa. Chebel ôta ses lunettes, puis en regarda les verres. Mécontent, il les essuya avec application. *Son rituel quand ça va mal se passer*, analysa Mamba qui se prépara mentalement à l'assaut.

— Miller, reprit Chebel en ajustant sa monture sur son nez, j'ai plusieurs fois entendu dire que tu aurais un comportement contraire au code de déontologie de la police nationale avec les saisies d'argent.

*Nous y voilà. Soit il a des billes et ça va être chaud, soit il me le fait à l'intox et je le balade.*

— Patrick, arrête ton jargon d'énarque que tu n'es pas. D'habitude, tu parles directement, comme un flic de la PJ. On se connaît depuis longtemps, c'est quoi, ces conneries ?

— OK. Pour être bref, je pense que ta boussole de moralité a perdu le nord. Il se murmure que tu as la main lourde en perquise quand tu découvres de l'argent ou quand tu interpelles les collecteurs.

— Quel est le connard qui a balancé cette rumeur ?

— Pour le moment, ce n'est pas le sujet. Tu sais comment les mecs te surnomment ? Vic ou Vic Mackey. Tu as le même look, crâne rasé et gueule de pitbull en colère. Parfois, il en faut pas plus…

— Tu es en train de me chanter que, parce que je ressemble vaguement à un flic naze d'une série télé, je tirerais du fric ? Tu es tombé sur la tête ou quoi ? Il y a des preuves ? On m'a vu me servir ? Je vis dans un meublé merdique du 19e arrondissement, ma bagnole a vingt ans, mon compte bancaire est à zéro le 20 de chaque mois. Tu en dis quoi, de ça ?

Chebel, d'un geste, signifia à Miller de parler moins fort et de se calmer.

— Il y a davantage que des rumeurs. Un collecteur, qui est aussi un informateur des Stups, raconte qu'il s'est fait braquer par un gars dont le signalement te correspond à cent pour cent.

— Ouais, et donc ?

— Pour l'instant, le mec est dans la nature. Le chef des Stups attend qu'il se repointe pour prendre son audition et la transmettre à l'inspection générale.

— Montre-moi la photo de ce type. Si ça se trouve, c'est un plan foireux.

— Désolé, Miller, mais non.

— De toute façon, faudra me confronter, répondit Mamba, hargneux.

— Évidemment que tu seras confronté à ce collecteur. Tu es sûr de toi ?

— Je ne crains rien, affirma-t-il, sans réussir à contenir sa jambe qui tressautait de nervosité.

— Tant mieux. Au fait, quand as-tu repris ton service ? Il y a un an ?

Miller, visage contrarié, approuva d'un léger hochement de tête.

— Tu es revenu après trois ans de disponibilité en prétendant que tu avais pris l'air…

— Ce que j'ai fait.

— Sauf que tu es méconnaissable. Tu as pris vingt kilos, tu marches comme si tu voulais te battre avec l'humanité tout entière et tu es couvert de tatouages façon mafieux japonais. Qu'est-ce qui s'est passé ? Pourquoi tu ne veux jamais en parler ?

— Il s'est rien passé d'exceptionnel. J'ai eu une rentrée d'argent au poker et au lieu de tout mettre à la Caisse d'épargne, comme tous les blaireaux, j'ai pris une dispo. Je suis parti aux States et au Mexique, un vieux rêve. Besoin d'ailleurs. Là-bas, j'ai changé de vie, j'ai fait des petits boulots payés au black. J'ai rencontré des mecs et des gonzesses avec lesquels j'étais raccord. Point barre.

Moue dubitative de Chebel qui s'apprêtait à poser d'autres questions. Interrompu par la sonnerie de son portable, il jeta un œil au numéro s'affichant sur l'écran. Le directeur. Il quitta la table de réunion et s'assit à son bureau.

— Miller, j'ai l'impression, pour ne pas dire la certitude, que tu n'es plus flic, lâcha-t-il avant de prendre la communication sans attendre de réponse.

« Tu n'es plus flic. » Cette phrase projeta Mamba dans la nuit qui l'avait vu franchir définitivement la ligne. *Je ne le regrette pas, et si c'était à refaire, je le referais.* Mamba percevait la voix de Chebel au loin, tel un fond sonore cotonneux. Il ne l'écoutait pas. Il se resservit un généreux verre de whisky, en but quelques gorgées. L'alcool réchauffait ses souvenirs. Il se remémora le rush d'adrénaline lorsqu'il avait fallu choisir sa vie. Il se revit hésiter, un marteau-piqueur à la place du cœur, les tempes comprimées dans un étau.

*Je me rappelle cette nuit comme si c'était hier. On part en perquisition chez des narcos, on trouve du fric et de la came. La belle voiture du chef du réseau, un coupé Bentley tout neuf à trois cent trente mille balles, avait été embarquée sur un camion à destination du service. En rentrant, je fouille la bagnole et, là, je découvre dans le coffre un gros sac de voyage rempli à ras bord de billets de cent dollars. Je referme le coffre, je laisse le sac. Je temporise. J'ai la tête qui tourne, la gorge sèche, je ne parviens pas à déglutir. Je remonte au bureau, je m'apprête à rédiger le procès-verbal. Deux possibilités : soit je compte l'argent, je le saisis, je le place sous scellés, puis je vais à la Caisse des dépôts ; soit j'écris qu'il n'y avait rien dans la voiture et je me sers. Le chef narco va comprendre, mais il la bouclera, c'est sûr. C'est pas dans son intérêt d'évoquer ce sac. Illico, il grimpera de plusieurs échelons et rejoindra la catégorie des grands pros. Problème. Il y aura mon nom en tête du PV. Voler ce fric, c'est donc accepter d'être un homme mort.*

*En réalité, je tergiverse pour rien.* Nada. *Peut-être un reste de bonne conscience, une résurgence du flic intègre que j'ai été. Je sais que je vais tirer ce gros sac gavé de pognon. Et je sens déjà le canon d'un flingue appuyé contre ma nuque, mais je m'en fous. J'assume. Je suis plus lucide.*

*Premier coup de chaud quand je fais signer le PV au narco. Il le relit plusieurs fois, écarquille les yeux, il a tout compris. Il s'attarde sur mon nom, qu'il prononce à haute voix, comme s'il voulait le tatouer au fer rouge dans son cerveau. « Miller, c'est un nom facile à retenir. » C'est parti, je ne peux plus faire machine arrière, il faut que je prenne le large. Deux mois après, je m'envole pour les States. Je ne me suis jamais autant éclaté de ma vie. C'est certain que quatre cent cinquante mille dollars, ça aide.*

*Cerise sur le gâteau, un an plus tard, j'apprends en lisant les infos sur Internet que le narco est mort. Il s'est pris une balle en pleine tronche lors d'une tentative d'évasion. Je fête la nouvelle comme un grand seigneur. Fini, plus de contrat sur ma tête, je peux rentrer au pays. Ce que je fais dès que je n'ai plus un rond.*

*À mon retour, je rencontre Elvire. Et j'ai très envie de me renflouer. Je suis convaincu que les gens le sentent quand il y a des affinités entre eux. Avec Elvire, c'est tout de suite une évidence. Pas besoin de se renifler longtemps pour comprendre qui nous sommes. Elle m'expose le plan avec les collecteurs, Tonio l'informateur… C'est presque trop beau pour être vrai !*

— Qu'est-ce qui te fait sourire ?

Mamba, perdu dans cet épisode de sa vie, entendit à peine Chebel. Il émergea comme d'un long sommeil.

— Pardon ?

— Tu fumes ton cigare, les yeux dans le vague, avec un sourire aux lèvres. Tu penses à quoi ?

— Rien de précis.

— Puisque tu le dis. Le directeur m'a demandé une note confidentielle, on reprendra cette discussion plus tard.

— Quand tu veux.

— Miller, si on me présente les preuves que tu voles de l'argent, je ne te manquerai pas, même si on est amis depuis plus de vingt ans. Au contraire, je serai certainement plus acharné et impitoyable. Je n'ai pas envie que tes conneries me retombent dessus et qu'on imagine que je t'ai couvert.

Mamba avala d'un trait le whisky qui restait dans le fond de son verre. *Maintenant, le plan parfait est un peu moins parfait. L'exécution de Tonio, c'était déjà une mauvaise nouvelle. Mais, avec ces rumeurs, Chebel ne va plus me lâcher.* Le cigare aux lèvres, il quitta le bureau sur un simulacre de salut militaire nonchalant. Des années d'amitié et de complicité venaient d'être enterrées.

Quelques minutes plus tard, Chebel ouvrit de nouveau sa porte, jeta un regard vers les ascenseurs pour s'assurer que Miller était bien parti. Il ralluma le cigare éteint, se resservit un doigt de whisky et, pour la dixième fois, écouta avec un casque les quelques secondes d'un enregistrement audio qu'on lui avait transmis.

# 37

— Qu'est-ce qu'il te voulait, Chebel ? demanda Elvire.

— Il m'a fait la chanson sur la morale. Il dit qu'il y a des rumeurs me concernant sur des vols d'argent.

— Il a des billes ?

— Pas vraiment. Il y a juste un truc emmerdant, un collecteur que j'aurais braqué et qui serait un indic des Stups. Il paraît que la description qu'il a faite de son agresseur me correspond à cent pour cent. Pour l'instant, le mec est dans la nature et je n'ai aucune idée de qui c'est. Chebel n'a pas voulu me montrer la photo.

— Il ne manquait plus que ça.

— Je m'en fous, on verra bien. Ce sera parole contre parole.

— Tu crois que Tonio a parlé ?

Elvire, le visage livide, redoutait la réponse.

— Ma chère Elvire, nous y sommes. Tu voulais te faire peur, jouer dans la cour des hommes et ressentir le grand frisson avec un bandit comme Tonio, te voilà servie, dit Mamba avec amertume, en balançant son briquet et ses cigarettes sur le bureau.

— Mamba, arrête d'être con, ce n'est pas le moment ! rétorqua la jeune femme, agacée. Il a parlé ou pas ?

— Évidemment. Les Espagnols nous feront un point sur l'état du corps. Mais s'il n'a pas trop cramé, on verra les marques de torture, tu peux en être certaine.

— J'ai regardé la date du dernier message que Tonio m'a laissé, a priori c'est le jour où il a été abattu. Il me disait que le business sur les collecteurs reprendrait. C'était du pipeau. Les narcos l'ont forcé à appeler son contact. C'est-à-dire, moi. Il a dû lâcher mon nom et raconter en bonus que j'étais flic.

— Sans doute. C'était l'info que les Mansouri recherchaient : qui pique leur fric. De ce côté-là, pour moi, c'est bon. Tonio ne connaissait pas mon nom et je ne l'ai jamais rencontré.

Cette remarque désinvolte révulsa Elvire. Elle était hors d'elle.

— Que veux-tu dire par « de ce côté-là, pour moi, c'est bon » ? Que je dois me démerder seule ? C'est ça ?

— Calmos. Tonio savait où tu habites ?

— Bien sûr que non. Quand il venait à Paris, on se voyait toujours dans un bar différent, et jamais dans le même arrondissement. Lui aussi était hyper prudent.

— Ouais, sauf que ça n'a pas suffi. Il va falloir que tu fasses gaffe chaque fois que tu quitteras le service. Il y a un vrai risque qu'on te prenne en filoche et qu'on te bute.

— Et concrètement, qu'est-ce que je dois faire ?

Elvire, paniquée, était au bord des larmes.

— Il y a quatre choses à faire pour ne pas mourir : on ouvre les yeux, on enfile son gilet pare-balles, on ne se sépare pas de son flingue et on tire en premier. L'avantage dans tout ça, c'est qu'on peut se partager l'argent de Tonio que tu as planqué.

Un quart d'heure plus tard, Mamba montait dans sa voiture en sifflotant « La Chevauchée de la Walkyrie ». Il s'arrêta soudain. Une des répliques mythiques de son film fétiche s'imposa à lui. « J'ai observé un escargot qui rampait le long d'un rasoir… C'est mon rêve… C'est mon cauchemar… Ramper, glisser le long du fil de la lame d'un rasoir et survivre. » Il récita ces quelques mots avec admiration.

— Cette phrase, c'est vraiment ma vie.

Il mima le geste de lever un verre et ajouta :

— À ta santé, colonel Walter Kurtz.

# 38

Niagalé Camara relisait avec attention le dossier de Murthy. À plusieurs reprises, elle hocha la tête, perplexe. Elle observait le jeune homme au regard perdu, bras croisés contre la poitrine, flottant dans son jogging gris. *Il ne survivra jamais dans cette zone où règne la loi du plus fort.*

— Cela fait cinq jours que vous êtes dans le quartier arrivant. C'est bien ça ?

— Oui, je crois, murmura Murthy, plus très sûr du temps qui s'écoulait.

— On vous a expliqué pourquoi on ne vous a pas laissé vos vêtements ?

— Non, et je n'ai pas posé de question.

— Comment étiez-vous vêtu avant de mettre les pieds ici ?

— J'avais un pantalon bleu foncé, un sweat noir à capuche, un blouson de moto noir et des chaussures montantes.

— Vous allez comprendre. Les effets vestimentaires bleu marine, noir et kaki pourraient être assimilés à un uniforme, ainsi que les chaussures de sécurité. Ils sont par conséquent interdits. Il s'agit d'une mesure de prévention en cas d'émeutes dans la prison. Hors de question qu'un détenu profite de la confusion ambiante et, grâce à ses affaires, se fasse passer pour un membre des forces de l'ordre, histoire de se faufiler vers la sortie. Quant à la capuche, elle n'est pas autorisée non plus. On doit voir les visages pendant la promenade.

— Je vais donc rester avec ça ? demanda Murthy, en tirant sur son sweat.

— Contactez un membre de votre famille pour qu'il vous apporte de quoi vous changer, tout en respectant les règles.

Murthy acquiesça. Il en parlerait à Malini.

— J'ai lu votre souhait d'exercer comme auxiliaire écrivain public. Pourquoi ?

— Je connais ce métier, mon père l'exerce. Et puis l'idée d'être enfermé toute la journée sans rien faire, à tourner en rond, me fait peur.

— Je comprends. Vous vous doutez que l'écrivain public, entre ces murs, est pas mal sollicité, la plupart des autres détenus ayant un niveau très faible en orthographe. Ils veulent constamment envoyer des courriers à leurs avocats, parents, épouses, mères, enfants, petites amies, visiteuses de prison, parce qu'ils souffrent de la solitude ou se sentent abandonnés. C'est toujours urgent pour eux.

— C'est ce que j'imaginais. Je pense que je saurai les aider.

— J'en suis sûre. Ici, l'écrivain public exerce au sein de la bibliothèque, dont il est aussi responsable. Les livres, c'est dans vos cordes, j'imagine ?

— Oui, vraiment, renchérit Murthy.

— Très bien. Dernière chose : j'aimerais vous mettre en garde. Certains à qui vous rédigerez une lettre voudront vous remercier, c'est souvent le cas.

Niagalé Camara marqua un temps d'arrêt. Elle essayait de trouver les mots justes.

— En prison, reprit-elle, le remerciement peut prendre la forme d'un morceau de cannabis, par exemple.

— Je ne me drogue pas et je ne fume pas, se défendit spontanément Murthy.

— Très bien. Personne n'est dupe, tout le monde a conscience qu'à peu près tout circule en détention. Néanmoins, si un surveillant découvre sur vous, après votre travail d'auxiliaire, une substance interdite, vous serez sanctionné. Ça signifie qu'un rapport d'incident sera rédigé, ce qui aura un très mauvais effet auprès du juge d'instruction. Je vous laisse imaginer les conséquences. Je me suis bien fait comprendre ? Vous êtes toujours d'accord ?

— Oui, je ferai attention.

— Parfait ! Dans ce cas, un surveillant viendra vous chercher dans quelques jours.

L'officier regarda partir le jeune homme qui paraissait encore plus frêle dans son vêtement bien trop grand. *Dans moins de deux semaines, il se fera casser la figure.*

# 39

Murthy quitta le bureau de la cheffe de détention et suivit le surveillant, direction la cour de promenade.

— Banerjee, tu connais la consigne ? Ici, pas de bonnet, pas de capuche, pas de serviette, même pour le sport. Tu n'as droit qu'à une bouteille d'eau. C'est compris ?

— Oui, chef.

— Allez, rentre là-dedans, c'est l'occasion de te faire de nouveaux *amis*. Il y en a un paquet qui crèvent d'envie de t'approcher.

Murthy leva les yeux vers des sacs en plastique accrochés aux barbelés qui ceinturaient les murs de la prison. Il fit quelques pas, s'appuya contre un mur avec l'intention de s'y incruster, de se rendre invisible. Terrorisé, il n'osait pas s'aventurer plus loin dans ce lieu qui transpirait la violence primaire. Il observa des types qui couraient. D'autres discutaient, fumaient, s'engueulaient, crachaient, trafiquaient, rackettaient des plus faibles, se battaient. Le visage amical de Johnny le Gitan entra dans son champ de vision.

— Décolle-toi du mur, on marche. J'ai vu que tu matais les sacs pris dans les barbelés. C'est des mecs de l'extérieur qui essaient de balancer des trucs pour leurs potes. Y a d'la came, du fric, des clefs USB avec des films de cul ou de prédicateurs pour les islamos, de la bouffe… Un tas de bordel, quoi !

— Et ça reste comme ça ?

Johnny haussa les épaules, fataliste.

— Des fois, y font venir une nacelle pour tout enlever, mais quelques jours plus tard y en a autant. Bon, y paraît que tu vas faire l'auxi bibliothèque et l'écrivain ? C'est un bon plan, félicitations !

— Comment tu le sais ? Ça ne fait même pas une heure que l'officier a accepté.

— Facile, rigola Johnny, un surveillant l'a dit à un autre, qui l'a dit à un autre, qui l'a dit à un autre, qui m'l'a dit. Le bouche-à-oreille, c'est c'qui fonctionne le mieux en taule.

À cet instant, Johnny remarqua que Murthy jetait un œil en coin aux détenus dans la cour.

— Frérot, faut qu'j'te décode les lascars qui sont enfermés ici.

Murthy eut un regard interrogatif quand il entendit le jeune Gitan l'appeler « frérot ». Johnny comprit.

— Tu sais pourquoi j't'appelle comme ça ?

— Aucune idée.

— Quand tu m'as dit que des Gitans venaient de l'Inde, ton pays, j'me suis senti plus proche de toi. C'est simple.

Murthy hocha la tête en souriant.

— Bon, j'reprends le décodage des fauves. Tous appartiennent à un groupe. J'vais t'espliquer c'que les anciens appellent la hiérarchie sociale de la détention. Tu vois la quinzaine de mecs là-bas, ceux qui s'parlent en tournant le dos aux gardiens dans le mirador, ou en mettant leur main devant la bouche ?

— Oui…

— Ils sont au sommet de la chaîne alimentaire. Ce sont les braqueurs, les gros profils qui imposent le respect à tout le monde. Ils attaquent les fourgons blindés, les centres-forts, des trucs sécurisés pires que des banques. Ils braquent aussi les grosses bijouteries. Ces types bossent en mode commando militaire, avec des explosifs, des fusils d'assaut et tout l'bordel. Le p'tit brun, à gauche, c'est l'artificier, il manie les explos comme personne et fait sauter n'importe quel blindage. Il vient d'se faire gauler, sûr qu'il va prendre cher et essayer de se cavaler.

Le jeune Indien regardait, impressionné, ce groupe de dominants.

— J'étais avec lui dans le fourgon de la pénitentiaire. Ça se voyait que les surveillants étaient sur le qui-vive.

— Tu m'étonnes, il s'est déjà évadé trois fois. Dommage, si le fourgon avait été attaqué, t'aurais pu te tirer.

— Certainement pas, je ne suis pas un bandit.

Johnny éclata de rire.

— Au milieu de la hiérarchie, t'as les braqueurs de supermarchés, les casseurs et les dealers. Et tout en bas y a les violeurs d'enfants, les pédos et les violeurs de meufs. Tu les verras pas souvent. Y en a qui bossent comme cuistots, mais la plupart restent planqués dans leur cellule. Ils ont pas envie d'aller ni à la promenade ni dans les douches, parce que parfois ils s'font choper par des mecs qui ont besoin de se défouler, et là, ils prennent cher, fais-moi confiance.

— Et les Blacks, là-bas ?

— Très violents, frérot. Ils sont toujours fourrés entre eux, et personne va les chercher. Mais ceux qui tiennent vraiment la taule, ce sont les barbus. Tu vois la trentaine de types qui ont une longue tunique ?

— Oui. Le *qamis*, c'est le nom de la tunique.

— OK, professeur. Celui qui est au centre, qui parle et que tous écoutent sans broncher, ils l'appellent l'émir. Évite-les à tout prix.

— Pas de raison que je les fréquente.

— Les islamos, dès qu'ils repèrent un arrivant complètement paumé, du genre comme toi, ils l'approchent et balancent leur baratin sur la religion, l'amitié, la fraternité, toutes ces conneries. Fais gaffe, la taule, c'est leur lieu de recrutement favori.

— Aucun risque.

— Un jour, y a un surveillant qu'avait capté leur manège et qui déplaçait les jeunes un peu trop faibles. Un des barbus l'a chopé et lui a dit qu'il savait où ses mômes allaient à l'école, où sa femme bossait... Ça l'a calmé net. Après, il a demandé sa mutation. D'un autre côté, c'est l'avantage des taules en pleine ville, si un surveillant déconne trop, s'il casse les couilles, tu lui envoies des amis.

Définitivement, ce monde n'était pas celui de Murthy. Il n'avait encore aucune idée de la façon de rester invisible dans cette concentration de types plus dangereux les uns que les autres, mais ça lui semblait être sa seule chance pour s'en sortir.

— Tu as fini le tour d'horizon ?

Le Gitan alluma une cigarette en secouant la tête.

— Presque. Tous ces barbus ont été, de près ou de loin, condamnés pour terrorisme. On n'est pas sur des rigolos. C'est pour ça qu't'as des lascars, des petits dealers ou des casseurs, pas du tout dans la religion à la base, qui se convertissent. Pour être peinards, pour pas subir la pression de leurs frères, comme ils disent. Tu vas vite les repérer, ces gamins s'laissent pousser la barbe. Et t'as aussi des trafiquants de stups arabes qui cantinent pour les terros.

Regard interrogatif de Murthy.

— Y a rien à comprendre. Un ancien espliquait, texto, que ça lissait les conflits. Les dealers ont du fric, ils paient la bouffe et des tas de trucs aux terros. Ils contribuent à la cause, et tout le monde est content.

— Et vous, les Gitans ?

— Nous, on est les rois, ici et dehors, même si on n'est pas nombreux. On se débrouille pour passer entre les gouttes.

— Autre chose à connaître dans cette fameuse chaîne alimentaire ?

— Oui, plein. Par exemple, t'en as qui sont tombés pour stups et qui évitent de se montrer avec un fiché S pour pas rentrer dans le radar des flics de l'Antiterro à leur sortie.

L'étudiant en histoire, abasourdi, intégrait les informations de Johnny, qui ne lui offrait pas beaucoup de répit.

— Bon, un dernier truc, mais c'est très sérieux. La prison, c'est comme le ball-trap, le tir aux pigeons, tu saisis ? Et toi, j'te le dis pour ton bien, tu peux pas rester seul, sinon tu vas faire partie des pigeons qui s'feront dégommer. Faut t'mettre avec un groupe, c'est ta survie. Nous, on est d'accord pour t'accueillir, pour qu'tu sois peinard.

— Je te remercie.

Les deux jeunes gens poursuivirent ensuite le tour de la cour de promenade en silence. Murthy avait encore une question :

— Je vois que tu as toujours des écouteurs dans les oreilles. Qu'est-ce que tu écoutes ?

— Le câble est relié à un baladeur éteint, frérot. Les mecs croient que j'ai tout le temps d'la musique dans les oreilles, mais c'est eux qui m'intéressent. Je peux me poser à côté, fumer une clope, secouer la tête comme un con, ils font plus attention à moi. Comme ça, j'apprends plein d'choses.

Le jeune Indien sourit de cette ruse quand un grand Noir, un cure-dents dans la bouche, s'approcha d'eux et planta un doigt sur la poitrine de Murthy.

— Master veut t'parler de suite.

# 40

Le ton était celui d'un ordre qu'on ne discute pas. Du menton le type désigna trois Blacks assis sur un banc en pierre, qui fumaient en fixant Murthy du regard, puis une fois le message délivré, il continua son chemin. Johnny se gratta la tête.

— Pas bon du tout, ça, frérot. Master, c'est le boss de tous les Blacks de la taule. Au moins une quinzaine de gros braquages au compteur. Son prénom, c'est Boniface. Mais personne se risque à l'appeler par ce blaze ridicule.

— C'est lequel, Master ?

— Celui de gauche, avec les mains dans les poches qui s'gratte les couilles, c'est Richmond, le garde du corps attitré. Il va être jugé pour quatre meurtres. Il a ouvert le crâne d'un mec avec un hachoir de boucher. Pas d'bol, une caméra a tout filmé. Celui de droite, le petit gros, son surnom, c'est l'Ingénieur. Il se démerde pas trop mal en procédure et fout la misère aux avocats et aux juges. Et Master, c'est celui du milieu, le gars rasé avec le débardeur blanc et des bras de lanceur d'enclumes. Il s'est fait tatouer les mêmes motifs que son idole, Tupac Shakur[1].

1. Célèbre rappeur américain assassiné le 13 septembre 1996, à Las Vegas.

— Si je n'y vais pas, il se passe quoi ?

— Ce soir, t'essaieras de remettre en place les boyaux dans ton bide après le coup de lame que tu t'seras pris. Bon, j'me tire. Courage, frérot.

Murthy, les jambes en coton, traversa la cour et s'arrêta devant Master et ses deux acolytes. Aucun ne parlait, ils laissaient l'angoisse cheminer chez le jeune homme. Master écrasa sa cigarette et le toisa.

— Quand j'veux qu'tu viennes, c'est de suite. T'as compris ? Y paraît que tu t'es fait choper avec du fric de la came. Exact ?

Silence de Murthy, statufié, les lèvres sèches, incapable d'aligner deux mots. Une gifle de Richmond le fit chanceler. Les gardiens, dans les miradors, tournèrent la tête. Des Blacks se regroupèrent autour de Master. Ils riaient, parlaient fort. Ils rendaient invisibles leur boss et Murthy.

— T'as entendu c'qu'a dit Master ou tu préfères qu'j't'en colle une autre ?

— C'est exact, monsieur, répondit Murthy, la joue brûlante et les larmes aux yeux.

— Pour qui tu bosses ?

— Je ne sais pas. Je reçois un WhatsApp qui m'indique où aller récupérer l'argent. Celui qui me le donne me communique aussi l'adresse où je suis attendu. Et celui à qui je le confie me remet ma commission. C'est la vérité.

Rires de Master et de ses deux sbires.

— *Bullshit*, pas vrai Richmond ?

Une autre gifle appuyée étendit Murthy au sol. Richmond le releva par le col de son sweat. Le ton du chef se durcit.

— Je joue pas. J'veux des infos sur le fric, ceux qui t'emploient et tout le reste. T'as compris cette fois ?

Murthy acquiesça, il ne pouvait se retenir de pleurer.

— Maintenant, t'es à moi. T'es à moi, répéta Master en frappant chaque syllabe d'un petit coup de poing sur le front de Murthy. Alors réfléchis bien à ce que tu vas raconter quand on se reverra. Allez, dégage. Et laisse tes pompes, j'en ai besoin.

Sans un mot, Murthy se déchaussa et tendit ses chaussures avant de s'éloigner. La sirène signalait de toute façon la fin de la promenade. Terrorisé, il rejoignit les rangs qui se formaient déjà.

— Banerjee, qu'est-ce que tu as foutu de tes chaussures ? Tu te crois à la plage ou quoi ? ironisa un surveillant pendant que les détenus regagnaient leur cellule.

Murthy connaissait intuitivement la règle n° 1 chez les fauves : « Tu balances pas ton prochain, sinon t'es mort. » Il opta donc pour un mensonge.

— Je les ai perdues, chef.

— Tant pis pour toi. Tu devras t'acquitter de cinquante euros au greffe. On n'est pas là pour t'habiller gratuitement. Suis-moi, tu vas pas rester pieds nus.

Une heure avant le dîner, Murthy, toujours terrorisé par la phrase de Master, « Maintenant, t'es à moi », craignait le pire. Ce n'était un secret pour personne, les viols étaient monnaie courante dans la détention. Les agressions aussi… Soudain, du bruit s'éleva au niveau de la serrure de la cellule et fit sursauter Murthy, en pleine crise d'angoisse. Inquiet, il bondit sur ses jambes. Un gardien entra.

— Qu'est-ce qui te prend, Banerjee ? On dirait que tu as vu le diable avec la tête que tu fais.

— Non, chef, bredouilla le jeune Indien.

— Rassemble tes affaires, tu déménages. Tu quittes le service d'observation. Et puisque tu es un mec plutôt tranquille, on va te mettre avec un calme. Petit conseil : continue à te tenir à carreau, et ça ne se passera pas trop mal pour toi.

À part son paquetage d'entrée qui se résumait à quelques affaires, Murthy ne possédait rien. Il suivit le gardien dans les couloirs et les escaliers pour changer de bâtiment, traversa des coursives, franchit des grilles fermées à clef à n'en plus finir. Enfin, le gardien s'arrêta devant une cellule, la déverrouilla et, d'un signe de tête, ordonna à Murthy d'entrer.

— Tom Cruise, tu as un nouveau colocataire. Désolé, tu ne seras resté peinard que quatre heures. Mais estime-toi heureux : on rajoute pas encore de matelas par terre.

La porte de la cellule claqua dans le dos de Murthy qui, ses affaires sur les bras, n'osait pas bouger. Il balaya les lieux d'un regard circulaire. Une télé qui diffusait des clips, une plaque de cuisson graisseuse, des toilettes sans abattant, des photos collées au mur, une assiette et un verre sales dans le lavabo, plus quelques vêtements posés en tas sur une chaise. Neuf mètres carrés, on en a vite fait le tour.

— Installe-toi sur celle du bas, dit un type allongé sur la couchette haute d'un lit superposé métallique.

Dans la foulée, le jeune homme, maigre, les cheveux blonds et longs qui flottaient sur ses épaules, se mit en mouvement et atterrit d'un bond sur le sol de la cellule. Là, il dévisagea Murthy.

— C'est quoi, ton nom ?

— Murthy.

— Moi, c'est Ethan. Ma mère est raide dingue du héros de *Mission : Impossible*, c'est pour ça qu'elle m'a donné son prénom. Tous les gardiens m'appellent Tom Cruise pour me faire chier, mais je m'en fous. Par contre, un conseil : ne m'appelle jamais comme ça.

Ethan remonta sur son lit. Murthy, décontenancé, s'assit sur le sien. Autre choc carcéral. L'emprisonnement s'inscrivait désormais dans la durée. Une durée indéterminée. Murthy avait la sensation d'être dans un tunnel sans fin. Il connaissait la date de son incarcération, ignorait en revanche celle de sa remise en liberté. Autant dire que le désespoir qui s'était emparé de lui dès son arrivée ne faisait que croître. *Comment je vais survivre à ça ?* se demandait-il sans cesse.

Le claquement sec du mécanisme de la serrure précéda l'ouverture de la porte. Le chariot du repas poussé par Johnny apparut. En le voyant, le jeune Gitan se fendit d'un grand sourire, un pouce levé.

— Tu veux la gamelle, Banerjee ? s'enquit le gardien.

Le jeune homme acquiesça.

— Tom Cruise ?

— Que le dessert, chef, j'ai ma cantine.

Quelques minutes plus tard, la porte se referma. Ethan se prépara des pâtes à la tomate avec du poulet froid. Murthy n'avait pas faim. Il regardait sans la voir la télévision qui déversait des clips au kilomètre.

— La télé, ça se paie, lança Ethan. Une semaine chacun.

— Je n'ai pas d'argent.

— Tu vas faire l'auxi à la bibliothèque, il paraît. T'auras un pécule, tu pourras raquer pour la télé.

Murthy ne répondit pas. Il n'avait pas envie de parler, pas envie de se livrer. Ethan, son repas terminé, grimpa sur son lit pendant que son nouveau compagnon se remémorait les mots de Johnny. « Dans la cellule, ton environnement c'est la télé, les chiottes et le plumard. Te laisse pas aller pour autant. La règle, c'est tous les jours de la gym, de la muscu, des pompes et du ménage. Tu dois sortir de prison plus fort que quand t'es entré, physiquement et mentalement. Le lit, c'est pour pioncer ; le reste du temps tu bouges. Neuf mètres carrés, c'est suffisant pour transformer un bonhomme en machine, prof d'histoire ou pas. Mec, n'oublie jamais ça. Faut que tu bouffes la taule, pas le contraire. »

Ethan changea de chaîne, se cala sur les infos en continu. Un grand format était réservé au narcotrafic et à la « retentissante opération qui venait d'être réalisée ». Les spécialistes en plateau s'en donnaient à cœur joie, ils multipliaient les révélations en citant des « sources proches de l'enquête ». En toile de fond, des images d'archives d'arrestations, des sacs de came, des machines à compter les billets. Une infographie décrivait le circuit emprunté par la résine de cannabis qui inondait la France depuis le Maroc, et celui de l'argent quittant la France vers Dubai, où prospéraient les narcos en toute impunité. Murthy, minuscule rouage de ce dossier judiciaire, attentif aux commentaires, estima que tout ce tapage médiatique ne pouvait que le desservir.

— C'est de ton affaire qu'on parle ! s'exclama Ethan. Sûr que tu as dû te gaver. Combien tu as pris ?

— De la prison.

— T'es nul, mec. Va falloir te détendre, sinon ça va pas l'faire entre toi et moi.

Ethan, contrarié, brancha sa console de jeux à l'écran. Le vacarme dans la détention allait crescendo. Alentour, de la musique s'élevait. Les télés, volumes au maximum, contribuaient à la cacophonie ambiante. Des types s'insultaient à travers leurs portes cadenassées, d'autres échangeaient des infos, certains s'esclaffaient sans retenue. L'odeur du cannabis, en tout cas, planait lourdement partout. Tout en jouant, Ethan téléphonait avec son portable, comme la plupart des détenus. Murthy aurait voulu parler à Malini, entendre sa voix, mais il préféra ne rien demander.

Vers 3 heures, le tintamarre diminua, la prison s'endormit progressivement. Murthy, les mains croisées derrière la nuque, les yeux grands ouverts, ne parvenait pas à trouver le sommeil.

6 h 30 : le réveil. Johnny poussait le chariot du petit déjeuner. Aucune surprise. Une baguette de pain, un sachet de Ricoré en poudre, une dosette de sucre, un petit-beurre, un bol d'eau chaude et des couverts en plastique.

7 h 30 : un gardien ouvrit la cellule.

— Banerjee, tu commences ton travail à la bibliothèque à 9 heures. Dès aujourd'hui, c'est douche tous les jours. Tu vas faire des envieux.

Murthy reçut la nouvelle comme une bouffée d'oxygène. Sortir de la cellule, être entouré de livres, écrire des courriers, rompre avec la monotonie, ne pas être en tête à tête vingt-trois heures sur vingt-quatre avec Tom Cruise, le rêve. Ne restait plus, désormais, qu'à joindre enfin Malini. Un besoin. Une idée fixe. D'autant que les mots de Master continuaient de lui nouer l'estomac.

# 41

8 h 10, Madrid, aéroport de Barajas. Arrivée du premier vol de la compagnie aérienne Iberia, en provenance de Roissy. Un groupe de supporters de l'équipe de foot de Colombie, des hommes et des femmes, s'étaient signés à plusieurs reprises et avaient murmuré des prières quand l'avion avait pris de la vitesse sur la piste d'envol. Ce même groupe applaudit très fort, avec de grands sourires de soulagement, quand l'appareil se posa.

La cheffe inspectrice Maria-Jésus Ramos et trois de ses collègues en uniforme accueillirent Elvire et Mamba avec chaleur. À l'espagnole. La solidarité s'affichait entre flics engagés dans la lutte contre la criminalité organisée et le terrorisme. Aussitôt, Elvire et Miller replongèrent dans leur rôle de policiers qu'ils n'auraient jamais dû quitter. Et s'étonnèrent face à leur homologue qui parlait un français parfait avec l'accent de Bayonne.

— Mon père était colonel dans le service antiterroriste de la garde civile. Toute sa carrière, il a été engagé contre l'ETA. Il a passé une vingtaine d'années en France, au Pays basque, pour assurer la liaison avec les forces de l'ordre françaises. J'ai suivi ma scolarité à Bayonne, de la maternelle jusqu'au bac, expliqua-t-elle en souriant.

Le petit groupe, tout en discutant, se dirigea vers deux voitures siglées « POLICÍA NACIONAL ». Maria-Jésus jeta un bref coup d'œil à sa montre et annonça le programme :

— On va aller directement dans le quartier d'Entrevìas prendre un petit déjeuner. Je vous montrerai ensuite l'endroit où la berline a brûlé, et on fera le point.

Les voitures roulaient vite. À grand renfort de sirènes et de gyrophares, elles franchissaient les carrefours surchargés et remontaient les files de voitures à l'arrêt sur le périphérique de la capitale. Une vingtaine de minutes plus tard, le convoi stoppa devant un bar aux murs extérieurs peints en rouge vif. Le patron les attendait et leur désigna trois tables alignées.

— On a nos habitudes ici, commenta Maria-Jésus. Nous ne sommes pas loin du commissariat et, en plus, c'est bon.

Elvire et Mamba, qui avaient avalé tôt ce matin-là un café insipide distribué par une machine dans le hall de l'aéroport, acceptèrent avec plaisir l'offre de la policière. Celle-ci adressa quelques mots au patron. « *Para todos* » furent les seuls que Mamba saisit dans le flot de paroles rapides. Une poignée de minutes plus tard, plusieurs serveurs déposèrent devant eux des cafés, des jus de fruits, des croissants, des omelettes, du fromage *manchego*, du pain grillé, des pots de pulpe de tomate, de l'huile d'olive et du serrano. Elvire sourit en voyant cette profusion.

— Servez-vous, leur enjoignit Maria-Jésus. Et n'hésitez pas, il y en a d'autres, si vous avez envie.

— Je crois que ça ira, s'amusa Elvire.

Le petit déjeuner expédié, le groupe se déplaça dans l'entrelacs des ruelles du quartier où Majid, le conducteur de la Mercedes, s'était retrouvé piégé.

— Voilà, c'est là que la course-poursuite s'est terminée, dans cet étroit cul-de-sac. Le véhicule était coincé par l'escalier et le chauffeur ne pouvait plus manœuvrer. Seule option : la fuite à pied.

Maria-Jésus Ramos décrivit la scène à ses collègues français. Miller, en professionnel, balaya d'un regard circulaire les alentours et se concentra une minute sur les bâtiments alignés à sa droite. Sans doute des logements sociaux, au vu de la construction. Il nota le linge étendu sur les balcons, les vélos entassés, les antennes paraboliques, les très rares appareils de climatisation fixés aux parois et le grillage. *Les casses d'appart' ont dû être fréquents, pour se barricader jusqu'au deuxième étage*, estima-t-il.

— Quand on a ouvert le coffre, j'ai aperçu un corps recroquevillé, en partie calciné, continua Maria-Jésus. Tous les habitants filmaient de leur balcon, il était hors de question que l'on s'attarde. La Mercedes a été embarquée au commissariat pour faire les constatations.

— Qu'est-ce que l'enquête de proximité a donné ? demanda Miller.

— Pas grand-chose. C'est un quartier où les caméras de vidéosurveillance sont souvent détériorées. On sait, grâce aux curieux, que les deux occupants de la voiture se sont séparés en haut des marches. L'un a été abattu après quelques heures de traque, et l'autre a disparu. On a découvert dans une poubelle une veste qui appartient sans doute au fuyard.

— Des données exploitables ? s'enquit Elvire.

— Sans surprise, les poches étaient vides. En revanche, on a fait des prélèvements ADN sur le vêtement. J'espère juste qu'ils ne seront pas pollués : le type s'était taché avec l'essence en mettant le feu à la berline.

Les policiers, après avoir partagé des informations sur leurs techniques d'enquêtes respectives, se dirigèrent vers le commissariat. Dans la voiture, Mamba et Elvire échangèrent des regards. « Il faudrait qu'on se parle, mais sans les Espagnols », sous-entendait celui de la jeune femme. Haussement d'épaules de son binôme : « On verra bien. »

À côté du grand bloc rectangulaire gris de deux étages, les agents fumaient, adossés aux véhicules de patrouille, en discutant de tout et de rien. Le drapeau espagnol planté sur le toit de la « POLICÍA NACIONAL » pendait, faute de vent, le long du mât. À l'intérieur, Maria-Jésus Ramos présenta à ses collègues français l'état d'avancement précis des investigations.

— Votre directeur nous a dit que Laurent Dalmasso était votre informateur.

— Il l'a été, mais depuis presque un an nous n'avions plus aucun contact avec lui. D'ailleurs, nous l'avons radié du fichier des sources, répondit Mamba, agacé que Chebel ait raconté ça aux Espagnols.

Ramos ouvrit un dossier, en retira des photos en couleurs au format 20 × 30 qu'elle tendit à Mamba et à Elvire.

— Ce sont des images extraites des caméras de surveillance du périphérique, quand la berline était presque à l'arrêt. Au volant, il y a l'homme qui a été abattu par nos services et, à côté, le passager. Vous le connaissez ?

Les deux flics étudièrent les clichés attentivement. *Bien sûr que je connais cet enfoiré*, se dit Mamba. *On l'a cherché pendant des mois sans le gauler, et il a fini par se tirer au Maroc. Autant jouer franc-jeu, on ne sait jamais.*

— C'est Éric Vialle, il faisait équipe avec Laurent Dalmasso. C'était le binôme de confiance et les exécuteurs, si besoin, des frères Mansouri, des narcos marocains sur lesquels nous enquêtons depuis longtemps.

— Les Mansouri, bien sûr… Et Majid M'Barek, celui qu'on a abattu, vous savez d'où il sort ? interrogea la cheffe inspectrice.

— Je pense que Rachid Mansouri a voulu flinguer Dalmasso pour une raison que l'on ignore et a choisi ce mec pour le buter avec Vialle.

La flic acquiesça et sortit plusieurs autres photos d'une enveloppe marron. Mamba et Elvire découvrirent le corps de Dalmasso en partie carbonisé dans le coffre de la Mercedes, puis allongé dans diverses positions sur une table d'autopsie.

— Le rapport d'autopsie indique que, avant d'avoir été exécuté de deux balles dans le crâne, il a été torturé avec une perceuse, commenta-t-elle. Ses genoux et les articulations de sa mâchoire ont été perforés avec une mèche d'un diamètre de dix millimètres.

Elvire en eut la nausée, elle évita de le montrer. Mamba la regarda à la dérobée. Message : « C'est sûr, il a parlé. »

— Pour organiser une séance de torture aussi violente, il fallait que le jeu en vaille la chandelle. Je crois que c'est l'expression que vous utilisez en France. Enfin bref, Dalmasso détenait de toute évidence une information importante, et il devait la cracher très vite. Une idée ?

— Aucune. Comme je vous l'ai dit, Dalmasso avait disparu de nos radars depuis plusieurs mois.

— OK. Allons voir la Mercedes, elle est au sous-sol.

Maria-Jésus téléphona au service de l'Identité judiciaire pour les prévenir de sa venue avec des collègues français. Rapide discussion en espagnol.

— Oui, bien sûr, on leur montre tout, précisa-t-elle en répondant au technicien du laboratoire. Ils travaillent avec nous.

# 42

Avant de pénétrer dans le sous-sol, Maria-Jésus Ramos distribua des masques pour mieux supporter les odeurs persistantes et âcres de caoutchouc et d'essence brûlés. La Mercedes, éclairée par de puissants projecteurs, reposait sur ses jantes où subsistaient des restes de pneus calcinés. Par endroits apparaissait encore, sur quelques éléments de carrosserie, l'éclat brillant de la peinture noire d'origine. Dedans, le tableau de bord et les plastiques avaient fondu, seules les armatures des sièges avaient survécu. La cheffe inspectrice présenta toute une série de photos prises pendant les constatations.

— Dans l'habitacle, on a récupéré un fusil d'assaut américain AR-15 noirci par le feu, le chargeur vide et des douilles. J'anticipe votre question : il n'y avait aucune trace d'ADN sur ces éléments, le feu a fait le ménage. L'arme a été envoyée à la balistique. Pour l'instant, il n'y a pas de concordance avec d'autres fusillades.

Elvire et Mamba scrutèrent avec attention à la fois la carcasse du véhicule et les clichés.

— Dans le coffre, il y avait deux ogives de 9 mm, celles qui ont traversé le crâne de Dalmasso. C'est là qu'il a été exécuté. Ces deux balles correspondent à l'arme que portait Majid M'Barek sur lui quand on l'a abattu. Un Beretta 9 mm.

— Rien d'autre ? demanda Miller.

— Si, ça, répondit la flic en dévoilant la dernière photo du dossier. La perceuse avec la mèche de dix millimètres. Elle se trouvait sous le corps de votre ex-informateur. Bien sûr, là encore, l'ADN a été détruit par la chaleur, mais je crois qu'on n'en avait pas besoin : ça correspond à l'instrument de torture décrit dans le rapport d'autopsie.

Elvire ferma les yeux en imaginant les souffrances endurées par Tonio. Mamba hocha la tête.

— Et, pour finir, les techniciens ont récupéré trois téléphones dans la boîte à gants, ou plutôt trois petits blocs de plastique fondu. On devine à peine que ce sont des portables.

Le binôme, sans se concerter, fut soulagé. Parmi les trois appareils, au moins un devait appartenir à Dalmasso et contenir le numéro d'Elvire. Le fait qu'il ait cramé était donc une bonne nouvelle. *Côté flics espagnols, au moins, on est peinards*, songea Mamba. *Maintenant, va falloir gérer tout le bordel orchestré par les Mansouri qui va nous tomber dessus, et que je tire Elvire de ce guêpier puisqu'elle ne sera pas capable de s'en sortir toute seule.*

— Bien, je pense qu'on a fait le tour du dossier, conclut Miller. Je te remercie pour ce point très complet. Si nous apprenons quoi que ce soit qui puisse faire avancer ta procédure, tu peux compter sur nous.

— J'en suis ravie. Ah, une dernière chose, lança leur homologue en ouvrant une boîte. Avant de vous ramener à l'aéroport, il me reste un élément à vous montrer, et là j'ai besoin de votre expertise. Quand Majid M'Barek a été abattu, il détenait dans les poches de sa veste le portefeuille de Dalmasso avec ses documents d'identité et deux mille euros, ainsi que deux téléphones.

Maria-Jésus prit, dans un distributeur, une paire de gants en latex. Elle souffla dedans comme dans un ballon de baudruche pour mieux les enfiler, puis posa sur la table les deux portables. Elvire et Mamba comprirent que cette théâtralisation n'annonçait rien de bon. Mamba ne laissa rien paraître. Au contraire, il faisait semblant d'être intrigué. Elvire, tétanisée, essayait de garder une attitude naturelle, en vain. La policière espagnole observa ses collègues français avant d'enchaîner :

— Vous le voyez, il s'agit de téléphones ordinaires. Nos bandits savent que les smartphones sont bavards et livrent des tas d'informations, positions GPS, mails, connexions aux réseaux sociaux, photos…

— Oui, c'est pareil chez nous. Ils se méfient, approuva Miller.

— J'imagine. L'avantage avec ces appareils basiques, c'est qu'ils ne servent qu'à passer des appels. En revanche, ils ont un point de faiblesse, ils sont très faciles à déverrouiller. C'est pour ça en général qu'on ne trouve rien dedans quand on met la main dessus. Là, en l'occurrence, l'un devait appartenir à M'Barek. La carte SIM est marocaine. L'historique renvoie vers cinq numéros au Maroc. C'est tout ce qu'on a. L'autre, par contre, est beaucoup plus intéressant.

Elvire et Mamba se retenaient, sans s'en rendre compte, de respirer. Ils ne parlaient plus. La cheffe inspectrice perçut ce changement d'attitude. De sa main gantée, elle saisit l'appareil.

— Celui-ci appartenait à Dalmasso. Nous avons relevé quelques communications vers les mêmes numéros marocains que ceux du portable de M'Barek. Nous vérifierons, mais je doute que ces numéros soient toujours actifs. Venons-en maintenant à la partie exploitable.

La flic manipulait le téléphone. Elvire, hypnotisée par les gestes de sa collègue, se préparait au pire. Elle s'appuya contre la table pour dissimuler ses tremblements. Mamba, lui, avait une furieuse envie de fumer et jouait avec le capot de son Zippo. La nervosité des policiers français était palpable. Maria-Jésus souriait.

— Dans ce portable, il y a deux choses très intéressantes. La première, un numéro français, dont je vais demander l'identification. La seconde, un message enregistré.

Elvire se sentait proche de l'évanouissement. Son coéquipier restait de marbre. Il attendait la suite, pas plus confiant que ça.

— Écoutons. C'est bref, vous verrez.

Maria-Jésus Ramos appuya sur la touche de lecture. Aussitôt, la voix d'Elvire résonna dans la pièce. « Salut, c'est moi, j'ai bien reçu ton message, désolée, j'étais absente. Contente que tout aille bien et qu'on reprenne nos affaires. On se parle bientôt. À plus. » Sitôt le dernier mot prononcé, la flic releva la tête avec un sourire narquois. Elvire, visage cireux, ne bougeait pas. Mamba, mâchoires serrées, bouillonnait intérieurement.

— Qui est cette femme ? s'étonna-t-il. Tu as une idée ? Sa copine ? Une parente ? Une Française en tout cas, aucun doute là-dessus.

La cheffe inspectrice n'avait pas imaginé cette réaction. Un peu décontenancée par l'aplomb de Mamba, elle se tourna vers Elvire.

— J'ignore à qui appartient cette voix. En revanche, sa tessiture est proche de la tienne, Elvire, tu ne trouves pas ?

— Comme de beaucoup d'autres femmes, se défendit Elvire, qui reprenait des couleurs et suivait la stratégie de Mamba. En rentrant à Paris, je peux accélérer la demande d'identification du numéro si tu le souhaites.

— Je te remercie. C'est vraisemblablement un portable prépayé, mais ça peut valoir le coup d'essayer. En fait, je serais tentée d'appeler pour voir ce que ça donne. Qu'en penses-tu ?

— À ta place, je ne le ferais pas. Si quelqu'un décroche, que vas-tu dire ?

— Je ne sais pas, que je me suis trompée.

Sur ces mots, elle appuya sur la touche « appel ». « Bonjour, Orange vous informe que l'abonné ne peut être joint. » La policière espagnole coupa la communication. Elvire n'était pas surprise. Elle avait détruit ce téléphone dès l'annonce par Chebel de l'assassinat de Dalmasso.

— C'est quand même une piste à exploiter. On va faire le maximum pour remonter jusqu'à l'utilisateur de ce portable, conclut Miller.

— Je n'en doute pas, répondit Maria-Jésus Ramos.

Un peu plus tard, celle-ci leur confia une copie complète de la procédure avec les photographies mais en conservant l'enregistrement du message. Comme il était d'usage entre policiers en mission, Miller remit à son homologue une médaille de la police judiciaire, et cette dernière celle de la police espagnole.

*

* *

21 h 40, Madrid, aéroport de Barajas. Départ du dernier vol en direction de Roissy. Les Colombiens ne faisaient pas partie du voyage retour, plus de signes de croix, de prières ni d'applaudissements pendant les diverses phases de vol. Elvire et Mamba étaient nerveux, convaincus que l'enquête madrilène allait les faire tomber. Que ce n'était qu'une question de temps.

— Ramos nous a bien baisé la gueule, résuma Mamba après le décollage. Sous ses aspects amicaux, en grande pro, elle a joué le jeu en étalant toute la procédure. Sauf qu'elle gardait un atout dans sa manche depuis le début. Le coup de l'enregistrement, je ne l'ai pas vu venir.

— Moi non plus, admit sa coéquipière.

— On est dans la merde jusqu'au cou. L'histoire est simple : M'Barek a torturé à mort Dalmasso pour lui faire cracher le nom du contact à qui il balançait des infos sur les collecteurs, et il l'a répété aux Mansouri. Il n'y a plus de doute maintenant, tu es la prochaine cible.

Elvire ne répondit pas à cette évidence, mais l'entendre énoncée à voix haute, aussi crue, la plongea dans un mélange de colère et de frayeur extrêmes. Mamba, quant à lui, poursuivit sa réflexion :

— Je suis certain que les Espagnols vont envoyer le fichier audio à Chebel pour obtenir confirmation, même si je suis persuadé qu'ils n'en ont pas vraiment besoin et qu'ils ont parfaitement identifié ta voix. Tu sais ce qu'il nous reste à faire ?

— Se tirer le plus rapidement possible.

— Exact, dit Mamba.

Sur ce constat, il ferma les yeux et s'endormit. Elvire, incapable d'en faire autant, cogita. Elle était prête à rédiger, dès le lendemain, sa démission et à organiser sa fuite de Paris. Elle pressentait un danger imminent. Elle donnerait aussi sans tarder à Mamba la moitié de la part de Tonio, soit deux cent soixante-quinze mille euros, ce qui leur ferait huit cent vingt-cinq mille euros chacun. Un joli pactole pour bien profiter de la vie, à condition de ne pas mourir. Elvire n'était de toute façon pas inquiète pour l'argent. Elle avait largement de quoi subvenir à ses besoins, même sans toucher au butin braqué sur les collecteurs. Elle voulait juste se barrer vite fait. *Terminé, toutes ces conneries avec Mamba.*

Arrivés à Paris, les deux policiers prirent place dans la file de voyageurs qui attendaient un taxi. La jeune femme, murée dans le silence, se rassurait tant bien que mal en songeant aux décisions qu'elle avait prises. Comme s'il avait deviné ses pensées, Mamba chuchota à son oreille :

— Le fric, et on se casse.

# 43

Pendant que l'avion ramenait Elvire et Mamba en France, Maria-Jésus relata à son chef de service, le commissaire Carlos Estevez, sa journée avec les policiers français. Elle arriva à la phase de l'écoute de l'enregistrement sur le portable de Dalmasso.

— Alors, ton analyse ? s'enquit-il. Comme prévu ?

— Oui, je suis certaine qu'il s'agit de la voix d'Elvire. J'ai prêté attention à ses intonations, à son phrasé, tout correspond. Je l'ai même enregistrée à son insu pour demander une analyse à nos experts.

— Le message est court, l'examen ne va pas être simple.

— J'attends leur rapport prochainement.

Le commissaire Estevez aurait préféré une autre conclusion. Il prit deux petites bouteilles de bière dans son frigo, les décapsula et en tendit une à la cheffe inspectrice. Celle-ci l'accepta tout en se gardant bien d'interrompre les réflexions du chef de service, qui examinait toutes les conséquences induites par cette découverte. Silencieuse, elle laissa son regard faire le tour de ce grand bureau qu'elle connaissait bien, au deuxième étage du bâtiment. Les drapeaux de l'Espagne, de la région de Madrid et de l'Europe trônaient sur leurs supports derrière le fauteuil du commissaire. Ils étaient placés de part et d'autre du portrait du roi Felipe VI.

Enfin, une vingtaine de cadres présentaient des photos et des diplômes à la gloire de Carlos Estevez.

— Si nos experts confirment que la policière française était en relation avec un homme de main du narcotrafic, les choses vont mal se passer pour elle, dit-il en reposant sa bière. C'est trop grave.

— Je suis d'accord. Ce qui m'étonne, c'est qu'elle aurait pu se couvrir en racontant qu'elle avait relancé son ancien informateur. Et là, tout mon stratagème s'effondrait.

— C'est bien le problème. Elle a été prise de court. Quelle a été leur réaction quand tu leur as fait écouter l'enregistrement ?

— Miller est resté stoïque malgré une nervosité qu'il tentait de dissimuler. Quant à Elvire, j'ai cru qu'elle allait s'évanouir. Mais tu vas pouvoir te faire ta propre idée. Tout a été filmé par la vidéosurveillance.

Le commissaire fit pivoter son fauteuil face à l'écran plat du téléviseur. Maria-Jésus, qui avait déjà connecté le lecteur vidéo, appuya sur la touche « Entrée » de la télécommande. Estevez repassa plusieurs fois la séquence sans le son pour déchiffrer l'attitude corporelle des policiers français.

— Je suis d'accord avec toi, même si cela ne peut pas servir de preuve. Je connais bien leur patron, Chebel. Il est direct et franc, il me donnera son avis.

# 44

1 h 30 du matin. Mamba, à l'aéroport, acheta des canettes de bière et deux cartouches de cigarettes. En rentrant, il s'arrêta devant le campement de son ami et lui offrit les Dunhill, la marque de tabac qu'il préférait. Cyrus le remercia d'un large sourire.

— Tu es en alerte, dit le clochard. Ça fait au moins dix fois que tu regardes dans tous les sens. Qu'est-ce qui ne va pas ?

Mamba ouvrit sa sacoche et lui tendit une photo d'Éric Vialle, confiée par la flic espagnole.

— Tu vois ce mec ? S'il me retrouve, il voudra me faire la peau.

Cyrus examina longuement le document, puis reporta son attention sur son ami.

— La traque a commencé, alors ?

Le policier ne fut pas surpris par la question. Il se doutait que le clochard l'avait décodé depuis fort longtemps. Aucune importance. C'était un animal qui en flairait un autre.

— A priori. Si tu le vois, fais très attention, c'est un tueur. Possible même qu'il soit accompagné d'un autre salopard. Ne tente rien s'ils montent chez moi, appelle-moi tout de suite. Je n'éteins jamais mon portable.

Un grand sourire éclaira le visage de Cyrus, comme si la menace dont le prévenait Mamba n'était qu'une vaste blague. Il écarta un pan de sa veste, laissant voir le manche d'un poignard à la lame tranchante et pointue.

— Tu veux que je te dise ? J'attendais ce moment avec impatience, parce que c'est maintenant que la foudre va s'abattre. Je suis ton paratonnerre. Bonne nuit, je veille sur ton sommeil.

# 45

Alors que se jouait la danse de la mort autour de Mamba et d'Elvire, Murthy, lui, découvrait son nouvel environnement. Les livres de la bibliothèque lui redonnèrent un semblant d'optimisme. Le cadre dans lequel il évoluait désormais était bien loin de sa cellule et de la cour de promenade. Une sorte d'îlot, une parenthèse à la vie carcérale. La surveillante responsable avec laquelle il travaillait, Évelyne Calmels, terminait sa vingtième année de service pénitentiaire. Tout ce temps passé en région parisienne n'avait néanmoins pas altéré son accent chantant du Sud-Ouest. Mariée à un chauffeur de bus et mère de trois enfants, elle avait jaugé le jeune homme en deux secondes. Il avait l'âge de son fils aîné.

« Dans la plupart des cas, on n'a pas besoin d'être devin pour savoir à qui on a affaire. Sinon, c'est qu'on n'a rien compris au métier. » Elle prononçait toujours cette phrase en préambule de la formation continue dispensée aux nouveaux gardiens. Elle ne se souvenait plus d'où elle tenait cette évidence – la première impression est souvent la bonne –, mais, en l'occurrence, elle était persuadée qu'avec Murthy tout se passerait bien. *Sans doute le type le moins tordu de toute la détention. J'espère qu'il nous quittera comme il est entré.*

— Si tu as demandé à faire l'auxi bibliothèque, j'imagine que c'est parce que l'univers des livres te plaît. Tu as des projets en sortant d'ici ? s'enquit la surveillante.

— Je voudrais continuer mes études pour être professeur d'histoire. Si c'est encore possible… Et oui, j'aime beaucoup les livres, je suis bien avec eux, ce sont des amis.

Évelyne Calmels resta sans voix. *Le gamin possède plus de diplômes que moi et il ne la ramène pas.*

— Parfait ! Dans ce cas, je vais t'expliquer en quoi consiste ton travail. Tu dois entretenir les ouvrages qui sont parfois malmenés. Repérer si des pages n'ont pas été arrachées ou, dans ceux où il y a des photos, si certaines n'ont pas été découpées. Pour les nouveaux titres qu'on reçoit, il faut apposer un code-barres dessus, les recouvrir et les enregistrer sur le logiciel qui trace les emprunts. C'est bon pour toi ?

— Oui, c'est comme ça que j'imaginais cette activité.

— Tu seras aussi chargé d'inscrire le nom des détenus qui prennent un bouquin et de noter quand ils le rapportent. Et enfin de classifier les livres par genre : biographies, polars, sociologie…

— Ce n'est pas compliqué, j'y arriverai.

— Très bien. Parlons maintenant des horaires, poursuivit Évelyne Calmels. L'auxiliaire de bibliothèque travaille tous les jours de 9 heures à 11 h 30, ensuite il retourne en cellule pour déjeuner. Reprise à 13 h 45 jusqu'à 16 h 15. Pour finir, promenade et retour en cellule. Tu toucheras environ deux cents euros par mois. Avantage important, tu auras droit à une douche quotidienne.

— D'accord. Grâce à ça, je pourrai cantiner et payer la télévision.

— Ce n'est pas avec les deux cents euros que tu y arriveras. Demande à ta famille de t'aider. On t'a sûrement dit que la prison, ça coûte cher.

— Sauf que je ne vois pas qui peut m'aider, ma situation n'est pas évidente…

— Alors tu feras comme tu peux. Ah, j'oubliais. À la bibliothèque, il faut que tu vérifies les cartes d'identité intérieures, notamment que le numéro d'écrou corresponde bien au détenu. Souvent, les types font n'importe quoi avec ça.

— Bien, cheffe.

— En fin de journée, tu fais le ménage, tu donnes un coup de balai, tu ranges les tables et les chaises, il faut maintenir les lieux propres.

Murthy approuva d'un signe de tête.

— Je pense que tu es au courant que ces missions vont de pair avec celles d'écrivain public. A priori, tu rédigeras régulièrement des lettres pour les détenus.

— Ça ne me gêne pas, j'aime bien écrire.

— Oui, mais là, c'est différent. Lorsqu'un détenu a un problème, il doit être réglé illico, sinon il peut péter les plombs et créer un incident. Tu auras donc une certaine pression sur les épaules.

Murthy comprenait. Même s'il ne voyait pas bien comment on réglait un problème en étant enfermé dans neuf mètres carrés. En ayant conscience que la vie de leurs proches continuait à l'extérieur, sans eux.

— Quand il n'y a pas d'écrivain, souvent les détenus s'adressent au type de leur étage qui est tombé pour escroquerie. En général, les escrocs trouvent toujours les formulations qui vont bien. C'est comme ça que ça marche, ajouta Évelyne Calmels, résignée.

Murthy s'abstint de tout commentaire et esquissa juste un sourire.

— Ce n'est pas notre rôle, à nous, les surveillants, de rendre ce service aux prisonniers. En cas de problème, ils rejetteraient la faute sur nous et se retourneraient contre l'administration. Quand toi, tu écriras, ce sera un détenu qui aide un autre détenu. La logique n'est pas la même.

— C'est très clair. La cheffe de détention, M^me^ Niagalé Camara, m'a mis en garde contre les remerciements que je recevrai certainement.

Le visage d'Évelyne Calmels s'assombrit. Murthy la vit réfléchir un long moment sans le quitter des yeux avant de lui répondre :

— Elle a raison. Les risques auxquels tu seras exposé sont quotidiens, mais pas seulement en tant qu'écrivain public. Tu dois être hyper vigilant et ne rentrer dans aucune combine. Ce ne sera pas simple pour toi. Si je m'aperçois d'un truc, je serai tenue de faire un rapport qui sera transmis à ton juge d'instruction. Imagine la suite.

# 46

Pendant la promenade avec Johnny, Murthy décrivit sa première journée à la bibliothèque, qu'il compara à une bouffée d'oxygène.

— *Calmos*, mon frérot, ne te laisse pas endormir. T'as deux objectifs ici : sortir le plus vite possible, et pas t'faire tordre par les pourris. Si on t'propose un coup, tu refuses direct, sinon t'es mort.

— OK. Ça, je l'ai intégré.

— T'as intérêt. Demain, j'passerai à la bibliothèque. Faut qu'tu rédiges des lettres pour moi et mes amis, lança le Gitan, en ponctuant cette phrase d'un clin d'œil.

— Oui, bien sûr.

Les deux jeunes gens poursuivirent le tour de la cour. Quand ils furent près du mur d'enceinte qui longeait le boulevard, Johnny porta ses doigts à la bouche et émit un long sifflet strident. Un autre lui répondit de l'autre côté et, deux secondes plus tard, une balle de tennis atterrit à quelques mètres d'eux. Un détenu s'en saisit et la renvoya à Johnny. Murthy écarquilla les yeux. Le Gitan ouvrit la balle, qui était entaillée, et inséra deux doigts à l'intérieur.

— Tu vois, frérot, sur la balle, y a mes initiales. Même si j'sais pas lire, ça, j'connais. Pas d'erreur, c'est pour moi. J'vais l'envoyer vers la cellule d'un ami, le mec va la réceptionner et la faire circuler jusqu'à ma cage, par l'extérieur, grâce au yoyo.

Murthy comprit très vite comment fonctionnait le système grâce aux explications de Johnny. Des bouts de drap pendaient le long des barreaux avec une sorte de poche au bout pour y placer un objet et, grâce à un mouvement de balancier, le yoyo se baladait de cellule en cellule. Un mec hurlait le numéro de celle où devait atterrir le paquet, une astuce qu'on observait dans toutes les prisons, et que les gardiens laissaient plus ou moins faire.

— Comme les surveillants voient que des paquets atterrissent tous les jours dans la cour, chaque fois on a droit à la fouille après la promenade. Là, on va pas y couper, mais j'm'en tape. Merci, le yoyo, s'esclaffa Johnny.

— Qu'est-ce qu'il y a dans la balle ?

— Du shit et une clef USB avec des films de cul, c'que j'ai réclamé à un cousin. D'autres s'font envoyer de la coke, des clopes, et même d'la viande rouge. T'auras remarqué qu'on n'en bouffe pas en taule alors, de temps en temps, un gros bifteck est livré par les airs. Enfin, faut dire que c'qui marche le mieux, c'est les films de cul et les discours des barbus, pace qu'après ça s'échange.

— Tu as vraiment l'air d'être comme un poisson dans l'eau, ici.

— Faut bien, mon frérot. J'ai déjà tiré quatre ans en quatre fois. Là, j'en ai encore pour cinq mois maxi. Les codes, j'les connais par cœur maintenant.

— Je ne t'ai jamais demandé… Tu as été arrêté pour quoi ?

— Avec deux potes, que j'ai pas balancés, on a chouré un semi-remorque rempli à ras bord de machines à laver, de frigos et d'un tas d'autres trucs. Quand je m'suis fait choper, on avait tout vendu et cramé le camion. Le juge m'a collé sur le dos une masse d'infractions pour bien qu'je morfle parce que je récidivais. Pas grave, j'm'en remettrai.

— Et tu partages ta cellule avec qui ?

— J'suis seul. Le dernier, un vrai crado, passait ses journées au pieu. Il nettoyait jamais la cage. Un jour, ça m'a énervé, il s'est pris un coup de poêle à frire en pleine tronche. Heureusement, les gardiens m'ont à la bonne. Pas de rapport, pas de mitard, et je suis peinard.

Tandis que Murthy et Johnny marchaient, Master s'avança vers eux. Le Gitan s'éclipsa aussitôt. Richmond, le garde du corps, saisit le jeune Indien à la gorge comme s'il voulait le soulever et lui balança un puissant direct dans le ventre. Une série de gifles violentes l'étourdirent. La brute ne faisait aucun cas des gardiens. L'un d'entre eux, pourtant, avait repéré le manège des Blacks. Taillé comme un haltérophile, la violence inscrite dans les gènes, celui-ci n'usurpait pas son surnom de Matraque. Néanmoins, Master ne semblait pas s'inquiéter du regard que portait ce surveillant sur son groupe, depuis son mirador.

— Rappelle-toi c'que j'ai demandé, cracha-t-il. J'veux qu'tu m'dises où tes potes planquent leur fric. On s'est rencardé, y paraît qu'tu bosses pour les Mansouri et qu't'es bien vu. Rapide, sérieux, intelligent, c'est c'qu'on raconte sur toi. Sûr que tu sais des trucs et, au cas où t'aurais pas remarqué, le boss de la taule, c'est moi. Alors montre-toi intelligent, ou j'te défonce.

Murthy, affolé, le visage et le ventre en feu, parvenait à peine à respirer. D'un revers de main, il essuya le sang qui coulait de sa lèvre fendue.

— Je ne sais rien de tout ça. Je ne faisais que transporter de l'argent entre deux types que je ne connaissais pas. Je n'ai même jamais vu les chefs du trafic. Faut me croire.

Une autre baffe monumentale de Richmond, celle-là sur l'oreille, le fit tomber. Une douleur aiguë lui vrilla la tête. À moitié sourd, il mit la main sur son oreille et s'apprêtait à se relever quand il reçut une nouvelle série de coups de pied dans le ventre. Murthy suffoquait et pleurait. Des Blacks du clan de Master se regroupèrent près de Richmond. Matraque, lui, ne réagissait toujours pas. Il faisait tournoyer un sifflet accroché à un cordon qui, à chaque rotation, s'enroulait autour d'un de ses doigts.

La sirène mit fin au temps de promenade et à celui du passage à tabac.

— Demain, à la bibliothèque, t'as intérêt à me filer les infos, dit Master à un Murthy terrorisé.

Les détenus regagnèrent leur cellule, en ordre, par bâtiment et par coursive.

— Master, sors du rang, exigea Matraque quand les Blacks passèrent devant lui.

Tous s'arrêtèrent d'un seul homme. Richmond resta au contact du boss.

— J'ai dit Master, les autres vous avancez, s'énerva-t-il. Et Richmond, je te préviens, si tu veux jouer au con, ça va mal se passer. Dégage.

Master, d'un signe de tête, lui ordonna de partir. Matraque attendit que la colonne reprenne sa marche et qu'ils soient seuls avant d'engager la discussion :

— J'ai vu que toi et ton pote vous avez cassé la gueule à l'Indien. Qu'est-ce qu'il raconte ? Il t'a filé l'info ?

— Que dalle. Il prétend qu'il sait rien.

— Je suis sûr qu'il te balade. D'après ce que j'ai appris, les flics s'intéressent de près à lui. Continue à le travailler, mais fais gaffe de ne pas trop l'amocher.

# 47

Murthy, le corps douloureux, au bord de l'évanouissement, regagna sa cellule et s'affala sur son lit en gémissant. Il entendait Tom Cruise, allongé au-dessus, qui sanglotait. Quelques minutes plus tard, son colocataire sauta de son lit et se planta devant lui. Pas de trace d'animosité.

— Tu t'es bien fait démolir. Master fait pas semblant de te serrer la vis.

— Qu'est-ce que je dois faire ? demanda Murthy.

— Qu'est-ce qu'il veut ?

— Que je lui dise où les Mansouri planquent leur argent. C'est complètement dingue, je n'en sais rien, je n'arrête pas de lui expliquer que je n'étais qu'un simple coursier, mais il ne me croit pas.

— T'as même pas une petite idée ?

— Mais non, comment veux-tu ?

— Alors ça va être chaud pour toi. Très très chaud, même.

Murthy, les yeux fermés, étendu sur son matelas, attendait que la souffrance physique s'atténue. *Je dois me forcer à penser, réfléchir et agir comme un prisonnier, sinon je vais y laisser ma peau.* Exténué, vidé, il finit par s'assoupir. C'est l'ouverture de la porte de la cellule qui le réveilla. Johnny lui tendit son plateau et lui fit un petit signe d'encouragement. Il s'obligea à avaler la nourriture infâme à laquelle il avait le droit.

*De la bouffe pour chiens… Mais je n'ai pas le choix, je résisterai, ce n'est pas la taule qui m'aura.*

— Ethan, tout à l'heure, je t'ai entendu chialer.

Le jeune homme, assis devant son assiette, touchait à peine à son repas.

— Ouais, j'ai craqué. Ma femme vient de me quitter, elle se tire avec notre môme. Elle a rencontré un mec qui a un boulot de naze et qui rentre tous les soirs à la même heure. Un mec qui la rassure, tu comprends ? Les meufs, elles veulent de la sécurité, surtout pas d'histoires.

— Oui, c'est logique…

— Pauvre con, tu réponds que c'est logique alors que t'es là, toi aussi, coincé dans cette putain de ratière ! explosa Ethan.

— C'est juste, marmonna Murthy tout bas.

*Si Malini me quitte, je suis perdu.* Une bouffée d'angoisse l'étreignit à cette seule pensée. Tom Cruise, lui, poursuivit sur sa lancée :

— Le week-end, c'est courses au supermarché. L'aprèm, balançoire avec mon fils. Le soir, télé. Pas de stress, une petite vie bien réglée. Les nanas, quand elles savent pas d'où vient ton blé, elles préfèrent un quotidien merdique. Avec son looser, aucune mauvaise surprise mais zéro fantaisie, et bien sûr pas de risque que les flics défoncent sa porte à six plombes du mat'.

Murthy écoutait le monologue désespéré du jeune homme et referma les yeux. Il songeait à Malini, comme à chaque instant.

— Qu'est-ce que j'aurais pu faire dans ces neuf mètres carrés pour arranger le coup ? À part me taper la tête contre les murs ? Rien. J'ai senti que ça partait en couille dès qu'elle a commencé à me dire qu'elle avait du mal à se libérer pour le parloir. C'était un signe. Le parloir, c'est le thermomètre de la relation. Pareil avec les courriers. Quand ils se font rares, t'es mal. Elle a fini par me raconter que huit mois encore c'était long, pour le gosse et tout. Huit petits mois, hurla Ethan. Il y a déjà quatre années de passées, elle ne peut pas attendre, bordel ? Ben non. De toute façon, en taule, t'es hors jeu.

— Pourquoi tu as plongé ?

— Vol avec violence. Un casse qui a mal tourné. J'étais guitariste dans un club et un soir j'ai vu où le patron planquait la recette. Un bon gros paquet de pognon. Pourtant, ce radin nous payait au lance-pierre et prétextait toujours un truc pour ne pas nous donner l'intégralité de ce qu'il nous devait. J'avais besoin de mon fric.

— Il n'y avait pas moyen de le lui faire comprendre ?

— Mec, je crois que t'es nul. Les rapports humains sont basés sur la force. Tu argumentes une fois ou deux, si le type en face de toi veut rien savoir, tu passes à l'autre méthode. Bref, une nuit, j'ai décidé d'aller moi-même me servir, j'ai pété la porte, pris le fric, sauf qu'au moment où je me barrais le patron m'est tombé dessus. Pas de bol. Il avait picolé toute la soirée et était resté dormir sur place pour éviter de se faire coincer par les flics.

— Mauvais karma, commenta Murthy.

— Quoi ?

— Rien. C'est indien. Continue.

— J'ai voulu calmer le jeu, je lui ai rendu son fric en racontant deux ou trois bobards. Lui, il s'est énervé et m'a balancé une chaise sur la tête. Alors je me suis défendu et je lui ai défoncé la tronche. C'est sûr, il a pris cher. Hosto, trauma crânien. Après, tout s'est enchaîné, et comme j'avais déjà un casier et que j'étais en sursis, j'ai pris cinq ans ferme.

Silence. Chacun était enfermé dans des pensées tristes.

— Je suis sûr que, si j'étais dehors, je pourrais tout régler avec ma meuf. Faut que je sorte d'ici à tout prix. T'as une meuf, toi ?

— Oui, on est fiancés et on doit se marier.

— Elle est venue te voir ?

— Pas encore. Elle a demandé un permis de visite au juge, mais ça traîne. Rien n'avance maintenant que je n'ai plus d'avocat.

— Là, tu déconnes grave, mec. Un avocat, c'est essentiel. Qu'est-ce t'as fabriqué avec celui que t'avais ?

— Celle, c'était une femme. Elle a débarqué au début de la procédure, j'ai cru que c'était une commise d'office. Mais, en réalité, je suis sûr qu'elle bosse pour les Mansouri.

— Tu t'en fous. Si elle est bonne et te prend pas un rond, profite.

— Non, je suis convaincu que les conseils qu'elle m'a donnés m'ont enfoncé. Et à la fin, il m'a semblé qu'elle était plus ennuyée pour elle que pour moi que je ne sois pas remis dehors. Elle n'était pas là pour me défendre.

— Admettons. Par contre, j'te le redis, trouve-toi un avocat. Bon, et puis ta gonzesse, elle doit pas te lâcher, sinon tu plonges grave dans la déprime. Tu lui parles ?

— Non.

— Très très mauvais, ça. Tu veux l'appeler ? proposa-t-il en tendant son portable.

— Je peux vraiment ? s'étonna Murthy, dont le cœur battait déjà à mille à l'heure.

— Pas de problème, mec, fais-toi plaisir. C'est trente euros le quart d'heure. Tu me rembourseras plus tard. Faut se soutenir.

Murthy n'en était plus à une bizarrerie près. La prison était un autre monde, avec ses règles et ses lois. En l'occurrence, celle du plus fort arrivait largement en tête. Il s'en moquait. Lui préférait téléphoner à Malini et payer sa part de télévision plutôt que d'améliorer l'ordinaire de la nourriture médiocre. Être considéré comme un indigent, selon la formule des détenus, lui était égal. Heureux, il s'apprêtait à composer le numéro de Malini. Tom Cruise l'interrompit.

— Mec, il te faut quand même un portable. C'est facile, tous les taulards en ont.

— Comment ça, « c'est facile » ? demanda Murthy, incrédule.

— Tu t'arranges avec SFR.

— Quoi ?

Pâle sourire de Tom Cruise.

— C'est le surnom d'un gardien qui vend des téléphones. Ton pote le Gitan le connaît. Vois avec lui, il va t'arranger le coup. Par contre, t'auras besoin de fric.

# 48

23 heures. Deux hommes étaient en planque dans une camionnette déglinguée avec en point de mire l'entrée du bel immeuble haussmannien d'Elvire. À leurs pieds, des canettes de Coca vides et des emballages de burgers.

— Vraiment, ça m'a foutu les boules quand Sofiane m'a appris que Dalmasso était la balance, confia Vialle avec amertume. Je voulais pas le croire. On a tellement fait de trucs ensemble, c'était un ami.

— Tu sais comment Sofiane l'a découvert ? demanda Kamel.

Les frères Mansouri avaient tenu à ce que, sur ce coup, Vialle fasse équipe avec le faux flic de la place de la Nation. Entre eux, la discussion était fluide.

— Il n'a rien voulu nous dire, mais j'ai vu qu'il était contrarié avec cette histoire. Lui aussi appréciait Dalmasso. Par contre, son frère, El Dorado, s'encombre moins de sentiments. Je l'ai entendu gueuler qu'il fallait le buter, et lui faire cracher le max d'infos avant ça. Lui, il ne fait de cadeau à personne.

— C'est Majid qui l'a travaillé à la perceuse, c'est ça ?

— Ouais, d'abord il l'a assommé d'un coup de crosse ; j'ai cru qu'il lui pétait le crâne. Ensuite il l'a jeté dans le coffre de la Merco, avec les mains et les chevilles attachées.

Une minute après, la première rotule transpercée, Dalmasso balançait Elvire, la femme flic. Il hurlait comme un fou. J'ai essayé d'arrêter Majid qui s'acharnait, mais il m'a collé son flingue sur la tête, les yeux fous. Il était pas loin de me buter, moi aussi.

— Putain, c'était chaud.

— Plutôt, oui. Majid a continué à défoncer Dalmasso par plaisir, j'en suis sûr. On avait eu ce qu'on voulait. Restait plus qu'à trouver où la fliquette créchait. Un vrai boucher, ce mec.

— Majid, c'était un tortionnaire, il était connu pour ça.

— Ouais, je sais. Je me suis éloigné, j'avais pas le courage de croiser le regard de celui qui avait été mon ami. Quand j'ai entendu Majid lui foutre deux balles dans la tête, eh ben, là, tu veux que je te dise, Kamel ? J'ai soufflé de soulagement.

— Je comprends, j'aurais fait pareil.

— Le lendemain, j'ai appris en matant les infos que ce fils de pute s'était fait flinguer par les Espagnols. Je te jure, j'ai failli applaudir.

Kamel approuva. Vialle laissa un court silence s'installer, puis il reprit :

— Cinq jours, c'est pas beaucoup pour loger cette salope de flic.

Il prononça cette phrase comme une sentence, et jeta un coup d'œil à son acolyte pour juger de l'effet produit.

— Ouais, enfin on a quand même bien été aidés par un de ses collègues qui aime le pognon.

Tous deux revirent le jeune flic, les yeux brillants, enfonçant dans sa poche un épais rouleau de billets de cinquante. Ce qu'il fallait pour récolter des infos décisives.

Vialle haussa les épaules, fataliste.

— Avec les biftons, on obtient ce qu'on veut.

— C'est clair. Par contre, c'est qu'une étape. Tout sera terminé seulement quand on aura chopé le mec qui bosse avec elle et mis la main sur le fric d'El Dorado, temporisa Kamel.

— Selon Sofiane, c'est aussi un flic, il s'appelle Miller. La gonzesse va nous cracher où il habite et, si tout roule comme je le pense, le problème va être vite réglé.

Sur ces mots, les deux hommes se turent. Ils se retenaient de fumer pour ne pas attirer l'attention.

— Tiens, la voilà, murmura enfin Kamel en désignant la jeune femme qui se déplaçait d'un pas pressé, aux aguets. Elle est nerveuse.

— Je commençais à en avoir marre d'être assis dans cette caisse pourrie, dit Vialle en s'étirant. C'est parti.

*

* *

Elvire déverrouilla la lourde porte vitrée du hall de l'immeuble avec son badge électronique et la referma aussitôt derrière elle. La main sur la crosse de son pistolet, elle attendit ensuite l'ascenseur avec impatience. Les miroirs qui tapissaient les murs renvoyaient l'image d'un visage blême, tendu par la peur. Elle pénétra rapidement dans la cabine et appuya sur le bouton du dernier étage, sans pour autant perdre le contact avec son arme.

Dès que l'ascenseur se mit en mouvement, Vialle et Kamel jaillirent de la camionnette. Ils se précipitèrent vers l'immeuble auquel ils accédèrent grâce à la clef électronique que possédaient les facteurs. Sans s'arrêter, ils grimpèrent les marches recouvertes par un épais tapis rouge, qui amortissait le bruit de leur course. Le souffle court, Vialle se jeta sur la porte qu'Elvire s'apprêtait, soulagée, à rabattre. Elle n'avait pas entendu la cavalcade. Le violent coup d'épaule la fit chuter sur le dos et hurler de frayeur. En une fraction de seconde, elle comprit.

Kamel, du pied, referma la porte et se laissa tomber sur Elvire qui se débattait. Elle parvint à saisir son arme. Sa main fut aussitôt bloquée par Vialle, et Kamel lui asséna un coup de poing sur la tempe. La flic perdit connaissance. Vialle en profita pour lui lier les poignets et les chevilles avec un collier de serrage en plastique. Ils attachèrent ensuite la jeune femme sur une chaise dans la cuisine et, après avoir repris leur souffle, la firent revenir à elle par une série de petites gifles.

Elvire ouvrit les yeux, tétanisée. Deux types se tenaient en face d'elle. L'un, vêtu d'un costume noir, d'une chemise blanche et d'une cravate noire, les cheveux plaqués en arrière et attachés en catogan, les mains tatouées croisées devant sa ceinture, l'observait. Vialle. L'autre, en jean, T-shirt et blouson de cuir marron, cheveux très courts et mains dans les poches, attendait visiblement les instructions.

— Tu sais pourquoi on est là. Dalmasso a tout raconté. On va pas perdre de temps, je veux le fric et l'adresse du mec avec qui tu bosses. Si tu réponds pas, tu vas morfler comme jamais. Je t'écoute.

— Vous faites erreur, tirez-vous d'ici, bafouilla Elvire, qui tentait le tout pour le tout sans y croire.

Vialle haussa les épaules.

— T'es vraiment trop conne.

Il adressa à Kamel un geste en guise de feu vert. Kamel se posta derrière la flic, qui hurla toute une série de « Non » et secoua la tête avant d'être bâillonnée. Elvire pleurait, d'autant plus effrayée qu'elle ne savait ni ne voyait ce qui allait lui arriver. Kamel, stoïque, se tenait immobile, prêt à exécuter les ordres de son acolyte.

— Alors ?

Vialle enleva le bâillon. Il se comportait comme un négociateur en position de force.

— Laissez-moi, je vous en prie.

Kamel interrogea du regard Vialle, qui acquiesça. Il sortit un sac en plastique noir de la poche de son blouson et l'enfila sur la tête d'Elvire. La flic, bras et jambes liés à la chaise, ne pouvait pas se débattre. Elle se cambra et essaya, par réflexe, d'aspirer de l'air, ce qui eut pour effet de plaquer le plastique contre sa bouche et son nez. Elle étouffait. Kamel maintenait le dispositif en place. Elvire, secouée de spasmes, était maintenant au bord de l'asphyxie. Vialle leva la main. Kamel relâcha l'étreinte et enleva le sac. Elvire suffoquait, toussait, sanglotait. Elle inspira avec un fort sifflement de gorge, comme si elle revenait d'une noyade.

— Même question, lâcha Vialle.

Appuyé contre la table, désinvolte, il consultait son smartphone sans un regard pour la jeune femme.

— Vous êtes complètement dingue, j'en sais rien, murmura-t-elle.

Un petit geste de Vialle suffit. Kamel remit le sac sur la tête d'Elvire. Même réflexe. Elle voulut remplir ses poumons, mais ne réussit qu'à plaquer une fois de plus le sac sur sa bouche grande ouverte et son nez. Vite, elle se tordit de convulsion, s'asphyxia et s'évanouit.

Elle revint à elle après un court instant. Kamel lui avait balancé un verre d'eau sur le visage. Elvire aperçut, au travers de sa vision brouillée, Vialle penché sur elle.

— Le prochain coup, je te laisse crever.

— Dans la chambre du fond, il y a un lit coffre qui se soulève. L'argent est dans un sac Vuitton, capitula Elvire dans un souffle.

Quelques minutes plus tard, Kamel posait le sac sur la table.

— Très bien. Maintenant l'adresse de Miller.

Elvire, à bout de forces, donna l'information. Kamel manœuvrait la culasse de son pistolet.

— Il y a une balle engagée, annonça-t-il.

— Vous allez me tuer, c'est ça ?

— Je vais garder ton flingue en souvenir, et on va faire une petite vidéo.

Les deux hommes s'approchèrent de la chaise où était ligotée Elvire.

— Est-ce que tu connais la punition réservée aux voleurs ?

Une angoisse folle tordait le cœur d'Elvire. Elle savait.

— On leur coupe la main. Tu es droitière ou gauchère ?

# 49

2 heures, les rues étaient vides et silencieuses, hormis un brouhaha lointain indéfinissable, celui de la ville. Mamba regagnait son appartement après avoir garé sa voiture sur sa place de parking. Il avait bu raisonnablement. *Pour rester en vie, il faut être lucide, plus de picole.* Son arme à la ceinture, une balle engagée dans le canon, il était prêt à faire feu. Comme toujours.

Il marchait sur la route pour éviter les trottoirs encombrés d'ordures. La grève des éboueurs s'éternisait, Mamba s'en moquait. L'habitude de passer par les mêmes endroits toutes les nuits avait développé chez le policier une sorte de sixième sens. *Si quelque chose cloche, je le verrai instantanément.* Pour autant, il se retournait fréquemment et évitait de longer les camionnettes, les fourgons et autres véhicules utilitaires, très prisés pour les kidnappings. Son regard balayait les alentours. Il faisait confiance à son instinct de flic.

Son quartier. L'éclairage public. Les commerces fermés, grilles baissées. Des boutiques de téléphones d'occasion, de bijoux en toc, de vêtements ordinaires et pas chers. Des restos japonais, chinois, libanais, italiens alignés les uns à la suite des autres. Des containers qui débordaient d'emballages, d'épluchures, de sacs-poubelles éventrés par les rats dégageant des odeurs nauséabondes. Mamba scrutait et écoutait la rue. Tout était calme en apparence.

Malgré l'heure tardive, Cyrus lisait à l'aide de sa lampe frontale, assis sur un fauteuil à roulettes, vestige d'un renouvellement de matériel de bureau. Mamba s'arrêta, comme toujours, devant le campement de son ami. Cyrus éteignit sa lampe et posa sur sa jambe le livre ouvert, un roman de Luis Sepúlveda.

— Je remarque que tu es devenu sobre et vigilant, déclara Cyrus en souriant.

— Il vaut mieux. Tu n'as rien observé de particulier ?

— Rien à signaler.

Ensemble, ils fumèrent et parlèrent de la vie qui passait vite. Mamba faisait claquer le capot de son Zippo. Nervosité.

— Rentre te coucher, mon ami, je crois que tu as besoin de te reposer. Je veille sur ton sommeil.

— Et je t'en suis reconnaissant, dit Mamba en serrant la main de Cyrus.

Mamba claqua la porte de son appartement. Un tour de verrou, la routine. Il se débarrassa de son arme sur la table basse. Son regard tomba sur une photo posée à côté de la bouteille de whisky. Il examina ce cliché mille fois regardé aux couleurs légèrement passées. Six hommes, dont cinq policiers en tenue d'intervention, se tenaient par les épaules avec un grand sourire. Chebel au centre, Mamba à sa gauche. Il se remémora les circonstances de cette journée avec une certaine nostalgie. *Vingt ans déjà… On venait de serrer une très belle équipe de braqueurs en flag. Douze banques et deux convoyeurs assassinés. Du lourd. On allait fêter cette arrestation. J'avais des cheveux, j'étais maigre comme un clou et je croyais à l'institution de la police.* Mamba s'attarda sur le visage du sixième homme, celui en civil. Puis il jeta la photo sur la table, se servit un grand verre de whisky sans glace et lança AC/DC. Dans la foulée, il alluma un joint dont il tira quelques bouffées, et s'approcha du terrarium. Après avoir avalé quelques gorgées de Macallan, Mamba leva son verre et s'adressa au serpent :

— Santé, mon pote. Moi aussi j'ai fait ma mue !

2 h 30. Cyrus relisait avec plaisir ce roman chilien très poétique qui racontait l'amitié entre un chat et une souris. À intervalles réguliers, il interrompait néanmoins sa lecture pour écouter la rue qui semblait paisible. Il attendait avec impatience son moment de prédilection, celui situé entre 3 heures et 4 h 30, cette parenthèse durant laquelle tout paraissait en suspens, comme si le monde retenait son souffle. Il avait toujours eu le sentiment, à cet instant précis, de toucher le cœur de la nuit. Et si, longtemps, cela avait été son pire cauchemar, il était à présent empli de sérénité. À partir de 5 heures, le mouvement reprenait peu à peu, et ce n'était plus pareil. Alors, Cyrus s'endormait.

Il repéra la camionnette au deuxième passage. Elle roulait au ralenti, donnant l'impression que le conducteur cherchait à se garer. Cyrus observa le véhicule qui s'arrêta sur une place réservée aux livraisons, près de l'entrée de l'immeuble de Mamba. Deux types en descendirent et balayèrent les environs du regard. Il reconnut l'homme qui voulait tuer son ami. Aussitôt, il referma son livre.

# 50

Mamba, la tête rejetée en arrière, réfléchissait à l'avenir. La moitié de la bouteille de whisky y était passée. À sa droite, posé sur le sol, le cendrier débordait de mégots de cigarettes et de joints. La pièce était noyée de fumée. AC/DC tournait en boucle. Il n'entendit pas le verrou qu'on crochetait et ne redressa la tête que lorsque deux types firent irruption dans la pièce et le braquèrent. Il reconnut Éric Vialle, pas l'autre. Pas celui dont le blouson ouvert montrait un T-shirt ensanglanté. Mamba recouvra sa lucidité, mais ne bougea pas. *Je les laisse venir.* Il ne broncha pas non plus lorsque Kamel éloigna le pistolet de lui.

— Ta copine nous a donné ton adresse et sa part du fric que vous avez volé, dit Vialle en désignant le sac Vuitton qu'il transportait à l'épaule. À vue de nez, je dirai qu'il y a autour de quinze kilos de biftons. Avec les tiens, ça fera trente. En plus, j'ai de la chance, la demoiselle avait bon goût. Je vais garder ce joli sac en souvenir une fois le contenu rendu à El Dorado.

— Elle vous a raconté des conneries, y a rien, ici.

Mamba ne chercha pas à se lever. Vautré dans le fauteuil, il toisait les deux exécuteurs avec un sourire qui les agaça. Il pointa Kamel du doigt.

— Mec, on dirait que tu as eu des problèmes.

— Ça peut arriver, mais je les ai réglés.

— Y paraît que t'es flic, toi aussi, reprit Vialle.

— Ouais, et alors ?

— Alors je vais me faire plaisir, comme avec ta copine. T'imagines bien que, avant de tout balancer, elle a fait un petit baroud d'honneur, la jolie blonde. Vraiment petit, cela dit.

Les types se marraient sans joie.

— Sûr que toi aussi tu meurs d'envie de nous en faire un, pour le fun.

Mamba haussa les épaules.

— OK ! s'énerva Kamel. Tu vis dans un petit appart de merde qui pue. On va d'abord t'exploser la gueule, on saccage ton taudis, et on trouve le fric.

Il monta le son. Brian Johnson, le chanteur d'AC/DC, se déchaînait.

— Vous allez faire chier les voisins.

— Personne t'entendra gueuler.

— Et moi, j'immortalise la scène avec une vidéo, se réjouit Vialle.

Mamba jeta un bref coup d'œil en direction du coffre sous le terrarium. Vialle et Kamel interceptèrent son regard.

— Je crois que t'es un gros con de flic sans imagination ! s'exclama Kamel.

Les deux hommes, fascinés par le reptile qui dormait, s'approchèrent du terrarium et le soulevèrent. Mamba était attentif à la manœuvre. Il n'avait volontairement pas ajusté la sangle en caoutchouc qui maintenait les quatre parois vitrées en place pendant la manipulation. Une sécurité inventée. Et, de manière prévisible, les parois tombèrent. Aussitôt, le serpent se sentit en danger. Il se redressa, ouvrit grand sa gueule noire et attaqua. Il planta ses crocs et lâcha son venin une première fois dans le cou de Kamel. Le reptile recula ensuite sa tête et, tel un ressort, se détendit et frappa une seconde fois, atteignant le poignet d'Éric Vialle. Finalement, il jaillit de sa cage, traversa la pièce et se faufila sous le lit de Mamba. Ce dernier analysa très vite la situation.

Tandis que Vialle et Kamel hurlaient, Mamba bondit du fauteuil, se précipita sur Vialle, pétrifié par l'attaque, et l'assomma d'un coup de tête. Kamel, lui, s'enfuit en dévalant l'escalier. Mamba l'ignora, se dirigea vers le frigo dans lequel il prit la boîte du sérum polyvalent. Hors de question de laisser un animal d'une telle dangerosité en liberté dans l'appartement. Pour le traquer, il enfila une épaisse paire de gants doublée d'acier et se munit d'une pince de capture, sorte de lasso avec un nœud coulant au bout d'une perche. Prudent, il s'agenouilla devant son lit et, avec la lampe de son portable, éclaira sous le sommier. Le serpent, enroulé sur lui-même, balançait de droite à gauche sa tête légèrement relevée. Sa langue fourchue s'agitait pour capter les odeurs et la chaleur de sa future proie. Il sifflait, prêt à frapper. Mamba n'avait quant à lui pas d'autre choix que de s'allonger afin d'être plus à l'aise dans ses mouvements.

Avec d'infinies précautions, il repoussa le reptile contre le mur avec la pince de capture télescopique. Acculé, celui-ci se détendit et attaqua. Mamba se jeta en arrière, tira sur le câble et emprisonna la tête du mamba, gueule ouverte sur ses crochets venimeux. Toujours très concentré, il enferma ensuite le serpent, qui se tordait de colère, dans le terrarium, remonta les parois de celui-ci et les bloqua avec la sangle en caoutchouc. Une fois le reptile en sécurité, Mamba poussa un soupir de soulagement et, les mains tremblantes, se servit un grand verre de whisky qu'il avala d'un trait. « Back to Black » d'AC/DC venait de s'achever. Il arrêta le CD. Silence. La phase deux pouvait commencer.

Mamba secoua Vialle qui, dès qu'il reprit conscience, se figea de nouveau à la vue des traces laissées par les crochets sur son poignet.

— C'est quoi, ce serpent de merde ?

— Un mamba noir, le plus venimeux des reptiles. Il t'a balancé une neurotoxine qui entraîne une paralysie des muscles respiratoires. Tu as une trentaine de minutes de vie devant toi. Sauf injection de l'antidote, expliqua Mamba en montrant la boîte avant de la glisser dans sa poche.

— Bordel, je me sens pas bien, injecte-moi vite ce truc.

Vialle, assis par terre, gémissait, transpirait et se tenait le poignet qui enflait.

— Non, c'est pour moi. Imagine qu'il me plante aussi, je fais quoi ? Et puis, tu comptais me torturer et me buter, n'oublie pas.

Mamba réfléchissait en regardant Vialle, prostré.

— Je vais vérifier quelque chose, annonça-t-il après une poignée de secondes. Tu as peut-être une chance que je te sauve. Surtout, ne bouge plus, sinon tu accélères la diffusion du venin dans ton sang.

Le flic descendit en courant l'escalier et se précipita vers le campement de Cyrus. Il fut soulagé de voir son ami dormir. Mamba lui toucha l'épaule pour le réveiller. Pas de réaction. Il écarta la couverture dans laquelle il était enroulé et découvrit le poignard du mendiant enfoncé jusqu'à la garde dans son cœur. Stoïque, il recouvrit les épaules du clochard et lui effleura le visage en signe d'adieu. Il alluma une cigarette en faisant claquer le capot de son Zippo en souvenir. Enfin, il remonta chez lui sans se presser.

Vialle, là-haut, cherchait son flingue.

— C'est ça que tu cherches ?

Mamba montrait l'arme à sa ceinture. Il regarda le tueur, sans animosité, mais sans compassion non plus, et jeta un coup d'œil à sa montre.

— Tu en as pour une vingtaine de minutes, max. Ça va être très dur, surtout quand tu commenceras à étouffer. C'est toi qui as tué le clochard ?

— Non, c'est Kamel. Quand le vieux s'est rué sur moi, il lui a chopé son putain de poignard et l'a planté. C'était ton pote ?

— Plus que ça, un ami. Et Elvire ?

— Je l'ai juste punie. Elle est en vie.

— Très bien. Mais ça ne change rien, mec, tu vas souffrir avant de crever. Beaucoup.

Vialle, aussi désespéré qu'affaibli, se rua sur le flic qui l'esquiva facilement et l'assomma une nouvelle fois. Mamba appela Elvire, le répondeur se déclencha aussitôt. Il alluma une autre Marlboro. Il avait besoin de réfléchir.

Kamel, terrorisé, sans penser au devenir de son complice, s'était enfui avec la camionnette comme si le diable le poursuivait. Il avait reçu une forte dose de venin et sentait ses muscles s'engourdir, se contracturer. Il transpirait à grosses gouttes et respirait avec difficulté. Il perdait sa lucidité. *Faut qu'je m'repose, qu'je m'gare, qu'j'récupère, et j'irai à l'hosto après.*

Dans une rue du 10e arrondissement, dans le quartier Louis-Blanc, il repéra une place en épi entre deux voitures. Au ralenti, la camionnette s'arrêta contre le trottoir, le moteur cala. Kamel, le corps secoué de convulsions, étouffait. La neurotoxine produisait son effet. Il perdit connaissance, bascula sur le côté et s'affaissa au sol en bavant.

Dissimulé par le tableau de bord, son cadavre resterait ainsi trois semaines avant d'être découvert dans une fourrière à cause de l'odeur de décomposition qui s'échappait de la fourgonnette. Celle-ci avait en effet été enlevée pour stationnement non payé. L'autopsie, dans un premier temps, laisserait perplexe le médecin légiste. Puis l'analyse toxicologique des viscères et du système respiratoire lui fournirait, dans un second temps, la cause de la mort. Il enverrait ses conclusions au commissariat de police, qui avait ouvert une enquête sur réquisition du directeur de la fourrière.

# 51

Vialle agonisa en trente minutes, ce qui laissa le loisir à Mamba de mettre au point un stratagème pour se débarrasser du corps. Il vérifia le sac de voyage qui contenait sans surprise un million cent cinquante mille euros. Le serpent était suffisamment nerveux pour ne pas, encore, le perturber en déplaçant le terrarium. Tant pis pour l'argent qu'il aurait préféré cacher. Il attrapa une souris dans le réfrigérateur et la donna au reptile, qui se précipita dessus. *Si tu avais été un chien, j'aurais dit « Bon chien » en te caressant la tête, mais là…* songea-t-il en souriant.

3 h 30. Plus de temps à perdre. Mamba enfila une paire de gants en latex et dévêtit Vialle. Il l'enveloppa ensuite entièrement de ruban adhésif marron, en se félicitant de ne pas avoir jeté ce Scotch qui appartenait, sans doute, à un ancien locataire. La situation de danger et le stress intense auxquels il faisait face avaient porté son taux d'adrénaline au maximum. Il en connaissait les effets : fréquence cardiaque augmentée, respiration rapide, pupilles dilatées, transpiration. Mamba, tous ses capteurs sensoriels exacerbés, avait l'impression d'être invincible, féroce, de tout discerner, de tout entendre. *Je me sens vivant comme jamais, je suis en mode combat.*

Il courut chercher sa voiture sans croiser aucun piéton. Quelques minutes plus tard, il se garait sur le trottoir. Mamba chargea Vialle en travers sur ses épaules – *Putain que c'est lourd un mort* – et descendit l'escalier en priant pour qu'aucun voisin ne sorte. Il ouvrit la porte de l'immeuble. Toujours personne. Il dissimula alors le corps dans le coffre et, avant de démarrer, fit un dernier tour de sécurité. Mamba scruta les rétroviseurs. Rien derrière. Rien devant. Rassuré, il se mit en route au ralenti. Priorité à la discrétion. Enfin, quelques centaines de mètres plus loin, il alluma une Marlboro et expira profondément la première bouffée. La nicotine lui procura un sentiment de détente immédiat. Il roula ainsi une heure et s'arrêta dans un sous-bois près de Samois-sur-Seine, où il dissimula son véhicule.

Mamba exécuta à la lettre le plan élaboré pendant l'agonie de Vialle. Le fleuve n'était qu'à une cinquantaine de mètres. L'heure tournait. La nuit allait bientôt céder la place à une aube grisâtre. Le plus dur restait à faire. Mamba reprit son souffle. À reculons, il traîna Vialle par les aisselles et se fraya un passage à travers les branchages. Ses pieds s'enfonçaient dans la boue avec un bruit de succion. Il entra dans l'eau noire. Elle dégageait une odeur douceâtre. Mamba ne ressentit pas le froid. *Il faut en finir*. Il se laissa porter par le puissant courant jusqu'au milieu du fleuve. Là, il lâcha le corps qu'il avait lesté de parpaings, et le suivit du regard tandis qu'il s'enfonçait dans les profondeurs de la Seine. Dès qu'il eut disparu, il lança l'arme le plus loin possible. *Le flingue d'un tueur, c'est préférable au fond de l'eau avec son propriétaire*. Aussi, il jeta le portable de Vialle après avoir détruit sa carte SIM.

Mamba parvint avec difficulté à se hisser sur la berge. Il avait dérivé sur environ deux kilomètres. Essoufflé, trempé, il regagna sa voiture, moitié en courant, moitié en marchant. *Ne t'arrête pas, mec, tu as fait le plus dur !* Que racontait le cours de criminologie déjà ? « Un cadavre peut remonter après plusieurs semaines ou mois. Un séjour prolongé dans l'eau lui fait subir des traumatismes, notamment à cause des obstacles – pierres, rochers, branches – rencontrés pendant son déplacement dans le courant. » C'est pour toutes ces raisons que le commandant Miller, alias Mamba, avait choisi de se débarrasser de Vialle ici. *Espérons que cette leçon ne soit pas une connerie.*

Quand, enfin, il se laissa tomber sur le siège de la voiture, l'adrénaline reflua d'un seul coup. Comme si un doigt invisible avait appuyé sur un disjoncteur et coupé le courant. Le front posé sur le volant, les bras serrés autour de son corps, exténué, Mamba se sentit triste. Triste d'avoir perdu Cyrus. Mais il ne pouvait pas se permettre de traîner. Il mit le moteur en marche et lança le chauffage à fond. Il avait froid, malgré la température clémente de ce matin d'été, conséquence du reflux brutal de l'adrénaline. *Je crame mes fringues et celles de Vialle, je nettoie à fond l'appart' et le coffre de ma caisse, je me débarrasse du serpent ; après terminé.* Une brève clarté d'un jour gris commençait à poindre. Avant de quitter le sous-bois et de s'engager sur la route, il attendit que le champ soit parfaitement libre. Le téléphone réservé à Elvire vibra. Surpris, il décrocha mais ne parla pas.

— Qui est à l'appareil ? demanda Elvire.

Mamba souffla de soulagement.

— Comment vas-tu ?

— Très mal. Je croyais qu'on t'avait buté. Passe chez moi, il faut qu'on discute.

— Je me change et j'arrive.

À cet instant, il ignorait encore que le cadavre de Vialle serait découvert par un pêcheur des semaines plus tard, coincé dans des branchages très loin de son lieu d'immersion. De toute évidence, il avait rencontré les hélices d'une péniche, puisque la tête, un bras et une jambe avaient été sectionnés. Poissons et petits animaux s'étaient chargés de dévorer les viscères et autres chairs molles. Le service de police judiciaire saisi de l'enquête reçut, grâce aux prélèvements ADN, l'identité du « cadavre de la Seine ». Éric Vialle. Le médecin légiste signa dans la foulée un procès-verbal avec la mention : « Au vu de l'état du corps, les causes du décès sont inconnues. » Les flics, quant à eux, étaient bien au clair sur l'activité criminelle de leur victime. Ces informations, associées aux quelques lambeaux de ruban adhésif qui subsistaient sur une partie du dos, les orienteraient vers l'hypothèse d'une mort violente.

# 52

Au petit matin, la compagne d'Elvire, sans un mot, ouvrit la porte à Mamba et le conduisit dans la cuisine. La jeune policière tremblait, son visage appuyé sur un bras reposant sur la table. Ce qui alerta Mamba, ce fut les compresses maculées de sang, la bouteille d'alcool presque vide, les rouleaux de bandage et les nombreux emballages d'antalgiques. Il veilla à ne pas marcher dans le sang répandu sur le sol. Elvire se redressa. Elle était défigurée par la douleur et les pleurs. Avant que Mamba n'ait le temps de la questionner, elle montra son bras gauche dont l'extrémité disparaissait sous une invraisemblable couche de pansements maintenus par des bandes.

— Le type qui accompagnait Vialle m'a sectionné trois doigts avec une paire de tenailles, murmura Elvire. J'aurais dû avoir la main tranchée.

Elvire reposa le front sur son bras. Mamba savait sa coéquipière au bord de la crise de nerfs. Il se servit une tasse de café froid, alluma une cigarette. Au bout de quelques minutes, Elvire, sans bouger, parla d'une voix rendue pâteuse par la forte dose d'antidouleurs :

— Vialle a dit que c'était un geste de mansuétude de la part de Sofiane Mansouri. Ces malades ont filmé la scène. Allume-moi une cigarette, s'il te plaît.

Mamba s'exécuta et la lui tendit. La jeune femme la porta à sa bouche de sa main valide et tremblante. Sous le choc, elle répétait en boucle : « J'ai cru mourir. »

— Je suis rentrée à l'aube, je travaillais. Je l'ai retrouvée inanimée, ligotée sur une chaise renversée, et la main qui pissait le sang, raconta la compagne d'Elvire. Je lui ai tout de suite posé un garrot et j'ai entouré sa blessure de pansements. Elle m'a supplié de ne pas appeler les flics.

— Je vais la conduire à l'hôpital.

— Certainement pas ! réagit Elvire. Les toubibs vont obligatoirement prévenir la police.

— On peut inventer un truc, un accident, proposa Mamba sans conviction.

— Non, j'ai contacté mon médecin traitant. Elle ne va pas tarder. On va régler ça ici.

D'un coup, la jeune femme se remit à sangloter. Son amie l'entoura de ses deux bras pour la consoler.

— J'ai lâché ton adresse, je suis désolée, Mamba, dit-elle d'une voix rauque. J'ai vraiment cru qu'ils allaient me tuer en m'asphyxiant. J'avais la tête enfermée dans un sac en plastique et j'étouffais.

— Pas grave, répondit son binôme en haussant les épaules. On s'en fout, ils sont morts.

— Comment ça, « ils sont morts » ?

— Je me suis occupé d'eux. Tu n'as plus d'inquiétude à avoir.

Elvire ne cacha pas son soulagement. Mamba se servit une autre tasse de café, en but quelques gorgées et fit la grimace. Il était trop amer et trop froid. Il se rabattit sur une cigarette. Il attendait que sa coéquipière reprenne ses esprits. Enfin, il raconta l'attaque du serpent, l'élimination de Vialle, « qui dort au fond de la Seine avec les poissons », et la disparition de Kamel, « qui a dû crever quelque part ». Elvire était horrifiée par ce qu'elle avait subi, mais aussi par le détachement dont faisait preuve Mamba dans la description froide, clinique des événements, comme s'il n'en avait été que spectateur.

— Mamba, je jette l'éponge. N'oublie pas que j'ai pris une décision en rentrant d'Espagne et je ne reviendrai pas dessus.

— C'est l'enregistrement de Ramos qui te fait flipper ? Tu crois qu'il va nous envoyer en taule ? C'est pas sûr. J'ai réfléchi : il n'y a que quelques secondes. Pas évident de faire une authentification à partir de ça.

— Tu es inconscient. Quand je te dis que j'ai cru mourir, ce n'est pas une figure de style, j'ai réellement cru que c'en était fini. Je suis terrifiée. Et puis, comment je vais expliquer à Chebel que j'ai été amputée ?

— C'est bon, Elvire, *calmos*. Les mecs sont morts, il ne faut pas agir dans la précipitation.

— Mamba, tu es complètement cinglé. Tu t'entends ? On dirait que c'est juste un truc banal qui vient de se passer.

— J'ai remis les compteurs à zéro, c'est tout.

— Bordel, ouvre les yeux ! On ne s'est pas comportés comme des flics, mais comme eux, comme des truands. Tu as dézingué la première équipe de tueurs. Bravo. La prochaine fois, on y reste, c'est sûr. Il faut disparaître.

— Je ne suis pas d'accord.

— Ferme-la, Mamba, cria Elvire, à bout. Mon médecin est une amie, elle va m'aider et soigner ma main. Elle rédigera un arrêt de travail pour dépression nerveuse et le prolongera jusqu'à ce que ma démission de la police soit acceptée. De toute façon, avec mon amputation, je serai passée à la réforme, sans compter l'enquête de l'Inspection générale. Voilà, l'affaire est close. Après, j'irai me planquer loin de cette putain de ville, en attendant qu'on déménage dans un autre pays.

— Où avez-vous prévu d'aller ?

— Ça ne te regarde pas. Ah, et je te file ma part. Je ne veux plus de ce fric qui porte malheur. D'ailleurs, je n'en ai pas besoin.

Le stress de la jeune femme s'entendait dans sa voix haut perchée et se dessinait sur son visage crispé. Ses yeux étaient exorbités de frayeur et de rage. Mamba haussa le ton, exaspéré de recevoir des leçons.

— J'ai l'impression que tu oublies que c'est toi qui m'as branché sur les coups tordus de Tonio. Je cassais la gueule aux collecteurs, on raflait la mise, et ça te plaisait. Alors oui, c'est parti en vrille, mais je trouve qu'on ne s'en tire pas trop mal. Et en éliminant les deux exécuteurs que les Mansouri nous ont envoyés, j'ai fait ma part du taf.

— Dégage, Mamba, hurla Elvire. Je ne veux plus jamais te voir.

*

* *

Mamba, casquette vissée sur le crâne, regard masqué par ses Ray-Ban et allure des mauvais jours, traversait les couloirs de la PJ. Il avait quitté l'appartement d'Elvire en claquant la porte. Tandis qu'il ressassait leur échange, il croisa trois de ses collègues.

— Tiens, voilà Vic Mackey qui nous revient de New York avec sa belle casquette et ses lunettes. Alors, tu as fait de bons coups côté fric récemment ? Il se murmure que tu n'es pas mauvais en magouilles, le provoqua l'un d'eux, avec un clin d'œil exagéré.

Les autres se marrèrent fort, trop fort. Mamba était attristé par le meurtre de son ami Cyrus, épuisé par sa nuit, par son périple dans la Seine avec un cadavre, et furieux de la réaction d'Elvire. Mâchoires serrées, il réagit violemment et balança un coup de poing à celui qui avait employé le surnom qu'il détestait, lourd de sous-entendus. Stupeur de ses acolytes qui estimèrent plus prudent de ne pas s'opposer à la force brutale de Mamba.

Dix minutes plus tard, la nouvelle de l'altercation parvint à Patrick Chebel. Dans un premier temps, sa colère éclata. Puis, après réflexion, il vit là une occasion inespérée de sanctionner Mamba et de le virer du service. Il échafaudait une stratégie quand son assistante lui annonça la visite du chef de la PJ du 93, Lucas Agostini.

Les deux policiers échangèrent d'abord des considérations sur leur métier, parlèrent des enquêtes, des mutations, de la charge de travail et du manque de personnel, le tout accompagné de quelques tasses de café. Ce prélude achevé, Chebel interrogea du regard Agostini, histoire de comprendre ce qui l'amenait.

— J'ai une info qui va t'intéresser, lâcha ce dernier.

— Vas-y, je t'écoute. Les bonnes nouvelles, par les temps qui courent, sont toujours bonnes à prendre.

— Tu te souviens des frères Zniber, déposés à moitié morts devant les urgences de l'hôpital d'Aulnay ?

— Très bien.

— Le médecin qui s'occupe d'eux m'a appelé il y a une huitaine de jours. L'un des Zniber est toujours dans le coma, mais l'autre a refait surface. Deux officiers sont allés l'interroger. L'audition a tourné court : il dit qu'il ne se souvient de rien et ne sait pas ce qui lui est arrivé. Sans surprise avec un tel mec.

— Classique.

— Oui, et, dès le lendemain, il donnait à une infirmière le numéro de téléphone d'un de ses amis pour qu'il vienne lui rendre visite.

— C'est le médecin qui t'a prévenu ?

— Exact. Le toubib a envoyé Zniber faire une radio de contrôle pour nous permettre d'installer des micros dans la chambre avec, bien sûr, l'autorisation du juge d'instruction.

— Je sens que tu as touché le jackpot.

— C'est rien de le dire. Le type qui s'est pointé est un de leur dealer. Zniber lui a raconté que son frère et lui s'étaient fait torturer dans la cave d'une cité de Sevran. Sofiane Mansouri et Nordine Hassani étaient les donneurs d'ordre, et Imad le rouquin a aussi assisté à la séance. Deux porte-flingues qu'il n'avait jamais vus les accompagnaient. Zniber a mis un contrat sur la tête d'un des tortionnaires qu'il a en revanche reconnus. Un lascar de cité qui répond au nom de Omar Bouziane. Ce type, on le connait bien, un gros bras de l'équipe Mansouri. Il a dû avoir vent du réveil d'un des Zniber : il n'a pas tardé à se mettre en cavale.

— Même sur un lit d'hosto avec des perfusions de tous les côtés, il ne perd pas de temps.

— Ils fonctionnent tous comme ça ! En tout cas, ça nous offre des billes pour en coffrer quelques-uns.

Patrick Chebel fit mine d'applaudir.

— Bravo ! Sofiane Mansouri est au Maroc. Le juge va sûrement lancer un autre mandat d'arrêt via Interpol. Même s'il n'est pas exécuté par les flics locaux, un jour ou l'autre, les Mansouri iront en taule. Hassani et Imad le rouquin sont quant à eux détenus pour l'affaire des stups. Si tu leur colles la tentative d'homicide avec des tortures et actes de barbarie, ils ne sont pas près de sortir.

— C'est clair ! Autre point intéressant : dans la discussion entre Zniber et son dealer, on apprend que les Mansouri se sont fait braquer l'argent de la came lors des remises entre collecteurs. Ils recherchent les mecs. Les Zniber ont été suspectés, mais ils n'y sont pour rien. Ils ont failli mourir juste pour servir d'exemple.

— Justice expéditive !

— Ah, et j'oubliais, Zniber a demandé à son type de lui apporter un portable. Ce ne sera pas compliqué d'obtenir le numéro et de le brancher. Je pense qu'on va avoir d'autres infos à se mettre sous la dent.

— Certainement, en convint Chebel, la tête déjà ailleurs.

Une fois seul, le sous-directeur appuya sur la touche « Stups » de son téléphone.

— Passe me voir avec N'Guyen, ordonna-t-il au chef de service. Maintenant.

— C'est pour quel dossier ?

Chebel raccrocha sans répondre à la question. Quelques minutes plus tard, les deux hommes apparurent. Des points d'interrogation planaient au-dessus de leur tête.

— Asseyez-vous. Je vais vous faire écouter un enregistrement. Je voudrais votre avis, c'est extrêmement confidentiel.

Dans la foulée, Chebel enclencha la lecture. Au bout de la troisième fois, il regarda ses interlocuteurs.

— Qui est-ce, d'après vous ?

— Je ne sais pas, admit le chef des Stups.

— J'ai peut-être une idée, dit N'Guyen d'une voix où transpirait le doute.

— Vas-y.

— Je pense à Elvire Andrieu, celle qui bosse avec Miller, mais je n'en suis pas sûr.

— Je ne la connais pas assez pour confirmer, rebondit le chef des Stups. D'où provient ce truc ?

Chebel raconta.

# 53

La qualité première d'El Dorado n'était pas la patience, loin de là. Quand il commanditait des exécutions, il attendait des résultats immédiats. Ce qui avait été le cas avec Dalmasso, et il s'en réjouissait. Là, en revanche, il était sans nouvelles de Vialle et de Kamel depuis plusieurs jours. Il était furieux. Rachid Mansouri hésitait entre deux hypothèses, celle de leur arrestation ou, pire, celle de leur exécution. Il s'apprêtait à envoyer un autre binôme de tueurs lorsque Sofiane, prudent, envisagea une autre éventualité.

— Il ne faut pas se presser, Rachid. Devant un gros paquet d'argent, même ceux en qui tu as confiance peuvent être tentés de disparaître et de choisir une autre vie. Dalmasso en est le parfait exemple. J'ai découvert qu'il projetait d'ouvrir un restaurant. Tu imagines ? Un tueur à la tête d'un resto ! Tu crois savoir ce que les gens ont dans le ventre, mais ce n'est jamais vraiment le cas.

El Dorado, surpris par la réflexion de son frère, s'aperçut que cette possibilité, inconcevable à ses yeux, ne lui avait pas traversé l'esprit.

— Moi aussi, j'étais persuadé de la fidélité de cette ordure de Dalmasso. Je lui filais quinze mille par mois. De toute évidence, ça suffisait pas.

— Rachid, c'est simple, les proches qui nous entourent voient notre train de vie, les villas, les jets, les bateaux, les bagnoles et tout le reste. Ça leur donne le vertige. Je suis sûr que, dans le lot, certains aimeraient bien mettre la main dans notre pot de confiture. Dalmasso n'a pas hésité, il l'a plongée jusqu'au coude.

El Dorado approuva d'un mouvement de tête.

— C'est pour ça que j'ai ordonné à Majid de le torturer et de le buter en Espagne. Pendant un moment, j'avais pensé le faire enterrer vivant au Maroc. Mais j'ai préféré qu'il crache le nom de ses complices avant de crever de l'autre côté de la mer d'Alborán. Un mort doit servir à quelque chose. A priori, le message est passé.

— Je crois. Et je dois avouer que je ne suis pas mécontent non plus de savoir que les flics espagnols ont tué Majid. Ce type était incontrôlable. Je sais que tu l'appréciais, mais, à terme, il nous aurait créé des ennuis.

— Je ne suis pas d'accord, Sofiane. Des hommes comme Majid, il nous en faut. Ce sont eux qui balaient notre merde.

— C'est toi qui vois. En tout cas, Vialle et Kamel se sont peut-être trouvés devant une situation analogue à celle de Dalmasso, analysa Sofiane. Ils devaient ramener un million six cent mille. C'est pas rien…

— Un million six cent cinquante.

— OK. Partagé en deux, ça reste, quoi qu'il arrive, une belle somme. Je recommande de patienter un peu avant d'envoyer d'autres personnes faire le ménage. Je vais essayer de me renseigner pour savoir si les flics ont des enquêtes en cours sur la mort de nos mecs. N'oublie pas que Nordine avait déjà payé cette perte avec ses fonds propres. On est à l'équilibre, nous.

El Dorado n'appréciait que modérément la sagesse dont faisait preuve son frère. Pour lui, prudence et attentisme rimaient avec indécision et faiblesse. Tout le contraire de ce qu'on espérait d'un chef narco. Il bouillonnait. Et la perspective d'une nouvelle trahison attisait la fureur de l'aîné des Mansouri.

# 54

Cinquième semaine. Murthy, le professeur d'histoire en devenir, s'il n'acceptait pas la détention, l'étudiait avec lucidité. Accroupi, tassé contre un des murs de la cour, il détaillait cette humanité avec laquelle il cohabitait.

*Dans le fond, la prison, c'est une zone grise pourrie, un entre-deux vivant avec sa propre respiration, ses propres pulsations, où les humains ont des réflexes d'animaux, de survie. Tout est menace. Une attitude, un regard. L'espoir est un mot qui tue à petit feu et qui brise les âmes. Nous sommes tous engloutis dans un système qui nous broie, j'entends le moteur de cette machine qui fonctionne jour et nuit. La preuve ? Parfois, au petit matin, un pendu est décroché. Même les plus balèzes y passent. Moi, je suis là, mais je ne suis pas là.*

*Heureusement que je suis tombé sur une surveillante comme Évelyne Calmels. Je devine dans ses yeux qu'elle ne supporte pas le comportement de certains de ses collègues. Tom Cruise et Johnny m'ont d'ailleurs mis en garde contre une équipe de sept gardiens. Les détenus leur ont donné des surnoms. Le Parasite, l'Enflure, l'Empaffé, le Goret, SFR, Savate et Matraque. Matraque, le plus violent, a pris l'ascendant sur ce groupe. Tout le monde sait que, pour obtenir tout ce qu'on veut, il faut avoir recours à eux. Ils se font un max d'argent et sont copains avec des bandits. Ceux qui trônent en haut de la chaîne alimentaire, comme dit Johnny. Ici, la corruption marche à fond. Tout ce que je souhaite, c'est qu'ils aillent au trou. Les autres surveillants font leur job du mieux qu'ils peuvent. Eux aussi sont dans une broyeuse, la broyeuse administrative, et elle n'est pas mal non plus, celle-là.*

La sirène annonça la fin de la promenade. Murthy se redressa et se dirigea vers la bibliothèque où il œuvrait depuis maintenant une bonne vingtaine de jours. Après une requête déposée auprès du greffe par Évelyne Calmels, qui appréciait le sérieux du jeune homme, celui-ci avait enfin un jogging à sa taille. « Un prêt en attendant que tu reçoives tes vêtements. » Ce qui ne serait pas demain la veille. Sur une feuille pliée en quatre, il avait confectionné un calendrier de fortune, sur lequel il cochait les journées enfermées. Aucune nouvelle de ses parents. Heureusement, son travail d'auxi était facile, et le contact avec les livres atténuait un peu son désespoir. Il rédigeait aussi des courriers pour les détenus, qui le surnommaient le Professeur. Les gars se pointaient avec un brouillon et le tendaient à Murthy pour qu'il l'« arrange ». Au début, Murthy lisait avec difficulté leurs textes. Cinquante fautes en vingt lignes écrites quasiment en phonétique ou en langage SMS. Il se retenait de rire pour ne pas vexer ses interlocuteurs ni risquer de se prendre, au mieux, un coup de tête.

— C'est parfait ce que tu as écrit. L'idée était là, je l'ai juste un peu améliorée, disait-il, prudent.

Certains revenaient quotidiennement, parce qu'en prison tout se fait par écrit. Très vite, Murthy comprit le fonctionnement de cette sorte de ville en circuit fermé. Les demandes de rendez-vous médicaux, de mise en liberté, les correspondances pour les avocats, il maîtrisait les formules administratives. Il était également missionné pour les lettres aux parents, aux fiancées, aux épouses, aux enfants. Les phrases de son père, passionné par son métier d'écrivain public, lui trottaient sans cesse dans la tête et l'aidaient beaucoup.

Ensuite, de retour en cellule, au calme, son esprit se tournait vers Malini. Il tenait un journal dans lequel il lui racontait sa vie en détention, expurgée de tout ce qui aurait pu effrayer la jeune fille. Il écrivit aussi un long courrier à ses parents, mais, sachant qu'il serait lu avant de leur parvenir, il se censura encore. Le réel ne se transmettait que de vive voix.

Un matin, Murthy apprit par son ami le Gitan que Master et Richmond étaient au mitard pendant trente jours pour une bagarre qui avait laissé un type dans un sale état.

— Autant de jours où il ne m'arrivera rien, répondit Murthy.

— Ouais, sauf que Master peut faire passer un message pour qu'on te casse la gueule, rétorqua Johnny. Matraque va le voir tout le temps pour lui apporter des trucs à bouffer. Master lui souffle un mot, et tu t'fais défoncer.

— Espérons que ça ne se produise pas, alors.

Le Professeur, en tout cas, recevait régulièrement en guise de remerciements des barrettes de shit. Il avait d'abord essayé de refuser, mais, devant le regard agressif d'incompréhension de ses interlocuteurs, il avait renoncé. Il s'ingéniait donc à les faire disparaître.

— J'aimerais bien que tu m'les files, réclama Johnny lors d'une promenade.

— Ne déconne pas. Si, au cours d'une fouille, je me fais prendre avec, c'est le mitard, un rapport au juge, terminé la bibliothèque et, à tous les coups, une prolongation de détention.

— T'as raison, frérot, c'est risqué pour toi. Mais bon, quand tu vois la quantité de came qui circule dans la taule sous l'nez de tous, t'imagines bien qu'elle tombe pas toute seule du ciel. Sauf quand les drones la livrent, ajouta Johnny en riant.

— J'imagine… Et en parlant de corruption, c'est vrai qu'un gardien surnommé SFR vend des téléphones ?

— J'parie qu'c'est Tom Cruise qui t'a raconté ça. Ouais, c'est vrai. Par contre, il faut du fric.

— Combien ?

— Un petit portable acheté au tabac du coin, il le vend au moins cent cinquante euros. Après, ça peut monter à quatre cents. C'est à la tête du client.

— C'est quel surveillant ?

— Celui avec qui j'fais l'auxi gamelles. Si un jour t'as du fric, je lui en causerai et j'te dirai comment faire.

# 55

Une dizaine de détenus, encadrés par un gardien, entrèrent dans la bibliothèque. C'était au tour de leur coursive de venir emprunter ou de rapporter des livres. L'Ingénieur, « l'intellectuel » du groupe de Master, figurait parmi eux. Il s'assit face à Murthy.

— Ça va, p'tit mec ? Master a besoin d'un service.

Pas de réponse de Murthy qui, la gorge sèche, s'attendait à un coup tordu. L'Ingénieur, les mains bien à plat sur la table, dévisagea le jeune Indien.

— Sous ma paume droite, chuchota-t-il, y a une carte SIM. Tu vas la prendre et la planquer dans un magazine de motos. Cet aprèm, un gars d'un autre bâtiment te réclamera la revue. Tu lui files et tu la fermes.

Murthy hocha imperceptiblement la tête. La carte SIM glissa sur la table et changea de main.

— Que veux-tu, Ousmane ? s'enquit Évelyne Calmels, suspicieuse.

— Pas grand-chose, cheffe. Je demandais un renseignement au Professeur sur un bouquin d'histoire.

— OK, si tu l'as eu, laisse ta place à ceux qui veulent rendre leur livre.

Lorsque Murthy regagna sa cellule pour déjeuner, Tom Cruise avait son casque sur les oreilles, les yeux dans le vague.

— Qu'est-ce que tu écoutes ?

— Radiohead, « Creep », répondit-il en ôtant son casque. Pas bon du tout quand tu as le moral qui part en vrille, mais cette chanson est vraiment top.

— Oui, je suis d'accord.

— Ça n'a pas l'air de gazer, toi. Problème ?

— Un mec de l'équipe de Master m'a donné une carte SIM pour que je la remette à un autre gars.

— Ben, ouais, un grand classique. On te file pas du shit aussi pour les courriers ? D'ailleurs, pour info, je suis preneur. J'te ferai une réduc sur le prix du quart d'heure de portable, dit Ethan avec sérieux.

— Je n'en peux plus, de ces combines. Si j'arrive à ne pas tomber avec tout ça, j'aurai une sacrée chance.

— Dans le chtar[1], y a des règles, s'agaça Ethan. Tu les connais, mais tu veux pas les appliquer. On te fournit de la came, tu la prends, tu la fumes, ou tu l'échanges contre autre chose, et tu t'fais du fric. Tu refuses ? Tu passes pour un con, tu vis comme un naze et tu as des dettes à rembourser. À toi de choisir. Et dis-toi bien que si t'es ici, c'est que t'es pas innocent, faut pas déconner non plus.

Murthy, pour la première fois, raconta à son colocataire son audition devant le juge d'instruction. Il s'en tint aux deux rotations en scooter, avoua qu'il avait eu l'intention de continuer un peu pour payer son mariage et les soins médicaux de son père. Ethan applaudit et siffla d'admiration. Murthy décrivit ensuite la violence du flic qui l'avait arrêté, mais fit l'impasse sur le vol d'argent par ce dernier. Il en voulait à son avocate, dont la mauvaise stratégie l'avait conduit en prison. Ethan resta silencieux quelques instants, comme s'il réfléchissait.

— C'est sûr que tu as eu la totale… Si je comprends bien, tu ne voyais que deux mecs pour la circulation du fric,

1. Mot d'argot signifiant prison.

jamais de cador, et tu te retrouves au trou avec seulement deux voyages de pognon ?

— Exact.

— C'est pas normal, ça, y a un truc qui coince. Sauf si t'as pas tout dit.

— Je n'ai rien de plus à raconter.

— Ma main à couper que tu mens. Bref, demande à ta copine qu'elle te déniche un autre avocat pour te sortir de ce guêpier.

Murthy respectait à la lettre l'adage : « En prison, moins on en dit, mieux on se porte. » C'était pour cette raison qu'il persistait à taire sa discussion avec Imad le rouquin et Nordine le saraf dans la villa d'Enghien.

Dans l'après-midi, un détenu était venu chercher le magazine de motos. Murthy tremblait de tous ses membres, mesurant le prix à payer en cas de découverte de la carte SIM par un surveillant. Rien de tel ne s'était produit. Plus tard, un type timide et mélancolique avait lu à voix basse le courrier qu'il lui avait rédigé. Une énième lettre destinée à sa compagne, qui ne lui écrivait plus depuis un an. Le bonhomme ponctuait chaque paragraphe d'un signe de tête satisfait. « Je t'apporterai un truc tout à l'heure, pendant la promenade », avait-il conclu, heureux.

La promenade… Murthy n'y prenait aucun plaisir. Aujourd'hui, il se tenait appuyé contre un mur, à l'écart des deux cents autres détenus, qui gueulaient entre eux. *On est comme des animaux en cage, à tourner en rond avec, comme perspective, de hauts murs surmontés de barbelés.* Murthy répugnait à se promener dans cet endroit constamment sale, parce que les taulards jetaient des détritus des fenêtres des cellules. Les mêmes taulards étaient ensuite de corvée de nettoyage. Il évitait aussi d'attirer l'attention de la vingtaine de Blacks, tous aux ordres de Master.

Au bout d'un moment, cinq jeunes gens, d'environ son âge, s'approchèrent avec une attitude qui n'avait rien d'hostile. Murthy savait décoder le langage corporel. En prison, on apprenait vite, c'était une question de survie.

— Salut, lança l'un d'eux. On s'est tous fait gauler dans la même affaire que toi. On livrait du fric.

Murthy répondit à leur salut, mais resta sur ses gardes.

— On vient d'être transférés ici, renchérit un autre. A priori, c'est temporaire, je crois qu'on va nous dispatcher.

Les cigarettes circulèrent. Les jeunes, détendus, parlaient avec nonchalance. Ils étaient visiblement à l'aise dans cet environnement.

— C'est la première fois que tu tombes ?

— Oui.

— C'est cool, dans six mois t'es dehors. Les keufs t'ont interrogé, et il paraît que tu n'as rien lâché. Enfin, c'est ce que radio prison raconte.

— Je n'avais rien à lâcher, c'est aussi simple que ça.

— Alors t'es peinard, tu te taperas une bière avant nous. Si on a besoin de courrier, on viendra te voir. À la prochaine.

Dès qu'ils s'éloignèrent, Murthy fit finalement abstraction de son dégoût pour cette cour, et se mêla à un petit groupe de types pas agressifs, qui trottinaient le long du mur d'enceinte. *Il faut rester en forme, la taule ne me bouffera pas.* Alors qu'il s'apprêtait à boucler un troisième tour, il aperçut l'homme à qui il avait rédigé une lettre dans l'après-midi lui faire un signe discret. Murthy ralentit, le gars lui glissa dans la main une barrette de shit. Quand la sirène annonça la fin de la promenade, les détenus s'alignèrent pour passer sous le portique détecteur de métaux avant de regagner leur cellule. Murthy s'accroupit pour lacer sa chaussure, mais, au lieu de se débarrasser du morceau de cannabis, il le planqua dans sa chaussette.

Un taulard surnommé la Crevure, un habitué des centres de détention, remarqua le manège.

# 56

Niagalé Camara, la cheffe de détention, parcourait avec attention le document rédigé par Évelyne Calmels. Il s'agissait de la proposition de renouvellement de nombreux livres et d'achat de nouveautés.

— C'est cohérent, et tu restes dans le budget prévu, dit-elle en signant le document.

La cheffe de détention versa ensuite de l'eau chaude sur deux sachets de thé. Pendant qu'elles laissaient infuser leur boisson, Évelyne Calmels soumit une idée à sa supérieure.

— Je souhaiterais reconduire les ateliers d'écriture. J'ai quelques auteurs de romans qui se sont manifestés, via une association, pour les animer. Les précédents ont été appréciés par les détenus.

— Je suis d'accord. Je n'y vois que des avantages pour les participants. En revanche, tu es sûre de pouvoir les animer seule ? L'an passé tu as été aidée par un surveillant, mais il vient de partir en retraite et on a un vrai souci d'effectif.

— Je sais. En fait, je pensais à Murthy Banerjee. Ce n'est pas la première fois qu'un détenu serait sollicité pour ce genre de travaux, je l'ai déjà expérimenté.

— Pourquoi pas. Tout dépend de son attitude. Comment est-il ?

— Bien, poli, respectueux, travailleur, intelligent. Lorsque tu l'as affecté à la bibliothèque, tu m'as dit qu'il survivrait difficilement dans cet univers de tordus. J'ai l'impression que tu avais raison et j'avoue que je suis inquiète quand je le vois avec le visage tuméfié.

— Il t'en parle ?

— Non, il est muet comme une carpe. Par contre, il a emprunté un bouquin qui n'a jamais été consulté ou sorti de la bibliothèque. Un bouquin sur l'hindouisme. Il m'a confié, très sérieux, qu'il croyait à la réincarnation. Il est convaincu que son comportement dans le présent déterminera sa prochaine vie. S'il est en prison, c'est qu'il a un mauvais karma dû aux actions de ses vies antérieures.

Silence de Niagalé Camara, immédiatement projetée en pensée bien loin du monde dans lequel elle évoluait quotidiennement.

— Un jour, je te parlerai de mes croyances africaines, lâcha-t-elle, songeuse. De la vie après la vie… Enfin, pour en revenir à Banerjee, si je comprends son raisonnement, il cherche à améliorer son karma. C'est bien ça ?

— C'est ce que j'en ai déduit. Ce qui signifie que nous n'aurons ni violence, ni tentative d'évasion, ni trafic, ni quoi que ce soit de sa part. En somme, nous avons là un prisonnier modèle.

Les deux femmes sourirent, elles espéraient ne pas se tromper. Elles soufflèrent sur leur thé, avant de le boire à petites gorgées.

*

* *

Murthy termina la rédaction d'une série de courriers pour Johnny et ses amis. Il écrivait maintenant à la chaîne ces lettres destinées aux avocats, aux familles, aux associations et aux visiteurs de prisons. Hormis les identités, les contenus étaient pratiquement tous les mêmes, à quelques variantes près. Johnny, satisfait, s'apprêtait à repartir avec la quinzaine de correspondances quand il tira de sa poche des barres de chocolat Toblerone pour son ami. Évelyne Calmels, elle, avait rejoint son poste de travail.

— Niagalé Camara est d'accord pour que tu me supplées sur les projets d'ateliers d'écriture, annonça-t-elle. C'est bon pour toi. Lorsque tu présenteras une demande de liberté provisoire, ça montrera ton implication dans le travail de la détention.

Murthy la remercia, il avait hâte de sortir d'ici. Tandis qu'il inscrivait dans le tableur de l'ordinateur les livres entrants, il entendit un type tousser. *On dirait une voiture qui ne veut pas démarrer*. Il leva la tête et dévisagea celui que les détenus surnommaient avec mépris la Crevure. Sa quinte de toux n'en finissait pas.

— C'est pas l'covid, c'est les clopes, lança la Crevure, l'air de s'excuser. Tu pourrais pas m'griffonner une lettre pour ma mère ? Je sais qu'c'est bientôt l'heure où qu'on va bouffer, mais y en a pour pas longtemps. Y paraît qu't'es le Professeur. J'imagine qu'ça va aller vite, non ?

Murthy acquiesça. Ce type le dérangeait, avec ses tout petits yeux noirs enfoncés, toujours en mouvement, mais qui ne regardaient jamais en face, ses joues creusées et mal rasées, sa figure couleur de terre. Il dégageait un je-ne-sais-quoi de malsain. Quand il évoqua le contenu du courrier qu'il souhaitait que Murthy écrive pour lui, celui-ci resta perplexe. L'homme bafouillait des phrases incohérentes. Murthy rédigea une lettre standard, du genre « Tout va bien, mets de l'argent sur mon compte et envoie-moi de la nourriture ». La Crevure le remercia, signa d'une main tremblante et, avant de partir, lui glissa une petite barrette de cannabis avec un clin d'œil.

— Banerjee ! gueula Matraque en entrant dans la bibliothèque. C'est l'heure de retourner en cellule pour le repas.

— Oui, chef, laissez-moi deux secondes, le temps de ranger.

Murthy craignait ce surveillant. Il ramassa les brouillons, les froissa et se dirigea vers la corbeille à papier. Dissimulé par un rayonnage de livres, il en profita pour cacher le cannabis dans la couverture d'un livre qu'il devait réparer dans l'après-midi.

— À tout à l'heure, cheffe, lança-t-il à Évelyne Calmels.

— Banerjee, avant d'aller à la bouffe, on va faire un tour en cellule de fouille.

Murthy souffla de soulagement. Malgré tout, il transpirait de peur et sentait la sueur dégouliner le long de son dos. *Tu es vraiment le roi des cons ! Tu n'as pas à flipper, tu n'as rien*, se fustigea-t-il en pénétrant dans la pièce.

— Déshabille-toi complètement. À poil, cracha le surveillant avec une vulgarité volontaire et appuyée.

Matraque, campé bien droit dans ses chaussures montantes, les pouces glissés dans son ceinturon, observait Murthy qui enlevait son jogging. Son regard fixe ajoutait du malaise à cette situation dégradante. Le début de la fouille intégrale commença.

— Passe la main dans tes cheveux, je veux vérifier qu'il n'y a rien de dissimulé. Maintenant, ouvre la bouche et lève la langue.

Murthy, entièrement nu, s'exécutait.

— Lève et baisse les bras, je veux voir tes aisselles.

Mouvements de Murthy, tête basse.

— Tourne-toi, écarte les jambes, baisse-toi et tousse.

— Je n'ai rien introduit, chef, protesta faiblement le jeune homme.

— Ne m'apprends pas mon travail et ferme-la.

Murthy obéit. Les mains croisées devant son sexe, par honte et par pudeur, il attendait que tous ses effets soient passés au crible par Matraque, qui prenait son temps. Le gardien parut surpris et agacé de ne rien trouver.

— Dépêche-toi de te rhabiller.

Arrivé en cellule, une fois la porte claquée et verrouillée, Murthy s'allongea sur son lit avec lassitude. *On ne me volera ni ma dignité ni mon honneur.* Il détestait ces fouilles humiliantes. Tom Cruise, sur fond bruyant de clips à la télé, mangeait du poulet basquaise cuisiné par ses soins. Les neuf mètres carrés sentaient l'oignon frit et la sauce tomate. Le poulet provenait de la gamelle, l'accompagnement de boîtes de conserve commandées à l'extérieur. Murthy, lui, n'avait aucune envie de toucher à son plateau. Il grignotait une barre de Toblerone que le gardien avait dépiautée sous prétexte de chercher du cannabis.

— Tu fais la gueule ? demanda Ethan quand son plat fut terminé. Tu ne parles pas.

Murthy décrivit la fouille à corps et s'étonna de la coïncidence avec le cadeau de la Crevure.

— Tu viens de faire connaissance avec ce pourri qui ajoute du chaos au chaos.

— Pourquoi est-il tombé ?

— Stups. C'est un toxico, il vend autant d'acide qu'il en consomme. Il est mort, sauf qu'il le sait pas, son cerveau, c'est de la mayonnaise liquide. Cette ordure n'arrête pas de faire des allers-retours entre la taule et l'extérieur, chaque fois des courtes peines.

— Il voulait que j'écrive une lettre pour sa mère, mais ça n'avait aucun sens.

— Un prétexte. Il t'a filé une barrette en guise de remerciement bidon et t'a balancé. Il se comporte toujours de cette façon avec ceux qui ne le connaissent pas et qui ne risquent pas de lui casser la figure. Demande à tes potes, les Gitans, ils peuvent s'en occuper quand il ira à la douche. Le problème, c'est qu'il y va rarement.

Murthy ne prit pas la peine de répondre.

# 57

Malini laissa volontairement un silence épais s'installer après avoir développé avec fougue ses arguments. Les deux femmes assises en face d'elle la dévisageaient avec des yeux ronds. Stupéfiées à la fois par l'audace du long discours tenu par Malini, et par le ton ferme employé, elles hésitaient. Elles n'osaient pas parler, chacune attendait que l'autre s'exprime. Elles cherchaient, peut-être, dans les plis de leurs saris qu'elles trituraient, les réponses les plus appropriées. Malini n'était plus la jeune fille taiseuse et discrète qu'elles connaissaient. Elles découvraient une femme passionnée. Prête à tout pour les convaincre, les faire réagir, y compris en les provoquant.

— Madame Banerjee, nous ne pouvons pas abandonner Murthy, enchaîna-t-elle. Je vous ai expliqué à toutes les deux ses motivations sur le transport de l'argent. Ça partait d'un sentiment noble, même si je sais que c'est mal.

— Malini, tu ne mesures pas la honte qui s'est abattue sur nos familles, intervint sa mère. Tout le monde raconte que Murthy est un trafiquant de drogue, tu te rends compte ? Nos amis se détournent de nous, et nos voisins font semblant de ne pas nous voir quand on les croise.

La mère de Murthy peinait à retenir ses larmes. Elle renchérit :

— Même Raj, notre cousin, ne le reprendra pas au restaurant. Il a signifié à mon mari que sa clientèle ne comprendrait pas qu'il garde un voyou. C'est un membre de notre famille qui le dit !

— Tout le monde parle sans savoir, s'emporta Malini. Quant à Raj, aucune importance. Les restaurants et les commerces indiens, ce n'est pas ce qui manque, Murthy s'en sortira sans lui. Moi, de mon côté, je ne m'emploie qu'à une chose : qu'il soit vite libéré. Ce sera la meilleure réponse à tous ceux qui médisent.

— Ma fille, reprit avec affection Neela Banerjee, qu'est-ce qui te fait croire que mon fils pourrait être rapidement libéré ? Bien sûr, je le souhaite de tout mon cœur, mais a-t-on vraiment le droit de l'espérer ?

— Vous n'ignorez plus maintenant ce qu'on reproche à Murthy. Je vous ai raconté en détail le déroulement de son arrestation, la perquisition avec les policiers malhonnêtes, et sa défense par une avocate qui ne l'a pas aidé. Si nous engageons un autre avocat et que Murthy raconte la vérité au juge, alors je suis certaine qu'on réussira à le tirer de ce cauchemar, expliqua la jeune fille avec conviction.

— D'où te vient toute cette assurance ? demanda sa mère, abasourdie.

— Je me suis renseignée. On m'a conseillé un jeune avocat. Je l'ai rencontré, il est optimiste et prêt à reprendre l'affaire. D'après lui, le juge d'instruction ne peut maintenir longtemps Murthy en détention.

— Ça va coûter beaucoup d'argent.

— Pas tant que ça. Vous avez commencé à économiser pour le mariage. Prenons-en une partie et faisons sortir Murthy. Le mariage sera juste un peu moins faste, ce n'est pas important.

Un silence tomba soudain dans la pièce. Le malaise était palpable. Neela Banerjee prit son courage à deux mains.

— Malini, je t'aime beaucoup, mais il n'y aura plus de mariage. Chacun de nous a récupéré sa part. Tu ne peux pas épouser un…

Elle ne termina pas sa phrase et baissa les yeux. Shanti Gupta approuva d'un mouvement de tête sans oser regarder sa fille. Malini dévisageait avec colère les deux femmes qui, tête baissée, se tordaient les doigts en serrant leur mouchoir.

— Madame Banerjee, ma chère maman, avec tout le profond respect que je vous dois, ainsi qu'à nos familles, Murthy et moi nous marierons. Je n'aurai peut-être pas un joli sari ni lui un beau *sherwani*. Nous n'aurons peut-être pas un repas de fête avec des fleurs. Tant pis ! Le principal, c'est que nous soyons ensemble, unis.

Nouveau silence. Un silence interloqué, cette fois. Et Malini n'en avait pas fini.

— Vous savez pourquoi j'ai choisi de vous parler, à toutes les deux ? Parce que nous ne sommes plus dans l'Inde des siècles passés. Murthy et moi vivons et étudions en France, notre pays de naissance. Malgré ça, si je m'étais adressée à baba et au père de Murthy, ils ne m'auraient pas écoutée. Vous, en revanche, ils vous écouteront.

Sur ces mots, Malini se leva pour partir, embrassa les deux femmes toujours statufiées. Elles intégraient dans leur raisonnement le discours de Malini. La fougue et la passion de celle qui combat pour faire sortir son fiancé de prison.

— J'ai obtenu du juge d'instruction un permis de visite. Je dirai à Murthy que vous le soutenez et faites tout pour le tirer de cet enfer, ça lui redonnera le moral.

# 58

Chaque matin, après avoir nettoyé de fond en comble la cellule, Murthy s'obligeait à toute une série d'abdominaux, de pompes et de tractions, même si, à cause du tumulte de la nuit, il ne dormait que très peu. Souvent, quand enfin il parvenait à trouver le sommeil, il était réveillé par la ronde des surveillants. Ils allumaient la lumière depuis le couloir, regardaient par l'œilleton et ordonnaient aux détenus de bouger. Lorsque l'œilleton était occulté, ils cognaient sur la porte jusqu'à ce qu'il soit libéré. « Les suicides, ça les fait flipper », lui avait expliqué Tom Cruise.

*Ce n'est pas la taule qui m'aura, c'est moi qui vaincrai la taule, je me prépare pour la sortie*, se répétait Murthy comme un mantra. « Il n'y a que l'espoir qui fait tenir en prison. » Cette phrase, que Murthy avait entendue mille fois, résumait le mieux l'état d'esprit des détenus. Elle faisait aussi le plus de ravages. Précisément quand l'espoir les abandonnait.

Une fois ses exercices terminés, Murthy ouvrait son livre sur l'hindouisme à la page des représentations des divinités Ganesh et Vishnou. Il priait alors en commençant toujours par le même mantra : « *Om Namah Shivaya.* » Ethan, perché sur son lit, le regard amusé, ne quittait pas des yeux son colocataire ce jour-là et, connaissant la traduction de ce mantra, récita à haute voix : « Salutations à Celui qui est de bon augure et, s'il te plaît, fais-moi sortir de ce trou à rats. »

— Tom Cruise a besoin de l'aide divine ? C'est nouveau et original.

Les deux jeunes gens éclatèrent de rire. Un instant suspendu. Puis Murthy se perdit dans la contemplation d'une photographie en couleur collée sur le mur. Elle immortalisait une station-service à la tombée de la nuit. La scène se déroulait sans doute aux États-Unis au vu du modèle de l'auto arrêtée, portières ouvertes, devant une des pompes. L'attitude d'un type, paisible, en short et T-shirt, debout sur le toit de la voiture, fascinait l'Indien. Ce personnage semblait admirer un coucher de soleil atténué par des nuages. Dans la pénombre, on devinait la lumière bleue d'un plafonnier, qui éclairait faiblement un local situé sur sa gauche.

— Je crois bien, dit Ethan, que ça fait un nombre incalculable de fois que tu examines cette photo.

— Je suis impressionné par l'allure de cet homme perché sur le toit de l'auto, comme si c'était naturel de se tenir là. Il est libre. La nonchalance de sa posture le raconte clairement. La liberté, c'est ça, la liberté !

Tom Cruise décolla le cliché fixé avec du dentifrice, les punaises étant interdites en détention, et l'examina attentivement.

— Je le pense aussi. Je suis tombé dessus dans *Rolling Stone*. Y avait une interview du photographe, Théo Gosselin, avec. J'ai kiffé direct.

— Quand je sortirai, je m'en procurerai un tirage, lâcha Murthy, telle une promesse.

Un surveillant vint le chercher pour la douche quotidienne. Murthy était reconnaissant de cet avantage que lui procurait le travail à la bibliothèque. Avant de se savonner, les yeux fermés, il laissa couler l'eau chaude sur lui avec un réel plaisir, comme si elle effaçait les odeurs carcérales. Trois autres détenus, dans des box séparés, se douchaient en chantonnant.

Soudain, un calme inhabituel l'alerta. Plus de chants, plus d'eau qui coule. Avec un pressentiment, il ouvrit les yeux et se retourna. L'angoisse le saisit quand il vit entrer quatre Blacks de l'équipe de Master, crânes rasés et tatoués, épaules et bras de leveurs de fonte. Les surveillants étaient à l'extérieur, dans le couloir. Les autres détenus s'étaient éclipsés. Les Blacks enlevèrent leur jogging.

— Alors, petit connard, on a la mémoire qui revient ou il faut la stimuler ? demanda l'un d'eux sans élever la voix. Il est où, ce putain de fric ?

Murthy n'eut pas le temps d'esquiver la gifle que lui envoya un autre type. Sa tête heurta la paroi de la douche et, à demi assommé, il glissa sur le sol mouillé. L'eau chaude continuait de tomber sur lui. Il se recroquevilla, protégea son visage de ses bras et contracta tous ses muscles en prévision du passage à tabac. Un coup de pied dans le ventre lui coupa le souffle. Une main puissante le remit debout, enserra sa nuque et le plaqua contre le mur.

— T'es à nous, p'tit pakos, murmura à son oreille la brute épaisse collée contre lui. T'es à nous.

Murthy, terrifié, sentit l'étau qui lui broyait la nuque le forcer à se courber. Une autre main agrippa ses fesses pendant qu'un genou écartait ses jambes. Murthy se débattait, voulait hurler, mais les cris restaient bloqués dans sa gorge. Son agresseur lui écrasa la tête contre le mur. Murthy chancelait, pleurait. Et puis, brusquement, tout s'arrêta. Plus rien. Son cou fut libéré de sa douloureuse étreinte. Murthy se redressa, le Black n'était plus contre lui.

Un peu plus loin, une rixe sans éclats de voix se déclencha. Le choc mat des coups sur des corps n'alerta pas les surveillants, ou du moins ils firent semblant de ne pas les entendre.

Murthy pivota et aperçut, pétrifié, les quatre Blacks étendus au sol. Dans la buée générée par l'eau chaude, il devina ses agresseurs entourés par une dizaine d'Arabes qui s'acharnaient sur eux. Les envoyés de Master, inanimés, nez, bouches et arcades sourcilières défoncés, pissaient le sang. Murthy ne pouvait détacher son regard du sang se mêlant à l'eau de la douche.

— Prends tes affaires et dégage vite, conseilla l'un des assaillants, le dernier du groupe à quitter les lieux.

Murthy, hagard, se dépêcha de se rhabiller sans même se sécher et sortit sur la coursive où il rejoignit un surveillant, silencieux, qui patientait l'air de rien. Dans la foulée, Murthy fut conduit à la bibliothèque. Il marchait, chancelant, partagé entre l'envie de pleurer et l'envie de vomir. Il s'attendait à une suite, ou plutôt à une réplique, comme lors d'un tremblement de terre. Master ne pouvait pas ne pas réagir. Des questions se bousculaient dans l'esprit de Murthy, mais à qui les adresser ? Au surveillant qui prétendrait qu'il n'avait pas noté d'incident ? À Niagalé Camara, la cheffe de détention ? À la responsable de la bibliothèque ? À Ethan ? Impossible. À Johnny, sans doute.

Évelyne Calmels dévisagea Murthy alors qu'il regagnait son poste, tête baissée. Elle lui tendit une poignée de mouchoirs en papier.

— Essuie-toi le nez, tu saignes. Que s'est-il passé ?

— Pas grand-chose, marmonna-t-il. J'ai glissé dans la douche et je me suis cogné contre le mur. Ce n'est rien.

— Tu peux m'en dire davantage ?

La responsable de la bibliothèque ne croyait pas un seul mot de l'explication minimaliste de Murthy.

— Non, cheffe, il ne s'est rien passé de plus.

Dès qu'elle eut un instant de libre, Évelyne Calmels rédigea un mémo qu'elle envoya à Niagalé Camara. La cheffe de détention lui répondit par retour de mail. « Évelyne, ce matin, quatre hommes proches du détenu surnommé Master ont été sévèrement passés à tabac dans les douches. Ils se trouvent à l'infirmerie, sérieusement blessés. Aucun n'a voulu parler. C'est sûr qu'il faut rapprocher cet événement de ce que tu as constaté sur Murthy Banerjee. J'ai interrogé les surveillants présents à ce moment-là, personne n'a remarqué quoi que ce soit d'anormal. Je ne lâche pas l'affaire. N.G. »

Murthy, bien plus tard, répondrait aux curieux en s'affranchissant des détails.

À la question « Alors la taule, c'était comment ? », il déclarerait : « J'ai vu des mecs se faire massacrer comme jamais, d'autres se faire racketter, d'autres encore servir de femmes. La came ? C'est le business numéro un avec celui des portables. En prison, rien n'est gratuit, même la nourriture il faut la payer. »

Et face au « Pour toi, comment ça s'est passé ? », il se contenterait d'un : « Je bossais à la bibliothèque tous les jours, j'étais en dehors de tout ça. »

Murthy n'évoquerait jamais la tentative de viol et les cassages de gueule dont il fut victime. Ces épisodes l'avaient, sans qu'il s'en rende compte sur le coup, endurci. Ils orienteraient ses choix dans l'avenir.

# 59

La cour de promenade. Murthy appréhendait encore et toujours ce lieu, et ce jour-là plus que jamais. Il analysait les mouvements des détenus. Les Blacks étaient rassemblés dans un angle de la cour, les Arabes au centre. Entre ces deux groupes ennemis, prêts à s'affronter, se tenait celui des barbus.

Murthy reconnut Abdel, le leader du clan des Arabes, qui lui avait enjoint de quitter les douches. Il portait un jogging rouge avec trois bandes blanches sur le côté. Il se détacha des siens et se dirigea vers l'émir, le chef des barbus, le juge de paix. Les autres détenus, ceux sans appartenance, se maintenaient à l'écart, prudents. Sans savoir ce qui se tramait, ils percevaient cette atmosphère électrique, prélude de sauvagerie extrême. Ils guettaient avec appréhension le résultat du conciliabule entre Abdel et l'émir. Les surveillants, quant à eux, scrutaient tout avec attention, surtout lorsque l'émir pivota et marcha vers les Blacks de Master. Radios en main depuis leur zone d'observation, ils rendaient compte de la situation au directeur, prêts à appeler des renforts.

— *Assalamu alaykum*, prononça l'émir.

— *Alaykum assalam*, répondit Master, qui n'en pensait pas un mot.

Le leader des Blacks venait de quitter l'isolement et reprenait les affaires en main.

— Master, c'est fini, tu ne touches plus à l'Indien, ce ne sont plus tes affaires.

— Et si je refuse ?

— Tu ne verras plus le soleil se lever.

— Qu'est-ce que je gagne en contrepartie ?

— Le trafic de drogue et des portables pendant un an.

Master, pour ne pas perdre la face et ne pas donner le sentiment qu'il abaissait le pavillon trop vite, planta son regard dans celui de l'émir durant de longues minutes sans parler. L'émir savait qu'il avait remporté la partie et, histoire de ne pas humilier davantage son adversaire, le laissa jouer les matamores. Master rompit enfin le face-à-face. Les Blacks s'éloignèrent, l'affrontement n'aurait pas lieu. La tension retomba d'un coup, tout le monde respira, y compris le directeur de la prison pendu à la radio. Une émeute dans son centre de détention, avec l'arrivée de renforts pour mater les récalcitrants, aurait été un mauvais point pour lui. S'il était incapable de maintenir la discipline dans un établissement pénitentiaire, à quoi bon lui donner des responsabilités plus importantes. L'activité reprit dans la cour, jusqu'à la prochaine tension.

Johnny le Gitan rejoignit Murthy, mains dans les poches. Invariablement au centre de ce qui se tramait dans la prison grâce au bouche-à-oreille, il savait déjà pour la tentative de viol.

— Salut, mon frérot. Tu ressembles à un mec qu'a vu la mort de près. On raconte que ça a été très chaud pour toi ce matin dans les douches, que t'as failli servir de gonzesse à un des Blacks.

— Je préfère ne pas en parler. Ça ne s'est pas produit, voilà c'est tout.

— J'te décode quand même l'bordel. Tu sais que j'fais l'auxi gamelle dans toute la taule, même au Q.I., le quartier des isolés. C'est là qu'on met ceux qui s'font trop malmener ou martyriser. Y a aussi les balances, les flics, les dangereux et les crapules.

— Les crapules ?

— Ben, oui, les politiques, les ministres, les vraies crapules, quoi ! Mais c'est pas le sujet. Y a plusieurs jours, un type a été transféré d'une aut' taule au Q.I. d'ici. Il s'appelle Imad, c'est un Arabe rouquin qui est tombé dans la même affaire que toi. Y paraît que ce gars est une pointure, tu vois de qui j'parle ?

— Je l'ai croisé une fois, quand les policiers m'ont présenté à tous ceux qui avaient été arrêtés en même temps que moi pour savoir si je reconnaissais l'un d'entre eux.

— OK. Eh ben, ce type, il m'a dit : « J'ai appris que tu étais pote avec un petit pakos discret. Dis-lui que tout ira bien pour lui s'il continue comme ça. »

— Je ne comprends pas.

— J'te crois pas, mon frérot, mais c'est pas l'problème, j'te décode juste le truc.

Murthy gardait le silence.

— C'est Imad qu'a envoyé les Arabes ce matin pour démonter les Blacks dans la douche, et il a fait passer le message, « On touche plus au pakos ». Ce rouquin a du monde avec lui, et du lourd, maintenant les autres la ferment. L'émir a réglé le bazar. T'es content ? En tout cas, tu devrais. Fini les Master, Richmond et les autres connards.

Murthy s'obstinait à ne pas répondre, la tête baissée, comme si ses chaussures de sport avachies présentaient un intérêt majeur pour l'humanité.

— Et cerise sur l'gâteau, tu peux maintenant commander ta bouffe à l'extérieur, parce qu'il va cantiner pour toi. Pas directement, il est pas con. Il va demander à une gonzesse, pas connue des flics, de mettre du pognon sur ton compte. Bref, te voilà peinard si tu continues à la boucler.

— Je ne remercierai pas un type que je ne connais pas.

— Bravo ! C'est ce qu'il attend de toi.

Master fulminait. Il alluma un joint et, le visage marqué par la colère, s'approcha de Matraque qui, sur la coursive, faisait tournoyer son sifflet.

— Putain, qu'est-ce t'as foutu ? Quatre de mes gars se sont fait défoncer alors que tu m'avais assuré que tes potes laisseraient faire. J'te file suffisamment de pognon pour que tu fasses ce que j'te dis.

— Ouais, mais ça s'est mal goupillé. Au dernier moment, une autre équipe a assuré la surveillance des douches, une équipe proche d'Abdel et de ses lascars. Qu'est-ce que tu as dealé avec l'émir ?

— J'touche plus à l'Indien, en contrepartie de quoi j'contrôle le trafic de stups et des portables dans la taule pendant un an.

— Bon plan, admit Matraque. Tu vas te faire du pognon.

— C'est sûr. Le problème, c'est qu'avec ces conneries, ça va être plus compliqué de faire cracher l'pakos. Il est trop protégé.

— J'ai peut-être une idée. Je t'en causerai plus tard.

— T'as intérêt à c'qu'elle soit bonne. N'oublie pas que t'es partie prenante dans ce bazar. Si y a un loupé à cause de toi, j'm'en souviendrai. Ah, et j'ai besoin rapidos d'un smartphone et d'une bouteille de rhum.

— Je t'apporte ça demain.

Sur cette promesse, Matraque ramena Master dans sa cellule.

# 60

Depuis plus d'une heure, Malini patientait le long du mur d'enceinte pour son premier rendez-vous au parloir. La file s'allongeait. Elle écoutait ces mères, ces épouses, ces compagnes, ces fiancées, ces sœurs de détenus, dont certaines se connaissaient depuis des années et avaient l'habitude, résignées, de ces attentes interminables. Elles s'épanchaient sur la prison qu'elles subissaient à leur manière. Elles ressentaient le besoin de rabâcher les mêmes rengaines, comme si partager des douleurs identiques les rendait moins lourdes.

Un bref coup d'œil leur suffit pour comprendre que cette jolie brune aux longs cheveux – une Indienne ? une Pakistanaise ? – était nouvelle. Malini n'osait pas croiser ces regards douloureux, fatalistes, usés, en rage ou mouillés de larmes. Ces femmes soutenaient leurs hommes, apportaient du linge propre, un peu de nourriture, des photos de leurs enfants et, parfois, des bulletins scolaires. Elles entretenaient l'illusion que leurs bonshommes emprisonnés participaient à la vie familiale. Et, à cet instant, elles contribuaient, sans le savoir, à l'éducation pénitentiaire de Malini. Chaque phrase ou réflexion plongeait celle-ci dans un profond désespoir. *Dans quel état je vais retrouver Murthy ?*

Elle les écoutait aussi raconter avec de petits rires les combines entre détenus qui contournaient le règlement.

Les conversations avec leurs proches grâce aux portables qui inondaient la prison. Malini n'y comprenait rien. D'une manière différente de Murthy, elle éprouva sur ce trottoir le choc carcéral. À mille lieues de l'apaisement avec lequel elle renouait depuis que Murthy pouvait lui parler quelques minutes par jour au sein de sa cellule.

Malini se plia au protocole de sécurité à l'entrée de la maison d'arrêt. Quelques instants auparavant, un chien spécialisé dans la détection des stupéfiants avait reniflé les paquets et les visiteuses. Malini, une boule de plomb en fusion dans l'estomac, se retenait de pleurer. *Il ne doit pas voir ma honte.*

— Banerjee, parloir.

La voix forte et autoritaire d'un surveillant fit sursauter Murthy en train de classer une série de livres sur un rayonnage. Il suivit le gardien dans le labyrinthe des couloirs et des escaliers. Les bourdonnements des gâches électriques, le claquement sec des serrures qui libéraient les lourdes portes à barreaux, le crachotement de la radio, le trousseau de clefs ballottant le long du ceinturon, le brouhaha incessant, tous ces bruits agressifs, Murthy ne les entendait pas. Il allait retrouver Malini. Il trimballait un sac en plastique avec ses quelques vêtements sales et usagés.

Malini attendait dans un box exigu, meublé d'une table et de deux chaises, et vitré pour qu'on puisse les observer durant leur échange. Murthy et elle se tinrent les mains pendant les quarante-cinq minutes réglementaires et ne se quittèrent pas des yeux. Chaque minute, chaque seconde était précieuse. Malini parlait vite, du soutien de ses parents et de sa famille, du mariage qui aurait lieu, bien sûr, de l'avocat qui s'occuperait à présent de lui, de ce cauchemar qui prendrait bientôt fin. Murthy souriait, Malini aussi. Les mains se serraient encore plus fort, elles transmettaient l'espoir.

La jeune femme, avant de partir, lui remit du linge propre. Murthy exprima sa reconnaissance pour ces quelques effets vestimentaires qui, sans être exceptionnels, étaient les siens. Ils sentaient bon. Quand il les revêtirait, il aurait l'impression de réintégrer sa personnalité.

Malini, une fois sortie, éclata en sanglots. Elle mesurait ce que représentait la liberté. Elle comprenait mieux la douleur et la colère de ces femmes qu'elle ne connaissait pas et avec lesquelles elle avait partagé un peu plus d'une heure d'attente. Pour certaines, c'étaient des années de parloirs, de fouilles, d'humiliations et de chiens détecteurs de stups qui écrasaient leurs épaules. Malini, elle, refusait de se laisser broyer. Elle était suffisamment angoissée par Murthy. Il s'était très peu attardé sur sa vie en détention. Il la préservait des horreurs, elle en était persuadée. Il lui avait décrit avec un enthousiasme exagéré son travail à la bibliothèque et celui d'écrivain public. « Dis bien à mon père que je fais le même métier que lui et que ses conseils me servent beaucoup », avait-il conclu avec un sourire forcé.

Malini, assise sur un banc, ne parvenait pas à calmer sa crise de larmes. Elle était consciente des mensonges qu'elle avait débités pour donner de la force à Murthy. Elle devait désormais à tout prix convaincre sa mère et celle de Murthy d'agir, parce qu'elle avait vu dans les yeux de son fiancé qu'il croyait en ses paroles et qu'il reprenait espoir. Ne pas obtenir leur soutien serait dévastateur.

Ce soir-là, Murthy et Tom Cruise eurent une longue discussion. Murthy était plus volubile que d'ordinaire. D'avoir pu voir sa fiancée, lui parler et lui tenir les mains l'avait réconforté.

— Tu piges mieux maintenant pourquoi j'ai pété les plombs quand j'ai appris que ma meuf se barrait avec notre gosse.

Un court silence s'installa entre les deux jeunes hommes, chacun évaluant l'importance de ces liens familiaux dans leur vie. Murthy se remémorait sa conversation avec Malini. Il n'avait pas fait état des violences physiques subies, ni de la tentative de viol, et encore moins de la manière dont tout cela avait été réglé. Il avait ainsi tu l'existence de son protecteur, Imad le rouquin. Il le savait, Malini n'aurait pas supporté qu'il renoue des liens avec l'équipe de trafiquants de drogue.

— Quand j'y pense, tu fais quand même beaucoup parler de toi, reprit Ethan, changeant complètement de sujet. Toute la taule raconte que les Blacks se sont fait défoncer par les Arabes et que Master a fait passer le message de laisser tomber. Attends-toi à ce que tout le monde te regarde d'un autre œil. Et puisque tu es protégé, sûr que certains vont te demander des faveurs. Mec, tu devras assumer.

— Crois-moi ou pas, je ne comprends rien à cette histoire, et je ne cherche pas d'embrouilles, ce n'est pas mon genre.

— OK. Ce que je crois, c'est que tu me prends pour un con, mais ce n'est pas grave. Un ange gardien veille sur toi, c'est le principal. Maintenant, il n'y a qu'une seule condition pour que tout continue de bien se passer pour toi, c'est que ton ange gardien ne se fasse pas buter avant ta sortie.

# 61

Murthy ne tarda pas à observer le changement bénéfique produit par la protection d'Imad le rouquin. Les Blacks se tenaient à l'écart, personne ne le provoquait. Malgré tout, il demeurait méfiant et continuait à faire profil bas dans la cour de promenade. Même si c'était épuisant d'être en permanence sur le qui-vive, il n'ignorait pas qu'un revers de médaille était très vite arrivé en détention.

Un jour, à la gamelle de midi, le surveillant surnommé SFR déverrouilla la cellule. Johnny tendit un plateau à Tom Cruise et un autre à Murthy. Sans un mot, il fixa son ami et lui fit un clin d'œil. Quelques secondes plus tard, la porte de la cage se referma sur le bruyant claquement du mécanisme des verrous. Sous une serviette en papier, à peine planqués, un petit téléphone et son chargeur.

— Il est bien, ton ange gardien, non ? remarqua Ethan, narquois.

— Je ne vois pas de qui tu parles.

— Ah ouais ? Vas-y, je t'écoute. Tu crois peut-être que c'est le père Noël qui te fait un cadeau ?

Silence. Il n'osait toucher le portable.

— Ce mec t'aime bien, mais c'est un peu le baiser de la mort qu'il t'envoie.

Regard interrogatif de Murthy.

— En taule, tout se sait. Et ce qui se passe ici, forcément, ça intéresse des mecs dehors. Les flics, par exemple, qui sont rencardés par le service du renseignement pénitentiaire ou par d'autres taulards. Tu comprends ?

— Non.

— Des gars te cassent la gueule, tu es à deux doigts de passer à la casserole. Là, « le rouquin » envoie ses potes massacrer ceux qui te veulent du mal. Tu n'as pas de pognon ? Pas de problème, le rouquin cantine pour toi. Pas de portable ? Pas de problème, le rouquin t'en fait parvenir un. Donc, quand tôt ou tard ça parviendra aux oreilles de la PJ, les flics vont se dire : « Le petit Indien qui ne connaît personne est drôlement verni. Si on s'intéressait à lui ? » Tu vois le merdier qui t'attend ?

— Je n'ai rien demandé.

— Je savais que tu allais me faire cette réponse bidon. En vrai, ça va être difficile de gérer ça, mec. N'oublie pas une chose : quand on t'arrange des coups, surtout en prison, il y a systématiquement un renvoi d'ascenseur. Pense donc que tu es redevable à ton généreux ange gardien. À un moment, il te présentera l'addition et, là, mon pote, faudra casquer.

Murthy se tut, tout simplement parce qu'il ne voulait pas admettre la vérité. Il s'entêtait : « Je ne comprends rien à ce qui m'arrive. » Son comportement n'était plus crédible.

— Maintenant, moi, dans l'histoire, je suis perdant, poursuivit Ethan en riant à moitié. Tu n'auras plus besoin de me filer du fric pour téléphoner. Dommage !

— Désolé.

Comme pour se faire pardonner, Murthy lui envoya dans la foulée une barrette de shit qu'il avait cachée près de son lit.

— Là, mon bonhomme, tu fais fort. Je vois que tu piges certaines choses. Je vais l'échanger contre trois paquets de clopes. C'est le tarif. Quand tu iras bosser, je planquerai ton téléphone, ça te va ?

— Oui, je te remercie.

— Pas de quoi. Apporte une barrette de temps en temps, pour le service.

La porte de la cellule s'ouvrit, un surveillant venait chercher Murthy pour le conduire à la bibliothèque.

Évelyne Calmels posa trois livres sur le bureau de Murthy.

— Nous allons organiser prochainement un atelier d'écriture avec trois auteurs. J'ai reçu leur dernier livre. J'aimerais que tu me fasses une fiche de lecture pour chacun, afin d'inciter les détenus qui se porteront volontaires pour la rencontre à les lire.

— Oui, avec plaisir.

— J'ai appris que tu avais été victime de violence dans les douches la semaine passée. Les raisons ne me regardent pas. Fais juste attention à ne pas te laisser embarquer par qui que ce soit dans quoi que ce soit. Tu es en détention provisoire, ne perds pas ça de vue. Ici, les choses s'enveniment vite.

— Merci, cheffe. Je suis très prudent, je veux avoir un bon karma.

— Si tu le dis…

Les détenus accédaient à la bibliothèque par rotations. Chaque heure, un nouveau groupe d'une dizaine de personnes en remplaçait un autre. Murthy reprit son travail d'écrivain public avec la rédaction d'une quinzaine de courriers pour les amis de Johnny, qui se succédèrent avec des embryons de brouillons. Toujours les mêmes thèmes. Avant de partir, son ami posa devant lui les inévitables barres de chocolat Toblerone en guise de remerciement.

Dans le groupe qui entra ensuite, Murthy repéra, dès qu'il franchit le seuil de la pièce, un jeune homme maigre, agité, le visage meurtri, couvert d'ecchymoses. Celui-ci fonça immédiatement vers sa table.

— Tu peux m'écrire une lettre pour la cheffe de détention ? C'est urgent. Je veux aller dans le quartier des isolés.

— Oui, bien sûr, qu'est-ce qui t'arrive ?

— Je me fais casser la gueule tous les jours. Comme je n'ai pas de fric et que je bouffe mal, j'ai demandé à un gars de ma cellule de me filer un truc ou deux à manger. J'en pouvais plus. En contrepartie, le gars a exigé que ma copine lui apporte de la coke. Sauf qu'au dernier parloir elle avait rien. Elle a pas un rond pour en acheter. C'est pour ça que je me suis fait massacrer.

— C'est pas compliqué de ramener de la cocaïne en taule, de toute façon ?

— Ben non, c'est facile. Elle s'enfonce le pochon là où il faut et elle me le refourgue discrètement. Les fouilles après les parloirs ne sont plus systématiques.

Murthy remarqua sur les poignets du jeune homme des cicatrices récentes témoignant de tentatives de suicide. Ce dernier, se sentant observé, tira maladroitement sur les manches de son pull pour les dissimuler. Murthy réfléchit et rédigea une lettre alarmiste. Il soigna les formules pour apporter plus de poids à la requête de son vis-à-vis.

— Mec, cette lettre est vraiment super, merci beaucoup. J'espère que ça va marcher, je ne veux pas me faire enfiler par les sauvages de ma cellule. Et si je ne peux pas régler ma dette, c'est ce qui va m'arriver, dit-il en baissant les yeux.

Murthy acquiesça ; il comprenait d'autant mieux son inquiétude que lui-même avait failli subir ce sort.

— J'ai peur de dormir, reprit le jeune type. Je suis à bout.

Une fois le courrier signé, Murthy alla chercher un livre et le remit au détenu, qui le dévisagea d'un air interrogatif.

— Dans la tranche, il y a une barrette de shit. Moi, je ne suis au courant de rien, je n'avais pas vu qu'il y avait de la came planquée dedans. Prends aussi ces barres de Toblerone, on m'en offre souvent.

# 62

— Banerjee, parloir, avocat.

Murthy ne fut pas surpris puisque tous les soirs il parlait longuement avec Malini. Fini les trente euros le quart d'heure. Le portable était devenu un amortisseur à angoisse, selon l'expression de la jeune fille qui ignorait, ou feignait d'ignorer, sa provenance. Malini avait remporté la bataille des mères. Elles avaient pris fait et cause pour leurs enfants et réussi à rallier, non sans difficulté, les pères à leur combat. L'avocat présent ce matin-là à la maison d'arrêt était ainsi financé par les deux familles. Murthy et lui s'installèrent dans le bureau réservé et attendirent que le surveillant ferme la porte pour parler. L'avocat posa sur la table un volumineux dossier et regarda son client en souriant.

— Je m'appelle Louis Sernin. J'ai bien étudié votre affaire. Si vous voulez que j'assure votre défense, on va tout reprendre de zéro, dit-il en montrant le classeur.

Murthy examinait l'avocat qui lui faisait face. Sa poignée de main était franche. Louis Sernin inspirait confiance. *Rien à voir avec Sandra Weber, prototype du requin.*

— Je suis d'accord.

— J'ai rencontré votre fiancée, M^lle^ Malini Gupta, et nous avons longuement discuté. Je suis au courant du déroulement de la perquisition et du vol commis par le policier.

Murthy hocha la tête en signe d'assentiment.

— Le juge d'instruction m'a transmis une copie de la procédure. J'ai donc pu lire avec attention les procès-verbaux de vos auditions à la PJ. Un point important : saviez-vous que l'argent que vous transportiez provenait du trafic de stupéfiants ?

— Pas du tout, je l'ai appris quand j'ai été arrêté.

— Bon, très bien. Si vous souhaitez que je vous sorte de ce pétrin, nous allons changer de stratégie et revoir vos déclarations auprès du juge d'instruction.

— Toutes ?

— En grande partie. Vous ne pouvez pas résumer votre participation dans ce trafic à deux voyages, ce n'est pas très crédible. Combien y en a-t-il eu au total ?

— Quinze, sept mille cinq cents euros. Ce n'est pas une fortune, non plus.

— Certes, mais ça montre votre persistance dans l'organisation.

— J'ai réfléchi. Je crois être en mesure d'avouer six déplacements et trois mille euros de gains sans prendre trop de risques.

Murthy, endurci par la prison, s'exprimait d'une voix affirmée. Le Professeur avait pris le dessus sur « le petit Indien paniqué aux yeux écarquillés ». Et il avait bien l'intention d'en finir au plus vite avec la détention.

— Très bien. Sauf que lors de la perquisition, le policier a stipulé n'avoir rien saisi. Si vous annoncez trois mille, il faudra justifier cet écart. Vous voyez où je veux en venir ?

— Je raconterai ce qu'il faut.

— Ça me paraît juste, chacun doit assumer ses responsabilités.

L'avocat avait listé toute une série de questions qu'il passait en revue. Dans son dossier, certaines phrases des déclarations de Murthy, prononcées tant auprès des policiers que devant le magistrat, présentaient des surlignages en jaune. *Il a bossé le sujet*, nota Murthy avec satisfaction.

— Autre point. J'ai lu que vous n'aviez reconnu aucun des protagonistes arrêtés dans le cadre de votre affaire. Je vous propose aussi de modifier ce positionnement initial et d'identifier une ou deux têtes. Je pense que le juge d'instruction sera ainsi mieux disposé à votre égard.

— C'était la stratégie de maître Weber. Je compte m'y tenir.

— Je ne suis pas bien sûr de saisir votre approche, releva l'avocat, étonné.

— C'est très simple, maître. Au tout début, je n'ai dénoncé personne, la frousse sans doute. Par la suite, je m'y suis tenu et ça m'a rendu service, notamment ici où je bénéficie de protections. Si je change d'approche, comme vous dites, dans les cinq minutes j'ai la gorge tranchée. C'est quand on la ferme qu'on reste en vie. Proverbe universel.

— Effectivement.

Les deux hommes s'accordèrent ensuite sur la meilleure façon de conduire la procédure. L'avocat prenait des notes. Murthy déroulait un discours construit, mûri et résolu, qu'il ponctuait en martelant la table de son index.

— Parfait, conclut Louis Sernin. Je vais demander au juge d'instruction une nouvelle audition où nous ferons état de ces éléments inédits. D'accord ?

— Oui.

L'avocat, pendant qu'il rangeait le dossier et refermait sa sacoche, dévisagea Murthy, songeur.

— Une dernière chose, ajouta-t-il après réflexion. Lors de ce futur entretien, je vous suggère de montrer moins d'assurance, pas d'agressivité ni d'arrogance, et de ne jamais varier de réponses. Inutile, non plus, de dire ce que vous pensez de maître Weber. Je crois que le magistrat a son idée sur le sujet. En deux mots : faites profil bas.

# 63

Tom Cruise tendit à Murthy une lettre qu'il terminait tout juste de rédiger. Les deux jeunes gens, assis de part et d'autre de la table de leur cellule, dévoraient des gâteaux secs et de la confiture que Murthy avait achetés grâce à la cantine alimentée par Imad.

— Dis-moi ce que tu en penses.

Murthy lut avec attention, puis rendit son verdict :

— C'est pas mal. Il faut que tu adresses ta demande de remise en liberté au greffe de l'établissement pénitentiaire. Je peux modifier quelques tournures de phrases, si tu veux.

— Vas-y. Mon avocat prétend que j'ai une chance. Il me conseille aussi d'écrire une super lettre de motivation, mais je ne sais pas trop comment m'y prendre.

— Pas de problème, je vais t'aider. Par contre, tu dois me donner quelques arguments. Après, je mettrais le paquet sur la sincérité et le repentir.

— Cool. Si ma demande est acceptée, un grand restaurant me prend comme serveur. Mon avocat a reçu cette promesse d'embauche. Ça, par exemple, c'est un vrai argument.

Murthy l'écouta développer de manière brouillonne ce qu'il lui semblait important de valoriser. Il prit des notes et rédigea ensuite une lettre qu'Ethan lut à plusieurs reprises, le sourire aux lèvres.

— Génial, tu es un boss, l'Indien. Check, *man*.

Les deux jeunes gens échangèrent un léger salut, poing contre poing.

— J'espère que ça va marcher. En revanche, il y a un truc qui m'échappe. Tu m'avais dit qu'il te restait plusieurs mois ferme à tirer sans remise de peine possible. Alors, pourquoi faire cette demande maintenant ?

— Ouais, je sais, mais les choses évoluent. Je me tiens à carreau, jamais de mitard, un boulot à la sortie, tout ça, quoi ! Ça pèse lourd dans la balance du positif. Je tente et on verra bien. De toute façon, je n'ai rien à perdre, tout à gagner. Et j'ai trop envie de récupérer ma copine et mon gosse.

— Je comprends. En attendant, en contrepartie de la lettre, j'aimerais bien une boîte de fruits au sirop. En taule, faut se soutenir, comme tu dis.

Murthy ponctua cette phrase d'un clin d'œil, qui laissa mutique Tom Cruise. Il était clair que le petit Indien avait fait du chemin depuis son arrivée en taule.

L'après-midi, à la bibliothèque, Murthy s'étonna des couvertures très abîmées de deux bandes dessinées. Il vérifia dans la base de données à qui ces ouvrages, initialement en parfait état, avaient été prêtés. Des détenus sans histoires. Il leva la tête et aperçut Évelyne Calmels qui, d'un geste, exprima sa lassitude.

— Voyons voir, soupira-t-elle en prenant la BD dont la couverture était gondolée. Facile, celle-ci a servi de couvercle pour faire bouillir de l'eau. L'autre présente des lacérations. Les gars l'ont utilisée comme planche à découper pour du saucisson, une pizza, ou un truc dans le genre. Ils doivent avoir un couteau de fortune.

— Je n'avais encore jamais rien vu de tel.

— L'imagination en prison n'a pas de limites, Murthy. Planquer des choses défendues dans les dos des bouquins ou dans des revues, en revanche, c'est un grand classique. Je te conseille de faire très attention, sinon tu porteras le chapeau.

Murthy ne répondit pas, c'était inutile. Il se contenta d'acquiescer.

— Recouvre-les, elles en ont bien besoin, et examine les autres. En général, les grands formats cartonnés ont une autre utilité que le seul plaisir de la lecture, lança la surveillante en s'éloignant.

La vie de Murthy avait atteint un rythme de croisière : la cellule, la douche, la bibliothèque et la promenade. Depuis qu'il estimait que les risques étaient limités, il longeait en courant, souvent seul, le mur d'enceinte de la cour pour se maintenir en forme. Il avait pris du poids, surtout en masse musculaire, il se sentait bien, mais incapable pour autant de se battre. *Je n'ai pas cette sauvagerie en moi, je préfère convaincre avec des mots, même s'ils ne servent à rien ici.* Murthy appréciait la présence rassurante de Johnny, sa joie de vivre était précieuse.

Murthy n'était désormais plus étonné de voir atterrir au milieu des détenus des paquets lancés depuis l'extérieur, des balles de tennis chargées de petits objets, ou bien des téléphones lâchés par des drones. Chaque fois que ça se produisait, ils avaient droit à une fouille en règle. Murthy s'en moquait. Les autres aussi. Le yoyo fonctionnait en permanence et chacun récupérait ce qui lui était destiné.

Cet après-midi-là, Johnny fumait un joint et partageait les dernières nouvelles de « radio prison ». Une sorte de rituel entre eux. Soudain, une balle de tennis tomba du ciel. Un détenu la ramassa, lut les initiales et l'envoya à Murthy qui, par réflexe, la rattrapa. « MB ». Murthy, mort de trouille, regardait de tous les côtés, persuadé que des centaines de paires d'yeux étaient braquées sur lui. Johnny lui prit la balle des mains et l'entraîna.

— Viens, reste pas immobile comme une statue, frérot. Tu veux qu'je checke ce qu'y a dedans ?

Murthy accepta d'un signe de tête, toujours aux aguets.

— Deux cents balles ! Si t'as envie de te taper une belle entrecôte, t'as juste à donner un billet à un surveillant pour qu'il te l'apporte. Tu pourras te payer des petits services, des trucs cool, peut-être même une bouteille d'alcool.

— Prends cet argent, je n'en veux pas.

— Tu es complètement con, frérot. Tout le monde aimerait recevoir du fric dans une balle de tennis, et toi, tu dis non merci. Enfin, j'vais pas m'faire prier. Grâce à toi, j'profiterai bientôt d'une grosse tranche de barbaque et d'une bonne bouteille de vin.

Johnny insista encore sur les avantages de posséder quelques billets en détention. Bien que ce soit défendu, le fric circulait, il alimentait des trafics. Murthy resta intransigeant, il n'en voulait pas. Le Gitan capitula et réorienta la discussion.

— T'as remarqué que, quand tu t'balades dans la cour, y a toujours Abdel et deux ou trois d'ses mecs jamais très loin ?

— Non, mentit Murthy à qui ce manège n'avait pas échappé.

— Imad, celui que tu connais pas, veut qu'tu sois protégé. Il m'la redit. Qu'est-ce t'en penses ?

— Rien.

— C'est nul comme réponse. En fait, t'es piégé grave. Le message qu'il t'envoie est simple : il te protège à condition que tu continues à la fermer, surtout chez le juge.

— Je n'ai reconnu personne. Je ne changerai pas de version.

— Bon plan, mec, te voilà sauvé. J'vais quand même assurer le coup avec ma grand-mère. Ce soir, je l'appellerai pour qu'elle prie Sara la noire. Elle est en contact avec elle.

Johnny, fervent croyant, mais conscient que ça pouvait paraître saugrenu, s'efforça de montrer un visage sérieux.

— Ma mère et ma fiancée font de même, expliqua Murthy. Elles prient nos divinités Ganesh, Vishnou et Hanumān au temple ainsi qu'à la maison, et elles leur font des offrandes.

— Génial ! Sûr qu'avec la vierge des Gitans et tes dieux indiens, t'es blindé. Moi, au mois de mai, j'ai pas pu aller à la procession des Gitans aux Saintes-Maries-de-la-Mer. J'étais vénère d'être coincé ici.

— Moi, non plus, je n'ai pas pu aller aux défilés du dieu Ganesh. C'était fin août. À Paris, nous sommes des milliers à honorer les divinités. C'est très coloré, festif, avec de la musique, de la nourriture, des fleurs... Les femmes et les hommes portent leurs plus beaux habits traditionnels.

— Tu as les yeux qui brillent quand tu racontes ça. L'année prochaine, on fera les deux processions ensemble, ça te branche ?

— Et comment !

Tous les soirs, Murthy et Malini passaient des heures au téléphone. Les brouilleurs obsolètes de la prison ne perturbaient pas beaucoup l'activité intense des portables, dans toutes les cellules de la maison d'arrêt. Murthy décrivit longuement l'entretien qu'il avait eu avec l'avocat. Les jeunes gens gardaient l'espoir de voir ce cauchemar se terminer.

— Tu reprendras la fac, dit Malini. Je m'occuperai de ton inscription.

— Dès que je serai libéré, je chercherai un autre resto pour bosser comme serveur. Je me vois mal déguisé en maharaja d'opérette avec des menus à la main pour attirer les touristes, ou vendre des fruits l'été et des marrons chauds l'hiver près d'une bouche de métro.

— Tu n'y seras pas obligé. Je suis confiante.

— Depuis le début, tu m'assures qu'on s'en sortira. Je t'avoue que je n'y ai pas cru quand je me suis retrouvé ici, dans la broyeuse, avec tous ces fous furieux. Grâce à toi, l'espoir renaît.

— Bientôt, tout ça sera derrière nous et nous reprendrons nos projets là où nous les avons laissés.

Le ton convaincant et combatif de Malini rassurait Murthy.

— Le travail est devenu moins routinier à la bibliothèque. Je donne des petites conférences d'histoire à six ou sept détenus. La responsable a adhéré au projet.

— C'est une bonne idée, et ça servira d'argument à l'avocat pour montrer ta volonté d'être au service des autres.

Murthy fut soudain mal à l'aise. Il n'était pas rare qu'il reçoive en remerciement de ses passionnantes interventions des barrettes de cannabis. Il ne les jetait plus. Il les troquait contre de la nourriture. Il se garda bien d'en faire état auprès de sa fiancée. Au lieu de ça, il raconta son après-midi occupé à réparer les BD détournées de leur fonction. Étonnement amusé de la jeune fille. Il lui parla aussi de la grand-mère de Johnny, qui intercédait auprès de la vierge des Gitans pour le protéger, et de leur projet de participer ensemble aux prochaines processions. Malini trouva ça formidable.

À présent habituée, la jeune fille ne manifestait plus sa surprise d'entendre en fond sonore la musique et les cris qui inondaient la prison jusqu'au petit matin. « Ce vacarme et ces hurlements rendent dingues les mecs. J'ai fabriqué des bouchons d'oreille avec du papier hygiénique. Ce n'est pas terrible, mais c'est mieux que rien », avait expliqué Murthy lors de leur premier échange téléphonique.

Ce soir-là, après avoir raccroché, l'angoisse envahit de nouveau Murthy. Il supportait mal la pression exercée par Imad.

# 64

El Dorado coupa la communication et reposa, sans mouvement brusque, le téléphone satellitaire chiffré sur son bureau. Sous le regard de son frère cadet Rachid, abasourdi par ce qu'il venait d'apprendre, il se déplaça d'un pas lourd vers la large baie vitrée, qu'il ouvrit en grand, comme s'il manquait d'air. Face au narcotrafiquant, un paysage paisible s'étalait dans la lumière chaude d'une fin d'après-midi marocaine, un parc aux plantations harmonieuses où travaillaient des jardiniers. Il ne voyait rien de tout cela, obsédé qu'il était par des envies de meurtres et de vengeance.

— Sofiane, dit-il en se retournant, tu mesures les conséquences de la nouvelle transmise par l'avocate ?

Les deux frères laissèrent un silence s'installer, sans doute pour nourrir leurs réflexions après le cataclysme annoncé.

— Nordine assassiné, murmura Sofiane, la gorge nouée par l'émotion. Ça paraît irréel. C'était un mec bien. Il va me manquer. Il était dans une prison à deux cents bornes de Paris, séparé d'Imad et de tous les autres.

Sofiane Mansouri ne dissimulait ni sa tristesse ni sa colère.

— Je n'ose pas imaginer la scène. Lui, dans les douches, le visage défoncé, méconnaissable, vidé de son sang, le manche taillé d'une brosse à dents planté dans la carotide.

El Dorado secouait la tête, incrédule. Puis il poursuivit :

— Il n'avait rien d'un costaud. La taule n'était pas son monde, il régnait davantage sur les compteuses à billets et la circulation du pognon.

— On a des types à nous, là-bas. Quand j'aurai l'identité du tueur, je le ferai exécuter, lâcha froidement Sofiane en caressant ses fins bracelets berbères.

Rachid Mansouri approuva sans un mot.

— Je vais faire passer un message simple, enchaîna Sofiane. Le commanditaire doit être égorgé.

De nouveau, le silence et le ressentiment s'installèrent entre les frères. El Dorado se contenta d'acquiescer et servit dans de grands verres du whisky écossais avec de la glace. En privé, les deux hommes consommaient de l'alcool, en public du thé ou des jus de fruits.

— Et j'appellerai aussi Imad. Peut-être qu'il peut se renseigner depuis la prison où il est.

— OK. En tout cas, avec la disparition du saraf, on a un gros bordel sur les bras. Ainsi que du fric planqué dans la nature. Souviens-toi de ce que Nordine t'a dit : « Les vingt millions sont en sécurité, même des chiens détecteurs de billets seraient incapables de les renifler. »

— C'est à peu près ça, confirma Sofiane. J'ignore moi-même où est l'argent. Pendant la perquisition, les flics n'ont quasi rien trouvé, et c'est vrai que les chiens n'ont pas moufté. Les avocats ont été catégoriques là-dessus. Conclusion, les sacs sont toujours sur place, c'est rassurant. Et ce n'est pas vingt mais vingt-six qu'il a dissimulés.

— Encore mieux. On envoie du monde chez lui, à Enghien ?

— Pour quoi faire ? Tout casser à la masse ? Raser la maison ? Laissons plutôt les choses se tasser. Nos avocats ont accès au déroulement de la procédure, je leur demanderai de nous alerter dès que la question de la maison de Nordine se posera. À ce moment-là, on avisera.

— Comme tu veux… Mais faut surtout pas louper le coche.

— Pour l'instant, l'important, c'est la réorganisation du trafic avec un nouveau saraf et une autre méthode pour ramasser et ventiler l'argent le plus rapidement, asséna Sofiane. Je te propose qu'on en parle avec Leïla et Noémie.

— Ça me convient. Et dans les problèmes à régler en priorité, il y a également celui de Vialle et Kamel. Je ne sais pas ce que sont devenus ces deux connards volatilisés. En revanche, mon fric, lui, est toujours dehors et je n'aime pas ça.

— Je comprends bien, même si je te rappelle que Nordine a remboursé la perte.

— Je sais, mais c'est pas le sujet. Je dois punir les voleurs. Sofiane, je crois que tu ne saisis pas bien les enjeux, ces conneries ont assez duré. Vialle t'a bien transmis l'info selon laquelle le contact de Dalmasso était une femme flic, c'est ça ?

— Oui, et je connais aussi le nom du type qui bosse avec elle, mais pas encore son adresse.

— Bordel, Sofiane, qu'est-ce que tu attends pour te bouger ? Je renvoie illico deux personnes en qui j'ai toute confiance. Tu vois à qui je pense ?

— Oui, et c'est une très mauvaise idée.

— C'est la meilleure. Je veux vider l'abcès une bonne fois pour toutes.

# 65

3 heures du matin. Murthy, allongé sur son lit, ne dormait toujours pas. Un gangsta rap assourdissant dominait tous les autres sons. Tupac Shakur scandait « *All eyez on me* ». Des taulards hurlaient : « Vas-y mon frère, défonce-le. » Murthy, terrassé par une migraine, épuisé de ne pouvoir sombrer que deux à trois heures tout au plus à partir de l'aube, devenait irascible. Tom Cruise, lui aussi, était réveillé. Le vacarme, cette fois, était particulièrement épouvantable. Les gardiens laissaient faire. La nuit, ils n'intervenaient pas. Trop dangereux, et trop peu d'effectifs.

— Murthy, tu comprends le message, avec ce rap poussé à fond ?

— Aucune idée.

— Tupac Shakur, c'est le roi absolu pour Master.

— Et donc ?

— Les taulards lui envoient un message. Ils lui disent : « On est avec toi. » Tu as intérêt à faire méga attention, même si tu es protégé.

Long silence de Murthy.

— Ethan, tu connais la loi de Murphy ?

— Le flic de Beverly Hills ?

— Tu es désespérant de connerie, soupira Murthy sans pouvoir s'empêcher de sourire. Non, ce n'est pas ça. Dans les grandes lignes, la loi de Murphy dit que, si sur deux façons de faire quelque chose, au moins une peut entraîner une catastrophe, il se trouvera forcément quelqu'un quelque part pour emprunter cette voie.

— Je capte pas, désolé…

— Je suis cette personne. Je choisis toujours la voie qui conduit au fiasco, et le pire, c'est que j'en suis conscient, sauf que je ne peux pas m'en empêcher. Ces derniers mois, je me suis surpassé en décisions calamiteuses, et je sais que je vais continuer. Mon karma est en train d'en prendre un coup.

— Vas-y, développe, je t'écoute.

— Déjà, je compte me faire un joint. Je n'ai jamais fumé ou pris quoi que ce soit. J'ai besoin d'une soupape pour lâcher la pression. C'est là que la loi de Murphy intervient. Ce que je choisis pour calmer mes nerfs va peut-être entraîner une catastrophe.

— C'est rien, ça. Tu découvres juste le coupe-circuit, l'anesthésiant, le garde-fou. Beaucoup de mecs arrivent en détention alors qu'ils carburaient à l'alcool et à la cocaïne. Imagine, du jour au lendemain, tu les enfermes à double tour, tu leur dis de jouer aux cartes, de se gaver de dessins animés et de boire de l'eau. C'est l'explosion atomique, pire que Hiroshima.

Silence de Murthy. Tom Cruise enchaîna :

— Tu devines pourquoi la came circule librement ? Parce qu'elle calme un peu, même les furieux. Elle atténue le bordel ambiant avec la bénédiction de tous.

— Je n'ai pas envie de faire la queue chez le médecin pour avaler des psychotropes ou des somnifères qui abrutissent. À la bibliothèque, je vois suffisamment de gars perdus, des zombies bouffés par l'anxiété et les insomnies qu'on a gavés de médocs. Je ne supporte plus les dépressifs, les dégénérés, les fumeurs de crack, les sauvages et tous ces putains d'aliénés qui peuplent la prison. Toutes les nuits, ce raffut, cette fureur, c'est un enfer. Je n'en peux plus, Ethan.

— Wouah, mec, t'es vraiment atteint. On dirait pas comme ça, t'as l'air toujours cool avec tes prières et tes bouquins. Par contre, je te préviens, si tu touches au coupe-circuit, tu pourras plus t'arrêter.

— On verra. L'avantage de bosser à la bibliothèque, c'est que je suis régulièrement approvisionné.

# 66

La deuxième division de police judiciaire était chargée des investigations sur la mort de Cyrus le clochard. L'enquête de voisinage n'avait rien donné, aucun témoin ne s'était manifesté. Les policiers demeuraient perplexes sur cet assassinat commis avec un curieux poignard, qui ne portait par ailleurs ni empreinte digitale ni trace ADN. Quelque chose ne collait pas entre le personnage sans histoire et aimé du quartier qu'on leur décrivait et la façon dont ce bonhomme avait été exécuté. Le meurtre n'avait pas pour mobile le vol, puisque le mendiant ne possédait rien, et il ne s'agissait pas non plus d'un règlement de comptes, sort réservé aux voyous. Les flics pataugeaient. Ils avaient donc décidé de décortiquer tous les effets de Cyrus. *Sait-on jamais ?*

Pendant ce temps, rangé aux arguments d'Elvire qui ne cessait de répéter qu'il fallait se tirer et vite, Mamba posa quelques jours de récupération pour préparer son futur départ et faire disparaître tous les éléments compromettants. Il nettoya de fond en comble l'appartement à la Javel. Une mission d'autant plus facile qu'il n'y avait pas eu d'effusion de sang dans la bagarre. *Le serpent a bossé proprement.* Dans un sac en plastique épais, il rassembla toutes les fringues de Vialle, ainsi que celles qu'il portait lui-même durant le transport du corps. En début de soirée, il referma le coffre nettoyé de sa voiture avec satisfaction. En guise de récompense, Mamba se descendit ensuite deux grands verres de Macallan et fuma des joints, l'esprit concentré sur les décisions à prendre.

Après s'être douché, une visite au salon de massage avec la jeune prostituée asiatique s'imposait, *pour lâcher la pression*. Puis il poursuivit son errance nocturne en traînant dans des bars qu'il fréquentait d'ordinaire, pas ceux où les hommes s'affrontaient comme des sauvages. Assis sur un tabouret au comptoir, le regard dans le vague, il but du bourbon sans glace, indifférent aux musiques à la mode que crachaient les enceintes. De temps à autre, Mamba adressait un salut, en décollant à peine deux doigts de son verre, à de vagues connaissances, des gars en perdition, cramponnés de la même manière que lui à leurs certitudes. Il eut le sentiment de mettre pour la dernière fois les pieds dans ces lieux qu'il affectionnait auparavant, et n'éprouva aucun regret.

À l'aube, dans une station-service du boulevard périphérique, il fit le plein d'essence et acheta deux canettes de bière fraîche. Il rentra chez lui. Il marchait au milieu de la rue, jamais sur le trottoir, toujours vigilant, son arme à portée de main. Il s'attendait à voir surgir une autre équipe de tueurs. Il s'arrêta devant ce qu'il subsistait du campement de Cyrus, entouré d'un ruban rouge et blanc, ondulant dans le vent, sur lequel était inscrit « POLICE NE PAS FRANCHIR ». Il s'attarda sur les quelques bouquets de fleurs déjà fanées et les bougies éteintes collées au bitume par la cire. Mamba s'appuya contre une voiture, ouvrit les canettes et les but l'une après l'autre. *À ta santé, Cyrus !* Mamba ne s'était jamais senti aussi triste. *C'est ma faute si tu es mort. Je t'ai embarqué dans cette galère sans vraiment réfléchir aux conséquences. Je n'aurais pas dû te mêler à ça.* Les pensées en berne, Mamba fuma quelques cigarettes en faisant tournoyer son briquet entre ses doigts et claquer le capot. À un moment, il passa son pouce sur le blason usé du Zippo, l'insigne de la 1re division de cavalerie de l'US Army, balança le mégot dans le caniveau et fit un petit signe de la main. *Tu vas me manquer.* Tandis que Mamba poussait la porte d'entrée de son immeuble, la phrase de Cyrus résonna dans ses oreilles : « Rentre te coucher, mon ami, tout est clean ici, je veille sur ton sommeil. »

# 67

À 10 heures, ce samedi matin-là, Mamba, au volant de sa voiture, franchit une frontière inexistante pour pénétrer en Belgique par une nationale démunie de caméra. Plus tôt, il s'était attelé à une délicate opération. Le sérum à portée de main, il avait enserré le cou du serpent, qui se tordait dans tous les sens, dans le lasso métallique, et avait enfermé le reptile dans une boîte de transport. Il avait ensuite démonté le terrarium, qui avait rejoint le sac des effets vestimentaires destinés à disparaître dans son coffre.

Mamba avait laissé son téléphone en veille chez lui. Il était intraçable. Dans la malle ne restaient que dix mille euros en coupures de vingt, à peine dissimulées, roulées dans un journal. C'était volontaire. Le plus gros du pactole était ailleurs, mais si par malchance son appartement était cambriolé, les casseurs imagineraient avoir mis la main sur l'unique trésor de ce logement minable.

Sous une pluie régulière, il sillonnait désormais la campagne flamande. Il ne s'arrêta dans aucun des bars de villages malgré sa forte envie de caféine. Il compensait en fumant des Marlboro à la chaîne. Deux heures plus tard, il ralentit devant une maison cradingue en briques marron, entourée à perte de vue de champs détrempés. Un fourgon, qui avait connu des jours meilleurs, était planté au milieu d'une cour, véritable capharnaüm d'objets hétéroclites. Mamba accéléra de nouveau, emprunta plusieurs petites routes et revint sur ses pas après avoir fait une large boucle. Prudence oblige. Il se gara dans la cour, laissa le moteur tourner et les essuie-glaces actionnés. Il ne descendit pas. Un grand type, méfiant, le ventre distendu par des hectolitres de bière ingurgités, les cheveux longs, blonds et gris, noués en queue-de-cheval, apparut sur le seuil. Il identifia aussitôt le conducteur, lui fit signe d'entrer. Mamba coupa le contact, releva le col de son Perfecto pour se protéger de l'averse et le rejoignit en courant.

— Salut, Mamba.

— Salut, Staaf.

— Je t'ai vu passer au ralenti. Tu ne baisses jamais la garde, toi, lâcha Staaf avec un fort accent néerlandais.

— Un vieux réflexe qui évite des désagréments.

L'intérieur de la maison ressemblait à la cour. Un dépotoir. Comme son propriétaire, elle puait le renfermé, le tabac froid, le feu de cheminée éteint, l'oignon frit et d'autres remugles sur lesquels Mamba n'avait aucune envie de s'attarder.

— Je me demande comment tu fais pour vivre dans un tel bordel. Chaque fois que je viens, j'ai l'impression qu'il y en a davantage.

Gros rire de Staaf qui servit du café et sortit un alcool blanc. Mamba refusa celui-ci en posant sa main sur le verre. Le Néerlandais haussa les épaules, puis se versa une généreuse ration du tord-boyaux en adressant un clin d'œil à Mamba. Du fait maison.

— Ça rend dingues les flics et les gendarmes quand ils déboulent en perquisition, expliqua-t-il en tirant un paquet de cigarettes de la poche poitrine de sa chemise à carreaux. Ils ne savent jamais par où commencer et ne trouvent rien.

— Bien vu, apprécia Mamba avec un sourire.

Il glissa son Zippo vers Staaf, après quoi il avala une gorgée de café brûlant sans sucre.

— Tu as ma commande ?

— *Ja natuurlijk*[1].

— *Geweldig, dank je*[2]. J'en ai profité pour te rapporter le serpent.

— Mamba, tu es mon ami, mais je ne rachète pas ce que j'ai vendu. Tu le sais bien, c'est un principe.

— Je ne te demande pas de le racheter, je te le donne. Je pars pour un long voyage et je ne vais pas relâcher un tel *moordenaar*[3] dans la nature. J'ai apporté aussi le terrarium et la boîte de sérum polyvalent.

— Ça me va. On mange un morceau ? Le pain est d'hier, il est encore bon.

Sur une toile cirée aux couleurs passées qui n'avait pas vu une éponge depuis une éternité, Staaf fit un minimum de place pour les verres, les assiettes et les couverts. Il rassembla les quelques cartons à pizzas tachés de gras et les jeta dans la cheminée éteinte. Ensuite, il sortit du frigo de la charcuterie, du fromage et une bouteille de vin entamée. Les deux hommes se racontèrent ce qu'ils voulaient bien se dire, les questions étant bannies de l'échange. Staaf ignorait que Mamba était policier et qu'il connaissait son pedigree. À part les crimes à caractère sexuel, le Néerlandais affichait toutes les infractions du Code pénal belge à son compteur. Le repas terminé, Staaf déposa sur la table une mallette métallique, l'ouvrit et la fit pivoter face à Mamba. À l'intérieur, un SIG Sauer 9 mm avec deux chargeurs de quinze cartouches chacun. Mamba saisit l'arme, manœuvra la culasse, examina l'intérieur du canon, puis remonta le

1. « Oui, bien sûr », en néerlandais.
2. « Super, merci. »
3. « Tueur ».

pistolet d'une main experte, le tout sous l'œil amusé de Staaf.

— Très peu servi, commenta Mamba, satisfait.

— En tout cas, il n'a tué personne, je peux te l'assurer ! s'exclama Staaf en partant d'un rire puissant qui secouait son gros ventre.

— J'en suis sûr, mon ami.

Mamba enfonça un des chargeurs dans la poche arrière de son jean, engagea l'autre dans le SIG et fit monter une munition dans la chambre. Il glissa une enveloppe à côté de la mallette.

— Le compte y est, acquiesça Staaf sans même regarder ni toucher l'enveloppe fermée.

Les deux hommes étaient en confiance.

— Il me faudrait autre chose, un truc qui me tienne éveillé et me fasse carburer à deux cents à l'heure. Tu vois ce que je veux dire ?

— Parfaitement. Je vais te chercher ça.

Quelques instants plus tard, Staaf lui tendait un flacon transparent contenant une quarantaine de comprimés blancs. Visage interrogatif de Mamba.

— Des amphètes très dosées. N'avale pas ça comme des cacahuètes, sinon tu exploses.

— OK, merci. *Hoe veel*[1] ?

— *Helemaal niets. Vriendschap*[2].

Le reptile et le terrarium prirent la direction de la cave. Mamba, l'arme à la ceinture, s'apprêtait à partir, moteur en marche, vitre baissée. Staaf s'accouda à la portière et lui remit un morceau de papier plié en quatre.

— Voilà les coordonnées de l'ami dont on a parlé. Appelle-le quand ce sera le bon moment pour toi. Je le

---

1. « Combien ? »
2. « Rien du tout. L'amitié. »

préviens de mon côté pour que les choses se passent bien. Bon voyage, *man*. Fais attention à toi.

Staaf donna le signe du départ d'une petite tape sur le toit de la voiture. Mamba, cigarette aux lèvres, répondit d'un geste de la main. Tandis qu'il roulait, il se félicita du choix de l'arme. Le SIG Sauer était le pistolet automatique en service en France au sein des forces de l'ordre. Mamba connaissait donc parfaitement son fonctionnement et, lorsqu'il laisserait le sien avant de s'évaporer dans la nature, cette arme lui conviendrait naturellement.

*Maintenant, les fringues.* Mamba était un peu parano avec les pièces à conviction, même s'il ne voyait pas comment ses collègues auraient pu le relier à la disparition de Vialle et de Kamel. Seule Elvire était dans la confidence et il n'y avait aucun risque de ce côté : elle était autant carbonisée que lui dans cette affaire. Il s'arrêta dans un bois éloigné de toute habitation et circulation. Il versa une bouteille d'essence sur les vêtements et les brûla l'un après l'autre pour éviter d'avoir de trop grandes flammes. Après avoir quitté la Belgique, il fila directement à Paris. *Maintenant, la voiture.*

# 68

Le lendemain, Mamba avançait au ralenti dans un univers déprimant d'anonymat. Des centres commerciaux aux mêmes configurations, mêmes enseignes, mêmes centres autos poussaient partout comme du chiendent. Un calque vertigineux d'uniformité habillait, ou plutôt défigurait, les agglomérations petites et grandes, désormais entourées de multitudes de ronds-points et de ralentisseurs. Il se trouvait néanmoins que le dimanche matin, au fin fond d'un parking d'une de ces zones, des types vendaient leur voiture. Il y avait de tout sur la palette de ces occasions. Le pas trop mauvais côtoyait le pire, et les cancres étaient au fond de la classe. En l'occurrence, ici, dans la partie la plus éloignée du parking.

Mamba, sans aucune hésitation, s'y rendit immédiatement. Il ne fallait pas être un grand expert pour comprendre que les autos exposées n'étaient pas toutes en règle ni fournies avec les documents adéquats. Mamba se gara non loin d'un imposant 4 × 4 noir, immatriculé en Italie. Le propriétaire avait glissé sous le balai d'essuie-glace une feuille sur laquelle on pouvait lire : « Carte grise pas encore disponible. » Le prix était à l'avenant. Mamba scanna les acheteurs et les vendeurs, tous masculins. Pour le plaisir de marchander, des baltringues se lançaient dans des négociations pour des bagnoles qu'ils n'achèteraient pas. Des traîne-savates étaient aussi à la recherche de petits trésors à récupérer.

Depuis le matin, Mamba carburait aux amphétamines de Staaf. Passant outre les conseils de son ami, il avait ingurgité plusieurs comprimés. Effet immédiat. Mamba était survolté, à deux doigts de ne pas se maîtriser. Malgré le temps couvert, il préféra conserver ses Ray-Ban sur le nez pour ne pas montrer qu'il avait les pupilles dilatées et le regard fou. De l'adrénaline à la puissance mille.

La bouche sèche et les lèvres réduites à un trait, le cœur qui cognait à en faire exploser sa poitrine, Mamba s'appuya contre une aile de sa Toyota Corolla de 2003. Quelques mois auparavant, il avait gagné cette voiture autour d'une table de poker à laquelle se côtoyaient des types à la ramasse, gavés de reportages télé sur le Texas hold'em. Ils se la jouaient champions du monde, se composaient une *poker face* et auraient été capables de mettre leur femme sur le tapis pour se renflouer. *Des nazes faciles à plumer*. Mamba avait rajeuni le compteur kilométrique de la Toyota. Au lieu des deux cent cinquante-cinq mille affichés initialement, la berline de couleur beige, d'aspect plutôt correct, en avouait désormais cent trente-trois mille. Il alluma une cigarette d'une main tremblante.

Au bout de quelques minutes, Mamba repéra trois jeunes, deux Blacks et un Blanc. Mains dans les poches, casquettes à l'envers, lunettes de soleil de sport, attitudes provocantes, ils déambulaient parmi « les voitures cancres ». *Des racailles, prototypes de fouteurs de merde*. Des habitués les connaissaient, ils s'éloignaient pour ne pas avoir affaire à eux. En zigzaguant, ils s'approchèrent de Mamba, qui descendit la fermeture Éclair de son Perfecto. Les deux Blacks firent le tour du véhicule et jetèrent un coup d'œil à l'intérieur. Les clefs n'étaient pas sur le tableau de bord, elles dormaient au fond du blouson de Mamba. La chemise entièrement déboutonnée du Blanc laissait apparaître un tatouage recouvrant son buste.

Il représentait Al Pacino, alias Tony Montana, dans le film *Scarface*, fusil d'assaut au poing. Message du Blanc : « Je suis un méchant. » Ses acolytes firent face à Mamba.

— Combien tu la vends, ta caisse de merde ? l'interpella l'un d'eux.

— Huit mille.

— Trop cher.

Il contourna Mamba et attrapa la poignée pour ouvrir la portière. Aussitôt, Mamba le bloqua avec suffisamment d'agressivité pour faire monter la tension chez les trois lascars.

— On demande avant. Ici, on n'est pas au Salon de l'auto. Si tu es intéressé, on commence par discuter.

L'autre Black écarta les pans d'une veste en treillis pour afficher, calé sous son bras, un fusil à pompe, crosse et canon sciés. Les gars souriaient, pleins d'arrogance.

— J'aime vraiment bien ta caisse, reprit le premier Black. Dans le genre passe-partout, il n'y a pas mieux. Dès qu'on la voit, on l'oublie. Le truc, c'est que tu es trop gourmand pour ton épave.

Les autres approuvèrent d'un mouvement de tête. Mamba répliqua fermement mais calmement :

— Ce n'est pas ton flingue de branquignol qui modifie la négo.

Sur ces mots, Mamba dévoila le 9 mm glissé dans sa ceinture. Aussitôt moins sûrs d'eux, les jeunes échangèrent un bref coup d'œil. Mamba, sous l'effet des amphétamines, était sur ses gardes et prêt soit à les flinguer, soit à leur casser la gueule. Il essayait de maîtriser la déraison qui s'emparait de lui.

— Bon, on ne va pas y passer la nuit. La caisse vous intéresse et vous allongez le pognon, sinon vous dégagez. Je n'ai pas de temps à perdre.

— Trois mille, annonça le Blanc.

— Cinq, rétorqua Mamba en posant les documents sur le capot. Tu signes ici avec le nom que tu veux, tu sors ton fric et tu te casses.

Les trois mecs comprirent qu'ils étaient tombés sur plus fort qu'eux et que ça risquait de mal se terminer. Mamba dégaina son SIG et, le bras collé à la hanche, braqua aussi discrètement que possible le Black au fusil à canon scié pour le décourager de tenter quoi que ce soit. Sur un signe de tête du Blanc, l'autre Black plongea lentement une main dans la poche de sa veste et fit glisser sur le capot plusieurs dizaines de billets froissés.

— Scarface, disperse-les, que je les compte.

Le type s'exécuta, pas tranquille. Quand une arme était sortie, en général, elle servait.

— Cinquante billets de cent, ça me va.

Mamba lança les clefs au Black calibré pour lui ôter toute envie d'avoir un geste inconsidéré. Une fois la Corolla partie, Mamba rangea son SIG. Il s'aperçut alors que la transaction n'était pas passée inaperçue.

Quelques vendeurs, des gars aux allures de pères de famille, commentaient entre eux ce à quoi ils venaient d'assister. Ils balisaient. Mamba enfourna les billets dans une poche de son blouson, alluma une cigarette et se dirigea vers eux avant qu'ils ne sortent leur portable pour appeler les flics. Le petit groupe se tut et regarda, inquiet, venir cet homme massif qui respirait la brutalité. *Il faut que je les rassure, sinon ils vont alerter la cavalerie.*

— Salut, les gars, quelqu'un peut me déposer dans une gare ? N'importe laquelle. J'ai vendu ma voiture et je ne connais personne dans le coin pour me récupérer.

Le petit groupe statufié flippait. Les types fixaient leurs chaussures. Aucun n'avait envie de prendre la parole.

— C'est le flingue qui vous gêne ? C'était pour les trois abrutis qui se la jouaient gros durs. De nos jours, on ne sait seuil de la porte, les gendarmes menottèrent Murthy pour le reconduire au fourgon cellulaire.

— Jeune homme, l'interpella le juge, avant que vous ne partiez, j'ai un conseil à vous donner. Vous venez de vous brûler légèrement les ailes en approchant un monde qui n'est pas le vôtre. Terminez votre cursus en histoire, allez au bout de votre projet. Le milieu de la drogue broie des dizaines de gamins comme vous chaque année. Restez à l'écart de tout cela, vous avez mieux à faire. Je vous souhaite bonne chance.

Murthy remercia le magistrat et acquiesça. Louis Sernin, soulagé de cette décision, s'apprêtait lui aussi à quitter le bureau.

— Maître, pouvez-vous m'accorder quelques minutes supplémentaires ?

Le juge d'instruction referma la porte.

— Je compte appeler le sous-directeur de la PJ, que je connais de longue date, pour lui rapporter le comportement du commandant Miller, et je vais saisir l'Inspection générale de la police.

— Parfait, monsieur le juge.

— J'espère que ce n'est pas un coup monté de votre client.

— Je vous assure que non.

— Dans cette nouvelle procédure, M. Banerjee et sa fiancée seront confrontés aux deux policiers.

— Ils maintiendront leurs déclarations, affirma Louis Sernin.

— Tant mieux.

*

*   *

En début d'après-midi, le fourgon cellulaire ramena Murthy et d'autres détenus à la maison d'arrêt. Pour la première fois, le jeune homme entrevoyait la sortie et il plus à qui se fier. On vit une drôle d'époque, croyez-moi. Il y a des bandits et des voleurs de partout, même pour une caisse qui ne vaut pas grand-chose. Pour être franc, je n'aime pas les risques.

Soudain, l'arrivée d'une voiture rassura les pères de famille. Mamba se retourna et identifia qu'il s'agissait d'un véhicule banalisé de la police. *Bordel, la BAC.* Trois jeunes flics méfiants en descendirent, SIG à la main. Ils avaient en tête le message diffusé sur leur radio : « Homme armé sur le parking de l'hypermarché. » Ils s'avancèrent vers Mamba, qui leva lentement ses bras à hauteur des épaules.

— Doucement, je suis de la maison.

Les trois flics entendirent, mais ne baissèrent pas la garde pour autant. Ils maintenaient en joue Mamba, qui se balançait d'un pied sur l'autre.

— Sortez votre carte professionnelle, ordonna l'un d'eux. Et restez calme.

Mamba s'exécuta et la leur tendit.

— Je suis très calme. En revanche, je déteste me faire braquer par des jeunots trouillards, commenta-t-il.

— Commandant Miller, lut le policier en se saisissant du document. Où êtes-vous en poste ?

— À la police judiciaire. Je suis venu vendre ma voiture et des gars se sont pointés, agressifs. J'ai sorti mon arme pour éviter que les choses ne s'enveniment, expliqua Mamba d'un ton cassant. Ça vous pose un problème ? Il n'y a pas eu de coup de feu, personne n'est mort. Tout va bien. Rangez vos flingues et arrêtez de me braquer, vous commencez à me les briser.

Les policiers échangèrent un regard puis capitulèrent, pourtant toujours méfiants face au comportement agité du commandant, qui essayait de se contrôler. *Ces putains d'amphètes vont me faire péter les plombs.*

— C'est bon pour nous, commandant. On fait juste notre job, vous ne devriez pas nous parler comme ça. On rédigera un rapport sur notre intervention.

— Je m'en tape, de votre papelard. Déposez-moi à la gare de votre bled.

Avant de se mettre en route, le plus gradé téléphona au commissaire de permanence pour relater le déroulement de l'intervention. Il attira surtout l'attention du chef de service sur l'attitude agressive du commandant de police.

Dans le train qui le ramenait à Paris, Mamba passait en revue tous les points réglés. Vialle, Dalmasso et Kamel, *exit*. Les fringues, cramées. Elvire, dégagée. Le serpent, parti d'où il était venu. La voiture, vendue. Le départ pour les States se précisait, avec du fric plein les poches comme jamais. Mamba, satisfait, ne pensait même plus aux frères Mansouri. Et encore moins à ce gamin qu'il avait arrêté, cet Indien qui s'était paumé dans un monde trop éloigné du sien.

Les amphétamines maintenaient Mamba dans la zone rouge, celle où, pour un rien, il se serait battu contre n'importe qui. Sa montre indiquait 16 h 30 quand il descendit du train de banlieue à la gare du Nord. Sur le parvis, il fuma coup sur coup deux cigarettes. Les mains tremblantes, il avait un mal fou à actionner son Zippo. Un taxi le déposa à quelques centaines de mètres du garage où était stationnée la Peugeot 407 avec laquelle Elvire et lui allaient braquer les collecteurs. *C'était le bon temps.* Les doigts crispés sur le volant, Mamba réfléchissait à la direction à prendre. Il s'engagea enfin vers l'est de la capitale et, une heure plus tard, s'arrêta à l'angle d'une rue et d'une petite place, loin des zones touristiques. *Je dois terminer le job.*

Dans la voiture, cinq litres d'essence attendaient. Il s'assura que personne ne traînait dans le coin, répandit le carburant sur les sièges et resta une poignée de minutes dehors, dissimulé par une porte cochère. Là, il alluma une cigarette, tira quelques bouffées dessus, puis la jeta, incandescente, dans l'habitacle. Les mains dans les poches, il s'éloigna de la Peugeot sans se presser et bifurqua dans la première rue qu'il croisa. Le feu, déjà, ravageait la voiture.

Mamba regagna son domicile à pied pour tenter d'évacuer les effets des comprimés. Après quasiment deux heures de marche, une douche et deux verres de whisky, il s'allongea sur son lit les yeux grands ouverts. Il ne parviendrait pas à dormir.

*Staaf avait raison, c'est de la dynamite ce qu'il m'a filé, un truc à crever comme un chien.*

# 69

En prison, les jours de la semaine ne revêtaient aucune importance. Un qui se terminait était un de moins à tirer sur sa peine. Mais qu'on soit dimanche ou jeudi, ça ne faisait aucune différence.

Pendant que Mamba vendait sa voiture, Murthy échangeait une barrette de cannabis contre des paquets de cigarettes, qu'il refourguerait à Tom Cruise contre des gâteaux. À la bibliothèque, il continuait à recevoir régulièrement du cannabis et il avait franchi un cap en se lançant dans ce troc. Au début, il ne le pratiquait qu'avec Ethan. *Entre détenus, on doit s'entraider, n'est-ce pas ?* Désormais enhardi, il avait étendu son business, auquel il se livrait dans la cour. En fait, le seul qu'il fournissait sans contrepartie, c'était Johnny. Fidèle en amitié, Murthy savait ce qu'il devait au Gitan. Depuis quelque temps, le jeune homme avait adopté les codes de survie des prisonniers : soigner ses amitiés, rester éloigné des bagarres, se rendre invisible, être poli avec les surveillants, ne manquer de respect à personne et éviter Matraque.

Murthy et Johnny, appuyés contre un mur, avaient le regard embrumé par le cannabis lorsque Abdel et trois types de son clan, ultra-tatoués, comme la plupart des détenus, s'approchèrent.

— Johnny, va te promener, ordonna Abdel sans animosité.

Il s'adressa ensuite à Murthy :

— Viens, on marche. On parle pas mal de toi ici, surtout ceux qui sont dans le même business que nous. Tu as attiré l'attention par ta discrétion. Tout le monde sait que tu n'es pas une balance, que tu es fiable.

D'un geste, Abdel stoppa Murthy qui ouvrait la bouche pour répondre.

— Ferme-la. Ne me sors pas les conneries que tu racontes aux autres pour les endormir. Avec moi, ça ne prend pas. Quand tu t'es fait gauler par les flics, tu as prétendu ne reconnaître personne. Bravo, bonne stratégie. Je suis néanmoins au courant que tu as un deal avec Imad. Tu es d'accord avec ce que je viens de dire ?

Murthy hocha timidement la tête.

— Je veux t'entendre le confirmer à voix haute.

— Oui, je suis d'accord avec ce que tu viens de dire.

— Très bien. D'autres bandes, les concurrents de ceux qui te paient et te protègent, veulent te récupérer. C'est non. On m'a demandé de faire le ménage autour de toi pour que tu sois peinard. En retour, tu nous obéis et tu nous restes fidèle. Compris ?

— Oui, parfaitement, marmonna Murthy.

— Très bien. J'avais juste besoin que tout soit bien clair entre nous.

Le lendemain, Murthy longeait avec lenteur un des murs de la cour. Il inhalait une nouvelle fois la fumée d'une cigarette chargée en cannabis. Il cherchait dans cette drogue de l'apaisement, fatigué de ressasser le message d'Abdel. « On m'a demandé de faire le ménage autour de toi pour que tu sois peinard. En retour, tu nous obéis et tu nous restes fidèle. » Il était bel et bien cadenassé.

Soudain, malgré sa vision floue, ses pupilles noires, brillantes et dilatées, il vit avec appréhension Master et Richmond se diriger vers lui.

— Respire, dit Master, c'est pas aujourd'hui qu'on va te saigner. Pour un naze qui sait que dalle, tu es bien protégé.

Master se retourna et observa une seconde Abdel et les trois types qui s'approchaient d'eux nonchalamment.

— Un jour ou l'autre, tes gardes du corps disparaîtront, et là, crois-moi, on te mettra la misère.

Murthy, les jambes en coton, les fixa tandis qu'ils rejoignaient le centre de la cour de promenade. Le message était passé.

— Banerjee, parloir.

Encore sous le choc des menaces proférées par Master, Murthy appréhendait cette visite. Le cœur battant, il lissa ses cheveux avec ses mains, arrangea comme il le put ses vêtements et suivit le gardien dans les coursives. Il savait par Malini que son père avait enfin accepté de le voir. Au bout de plusieurs mois. Le vieil homme, assis dans le box, le regard dur, se tenait droit, le menton relevé, digne mais humilié d'être là. Ses sourcils froncés reflétaient la colère qu'il tentait de maîtriser. Pour autant, son visage changea dès que Murthy s'installa en face de lui. Il s'adoucit.

— Merci, baba, je t'attendais avec impatience.

Les deux hommes, la gorge nouée, laissèrent filer l'émotion qui les submergeait avant de pouvoir parler. Murthy essuya maladroitement ses larmes.

— Tu as changé, dit Iswaran Banerjee.

— En prison, on doit faire de l'exercice pour rester en forme, pour se préparer à la sortie. Et puis la nourriture est différente.

Le père dévisageait son fils comme s'il ne l'avait jamais vu.

— Pourquoi, mon fils ? Pourquoi as-tu fait ça ? Te voilà en prison, toi qui allais être professeur d'histoire.

— Je voulais participer aux frais du mariage et à ton traitement. Mais je le sais, ce n'est pas excusable.

— Tout ça pour de l'argent, ça n'a pas de sens. Ce n'est que de l'argent. Crois-tu que le jeu en valait la chandelle ? Il nous faudra du temps pour surmonter la honte et le déshonneur.

— Baba, je regrette. On va y arriver. Je reprendrai mes études et je serai professeur d'histoire, je te le promets. Et tout le monde autour de nous se taira.

Le père et le fils essayèrent, dans le court délai imparti par le parloir, de rattraper ce long tunnel de silence et de chagrin qui les avait séparés. Leur discussion était décousue, entrecoupée de questions et de réflexions lancées par Iswaran sans cohérence particulière. « Ce n'est pas trop dur, la prison ? Comment se passent tes journées ? C'est bien que tu travailles à la bibliothèque. » Murthy, de son côté, communiquait de façon tout aussi déconstruite : « Ta santé, ça va ? Et maman, et mes sœurs, donne-moi de leurs nouvelles. Je parviens à faire mes prières tous les jours. J'ai l'impression d'être enfermé depuis une éternité. » Chacun taisait les zones d'ombre. Elles auraient pu altérer leur réconciliation. Ils renouaient les liens puissants qui les unissaient.

— Je me suis entretenu avec le père de Malini, expliqua Iswaran Banerjee. Nous célébrerons votre mariage de manière plus discrète, tu t'en doutes. Nous en reparlerons quand tu seras libre.

Murthy inclina son visage et posa son front sur les mains de son père en signe de respect et de gratitude.

— Ta mère ne viendra pas te voir. La prison l'effraie, je la comprends. Elle prie en revanche quotidiennement les divinités pour qu'elles soient bienveillantes envers toi et leur fait des offrandes. Quant à ton avocat, il nous a dit qu'il espérait une audience prochaine avec le juge d'instruction.

— Oui, je m'y suis préparé. Je ferai tout mon possible pour que ce soit favorable pour ma sortie.

Les deux hommes échangèrent ensuite, en souriant, sur le métier d'écrivain public.

— Malini m'a rapporté que les rares enseignements que je t'ai donnés te servent entre ces hauts murs recouverts de barbelés. J'en suis heureux. Il faut que tu sois attentif à la psychologie des gens qui te demandent d'écrire à leur place, c'est très important. Il faut les respecter, ne pas les humilier, surtout lorsque leurs besoins sont personnels. Ils te seront reconnaissants que tu réussisses à offrir un peu d'âme à leur lettre parce que tu auras su les écouter.

— Je t'assure que c'est ce que je fais, même si les courriers pour lesquels on me sollicite sont différents de ceux que tu rédiges dans ta boutique.

— J'imagine, Murthy, j'imagine. Mais bon, l'esprit est le même.

— Oui, et je mets en pratique tous tes conseils. Je ne pensais pas qu'ils me serviraient si vite. Je ne te remercierai jamais assez.

— J'aurais préféré que tu n'en aies pas l'utilité. En tout cas, quand tu sortiras d'ici, tu devras soigner ton karma, te racheter, avoir une vie vertueuse et fonder une famille.

— C'est mon intention, baba.

Iswaran Banerjee posa une de ses paumes sur le haut du visage de Murthy, en signe de bénédiction.

— Tu ne m'as pas parlé des Tigres tamouls, baba. Est-ce qu'ils sont encore venus te racketter ?

— Je ne les vois plus, mentit son père.

— Tant mieux, acquiesça Murthy sans en croire un mot.

Une demi-heure plus tard, le père et le fils se quittèrent, rassérénés. Leurs mains se serraient fort, elles transmettaient tous les non-dits, tout ce que l'on tait par pudeur.

Murthy passa sous silence qu'il fumait du cannabis, qu'un financier de la drogue alimentait son pécule et lui avait procuré un téléphone, et qu'un clan le protégeait de la mort. *Je mens à mon père et à Malini. J'ai honte.*

# 70

Murthy terminait tout juste une discussion avec Évelyne Calmels sur l'organisation d'un atelier d'écriture quand il aperçut Johnny, en panique, qui entrait dans la bibliothèque. Aussitôt, il le rejoignit.

— Qu'est-ce qu'il y a ?

— À la gamelle du matin, j'ai entendu Imad le rouquin qui parlait avec quelqu'un sur son portable. Il a dit texto : « Quoi ? Nordine le saraf s'est fait planter ? Putain, c'est le bordel. OK, je me renseigne. » Tu vois qui c'est, celui qui s'est fait buter ?

— Je crois l'avoir croisé pendant la garde à vue. Les flics m'ont demandé si je le reconnaissais, mais, comme Imad le rouquin, lui non plus je ne l'avais jamais vu.

— Sûr, mon frérot ? Déconne plus avec ce jeu-là. Parce que si Imad y passe, ta protection saute, et le prochain à mourir, c'est toi.

— Je t'assure, c'est la vérité, Johnny, insista Murthy d'une voix altérée par la peur.

— OK. T'inquiète, je vais en toucher deux mots à mes cousins. On fera le max pour te maintenir en vie en cas de pépin.

Après cet échange, Murthy, distant, écrivit de nombreuses lettres, rangea des livres, en répara certains. Évelyne Calmels se rendit compte du changement d'attitude du jeune homme, devenu taciturne.

— Quelque chose te tracasse. Mon fils a la même tête quand il est contrarié. Je me trompe ?

— Un coup de mou passager, cheffe, c'est tout. Rien de bien méchant.

Murthy termina son après-midi de travail avec le sentiment d'avoir du plomb fondu dans l'estomac. Quand il réintégra sa cellule, il crut un instant que le surveillant s'était trompé de cage. Trois jeunes types rigolaient fort, l'un était assis sur son lit, les deux autres sur celui de Tom Cruise. Lorsqu'il réagit, il était trop tard. La porte avait déjà claqué dans son dos. Murthy cogna alors dessus sans s'arrêter, jusqu'à ce que des gardiens se déplacent.

— Qu'est-ce qui te prend, Banerjee ? Tu as viré dingue ou quoi ?

Murthy prit peur quand il aperçut Matraque devant lui, les poings serrés.

— Chef, c'est quoi, ce bazar ? Où est Tom Cruise ?

— Libéré. Tu as de nouveaux colocataires. Ferme-la, je ne veux plus t'entendre. Sauf si tu rêves d'un tour au mitard.

Matraque repoussa Murthy du plat de la main. Les tours de verrous résonnèrent dans la tête du jeune Indien, qui eut envie de vomir, de chialer et de hurler.

— Je m'installe sur le lit du haut, vous deux, vous dégagez, annonça Murthy en grimpant sur la couchette.

— Il y avait une enveloppe sur la table, dit l'un des gars en la lui tendant. Je m'appelle Diallo, les autres, c'est Salif et Jomo.

— Moi, c'est Murthy.

— OK. Soit cool, mec, on est dans la même galère.

— Je suis cool. C'est votre premier séjour en taule ?

Les trois jeunes approuvèrent avec de la fierté dans le regard.

— C'est bon pour la carte de visite. Dans le business, c'est une case obligatoire. On te prend au sérieux quand tu sors.

Murthy se retint d'exprimer tout haut ce qu'il pensait de cette profession de foi désespérante.

— Pourquoi êtes-vous tombés ?

— Stups, lâcha Jomo. On livrait de la dope à domicile qu'on camouflait dans des glacières, genre on apporte de la bouffe japonaise chez les bobos. Le turbin marchait bien, sauf qu'un enfoiré nous a balancés aux keufs. Au moment où ils nous ont gaulés, on avait zéro produit sur nous, et même pas un billet de dix. Mais voilà, on est là.

— Et toi ? demanda Diallo.

— Une histoire de fric.

— Tu racontes ?

— Plus tard.

Ils n'insistèrent pas. Le message était clair.

— Vous allez rire, embraya Diallo. Je suis venu plein de fois devant les murs de cette taule. J'envoyais dans la cour des petits sacs en plastique ou des balles de tennis. Maintenant, c'est moi qui suis à la réception. J'espère qu'ils vont faire pareil pour nous.

Les trois gamins éclatèrent de rire et se tapèrent dans les mains. Leur légèreté agaçait Murthy.

— Tout à l'heure, en promenade, on a repéré des caïds, lui expliqua Salif. On va les approcher tranquille, dire qu'on est *open* et, quand ils seront en confiance, proposer de charbonner pour eux. Pas mal, le plan, hein !

Murthy décida de ne pas alimenter la conversation. Il ouvrit l'enveloppe. Elle contenait une courte lettre ainsi que la photo de l'homme sur le toit de la voiture. « Salut, pakos ! Ma remise en liberté a été acceptée. Tu as su trouver les mots justes. Quand je suis passé devant la commission, j'ai mis le paquet, les regrets, ma meuf, le contrat de travail au resto, bref, j'ai tout donné. J'ai balancé toutes les âneries possibles pour remporter la décision, avec la petite larmichette de rigueur. Maintenant, je vais tout tenter pour récupérer le môme et sa mère. Quand je suis passé au greffe pour la sortie, tu étais à la bibliothèque. Garde cette photo, c'est la liberté. Je ne te remercierai jamais assez. Je te laisse mon 06, appelle-moi. Ethan. »

Murthy plia la feuille et la glissa à l'intérieur de son livre sur l'hindouisme. Il colla ensuite le cliché avec du dentifrice sur le mur, à la tête de son lit. *C'est incroyable. Tom Cruise en liberté… Je suis content pour lui, mais j'ai le blues. J'étais en confiance à ses côtés. Là, j'ai l'impression de repartir de zéro. Heureusement qu'il me reste Johnny.*

Lorsque celui-ci et SFR apportèrent les gamelles, Murthy demeura allongé sur sa couchette. D'un pouce dressé, il indiqua que tout allait bien. Il ne dîna pas, ne répondit pas non plus aux sollicitations de ses colocataires qui bavardaient et riaient sans cesse. Plus tard, ils déroulèrent des matelas au sol et jouèrent aux cartes. Murthy, le moral à zéro, allongé sur le dos, mains croisées derrière la nuque, ne prêta pas attention à l'habituel tumulte nocturne. Les trois arrivants, en revanche, marquaient le rythme et reprenaient des refrains de rap qu'ils connaissaient par cœur.

Le lendemain matin, à l'ouverture de la porte, Murthy, qui avait veillé toute la nuit sans changer de position, n'avait ni accompli ses exercices ni récité ses prières. Il se traîna jusqu'aux douches. L'eau chaude lui procura du réconfort. Pourtant, le souvenir de la tentative de viol, toujours vivace, le rendait méfiant, et il sursautait au moindre cri. Heureusement, son travail à la bibliothèque, ce jour-là, lui offrit un semblant d'ailleurs, dû en grande partie à la bienveillance d'Évelyne Calmels.

— Banerjee, cellule de fouille.

Depuis quelque temps, en sortant de la bibliothèque, il subissait régulièrement une fouille complète par Matraque, qui se complaisait à l'humilier. Il y avait parfois aussi droit en quittant la cour de promenade. Il ne se plaignait pas, il ne se révoltait pas. Plus que jamais, il s'assurait de ne rien posséder d'illégal sur lui. Le surveillant n'attendait que ça pour l'envoyer au mitard, la prison dans la prison.

Matraque, une fois de plus, ne découvrit rien. Il s'en fichait. Une heure plus tard, il comptait des billets de cinquante euros, les pliait et les glissait dans sa poche.

— Mille balles, parfait !

— Tu en auras autant chaque semaine si tu continues à faire chier le pakos, dit Master. Il finira par craquer et par faire une connerie. Et là, direction le mitard où tu pourras t'occuper de lui sans qu'on te voie.

— Pas de problème, je continue comme ça.

— Ça marche. Demain, apporte-moi six ou sept grosses entrecôtes, du vin, du whisky et une cartouche de clopes.

# 71

Le fourgon de la Pénitentiaire fonçait dans les rues de Paris. Sirènes hurlantes, les motards de la police ouvraient la route tandis qu'un véhicule d'escorte fermait la marche. À chaque changement brutal de direction, les cinq détenus, cloîtrés dans des cellules individuelles, se calaient comme ils le pouvaient contre les parois. Quatre étaient convoqués en juridiction de jugement, Murthy chez le juge d'instruction. La veille, son avocat avait passé en revue avec lui tous les points de la procédure. Murthy se montrait combatif, trop pour son avocat, qui avait tempéré l'ardeur du jeune homme.

« Je vous conseille fortement, avait expliqué l'avocat, en marquant les trois syllabes du dernier mot, d'arrêter de fumer du cannabis. »

Murthy avait fait un geste de dénégation peu convaincant, l'air de dire qu'il ne comprenait pas de quoi il parlait.

« Je le vois à vos pupilles dilatées, avait insisté Louis Sernin. Et si je m'en rends compte, le juge d'instruction, qui rencontre vingt camés par jour, le constatera également. Ce sera très mauvais pour vous. C'est compris ? »

Murthy avait acquiescé.

Trois mois s'étaient écoulés depuis son incarcération. Quatre-vingt-dix jours qui l'avaient changé. Terminé, les yeux écarquillés de peur et son masque d'innocent plaqué sur le visage. Même s'il n'était pas encore totalement rassuré, il ne se sentait plus comme un lapin pris dans les phares d'une voiture. L'aide et l'enseignement des règles de la détention apportés par Johnny le Gitan et Tom Cruise avaient été déterminants. Si Murthy parvenait maintenant à être libéré, l'emprise de Master n'existerait plus. Il ne rêvait que de ça. La stratégie arrêtée avec son avocat était simple : ne plus être le seul à ramasser des coups dans cette affaire, sans pour autant franchir cette ligne rouge qu'il s'était fixée, son assurance-vie. Il ne révélerait jamais ses liens avec Imad le rouquin ni ne parlerait d'Enghien ou de Nordine le saraf.

Au nouveau palais de justice, porte de Clichy, dans la salle qui leur était réservée, quelques avocats patientaient. Certains relisaient leur dossier, d'autres faisaient défiler d'un doigt rapide les infos qui s'affichaient sur leur smartphone. Quelques-uns, qui avaient prêté serment ensemble, débattaient des dernières lois pénales votées. Louis Sernin était de ceux-là. Comme ses confrères, il attendait que le service de sécurité conduise son client à lui.

C'était au tour de Murthy d'être présenté. La convocation pour l'audition chez le juge d'instruction était à 9 h 30. Les gardes étaient ponctuels, une bonne chose. Louis Sernin observa le jeune homme. Démarche assurée, épaule en arrière, tête droite, menton relevé. *Trop relevé*, s'agaça l'avocat. Encadrés par deux gendarmes, ils empruntèrent un long couloir blanc dans lequel s'alignaient les portes blanches des cabinets des magistrats. Un univers aseptisé, qui contrastait avec celui de l'emblématique Palais de Justice de l'île de la Cité, chargé d'histoire avec ses boiseries, son dallage, ses escaliers monumentaux. Là-bas, les couloirs, parcourus par les âmes d'illustres plaideurs, vibraient des échos et des clameurs de leurs ardents discours.

Les quatre hommes s'arrêtèrent devant le bureau du juge d'instruction. Tandis que les gendarmes s'apprêtaient à les annoncer, Louis Sernin capta l'attention de Murthy et lui glissa :

— Profil bas, votre avenir est entre vos mains. C'est tout ce que j'ai à vous dire.

Murthy Banerjee, sans les menottes, prit place face au juge d'instruction. La greffière était installée à sa droite. Le juge fut surpris du changement physique opéré chez le jeune homme. *En tout cas, c'est un point positif pour lui d'avoir renoncé à l'avocate des narcos*, estima-t-il. *J'espère qu'avec ce nouveau confrère de bonne réputation, l'affaire se débloquera.* De Mézières et Louis Sernin échangèrent quelques phrases banales, une sorte de prise de température, avant d'entrer dans le vif du sujet.

L'audition démarra. La greffière enregistrait les questions et les réponses sur l'ordinateur. D'abord des généralités. La manière de s'exprimer de Murthy conforta le magistrat dans sa première opinion. *Il a appris des leçons du monde carcéral.* Le gamin ne bafouillait plus comme trois mois auparavant.

— Saviez-vous que l'argent que vous transportiez provenait du trafic de drogue ?

— Bien sûr que non. Personne ne m'a parlé de l'origine des fonds. J'avais comme consigne de prendre une sacoche à un point A et de l'apporter immédiatement à un point B. C'est tout.

— Vous n'avez jamais été curieux à ce sujet ?

— Même si je découvrais ce milieu, je me doutais qu'il était inutile de poser ce genre de questions. Et qui aurais-je interrogé ? Je recevais par WhatsApp le lieu où je devais me rendre. J'effaçais de suite le message, c'étaient les ordres. Et celui qui me remettait la sacoche m'indiquait où déposer l'argent. Les remises ne duraient pas cinq secondes.

Louis Sernin avait envie de calmer l'ardeur de Murthy. C'était peut-être la vérité qu'il déclarait, mais il l'énonçait de façon trop péremptoire. L'avocat, exaspéré, croisa le regard de son client et lui envoya le message : « Profil bas. » Le juge d'instruction se leva, ôta sa veste et l'accrocha à un portemanteau. Il déboutonna ensuite le col de sa chemise, desserra sa cravate puis retira sa montre et la posa sur son bureau, devant lui, bien en vue. *Il refait son cinéma nota*, Murthy. Le jeune homme, impassible, ne prêtait néanmoins plus attention à ces gestes qui l'avaient impressionné la première fois. Il se força à admirer la vue panoramique sur Paris.

— Combien de voyages avez-vous effectués pour cette organisation ? Lors de votre précédente audition, vous en avez admis deux. Je voudrais vérifier cela auprès de vous.

— J'en ai fait six en tout et pour tout. J'ai gagné trois mille euros, je les gardais pour participer aux frais de mon mariage et pour financer le traitement médical de mon père.

*Nous y voilà*, se dit l'avocat. Silence dans le bureau. Le magistrat enchaîna :

— Le procès-verbal de la perquisition, signé par vous-même et les deux policiers qui ont procédé à la fouille de votre domicile, atteste d'une saisie de cinq cents euros, et non de trois mille.

— C'est exact. Le policier m'a expliqué que je ne devais avouer que deux voyages, que c'était mieux pour mon dossier.

— Quel policier ?

— Celui qui m'a arrêté et qui a fait la perquisition chez moi.

— Il s'agit du commandant Miller. Que sont devenus les trois mille euros ?

— Il les a mis dans sa poche.

— La lieutenante Elvire Andrieu, également présente, a-t-elle participé à ce vol ?

— Non. Elle cherchait plutôt, par son attitude, à dissuader son collègue.

— C'est très grave ce que vous affirmez. En mesurez-vous les conséquences ?

— Bien sûr. Ma fiancée, Malini Gupta, était là au moment de cette perquisition. Elle le confirmera si besoin.

— Maître, souhaitez-vous intervenir ?

— En effet, monsieur le juge. Mon client et moi-même avons eu une longue discussion à ce sujet. Lors de sa première audition, il n'a pas osé avouer ses six voyages à cause de la crainte que lui inspirait l'officier de police judiciaire Miller.

*L'affaire prend une sacrée tournure… Il faudra que j'appelle Patrick Chebel pour lui parler de ça. Un beau pataquès en perspective*, soupira intérieurement le magistrat.

— Bien, poursuivons.

Le juge enleva ses boutons de manchettes et remonta légèrement les poignets de sa chemise. *Encore du cinoche.* Murthy détourna le regard.

— Avant votre interpellation dans le quartier de Château-d'Eau, où vous a-t-on invité à déposer l'argent ?

— Aucune idée, monsieur le juge.

— Comment est-ce possible ?

— Quand mon interlocuteur m'a remis la sacoche, il m'a indiqué l'endroit où je devais l'apporter, sauf que je n'ai rien entendu, car il y avait énormément de bruit. Celui de la circulation, du moteur de mon scooter et la musique très forte d'un salon de coiffure à côté. Sans compter que j'avais mon casque. Je me suis penché pour qu'il répète, mais il est parti en courant.

— C'est dommage, parce que cet homme refuse de s'exprimer sur ce point. Et après ?

— Après, tout s'est passé très vite. Au moment où je démarrais, j'ai été arraché de mon scooter et plaqué au sol par un homme aux bras entièrement tatoués de serpents. Il m'a à moitié étranglé. Au début, je ne savais pas que c'était un policier. C'est le même qui a fait la perquisition chez moi.

Au cours de l'interrogatoire, le juge continua à s'intéresser aux incohérences notées dans le procès-verbal. Murthy, qui avait eu accès à la retranscription de ses premiers témoignages grâce à son avocat, resta constant dans ses réponses. Finalement, le magistrat étala sur son bureau des photos sur lesquelles figuraient Imad le rouquin et Nordine le saraf.

— Vous reconnaissez ces hommes ?

— Pas du tout, je l'ai déjà dit aux policiers pendant la garde à vue. Ils ne me croient pas. Pourtant, coursier, c'est un travail rapide et sans paroles. On commet surtout des infractions au Code de la route avec nos scooters.

Le juge d'instruction et l'avocat ne purent s'empêcher de sourire face à la repartie du jeune Indien.

— Le restaurateur qui vous embauchait nous a adressé un courrier dont je donnerai copie à votre avocat. Il y fait part de son intention de ne pas vous reprendre à son service à votre sortie de prison.

— Oui, je le sais, mon père m'en a informé, et j'en suis désolé. Je regrette le tort que j'ai causé à ma famille et à ma fiancée. Je ne pensais pas aux conséquences de mes actes.

Compréhensif, le juge hocha la tête. Il appréciait le ton sincère de Murthy.

— Très bien, monsieur Banerjee. Je serais enclin à vous remettre en liberté à condition que vous ayez un emploi. Payer vos études, votre loyer, les soins de votre père et les frais de votre mariage avec l'argent de la drogue n'est pas la bonne solution. Faites-moi parvenir un contrat de travail, et vous recouvrerez la liberté.

Sur ces mots, les trois hommes se levèrent. *La liberté, la liberté. Ce soir, j'appelle Malini et je me fais des joints.* Sur le regagna la bibliothèque en souriant. Il se moquait d'avoir sauté le déjeuner.

Les heures qui suivirent, il rédigea quelques courriers. Rien d'exceptionnel, des détenus impatients qui exigeaient de leur avocat des avancées procédurales. Puis, à la fin de sa journée de travail, il fut conduit jusqu'à la cour de promenade.

— C'est une bonne nouvelle, frérot, se réjouit Johnny quand il lui raconta l'entretien. T'as jamais été aussi près de dégager d'ici, donc maintenant tu restes cool. Déguise-toi en homme invisible, couleur des murs, et ne donne pas l'occasion à Matraque de te défoncer.

Au retentissement de la sonnerie, le redouté « Banerjee, cellule de fouille » retentit dans le dos de Murthy. La voix grave de Matraque le fit instantanément frissonner.

— Fouille complète, à poil, tu connais la musique.

— Oui, chef, murmura Murthy.

*Je suis l'homme invisible, ce n'est pas moi qui suis ici, dans dix minutes c'est fini. Je ne donnerai pas à cette ordure le plaisir de me révolter.*

— Rhabille-toi, retour cellule.

Le lendemain, Murthy décida de prendre les choses en main. Quand plusieurs types du clan des Arabes défilèrent afin de rendre des revues, le jeune Indien en profita pour s'adresser à voix basse à Abdel :

— Je peux te parler ?

# 72

— C'est ici.

6 h 30. Une Volkswagen Golf de couleur noire s'arrêta à proximité de l'immeuble où habitait Elvire Andrieu. Le nouveau binôme envoyé par El Dorado, à pied d'œuvre, ne descendit pas de la voiture.

— Tu en es sûre ?

— C'est l'adresse donnée par le patron en personne.

Une photo de la policière était calée sur la console centrale.

— On la bute ?

— Cette fois-ci, oui, dès qu'on a toutes les infos sur le mec qui bosse avec elle.

Après cet échange succinct, Nour et Léna restèrent silencieuses. Elles observaient l'agitation matinale, à peu près identique à celle de la plupart des rues de la capitale. D'abord les gens qui attendaient que leur chien fasse leurs besoins. Ensuite ceux qui partaient au travail d'un pas rapide ou en se traînant, les épaules voûtées.

8 h 30.

— Elle devrait sortir pour aller bosser, dit Nour.

— Sinon ? demanda Léna.

— Quand on voit que la concierge n'est plus dans le hall, on fonce chez elle.

10 heures.

— On y va.

Les deux jeunes femmes, blouson, jean, sac en bandoulière, lunettes de soleil plantées dans les cheveux, se dirigèrent tranquillement vers l'immeuble. Elles profitèrent de ce qu'un distributeur de journaux publicitaires entre pour se glisser derrière lui. L'ascenseur descendait. La porte s'ouvrit sur un bonhomme aspergé d'une eau de toilette très forte. Pas d'Elvire Andrieu. Léna se faufila dans la cabine, Nour emprunta l'escalier pour parer à toute éventualité. Elles se rejoignirent en haut. Coup de sonnette. Pas de réponse. Attente. Sonnette de nouveau. Léna, l'oreille collée contre le battant, fit une moue négative. Personne. Léna appuya sur le centre de la double porte en bois.

— C'est bon, elle n'est que claquée, chuchota-t-elle.

— T'es capable de gérer ça ?

— Carrément. Mon vieux était serrurier, il était souvent appelé par les huissiers pour qu'ils puissent saisir les biens des mauvais payeurs. J'ai beaucoup appris en travaillant avec lui. Ensuite, je me suis mise à mon compte et je me suis spécialisée dans les cambriolages. Ça n'a pas été du goût de mon daron, raconta Léna en haussant les épaules.

Nour sourit. Elle n'avait de toute évidence pas encore fait le tour des talents de sa binôme.

— Dans ce cas, grouille-toi, dit-elle.

Léna sortit de son sac un cliché radiographique et le glissa entre les vantaux. Quelques secondes lui suffirent. Elles entrèrent et refermèrent rapidement derrière elles. Armes au poing, elles progressèrent dans un couloir et pénétrèrent dans la première pièce qui se présenta sur leur gauche. La cuisine, vaste et équipée comme celle d'un grand restaurant. La comparaison s'arrêtait là.

Les deux jeunes femmes demeurèrent interdites par ce qu'elles découvrirent. Du sang et son odeur caractéristique de fer. Du sang séché sur le sol, où des traces de pas avaient imprimé leurs empreintes.

— C'est quoi, ce bazar ? souffla Nour.

Nour et Léna se déplacèrent dans la pièce en évitant de marcher sur les traces de sang. Des tas de compresses, de bandes, de pansements et de rouleaux adhésifs recouvraient la table. Un flacon d'alcool vide trônait à côté avec, pêle-mêle, un cendrier débordant de mégots, trois tasses, une cafetière avec un reste de café sur lequel flottaient des moisissures verdâtres, une paire de ciseaux et des liens en plastique coupés. Nour enregistra cette scène avec son smartphone. Puis elles poursuivirent au pas de course la visite du très grand appartement. Léna filma une chambre avec un lit retourné, des penderies sans vêtements et des boîtes de chaussures vides.

— On se tire.

Les deux jeunes femmes descendirent l'escalier sans se presser. Elles ne croisèrent ni la concierge ni aucun voisin. Dans la Golf, Nour composa un numéro sur le téléphone satellite chiffré.

— Nour, ma fille, donne-moi de bonnes nouvelles, dit El Dorado après avoir décroché.

— Kamel a fait le boulot, y a plein de sang séché et une tonne de trucs de pharmacie dans la cuisine. Il a dû tailler la fille comme prévu. Je t'envoie des photos et des vidéos.

— OK, mais la gonzesse, elle est où ?

— Enfuie, a priori, et vite. Tout est sens dessus dessous.

El Dorado jura tout ce qu'il savait, à sa façon, en français et en arabe. À travers le haut-parleur, elles l'entendirent exploser de rage.

— Nour, je viens de jeter un œil à la vidéo, intervint Sofiane, qui préféra prendre le relais. Ça peut en effet correspondre à l'ordre que j'ai donné à Kamel de couper des doigts à la fliquette pour la punir.

— On s'en fout, de ça, hurla El Dorado. Ils sont où ces deux connards de Vialle et Kamel, bordel de merde ?

Rachid Mansouri n'était plus maître de lui. Il éructait. Le voir perdre pied ainsi perturba sa fille.

— Qu'est-ce qu'on fait ? demanda-t-elle.

— Plus rien, vous rentrez, je dois réfléchir, lâcha le père en raccrochant.

# 73

Matraque termina son service à 18 heures. Deux mille euros gonflaient son portefeuille. Il troqua son uniforme contre des vêtements civils et salua ses collègues. Certains l'ignorèrent. Loin de s'en formaliser, il franchit la porte de la détention. Avant de regagner le métro, il fit une halte dans un bar, avala trois ou quatre bières, consulta des sites de rencontres et passa quelques appels. Le temps était doux. Matraque s'alluma une cigarette et prit du plaisir à marcher vers la station la plus proche.

Un feu rouge. Un passage pour piétons. Le surveillant s'apprêtait à traverser. Une camionnette s'arrêta. La porte latérale coulissa, quatre mains le saisirent et le balancèrent à l'intérieur. La porte se referma. Feu vert. Le véhicule redémarra.

# 74

Le juge de Mézières et Patrick Chebel finissaient de dîner à la terrasse d'un restaurant du quartier des Halles. Les deux hommes travaillaient ensemble depuis de nombreuses années et, comme ils se plaisaient souvent à le raconter, avaient envoyé de nombreux gros voyous derrière les barreaux. Le patron de l'établissement les connaissait de longue date. Avant qu'ils passent commande, il servit à chacun un verre de rhum. Chebel posa sur la table un étui à cigares et une boîte de longues allumettes.

— Les conclusions sont en béton ? demanda Chebel.

— Bien sûr que non, c'est toujours pareil avec les experts, ils se querellent sur des éléments sujets à interprétation. Je te rappelle que ce sont les Espagnols qui ont fourni les enregistrements téléphoniques du répondeur de Dalmasso et celui capté à l'insu d'Elvire Andrieu.

— Oui, et alors ?

— Alors, nos experts auraient préféré enregistrer eux-mêmes la voix d'Andrieu pour faire la comparaison. C'est là où le bât blesse. Ce n'est pas sûr à cent pour cent.

— Je vois…

— L'IGPN réclame donc qu'on reprenne la procédure depuis le début. Tu la sens comment, toi ?

— Sa réaction spontanée me gêne. Si d'emblée elle avait reconnu l'appel en expliquant qu'elle relançait son informateur, l'affaire aurait été classée. Basta, on passait à autre chose, dit Chebel, en se frottant les mains.

— Je suis d'accord avec toi. Au lieu de ça, j'ai l'impression qu'elle et Miller se sont pris les pieds dans le tapis. Parle-moi d'Andrieu.

— Facile et pas banale. La fille unique d'une mère qui ne sait même plus combien elle possède d'immeubles et de commerces à Paris. Une très grosse fortune.

— Dans ce cas, ce n'est pas le salaire qui motive ta lieutenante.

— Non, d'autant qu'elle le reverse à des associations. J'ai appris ça récemment. Selon Miller, ce qui la fait vibrer, c'est l'ambiance, les interpellations et l'adrénaline, notre mère à tous. Grosso modo, le boulot de flics de PJ.

— Elle doit être unique, dans son genre, commenta en souriant le juge. Je vais la convoquer.

— Quand elle rentrera... J'ai reçu un arrêt de travail il y a quelques jours. Un mois pour dépression nerveuse avec repos à la campagne, je ne me rappelle plus trop où.

— Curieux, non ?

— Plutôt. Pile au moment où les sacs de nœuds commencent.

Le téléphone de Chebel vibra. Il prit l'appel et se leva pour marcher de long en large, comme d'habitude lorsqu'il était en communication. Il se rassit une dizaine de minutes plus tard. De Mézières fumait son cigare. Il l'interrogea du regard.

— Une camionnette remplie de kalachnikovs et de chargeurs est partie hier soir de Serbie. Elle va bientôt franchir la frontière italienne pour entrer en France et livrer auprès du grand banditisme à Marseille. J'ai un gros dispositif dessus, on est prêts à choper l'équipe.

— Parfait ! Et sinon, dans le volet des mauvaises nouvelles, c'est fâcheux, cette histoire de vol d'argent qui pend au nez de Miller, poursuivit de Mézières. D'autant que Banerjee est vraiment sûr de ce qu'il affirme.

— Fâcheux, le mot est faible. Je n'arrête pas d'y penser, tu t'en doutes, soupira Chebel.

— Combien de fois avons-nous dîné ici, à cette même table, toi, moi et Miller, pour fêter de belles affaires ?

Chebel prit son temps pour allumer le cigare cubain dans les règles de l'art. Il avala ensuite une goutte de rhum avant de répondre, nostalgique :

— Je n'ai pas compté, mais plus d'une vingtaine.

— Au moins. Au fur et à mesure de nos réussites, on a construit une amitié forte. Ça rend compliqué de digérer ce qu'est devenu Miller. C'est le meilleur flic que j'ai jamais rencontré.

— C'était.

Jean de Mézières attendit que Patrick Chebel développe. Il en profita pour tapoter son cigare dans le cendrier.

— Miller a commencé à déconner avant de partir aux États-Unis. Moins disponible, renâclant à bosser. Bref, plus rien n'allait. Quand il a redébarqué, au bout de trois ans, il était méconnaissable : crâne rasé, une montagne de muscles, tatoué, hargneux, irascible. Tu as eu l'occasion de le voir depuis son retour ?

— Non, je l'ai eu au téléphone une ou deux fois. Il semblait à la bourre, alors je n'ai pas insisté. Et il est comment au boulot, là ?

— Il fait son travail, sans plus.

— Que s'est-il passé pour qu'il change à ce point ?

— Si je le savais…

Chebel hésita, et décida finalement de jouer la transparence.

— En tout cas, il y a des rumeurs sur son comportement lorsqu'il découvre du fric. Il le mettrait dans sa poche plutôt que de le placer sous scellé.

— Il a basculé, se désola le juge. Ça confirme les déclarations de Banerjee.

— Oui, et, plus emmerdant, un collecteur d'argent de la came, qui est aussi un informateur des Stups, raconte avoir été braqué par un mec dont le signalement correspond à cent pour cent à celui de Miller.

— Qu'envisages-tu de faire ?

— À ton avis ? Stand-by, pour l'instant. L'indic est dans la nature. Dès qu'on l'aura sous la main, on déroulera le truc habituel : IGPN, audition, plainte et tapissage[1] avec Miller. Si le collecteur est formel et le reconnaît comme étant son agresseur, Miller plonge.

— Je comprends. De mon côté, je vais déjà saisir l'IGPN pour le vol de l'argent chez Banerjee.

— Logique. Normalement, l'inspection examinera ses comptes bancaires, assurances-vie, placements, tout ce qui peut être chargé en fric.

— Miller n'est pas tombé de la dernière pluie, je le vois mal ouvrir des comptes à droite ou à gauche, observa le magistrat.

— Je le sais bien. Mais c'est la procédure. Ensuite l'IGPN enregistrera les témoignages de Banerjee et de sa fiancée. Et pour finir, le grand jeu : interpellation, garde à vue, perquisition et audition.

— Dans le cas où les faits sont avérés, ce sera un aller direct pour le trou.

— C'est ça... De toute manière, il est en roue libre totale. Il y a quelques jours, il a mis K.-O. un de ses collègues. Aucune chance pour que je laisse passer un tel comportement

1. Procédure policière permettant à une victime ou à un témoin, placé derrière une glace sans tain, d'identifier un suspect parmi plusieurs individus présentés.

entre policiers. Il a posé des récupérations, que j'ai bien volontiers signées. Je le préfère en dehors du service en ce moment. En attendant de le virer.

— C'est logique.

— Malgré ça, s'il va en taule, je t'avoue que mon moral en prendra un coup. Vingt piges qu'on se connaît, on a fait des trucs incroyables, tous les trois. Terminer de cette façon, ce serait aussi triste que lamentable. Je l'ai prévenu que je ne lèverai pas le petit doigt pour lui.

— Je suis d'accord, mais c'est ainsi. Miller a deux procédures contre lui, qui l'emmèneraient à la case prison. Il a fait ses choix.

— Ah oui, et j'oubliais la dernière. J'ai reçu un coup de fil d'un de mes collègues de Pontoise. Sa BAC a été envoyée sur le parking d'un hypermarché, où des gens vendent leur voiture le dimanche, pour un type armé.

— Miller ?

— Exact. Les policiers ont raconté qu'ils avaient eu affaire à un commandant très agressif, menaçant, agité, comme sous l'emprise d'excitants. Il leur a expliqué qu'il avait refourgué sa voiture à trois types qui ne voulaient pas payer. Que c'est pour ça qu'il les avait braqués.

— Il est devenu incontrôlable.

Jean de Mézières sortit de la poche intérieure de sa veste un cliché aux couleurs passées. Six hommes, dont cinq policiers en tenue d'intervention, se tenaient par les épaules avec un grand sourire. Le juge désigna du doigt le jeune type en civil posté à leur côté dans une attitude fière.

— Ma première affaire avec ton équipe. Des arrestations qui ont marqué le début de notre amitié à tous les trois. Cette photo ne me quitte jamais.

De Mézières et Chebel tirèrent sur leur cigare et dégustèrent leur verre de rhum à petites gorgées. En silence. Parler d'autres choses ? Impossible.

# 75

Après l'euphorie, les projets, la perspective de la sortie et les pleurs de joie de la première semaine, la tristesse et le désespoir s'invitèrent. Malini ne reçut que des refus d'embauche pour Murthy. Comme si les commerçants s'étaient donné le mot. De son côté, tous ceux à qui Iswaran Banerjee avait rendu des services répondaient, gênés, « Désolé, je suis complet pour le moment », ou bien « Tu sais, avec la mauvaise situation économique, je songe plutôt à me séparer de quelqu'un ». Le père de Murthy assurait que, bien sûr, il comprenait. Il notait néanmoins le nom de ceux qui s'étaient dérobés à ses sollicitations. *Qu'ils ne me demandent plus jamais quoi que ce soit !*

Évidemment, leur désillusion ne tarda pas à affecter le moral du jeune homme. Évelyne Calmels perçut le changement. Murthy devenait taciturne et silencieux. Il continuait à faire son travail correctement, que ce soit à la bibliothèque ou en tant qu'écrivain public, mais sans entrain.

La cour de promenade. Sorte d'agora où tout se raconte, tout s'échange, tout se règle. L'inénarrable Johnny y attendait Murthy, qui le rejoignit comme un condamné va à la corde.

— Tu connais la dernière ?

— Non…

— Matraque, il est à l'hosto, en réa ; c'est c'qu'ont dit ses collègues. Il s'est fait défoncer. Paraît qu'il est cassé de partout. Il peut même pas parler.

— Je ne vais pas le plaindre. À force de jouer au con, il a dû tomber sur plus fort que lui.

— J'avais une autre idée sur le sujet… dit Johnny, en lançant un clin d'œil à son ami. Mais tu dois avoir raison.

Détendu, un poids en moins sur les épaules, Murthy passa la soirée à fumer des joints, allongé sur son lit. *Abdel me présentera l'addition à un moment ou à un autre. Je suis plus que jamais lié aux narcos. C'est de la pure folie. Comme d'habitude, j'ai choisi la loi de Murphy.*

Le lendemain matin, avant d'aller à la douche, il reprit avec assiduité les séries de pompes et d'abdos, et termina en priant avec ferveur. Rituel immuable des jours qui se suivaient et se ressemblaient. Ses trois colocataires dormaient toujours quand le surveillant venait le chercher vers 7 heures, et se réveillaient à peine lorsque Murthy regagnait la cellule pour le déjeuner. Puis, de l'après-midi jusque tard dans la nuit, ils occupaient une grande partie de leur temps immergés dans des applications de jeux sur leur portable, regardaient des clips ou organisaient leur futur business. Ils vivaient sur le même créneau horaire que dans la cité.

Murthy, lui, consolait Malini tous les soirs. Ce soir-là ne fit pas exception à la règle.

— Quand je demande un contrat d'embauche pour que tu puisses être libéré, tout le monde refuse. Par contre, ils m'assurent que, à ta sortie, ils te prendront sans te déclarer. On tourne en rond, Murthy.

La jeune femme n'y croyait plus, il l'entendait au son de sa voix.

— Tout va s'arranger, tu verras. Malini, si un restaurateur cherche un guignol volontaire pour se déguiser en maharaja afin d'attirer les touristes dans le passage Brady, j'accepte.

Je suis même capable de faire semblant de mal parler le français histoire de passer pour un authentique hindou qui débarque de Delhi.

Après avoir raccroché, Murthy appela Tom Cruise. Une voix ensommeillée lui répondit.

— Mec, tu as vu l'heure ? C'est 3 heures.

— Ben, non, je n'ai pas fait gaffe. C'est toujours la fiesta ici, tu connais.

— Qu'est-ce qui t'arrive ?

— Je n'en peux plus. J'imaginais me tirer de là bientôt, mais tout foire. Malini ne parvient pas à me trouver un contrat de travail. J'en ai discuté avec l'avocat, il me dit qu'il a pris rendez-vous avec le juge et qu'en attendant je dois faire profil bas. Sacré programme.

Quatrième mois de détention. Murthy, démoralisé, avait besoin d'exprimer tout son mal-être. Ethan, compréhensif, n'interrompit d'abord pas ce long monologue. Puis, impuissant à apporter le moindre réconfort, il capitula.

— Bon, mon pote, je me lève dans deux heures pour aller bosser. Si j'entends parler d'un plan, je t'appelle. Promis.

Murthy, épuisé par ses nuits sans sommeil, sombrait dans le désespoir.

— Mon frérot, ça pas l'air de gazer, s'inquiéta Johnny au cours d'une promenade. Toujours ton problème de taf ?

— C'est insoluble, lâcha l'Indien, le visage marqué par la colère.

Murthy glissa une barrette de résine à son ami, qui confectionna deux petits joints. Ensemble, ils fumèrent en marchant le long du mur d'enceinte. Master, chaque fois qu'il croisait le regard de Murthy, passait son pouce sous la gorge. « Je vais te saigner. » Le jeune homme s'en foutait. Abdel et ses gars n'étaient jamais très loin, ni les Gitans de Johnny.

— T'aurais pas un p'tit truc à fumer ? pleurnicha la Crevure en s'approchant d'eux.

— Non, je n'ai rien, dégage, s'agaça Murthy.

— Allez, sois cool, j'suis à sec. J'sais qu'on t'en file pas mal à la bibliothèque. Rappelle-toi, j't'en ai même filé une, moi aussi.

Murthy attrapa le bras du type et le serra.

— Je m'en souviens, et tu m'as balancé à cette ordure de Matraque dans la foulée. Tire-toi ou je t'en colle une.

Johnny fit signe au toxico de partir. Incrédule, le Gitan dévisagea ensuite son ami comme s'il découvrait une autre personne.

— Calmos, ce n'est pas le moment d'aller au mitard.

— Oui, je sais, merci, Johnny. Heureusement que tu es là, je suis à bout.

— C'est bon, détends-toi, tout ira bien. Imad m'a dit, pas plus tard que ce matin : « Si le petit pakos continue comme ça, quand il sera dehors, je ne l'oublierai pas. »

— Tu vois, Johnny, c'est tout le problème. Je préférerais qu'il m'oublie. J'en ai plus que marre de toutes ces conneries.

La prison endurcissait Murthy. Pourtant, ce soir-là, il n'avait plus le cœur à parler avec Malini, plus l'énergie de prétendre qu'ils y arriveraient. Il perdait pied, résigné à attendre sa sortie sans savoir quand elle surviendrait. À plat ventre sur son lit, il sanglotait en silence pour ne pas attirer l'attention de ses trois codétenus. Ne jamais montrer ses faiblesses. À 2 heures du matin, tandis que la prison résonnait de son vacarme habituel, il vit le flash de son smartphone clignoter. Tom Cruise.

— C'est toujours la fête, à ce que j'entends. J'aurais dû rester.

— Franchement, tu n'es pas marrant, répondit Murthy.

— Tu as le permis de conduire ?

— Oui, auto et moto.

— Génial. Tu vas bosser comme voiturier dans le restaurant où je suis. Donne-moi l'adresse de ton avocat pour que mon patron envoie le contrat. Je te laisse à la fiesta. Profite-bien, c'est quasi la dernière. À bientôt.

# 76

— Alors, frérot, c'est demain l'grand jour ?

— Oui, tout est réglé. Le juge a validé le contrat de travail et a signé l'ordonnance de mise en liberté. Je n'y croyais plus. Enfin, je reste quand même toujours mis en examen pour trafic de stups et toutes les infractions qui suivent…

— Tu le resteras jusqu'au jugement. Mais tu t'en fous, le plus dur est passé.

— Oui, je suis content.

— Y a de quoi. Voiturier, en plus, c'est top. Tu vas monter dans des caisses super classe, qui sentent bon le cuir et qui emballent des meufs.

— Je devrais surtout faire gaffe pendant les manœuvres.

— Ça va l'faire, t'inquiète.

— Tom Cruise a assuré sur ce coup. Grâce à lui, je ne pourrirai pas ici, je vais reprendre mes études, payer mon loyer et tout et tout.

— Je suis heureux pour toi. Tu reviens de loin et, au final, t'as pas trop morflé.

— Tu m'as beaucoup aidé, Johnny.

— Remercie Sara la noire.

— Je le ferai, tu peux en être certain.

Sur ces mots, Murthy remit discrètement son portable à Johnny.

— Merci, mon frérot, ça m'en fera un second. Dès que j'serai au calme dans ma cage, je détruirai la carte SIM par prudence.

— Pourquoi ? s'étonna le jeune Indien.

— Ben, on sait jamais. Imagine si les keufs avaient chopé et branché ton 06, c'est un coup à être bien emmerdé. Quand j'discuterai avec mes cousins pour prévoir les plans à la sortie, la ligne doit être nette. Une autre carte SIM dans une balle de tennis réglera le problème.

— Moi, je m'en fous, des flics. Ils pouvaient bien écouter, je n'ai parlé qu'à Malini au sujet de l'avocat, du boulot, de notre avenir.

— Relax, de toute façon, y a pas de raison qu'on t'ait branché : t'es loin d'être l'ennemi public numéro un. Je change juste par sécurité.

Les deux amis se serrèrent dans les bras.

— Frérot, une dernière chose. Au moment où la grande porte du chtar aura claqué dans ton dos, grave-toi au fer rouge dans le cerveau ce que je vais te dire : tu as été à l'école de la prison, tu sais plein de trucs maintenant, profites-en pour plus te faire baiser par les keufs, ni par personne. Dans deux mois, je suis dehors, je passerai boire un coup avec toi.

Murthy refit dans le sens inverse le parcours emprunté quatre mois plus tôt. Avant de quitter sa cellule, il déchira avec rage le calendrier de fortune qu'il s'était fabriqué. Dans un sac, il transportait les vêtements apportés par Malini et la photo de l'homme sur le toit de la voiture. En chemin, accompagné d'un surveillant, il s'arrêta à la bibliothèque et rendit le livre sur l'hindouisme à Évelyne Calmels.

— Je te laisse le soin de le réintégrer, lui dit-elle, en souriant. Ce sera ton dernier acte ici.

— Merci, cheffe, lui répondit-il alors qu'il s'asseyait devant l'ordinateur. Je vous remercie de m'avoir fait confiance.

— Murthy, soigne bien ton karma pour éviter de revenir parmi nous. Ta place n'est pas entre ces murs. Bonne chance.

Le jeune homme la salua chaleureusement. Au greffe, il retrouva avec plaisir ses effets.

— Tu as mille huit cent soixante-dix-neuf euros et cinquante centimes sur ton compte de cantine, annonça le greffier.

Il ne manifesta aucun étonnement quand il entendit cette somme. Il devinait d'où tout cela provenait. Imad.

— Il me faut tes références bancaires pour les virer. Si tu ne les as pas, tu devras repasser.

*Impensable*, songea-t-il aussitôt. *Je préférerais encore ne jamais récupérer cet argent plutôt que remettre les pieds en prison.*

— Je les ai dans le portefeuille que vous m'avez rendu.

Pendant que le greffier terminait la paperasse administrative, Murthy, soulagé d'en avoir fini, détaillait du regard les lieux. Ils ressemblaient à n'importe quel secrétariat, avec des bureaux, des chaises à roulettes, des ordinateurs et tout un fouillis de câbles, de tampons, de stylos, de papiers et de panneaux en liège où étaient épinglées des notes et des consignes. La différence, c'est que les deux agents en uniforme bleu foncé de la Pénitentiaire officiaient en réalité dans une pièce sécurisée, entourée d'épaisses portes vitrées aux gâches électriques.

Murthy était persuadé que les bruits caractéristiques et répétitifs de la détention le hanteraient durant des années. Il était impatient de franchir les quelques dizaines de mètres qui le séparaient de la liberté, de Malini et de ses parents, qui l'attendaient dehors. *Dehors ! Quel mot magique et merveilleux quand on est enfermé...*

— Signe ici le registre de levée d'écrou, et prends ton billet de sortie.

Le jeune homme s'exécuta, puis il enfouit dans sa poche ce morceau de papier qui lui brûlait les doigts. *Il me rappellera, chaque fois que je le verrai ou que je le toucherai, que j'ai été un détenu, un taulard, un prisonnier.*

— Pour moi, tout est en règle. J'ai juste une dernière chose à te dire : tu t'es bien comporté, tu as un bon dossier, on s'en souviendra. Lorsque tu reviendras, tu seras peinard.

— Chef, je ne reviendrai jamais.

Murthy, accompagné d'un surveillant, se dirigea d'un pas décidé vers la sortie. Un gardien déverrouilla toute une succession de sas. Le greffier suivit du regard le jeune homme à la démarche déterminée.

— Ouais, c'est ce qu'ils racontent tous, marmonna-t-il.

# 77

— Le voilà !

Malini avait crié sa joie sans retenue, suivie de manière plus modérée par les autres femmes de la famille, pour lesquelles les effusions bruyantes n'étaient pas l'apanage. Les deux mères et les sœurs de Murthy tamponnaient leurs yeux tandis que les frères de Malini toisaient le jeune homme d'un regard provocateur. Les pères affichaient quant à eux une allure digne pour dissimuler leurs émotions. Embrassades et accolades se succédèrent sous l'œil envieux de toutes celles qui rendaient visite à des détenus. Les questions fusèrent. Soudain, Iswaran Banerjee mit fin à la succession des « Alors, raconte comment c'était ».

— Ce n'est pas l'endroit pour parler. Nous aurons maintenant tout le loisir de discuter avec Murthy.

Dans la voiture que conduisait son père, Murthy, assis à l'arrière, se frotta sans s'en rendre compte les poignets. Plus de menottes. La main de Malini caressait la sienne. Le jeune homme souriait en observant les rues familières de son quartier, ces lieux qui avaient bercé son enfance.

— J'ai l'impression que cela fait une éternité que je suis parti, chuchota Murthy à l'oreille de sa fiancée.

— C'est normal. Ça va aller, tu es à la maison à présent.

En réalité, il appréhendait de sortir de la voiture, d'affronter le regard des gens qu'il connaissait. Iswaran Banerjee s'arrêta devant l'entrée de l'immeuble et lança à son fils un « Descends » muet dans le rétroviseur. Murthy quitta Malini à regret, se dépêcha d'entrer dans le hall et de grimper les marches de l'escalier. Le cœur battant, les jambes en coton, gagné par une émotion bien plus forte qu'il ne l'avait imaginé, il pénétra dans l'appartement. Là, il ferma quelques secondes les yeux pour se laisser envelopper par les bruits et les senteurs familières. Ensuite, il prit une longue douche et frotta son corps avec un savon à l'odeur agréable. Il espérait se débarrasser définitivement de celles de la prison. Avant d'enfiler les vêtements neufs apportés par Malini, il les respira. *Je me lave, je me change, je m'asperge d'eau de toilette, mais je sais au fond de moi que mon esprit est marqué par la détention. J'ai la sensation que ma peau en sera à jamais imprégnée.*

Soirée de joie et d'embarras chez les Banerjee.

Durant le dîner familial, en demi-teinte, le non-dit l'emporta sur tout le reste. Pas question d'évoquer les conséquences de l'incarcération de Murthy sur l'ensemble de la famille. « Les gens ne nous parlent plus », « Nos amis nous tournent le dos », ce genre de phrases étaient bannies.

— Est-ce qu'on t'avait mis dans une cellule avec des trafiquants de drogue ? demanda néanmoins l'un des frères de Malini d'un ton arrogant.

Le père de la jeune fille foudroya du regard son fils. Iswaran Banerjee fronça les sourcils.

— Ma curiosité est légitime, non ? poursuivit l'impoli.

Murthy sourit et ne releva pas la provocation.

— Je vois que tu aimerais savoir comment est la vie en prison, constata Murthy en reposant ses couverts. Je vais te décevoir. Il n'y a que de l'ennui rythmé par les repas et la promenade quotidienne. Moi, j'ai néanmoins eu la chance de travailler à la bibliothèque et de faire l'écrivain public. Sinon, ça se résume à la surpopulation, au vacarme, au manque d'hygiène et aux types qui hurlent. Tout cela est sans importance.

— Ah bon ? Ce n'est pourtant pas ce qui se raconte, rétorqua le frère de Malini, manifestement insatisfait par la réponse.

Murthy ne laissa pas au père du jeune homme le temps de reprendre son fils. Il enchaîna :

— Si tu veux t'en rendre compte par toi-même, ce n'est pas compliqué. Au lieu de digresser autour de la table, je te propose de faire quelque chose d'illégal et d'y aller. Après, on t'écoutera avec attention. Là, c'est un peu facile de tout mettre en doute, au chaud, repu par un bon repas offert par mes parents.

La phrase cinglante de Murthy, que jamais personne n'avait entendu s'exprimer ainsi, plongea les familles dans un grand silence embarrassé. Le jeune homme, satisfait de sa repartie, reprit quant à lui le cours de son repas. *Je me demande quelle tête ils feraient si je leur racontais la tentative de viol, les violences sexuelles, le racket, les bagarres, la promiscuité, la crasse, les trafics de drogue et de téléphones, la corruption des gardiens. Ils seraient terrifiés.* Il termina sa réflexion intérieure avec un grand sourire que personne ne sut interpréter.

Ce soir-là, dans le petit appartement de La Courneuve, Malini et Murthy se retrouvèrent enfin et ne dormirent que très peu. La jeune fille, anxieuse à l'idée de revivre ces derniers mois de séparation, se serrait contre son fiancé et ne cessait de répéter : « Promets-moi que tu ne recommenceras plus. » Murthy promit d'autant plus facilement qu'il n'avait aucune envie, lui non plus, de retourner derrière les barreaux.

— L'argent n'est pas important, on s'en sortira, le rassura Malini. Même si les débuts seront compliqués, nous aurons la conscience tranquille.

— Tu as raison, je reconnais là ton bon sens !

Murthy entoura de ses bras la jeune femme pour la sécuriser. En réalité, au vu de son expérience carcérale, il relativisait en silence les propos de sa fiancée. *En prison, ceux qui n'ont pas d'argent sont considérés comme des indigents, et c'est très dur pour eux.* Cette phrase, entendue mille fois pendant son incarcération, résonnait dans sa tête tel un leitmotiv. Il la compléta intérieurement avec cynisme. *Et dehors c'est pareil.*

— Que va-t-il se passer maintenant ?

Malini ne pouvait cacher son inquiétude.

— D'après maître Sernin, quand l'affaire sera jugée, peut-être dans deux ans ou plus, la condamnation prononcée couvrira ma période de détention provisoire. Il demandera une non-inscription au casier judiciaire pour préserver mon avenir. Il a bon espoir que ce soit retenu.

— Le bout du tunnel n'est donc pas pour demain...

— C'est exact, en revanche nous traverserons ça ensemble désormais. Tu sais, j'ai dénoncé le comportement du policier, qui a fait la perquisition chez nous, au juge d'instruction.

— Tu as très bien fait.

— Tu seras entendue comme témoin parce que tu as assisté au vol.

— Oui, c'est normal.

— J'ai expliqué que le policier avait pris trois mille euros, il faudra que tu dises la même chose que moi.

— Mais, enfin, Murthy, il a volé sept mille cinq cents euros, pas trois mille.

— Bien sûr, sauf que j'ai déclaré avoir fait six voyages au lieu de quinze, sinon je risquais de rester incarcéré.

— Tu as menti et tu veux que je mente ?

Murthy perçut de la colère dans le ton de la jeune fille. Ou pire, de la déception. Il prit ses mains dans les siennes et parla d'une voix apaisée :

— Malini, une fois terminée cette dernière audition, tout sera derrière nous.

— Et si le policier avouait sept mille cinq cents euros juste pour t'enfoncer, tu y as pensé ?

— Bien sûr. Dans le fond, il peut même dire quinze mille. Ce sera sa parole contre la nôtre.

# 78

Dans la maison d'arrêt où Nordine Hassani avait été assassiné, un surveillant ne lâchait pas du regard un grand bonhomme apathique surnommé le Géant. En survêtement gris et informe, il passait et repassait sur le sol d'une coursive, avec une lenteur exaspérante, une large serpillière. Quand il eut terminé sa tâche, le surveillant le conduisit dans la cour de promenade, un lieu identique à toutes les détentions avec ses barbelés, ses détritus et ses enragés.

— Qu'est-ce qu'il fout ici, celui-là ? s'étonna un gardien en voyant le type déambuler dehors.

— Je n'en sais rien, on m'a dit de l'emmener. J'obéis aux ordres.

— Il est censé retourner à l'infirmerie après son travail. Jette un œil sur lui, je file me renseigner. Je n'ai pas envie qu'il déclenche une baston.

Quelques secondes plus tard, trois jeunes mecs souriants s'approchèrent du géant. Celui-ci piocha une cigarette dans un paquet qu'on lui tendait. L'homme avait les gestes gourds de ceux qui gobent chaque jour plus de neuroleptiques que de pastilles contre la toux. Il regarda sans les voir, du haut de ses deux mètres huit, les trois gars qui lui faisaient face.

— Qui c'est qu'a planté Nordine ? demanda pour la cinquième fois l'un d'eux. Réponds, bordel, c'est simple, comme question. À ce qui paraît, t'étais dans la douche quand ça s'est passé.

— Si tu nous dis rien, je t'égorge, renchérit un autre, sourire aux lèvres pour donner le change face aux gardiens qui se pointaient.

— Lâchez l'affaire, les gars, c'est très bien de vouloir lui parler et de lui filer des clopes, mais celui qui a entendu le son de sa voix pour la dernière fois est à la retraite depuis cinq ans.

— Chef, on est des humains, pas des chiens. C'est pas parce qu'on est en taule qu'on ne doit pas bien se comporter. Il est *out*, d'accord ? Par contre, le laisser moisir dans son coin, ça l'aide pas non plus.

— Je ne vous connaissais pas en bons samaritains, ironisa un des surveillants, tout en mimant un applaudissement. Et en l'occurrence, vous perdez votre temps. On sait tous que l'esprit de ce type est parti aux objets trouvés le jour où, après avoir violé et tué une gamine de dix ans, trois mecs lui ont défoncé le crâne à coups de battes de baseball.

— Ouais, bon, c'est bien fait pour sa gueule, aussi, il l'a cherché. Mais ce n'est pas interdit de fumer une clope avec lui, si ?

— Non, ce n'est pas interdit. En revanche, on vous a à l'œil, les gars. Ne déconnez pas, ça pourrait mal finir pour vous.

Sur ce, les gardiens s'éloignèrent. Les trois jeunes, eux, pivotèrent de nouveau vers le Géant, bien décidés à reprendre le fil de leur discussion.

— Bon, on est au courant que tu comprends pas toujours tout, mais là, fais un effort. Qui a planté Nordine ?

Le grand bonhomme tirait sur sa cigarette et rejetait la fumée par le nez. Aucune étincelle dans son regard éteint.

— J'te jure que si tu lâches rien, cette nuit, je t'égorge quand tu seras attaché sur ton putain de lit à l'infirmerie.

À l'appui de sa menace, il ouvrit sa main et montra une lame de rasoir. Silence du Géant, qui éjecta d'une pichenette son mégot par terre, posa un large pied dessus pour l'écraser et, la tête baissée, les yeux rivés sur la lame, murmura d'une voix sans timbre :

— Fofana.

— Tu les connais, ces lascars qui traînent autour du grand barjot ? demanda un des gardiens à son collègue le plus proche, après leur intervention.

— Pas plus que ça. Des dealers de résine qui se tiennent tranquilles. Qu'est-ce qui te tracasse ?

— Quand on a découvert le corps d'Hassani, le Géant était à l'autre bout de la douche. Il a vu le tueur, c'est sûr. Le toubib a essayé de le faire parler, en vain. Le gars est resté prostré, se balançant d'avant en arrière, le regard perdu dans le vide. Je l'ai vu un jour comme ça, je te jure que ça fait peur. Bref, je me demande si les trois gars ont un lien avec Nordine Hassani.

— Je ne crois pas. En tout cas, rien de tel ne nous a été signalé. De toute façon, autant te dire qu'il faut se lever de bonne heure pour espérer tirer les vers du nez à ce dingo complètement satellisé.

— Je vois…

Tandis qu'il acquiesçait, dubitatif, le surveillant consulta sa montre.

— C'est l'heure ! On va aller le coller à l'infirmerie. Au moins, là-bas, la nuit, il est sanglé sur son lit, aucun risque qu'il nous mette le bazar. Je l'ai vu une seule fois exploser, il a fallu une dizaine d'agents pour le maîtriser. Ce mec, il est pire que Hulk quand il pète les plombs.

— J'ai vu la vidéo. C'est clair que c'est pas pour rien qu'il est gavé à bloc de médocs.

Les deux surveillants entourèrent le géant et, avec des gestes d'apaisement, l'entraînèrent vers l'infirmerie.

— Putain, on a l'info ! souffla l'un des trois jeunes détenus, incrédule. Je me grouille de l'envoyer aux frères, à Tanger. Vous voyez qui c'est, Fofana ?

— Ouais, c'est le Black qu'est parti à l'hosto y a pas longtemps au cours d'une baston. Une jambe et le nez cassés.

— Les gars, l'histoire est très simple, j'en suis sûr. Fofana s'est fait volontairement détruire pour filer à l'hosto et se tirer de là après avoir buté Nordine. Il est pas con…

Sofiane Mansouri, dès qu'il reçut le message, le retransmit aussitôt à Imad le rouquin, qui le diffusa dans la détention. « Celui qui a tué Nordine s'appelle Fofana. » Même si l'exécution avait eu lieu dans une autre prison, aucune étanchéité n'existait entre les divers centres. Tout se savait. Imad agissait comme les pêcheurs, il appâtait et attendait le moment où ça mordrait. Deux jours plus tard, le bouchon plongea. Abdel recueillit un nom qui remonta jusqu'à Imad via Johnny le Gitan lors de la distribution de la cantine. Les frères Mansouri furent ensuite prévenus dans la nuit. Ils connaissaient le nom de l'exécuteur, ainsi que celui du commanditaire.

# 79

Murthy avait rendez-vous à 10 h 30 avec le directeur du Grand Restaurant, à Suresnes. Il arriva quarante-cinq minutes en avance. La veille, Malini et lui avaient regardé le site de l'établissement.

« C'est énorme ! » s'était exclamée Malini.

« Oui, et moi je ne possède aucune expérience dans le métier de voiturier. Je sais garer des voitures, mais je crains que ce ne soit pas aussi simple que ça », s'était inquiété Murthy.

« Demande à ton ami, Ethan, il a l'habitude de ce travail. »

L'idée était bonne et le jeune homme ne s'était pas fait prier.

« Murthy, ne te prends pas la tête, l'avait rassuré Tom Cruise. Tout va bien se passer, t'inquiète. Tu verras, le boss est top. »

Avant de raccrocher, il en avait profité pour lui glisser d'une voix sérieuse qui tranchait avec celle de d'habitude, plus enjouée :

— J'insiste juste sur un seul point : là-bas, je suis Ethan pour tout le monde.

Pas besoin d'en rajouter. Le surnom de son ami était resté entre les hauts murs couverts de barbelés de la prison. Les pensées de Murthy l'avaient propulsé dans la bibliothèque aux côtés de la bienveillante Évelyne Calmels et de Johnny, le jeune Gitan toujours positif. Il espérait que le temps, à défaut de les effacer, atténuerait les souvenirs, bons et mauvais, des quatre mois de détention.

— Je présume que vous devez être monsieur Banerjee.

Murthy, appuyé contre un arbre près de l'entrée du restaurant, fut tiré de ses réflexions par un homme aux cheveux blancs coupés court, souriant et avenant. Il lui tendait la main.

— Jérôme Maurice, je dirige l'établissement. Venez, nous allons faire connaissance.

Au lieu d'aller dans un bureau, comme Murthy s'y attendait, le directeur désigna une table de jardin. Il avait jugé qu'ils y seraient mieux pour discuter. D'un geste, il commanda des cafés.

— Ethan m'a longuement parlé de vous, mais j'aimerais vous entendre.

Jérôme Maurice, par son attitude, mit en confiance Murthy. Celui-ci résuma sa vie, Malini, et même les livraisons qui l'avaient conduit en prison. Il en tut en revanche le nombre.

— C'était facile, grisant, lucratif. Cet argent, j'en avais besoin, et je ne me rendais pas bien compte de la gravité de tout ça, résuma-t-il.

Le directeur du restaurant l'écouta sans l'interrompre, même quand son téléphone vibrait avec insistance sur la table. Le jeune homme évoqua encore son arrestation, en occultant le vol commis par le policier, et ne s'étendit pas sur les conditions de détention.

— Très bien, je vous remercie de votre franchise. Quels sont vos projets ?

— Ma fiancée et moi poursuivons nos études d'histoire pour enseigner. Et nous allons bientôt nous marier, expliqua avec un grand sourire Murthy.

— Formidable. Et travailler ici, avec l'équipe, qu'en pensez-vous ?

— C'est une chance, monsieur. Je vous suis reconnaissant de me faire confiance. J'ai tout à apprendre du métier de voiturier, mais j'espère vous donner satisfaction.

— Ce n'est pas bien compliqué, il y a juste quelques trucs à savoir, je ne suis pas inquiet.

Jérôme Maurice, habitué aux recrutements, jaugea Murthy en deux minutes. *C'est un bon gars.* Il parla de lui à son tour.

— À votre âge, moi aussi, j'ai fait de la prison. J'avais commis toute une série de vols, une trentaine ou une quarantaine, je ne m'en souviens plus. Je me sentais tellement invincible, et je recherchais des casses avec toujours plus de prises de risques. J'ai découvert que le danger agissait sur moi comme une drogue. Jusqu'au jour où je me suis fait stopper en pleine action par des policiers. C'est ce qui m'a sauvé, sinon j'aurais continué et, là, sans doute, ça se serait très mal terminé. J'aurais peut-être été abattu par un vigile, ou je ne sais trop qui. Bref, je connais de la prison tout ce que vous m'en avez dit et ce qu'il vaut mieux en oublier.

Court silence de Jérôme Maurice.

— Une fois libéré, un patron de restaurant m'a accordé sa confiance et, de fil en aiguille, trente ans plus tard, je suis devenu le propriétaire de cet endroit et de quelques autres.

Pendant qu'un serveur déposait devant eux de nouveaux cafés, le directeur en profita pour répondre à des messages.

— D'autres employés, comme Ethan, sont passés par la case prison. Un jour, quelqu'un m'a mis le pied à l'étrier, je me sens donc redevable, et je n'ai été que très rarement déçu.

Jérôme Maurice conversait d'une voix grave et calme. Même s'il avait rabâché à mille reprises ces épisodes de sa vie, il le faisait toujours avec conviction et sincérité, parce que c'était important pour lui.

— Le problème de cet établissement, reprit-il en se levant, c'est qu'il n'a que très peu de places de parking. Certains clients se garent là où ils peuvent. La plupart laissent le soin au voiturier de se débrouiller. Dans l'ensemble, les policiers sont compréhensifs et ne mettent pas de contravention tant que ça ne gêne pas. Nous allons faire le tour du quartier pour que vous compreniez.

Pendant plus d'une heure, Jérôme Maurice détailla le rôle d'un voiturier et répondit aux nombreuses questions de Murthy, qui mémorisait l'ensemble des rues autour du restaurant.

— Je crois que nous en avons terminé, conclut le directeur, satisfait. Je vais vous présenter à la comptable qui aura très certainement un tas de documents à vous faire remplir et signer. Nous sommes mardi, seriez-vous d'accord pour démarrer lundi prochain ? Si c'est le cas, vous pourriez venir une matinée pour vous familiariser avec le poste. Ce sera d'ailleurs l'occasion de croiser Ethan qui sera de service.

Murthy débordait d'enthousiasme quand il rejoignit Malini à La Courneuve. Les deux jeunes gens firent quelques courses ensemble pour le dîner. Murthy était volubile, il décrivit sa rencontre avec Jérôme Maurice qu'il trouvait fascinant. Malini embrassa son fiancé et le serra contre elle pour dissimuler ses larmes.

— J'ai un énorme poids en moins sur la poitrine, lui confia-t-il. Je respire mieux.

Malini, visage triste, lui remit un courrier. Elle était désolée de ternir ce moment.

— Nous sommes convoqués dans trois jours, à 9 heures, à l'inspection de la police. C'est l'histoire avec le policier corrompu qui commence.

Murthy entoura les épaules de la jeune femme pour la réconforter.

— Je te promets que tout va bien se passer.

— Je ne suis pas certaine de pouvoir mentir, Murthy.

# 80

Sylvain Riou possédait tous les codes de l'interne hospitalier : visage fatigué, cheveux légèrement ébouriffés, blouse blanche en partie déboutonnée, stéthoscope autour du cou et poches débordantes de stylos. Un tensiomètre déformait l'une d'elles. Son nom figurait sur sa blouse, au niveau de la poitrine. Voilà comment ce jeune homme, qui était en réalité un des tueurs du clan Mansouri, se représentait les internes, et ça fonctionnait. Il se déplaçait dans les couloirs de l'hôpital, sûr de lui, affairé, les traits en partie dissimulés par un masque chirurgical, tête baissée sur un dossier. Devant la chambre de Fofana, transféré là après l'agression qu'il avait subie, un gardien de la paix s'ennuyait. Smartphone à la main, il échangeait des messages sur un réseau social quelconque. Sylvain Riou, de manière autoritaire, ouvrit la porte de la chambre.

— Que se passe-t-il, docteur ? l'interpella le policier en décollant les yeux de l'écran de son portable.

— Simple routine, lança Sylvain Riou. Je m'assure que tout va bien avant son transfert à l'infirmerie de la prison.

Il referma la porte sans attendre l'approbation de l'agent. Fofana, jambe dans le plâtre et visage tuméfié, zappait de façon compulsive d'un programme de télévision à un autre. Il ne prêta pas attention au médecin, trop préoccupé par le flux d'images et de sons qui changeait toutes les cinq secondes.

— Tout va bien ? demanda Riou.

— Pas de problème, je gère, répondit-il, sans même regarder son interlocuteur.

— Parfait. Je vais prendre votre tension. Détendez-vous, fermez les yeux, ce sera terminé dans deux minutes.

Le jeune homme obéit. Riou plaça le tensiomètre au milieu du coude, glissa le stéthoscope sur l'artère, puis appuya sur la poire pour gonfler le brassard. Le faux interne jeta un bref coup d'œil à l'expression détendue du blessé. Brusquement, il l'étrangla en écrasant, de tout son poids, la trachée avec son coude. Fofana se débattit sans pouvoir crier. Impuissant face à la poigne et à l'expérience de l'exécuteur, l'assassin de Nordine le saraf abdiqua. Riou sortit de la chambre.

— Il s'est endormi, dit-il au policier.

— Tant mieux. Ces types ont une capacité à dormir n'importe où et n'importe quand.

Sylvain Riou, sa panoplie de médecin enfouie dans un sac à dos, quitta l'hôpital sans se presser. Il expédia un bref message à Sofiane Mansouri pour signaler que le travail était fait. En traversant la Seine, il balança le téléphone au fond de l'eau.

Dans l'instant qui suivit, Imad le rouquin reçut un texto de Sofiane : « À toi de jouer. »

# 81

Sandra Weber, l'avocate, avait rendez-vous à Tanger ce jour-là. Assise à l'arrière de la voiture envoyée par les Mansouri, une main posée sur un mince cartable de cuir, elle se préparait à délivrer un message difficile. Une puissante averse transformait les rues en pente de la médina en torrents qui charriaient des quantités de déchets improbables. Le chauffeur de la Mercedes ne ralentissait pas pour autant. Sandra Weber l'observait par l'intermédiaire du rétroviseur. Il semblait se réjouir d'éclabousser de gerbes d'eau les infortunés passants qui croisaient sa trajectoire. Après avoir remonté à vitesse réduite l'allée bordée d'arbres du parc de la villa des Mansouri, la voiture déposa l'avocate devant le perron. Sofiane accueillit Sandra Weber et l'accompagna aussitôt dans le bureau d'El Dorado. Un traditionnel plateau de pâtisseries orientales, accompagné de thé et de jus de fruits, trônait sur la table ronde autour de laquelle ils prirent tous place.

— Servez-vous, madame Weber. Tout est confectionné ici par nos cuisiniers, l'invita Rachid Mansouri.

— Je prendrai juste un thé, répondit l'avocate, en déclinant d'un sourire les cornes de gazelle et autres gâteaux au miel que lui présentait son hôte.

*Avec ce que je m'apprête à leur annoncer, je vais leur couper l'appétit.* Elle but une gorgée de thé et reposa la tasse. *Brûlant et beaucoup trop sucré.*

— Comment se déroule la procédure à Paris ? demanda Sofiane d'un air distrait.

Celui-ci écrivait un message urgent à Imad le rouquin : « À toi de jouer. » Par là, il condamnait à mort le commanditaire de l'assassinat de Nordine Hassani.

— Elle suit son cours. La police n'a pas avancé d'un iota depuis les arrestations initiales. Elle patauge.

— Pas d'autres perquisitions de prévues dans la villa de Nordine ?

— Non, rien de tout cela. Mon confrère qui défend un des collecteurs rencontre régulièrement le juge d'instruction. Il me préviendra lorsque ce sera le cas.

— OK, merci. Madame Weber, vous souhaitiez nous voir pour parler de vive voix, reprit Rachid Mansouri. De quoi s'agit-il ?

— J'ai de mauvaises nouvelles.

— En ce moment, nous en avons l'habitude, admit El Dorado.

— J'ai cru comprendre… Voici l'histoire. Il y a quelques mois, deux hommes ont été déposés, inconscients, devant les urgences de l'hôpital d'Aulnay-sous-Bois. Deux dealers, les frères Zniber. Ils étaient dans un tel état que les médecins, d'après ce que j'ai appris, étaient persuadés qu'ils ne survivraient pas.

Sofiane regarda Rachid, sous-entendu : « Tu vois, c'est ce que je t'avais dit ». Rachid opina. L'avocate poursuivit d'une voix calme comme si de rien n'était.

— L'un des frères est décédé. L'autre est finalement sorti du coma. Et il a pu échanger avec un de ses amis dans sa chambre, sonorisée au préalable par la police judiciaire.

Sofiane et Rachid restèrent de marbre. Ils redoutaient le pire.

— Au cours de cette discussion, il a mis en cause Nordine Hassani, Imad Chakir, ainsi que vous, Sofiane.

— Ce sont des conneries, réagit ce dernier avec mépris, seule défense possible.

— Peut-être, mais il a renouvelé ses déclarations au cours d'une audition et une information a été ouverte auprès d'un juge d'instruction. Zniber déclare que vous, Sofiane, étiez à l'initiative de leur enlèvement et que vous étiez présent dans la cave pendant une de leurs séances de torture. Il a déposé plainte contre vous et Imad Chakir.

— Aucun de nous n'est allé dans cette cave. C'est ce que vous raconterez au magistrat. La parole d'un dealer de cité ne vaut rien, ce n'est qu'une simple vengeance.

— Les choses sont un peu plus compliquées que ça, nuança Sandra Weber, en calant une mèche de cheveux derrière son oreille. Afin de corroborer les accusations de Zniber, le magistrat a ordonné un transport sur les lieux supposés des tortures avec la police scientifique.

— Putain de bordel de merde ! hurla Rachid Mansouri. Y avait pas moyen de l'empêcher, ce juge ?

— Monsieur Mansouri, c'est le droit qui s'applique.

— J'en ai rien à foutre, du droit.

Sofiane, indifférent aux débordements de son frère, ne respirait plus. Il devinait la suite. Et il regrettait son geste de mansuétude. Il n'aurait jamais dû épargner les Zniber.

— Le juge en charge du dossier a déployé les grands moyens, ajouta Sandra Weber. Il n'a rien laissé au hasard.

— Je m'en tape ! s'emporta de nouveau Rachid Mansouri.

Là, Sofiane Mansouri s'adressa à son frère en arabe, langue que ne comprenait pas l'avocate.

— *Arrête de crier, maîtrise-toi, sinon Weber va te prendre pour un mec incontrôlable. Dès qu'elle partira, j'enverrai un message pour qu'on flingue le connard qui tient la cité et qui ne nous a pas prévenus. En attendant, si j'en crois la tête de Weber, elle a encore des trucs à nous dire.*

Ensuite, il se tourna vers leur visiteuse.

— Désolé, maître. Parfois, c'est plus facile pour nous de nous exprimer dans notre langue maternelle.

— Je vous en prie. Dans la cave, continua-t-elle, les policiers ont procédé à des centaines de prélèvements. Pour résumer, et je vous fais grâce des détails techniques, les ADN extraits de certaines éclaboussures de sang correspondent bien à ceux des Zniber. Le plus problématique dans cette affaire, ce sont les profils génétiques extraits des mégots de cigarettes retrouvés sur place. Ils matchent, sans conteste, avec celui de Nordine Hassani, celui d'Imad Chakir et avec le vôtre, Sofiane. C'est vraiment une très mauvaise nouvelle.

Sofiane Mansouri calma d'un geste son frère qui s'apprêtait à exploser de rage.

— L'ADN est imparable. Vous assistiez tous les trois à la séance de torture des Zniber en fumant des cigarettes. Conclusion, le magistrat a délivré des mandats d'arrêt contre vous pour des crimes qui valent la réclusion criminelle à perpétuité.

# 82

Toute la nuit, en songeant à la convocation à l'inspection générale de la police, Murthy avait eu une envie irrépressible de fumer un joint pour calmer la panique qui le broyait. L'idée de retourner en détention lui était insupportable. Or, si Malini parlait, il était foutu. Il n'en voulait pas à la jeune fille, fidèle à sa rectitude morale, mais à lui-même. Pendant le dîner et jusqu'à ce qu'ils se couchent, ils n'avaient plus évoqué le courrier reçu, comme s'il n'existait pas.

Murthy avait essayé de lire, sans jamais parvenir à tourner une seule page du livre qu'il avait pris au hasard. Son esprit se reconnectait sans cesse à la prison. Les yeux fermés, il avait ensuite écouté la respiration régulière de sa fiancée. À force, les phrases du greffier, prononcées juste avant sa sortie, s'étaient mises à cogner dans son esprit avec le bruit d'un marteau sur une enclume : « Tu t'es bien comporté, tu as un bon dossier, on s'en souviendra. Lorsque tu reviendras, tu seras peinard. » Au cours de brèves somnolences, Murthy avait nagé en plein cauchemar, propulsé dans une cellule étroite où il griffait les murs gris sale. Mille fois il s'était réveillé, angoissé, ne respirant plus, le cœur affolé. Finalement, 6 h 30 avaient sonné la fin de la nuit.

Quand le couple quitta l'appartement pour se rendre au siège de l'IGPN, rue Hénard, dans le 12$^{e}$ arrondissement,

Murthy se souvint qu'il n'avait pas préparé son sac avec ses affaires pour son retour le soir même en prison. Alertée par les tremblements de son fiancé, Malini posa une main sur son bras.

— Tout va bien, murmura-t-il avec un sourire forcé en réponse au regard interrogatif et inquiet de la jeune femme.

Devant l'immeuble de verre dans lequel ils avaient rendez-vous, Murthy s'attendait au pire. *C'en est terminé de tout.* Et une fois à l'intérieur, tout alla très vite. La personne de l'accueil lut la référence de leur convocation et appela le service concerné pour que l'on vienne les chercher. Dans la foulée, un jeune gardien en uniforme les prit en charge et, dès qu'ils arrivèrent dans les locaux d'un des cabinets de discipline, ils furent séparés. Malini entra dans un bureau avec une policière au visage sévère. Murthy, lui, fut reçu par un officier guère plus avenant.

Après plusieurs heures d'audition, Murthy et Malini sortirent de l'IGPN. Murthy n'osa pas demander à sa fiancée ce qu'elle avait déclaré, de peur de tout foutre en l'air.

— J'ai besoin de boire quelque chose de chaud, dit-il. Je suis lessivé et j'ai mal à la tête.

— Moi aussi, acquiesça Malini.

Ensemble, ils s'attablèrent dans le premier bar qu'ils croisèrent. Murthy ne parvenait pas à arrêter le tremblement qui agitait ses doigts, il les enfonça dans les poches de son pantalon pour que sa fiancée ne les voie pas. Une furieuse envie de fumer le tenaillait. Encore. Le garçon de café leur servit deux chocolats chauds. Murthy avala le sien. Malini entoura la tasse de ses paumes, comme pour se réchauffer, avant de la boire à petites gorgées. Ces boissons sucrées les réconfortèrent.

— J'ai menti, lâcha-t-elle dans un souffle. J'ai raconté que le policier avait pris trois mille euros. Je ne voulais pas te contredire et que l'on soit confrontés.

Murthy ne releva pas le ton sec. Il ferma les yeux, saisit les mains de sa fiancée et les porta à ses lèvres.

— Les policiers m'ont posé mille questions sur le trafic de drogue, sur l'argent que tu convoyais. Là, au moins, j'ai pu me contenter de la vérité puisque je n'étais au courant de rien.

— Malini, tu sais pourquoi je l'ai fait. Si je t'en avais parlé, tu aurais été contre.

— Bien sûr, Murthy, parce que c'est immoral. Regarde où ça nous a conduits.

— Tout est derrière nous, il ne faut plus y penser.

— Si, Murthy, au contraire, l'interrompit la jeune fille d'une voix remplie de colère. J'ai menti pour préserver nos familles de ton retour en prison, car quand tu étais enfermé, nous tous l'étions aussi. Je ne vivais que pour les parloirs et nos échanges téléphoniques, la nuit. J'étais malade d'angoisse. Tes parents et les miens étaient sans cesse jugés par leurs voisins et leurs amis qui soutenaient que tu étais un trafiquant de drogue, et que c'était normal que tu sois incarcéré.

— Je sais et je le regrette.

— Je ne veux plus jamais revivre une telle histoire et te couvrir, tu m'entends, Murthy ? Promets-moi de ne pas recommencer, sinon notre mariage n'aura aucun sens et je suis prête à y renoncer dès maintenant.

— Malini, je t'en prie, ne dis pas ça. Ce sont nos projets qui m'ont permis de ne pas m'effondrer en prison. Tu es ce que j'ai de plus précieux.

— Très bien. Mais tes regrets ne me suffisent pas. Regarde-moi dans les yeux, et promets-moi ce que j'exige.

— Je te le promets.

# 83

3 heures du matin. Abdel, le nez collé contre les barreaux de sa fenêtre ouverte, scrutait le ciel. Le tumulte occasionné par un énième concert de rap le dérangeait. D'habitude il s'en moquait, mais pas là. Son portable vibra, il décrocha et redoubla de vigilance. Enfin, il aperçut le drone qui longeait le mur de la prison.

— Tu y es presque, troisième étage, cinquième cellule à partir de ta gauche, indiqua-t-il.

Le drone se positionna face à la fenêtre. Abdel tendit un manche à balai muni d'un crochet de fortune et attrapa la chaussette qui pendait sous l'appareil.

— C'est bon, je l'ai, tu peux dégager. *Choukran, khouya*[1].

Abdel raccrocha. Ils n'étaient que deux dans la cellule, son adjoint et lui. En confiance, il vida la chaussette sur son lit. Il en tomba du shit et un couteau en céramique très affûté.

*
* *

En cette fin de matinée grise et humide, les détenus, nombreux, occupaient par petits groupes d'affinités la cour

1. « Merci, mon frère », en arabe maghrébin.

de promenade. Johnny, entouré de membres de sa communauté, ne perdait rien des va-et-vient des différents clans. Pour une fois, le jeune homme affichait un visage grave. Les Gitans se tenaient toujours à l'écart de tous ces mouvements. Soudain, Master et onze de ses mecs se dirigèrent vers la salle de sport, dont l'entrée était protégée par un auvent. Ils dégagèrent sans ménagement tous les acharnés des appareils de musculation.

— Voilà l'émir et sa trentaine de barbus, commenta Johnny.

— Ils ne se déplacent pas vite.

— Pas besoin, ils savent déjà ce qu'ils doivent faire.

Les barbus s'arrêtèrent et entreprirent de discuter devant l'entrée de la salle de sport. Une sorte de mur marron, de la couleur uniforme de leur longue tunique, occultait désormais l'issue.

— Les gars, murmura Johnny, c'est maintenant qu'le bordel va commencer. Abdel a reçu une livraison par une abeille cette nuit. Surtout, on bouge pas et on profite du spectacle. Les gardiens, y vont rien piger à c'qui va s'passer.

Abdel et son groupe jouaient au foot, à deux équipes de dix. Une quinzaine de types cavalaient derrière le ballon, qui roula vers la salle de sport. Les barbus s'écartèrent, Abdel et ses fidèles suivirent le ballon, les barbus se resserrèrent pour reconstituer le mur. Les surveillants, en net sous-effectif, ne pouvaient pas être partout. Ils ne virent pas la manœuvre s'opérer.

Master, assis sur un banc de musculation, dos à l'entrée, était au téléphone avec Machine Gun Diallo. Richmond, son garde du corps, et trois autres Blacks protégeaient leur boss depuis l'exécution de Fofana. Le portable collé contre l'oreille, le regard planté au sol, Master était concentré sur sa conversation.

— Le pakos est dehors, va falloir que tu lui mettes la misère. Je t'ai envoyé un SMS avec son adresse et l'endroit où il bosse.

— Comment t'as eu cette info ?

— Par un gardien à qui je file du blé ; il a lu le dossier au greffe.

Soudain, le bruit d'une cavalcade surprit Master. Il se retourna. Une horde déferlait sur son groupe, sans un cri, massacrant Richmond et les mecs qui montaient la garde. Master se redressa immédiatement, lâcha son portable et sortit un couteau pour se défendre. Trois types se jetèrent sur lui et le plaquèrent contre un mur. Abdel enfonça la pointe du couteau en céramique dans la gorge de Master, la retira puis planta la lame une trentaine de fois dans le cœur et le corps du leader black qui s'écroula. Les assaillants, leur mission accomplie, repartirent comme ils étaient venus, en cavalant derrière leur ballon de foot. Ils retraversèrent le mur des barbus.

Un quart d'heure plus tard, la sirène retentit pour mettre fin à la promenade. Moment de panique parmi les surveillants quand ils découvrirent deux morts, Master et Richmond, ainsi qu'une dizaine de blessés dans la salle de sport. Tous les détenus furent aussitôt bloqués dans la cour. Le couteau en céramique était resté figé dans le corps de Master, le manche entouré de chiffons. Pas d'empreintes digitales, pas d'ADN. Abdel et ses gars avaient pris soin de ne pas signer leur crime. Certains membres de sa meute présentaient néanmoins des traces de coups au visage. Et la phrase « Chef, c'est en jouant au foot que je me suis blessé » ne convainquit pas grand monde. Ils furent donc envoyés au mitard. Les gardiens tentèrent ensuite en vain de décrypter cette séquence, en visionnant les vidéos des caméras de sécurité, mais la plupart d'entre elles étaient hors service. Question de budget.

*
* *

Machine Gun Diallo entendit, en direct, l'exécution de son ami. Assis à une table de son bar favori, boulevard de Strasbourg, il descendait depuis bière sur bière, mâchait des *pipas* et en recrachait les coques au sol, comme à son habitude. Il réfléchissait aux instructions de Master, pas simples à mettre en œuvre. Contrarié, il sortit du bar devant lequel une Africaine corpulente habillée d'un boubou multicolore, assise sur une chaise en plastique, proposait de la nourriture et des boissons traditionnelles.

— Maman, j'ai faim, lui lança-t-il. Fais-moi un sandwich avec ce que tu veux.

La femme qui répondait à ce surnom affectueux écrasa dans une demi-baguette de l'avocat, des petits pois et un œuf dur. Elle ajouta de la viande, qu'elle badigeonna de piment et de mayonnaise. MGD lui glissa un billet de dix euros, puis s'appuya contre un mur pour dévorer son sandwich, indifférent au rythme congolais déversé à un volume assourdissant par le salon de coiffure mitoyen.

Là, une évidence s'imposa, et il éclata de rire. *S'il y a du fric et que je découvre la planque, j'aurai plus à le partager.*

*
* *

Johnny envoya le SMS convenu à Imad le rouquin, « buts marqués », que celui-ci retransmit dans la foulée aux Mansouri, à Tanger. Sofiane effectua immédiatement un virement bancaire conséquent sur un compte ouvert dans un paradis fiscal au bénéfice de l'émir. Nordine avait été vengé.

# 84

Le soir avait cédé la place à la nuit. Mains dans les poches, deux hommes marchaient côte à côte, du même pas, sans se presser, le long du canal de l'Ourcq, sur lequel les lumières de Paris se reflétaient. Une pluie d'automne tombée plus tôt avait rendu les pavés luisants et l'air frais. Ces promeneurs ne prêtaient aucune attention aux passants qui, comme eux, flânaient en direction du bassin de la Villette. L'un d'eux, vêtu de noir, alluma une Marlboro avec un Zippo qu'il referma en faisant claquer le capot d'un bruit sec.

— Tu vas aller en prison, Miller.

— Ah oui ? Et qui va m'y envoyer ?

— Moi, répondit Jean de Mézières.

— Jean, c'est quoi encore, ces conneries ?

— Tu as deux procédures contre toi. D'abord, il y a l'affaire Banerjee. Tu as volé trois mille euros chez ce gamin. Il m'a avoué six transports d'argent et pas deux comme tu le lui as suggéré. Pourquoi tu as fait ça ?

— Pour le fun.

Le juge, désarçonné par cette repartie aussi abrupte que désinvolte, dévisagea Miller avant de poursuivre :

— Tu es au courant que je dirige cette procédure, c'est écrit sur tous les documents, et tu voles du fric « pour le fun ». Tu es devenu dingue, ce n'est pas possible autrement. Pas toi. Pas le flic intègre et au-dessus du lot que j'ai connu.

Mamba, fermé, se contenta de tirer sur sa cigarette comme s'il n'avait pas entendu les remarques du magistrat.

— C'est quoi, la seconde affaire ? finit-il par demander avec nonchalance.

De Mézières était sidéré par l'attitude irresponsable de son ami, qui balayait d'un revers de main ses observations.

— J'y viens. Un coursier et informateur de la Brigade des stups soutient mordicus que tu lui as cassé la figure pour lui soustraire sa sacoche qui contenait deux cent mille euros. La description de son agresseur te correspond à cent pour cent. C'était pour le fun, ça aussi ?

— Arrête, Jean, c'est complètement bidon. Les indics des Stups ne valent rien, et tu le sais très bien. Ce sont des planches pourries. Neuf fois sur dix, ils nous baladent et racontent n'importe quoi pour qu'on les laisse tranquilles. Ce connard a dû garder les deux cent mille balles et a inventé cette histoire pour me faire porter le chapeau. Si ça se trouve, j'ai déjà coffré ce mec et il se venge.

— En attendant, l'IGPN s'est saisie de cette affaire. Et fais confiance à tes collègues de l'Inspection, quand on leur file un os, ils le rongent jusqu'au bout. S'ils découvrent un truc, même minime, le juge en charge de cette procédure signera un mandat de dépôt sans sourciller.

Mamba ne réagissait toujours pas. En revanche, il perçut que de Mézières n'en avait pas terminé.

— Il y a autre chose ?

— Les Espagnols ont transmis à Chebel l'enregistrement d'un message qu'ils t'ont fait écouter. Ils sont persuadés que c'est Elvire Andrieu qui s'adresse au type qui a été exécuté, Dalmasso. Tu devines la suite ? Expertise, enquête et de nouveau IGPN. Vous êtes tous les deux dans la nasse.

— Je connais bien la voix de mon adjointe, et ce n'est pas elle, affirma le flic en haussant les épaules. Tu vois, Jean, j'ai l'impression que, dès qu'il y a un truc qui cloche, on est les parfaits boucs émissaires.

— À mon avis, tu y es pour beaucoup…

Mamba ne répondit pas, il réfléchissait. *Il a raison, on est dans la nasse, et on va morfler.*

— Qu'est-ce que tu as en tête ?

— J'en ai marre, de tout ce cirque. Il est hors de question que j'aille en cabane pour des délits que je n'ai pas commis.

Soudain, le juge d'instruction posa une main sur l'avant-bras de Miller pour le forcer à s'arrêter et attirer son attention.

— Je prends un énorme risque en te prévenant. Je le fais en souvenir de notre amitié et du travail extraordinaire que nous avons accompli ensemble avec Chebel. Lui aussi est attristé par tout ce gâchis.

— Il sait que tu me parles ?

— C'est un sujet tabou entre lui et moi. Quand on ne nomme pas les choses, elles n'existent pas.

— C'est décidé, je me barre plein ouest.

— Où tu as déjà passé trois ans ?

— Oui, c'est là que je me sens le mieux.

— Pourtant, cet endroit t'a métamorphosé en mal, au physique comme au mental. Je ne comprends pas que tu aies pu basculer de l'autre côté.

— Je vais te confier un truc, Jean : l'honnêteté ne résout pas grand-chose, rétorqua le flic, acerbe, admettant de fait sa culpabilité.

— C'est ton point de vue, c'est ton choix… Quand tu seras parti, je diffuserai un mandat te concernant, que je limiterai à la zone Europe.

Un silence lourd s'éternisa entre les deux hommes. Mamba écrasa sa cigarette sous sa botte et en alluma une autre.

— Je solde par ce geste notre amitié, se justifia le juge. Je tire un trait sur le passé. Ensuite, les compteurs seront remis à zéro. Tu ne pourras plus jamais revenir, sauf pour aller en prison.

— Je sais.

— Tu as de l'argent ? La cavale coûte cher, tu t'en doutes.

— Je n'ai pas les deux cent mille balles de l'autre tordu, si c'est ce que tu me demandes, et j'ai cramé le fric de l'Indien. J'ai vendu ma voiture pour que dalle. De quoi acheter un billet pour atterrir de l'autre côté de l'Atlantique où je bosserai, comme tout le monde.

— Si tu le dis... On se quitte donc ici, Miller, c'est fini. *Take care.*

Les deux hommes se serrèrent longuement la main, les yeux dans les yeux. Une période de vie s'achevait sur un intense goût d'amertume. Miller s'éloigna de quelques pas, s'arrêta et fit demi-tour.

— Jean, j'ai oublié de te dire quelque chose.

Le magistrat le fixa, interrogatif.

— Chez Banerjee, je n'ai pas pris trois mille euros, mais sept mille cinq cents. Le petit Indien a fait quinze voyages pour les narcos. Avec son air d'innocent et ses grands yeux toujours au bord des larmes, il vous a tous bien baisé la gueule. *So long*, et merci pour tout.

# 85

Premier jour de travail. Murthy arriva tôt au restaurant. Il avait découvert le métier durant une matinée la semaine précédente, et ressentait moins d'appréhension. Jérôme Maurice, le directeur, avait souhaité que le jeune homme, pour se familiariser avec le quartier et la clientèle, commence en journée. Ethan examina Murthy des pieds à la tête dans sa nouvelle livrée, parka et casquette noire portant l'inscription « VOITURIER » en lettres blanches.

— Rien à dire, tu es parfait, valida-t-il en levant ses deux pouces en l'air.

— Je voulais te remercier, Ethan, glissa Murthy. C'est grâce à toi que je suis ici.

— Même chose pour moi. Ton courrier m'a drôlement servi pour argumenter. Et nous voilà tous les deux à bosser ensemble. Le top ! Ici, tu verras, il y a toujours deux voituriers, que ce soit le midi ou le soir. Celui qui devait être en tandem avec toi est en arrêt pour une durée indéterminée. Le patron m'a demandé si je voulais bien remettre la casquette. Comme on est potes, j'ai sauté sur l'occasion.

Les deux jeunes gens manœuvrèrent le lourd pupitre à l'effigie du restaurant au bord du trottoir. Il s'agissait d'une sorte d'armoire métallique sur roulettes avec un comptoir et des tiroirs. À l'intérieur, trois cents crochets permettaient de pendre les clefs des voitures. Deux grands parasols noirs furent déployés de part et d'autre du pupitre pour augmenter sa visibilité.

— Je te rappelle les consignes, au cas où. Le client stoppe son véhicule ici. Tu lui ouvres la portière, ainsi qu'aux passagers. Tu leur souhaites la bienvenue et, surtout, tu restes bien souriant, poli et calme, même si certains te placent au même niveau ou juste au-dessus de leur clébard. Tu remets au conducteur un petit carton de le numéro du crochet sur lequel tu accrocheras la clef de leur bagnole une fois garée. Tout est clair ?

— Parfaitement !

— Le plus délicat, c'est le stationnement. Quelques clients ont des caisses qui valent des fortunes. Si tu as un doute sur le maniement de certaines boîtes de vitesses, tu ne demandes rien au propriétaire, tu me laisses faire. Et pour info, derrière le resto, on a un petit parking réservé aux super bagnoles genre Ferrari et autres.

— Très bien, mais je crois qu'au début je te solliciterai beaucoup.

— Pas de souci. Le côté intéressant de ce poste, ce sont les pourboires. On partagera. Et le plus crevant, c'est le créneau du dîner où on peut rester debout jusqu'à 2 heures du matin sans avoir grand-chose à faire.

## 86

Le lendemain de son échange avec Jean de Mézières, Mamba, très tôt le matin, fit une dernière fois le tour de son meublé, déjà étranger à ces lieux. Il avala cul sec un grand verre de Macallan, et grimaça sous l'effet de la brûlure de l'alcool qui se déversait dans son estomac à jeun. Puis il enfonça le SIG dans la ceinture de son jean, *un gros million sept cent mille, ça se protège*, et remonta la fermeture Éclair de son Perfecto. Après avoir jeté les clefs de l'appartement sur le canapé, il claqua la porte. Casquette enfoncée sur le crâne et regard invisible derrière ses Ray-Ban, Mamba quitta le quartier sans se retourner.

En chemin, il s'arrêta au premier distributeur de billets qu'il croisa et retira tout ce que sa carte bancaire lui permettait. Il passa ensuite à son service où il ne croisa personne. Soulagé, il rendit les attributs du policier qu'il n'était plus. Son arme et le chargeur atterrirent dans l'armurerie. Il suspendit son gilet pare-balles au dossier de son fauteuil. Enfin, il ouvrit un des tiroirs de son bureau pour y balancer carte professionnelle, menottes, brassard « POLICE » et portable.

Mamba quitta l'immeuble de la police judiciaire sans regret. Il n'existait plus, ici. Un quidam disparaissant dans la foule, voilà ce qu'il devenait. Au marché aux puces de Saint-Ouen, dans un surplus d'effets militaires, il acheta, pour une quarantaine d'euros, un très grand sac de marin en toile vert olive dans lequel il enfonça le sac Vuitton et sa fortune. Il déposa au-dessus le DVD du film *Apocalypse Now*, la photo où il figurait avec Chebel et de Mézières, ainsi que le peu de vêtements qu'il possédait. Il répartit enfin dans ses poches quarante-cinq mille euros pour le voyage et ses à-côtés.

— Gare du Nord, s'il vous plaît, annonça-t-il au chauffeur de taxi.

Sur place, il acheta un billet de train pour Amsterdam avec sa carte. Sitôt après, il ressortit de la gare, déchira le billet et détruisit sa carte bancaire en petits morceaux qu'il balança dans une bouche d'égout. Il héla un nouveau taxi qui le conduisit jusqu'à une gare routière où il grimpa dans un bus, direction la Côte d'Azur. Le bus était plein de jeunes gens qui n'étaient pas pressés, comme lui. Il s'installa au fond et, calé contre son sac de marin, sombra dans un sommeil profond.

Quatorze heures plus tard, anonyme parmi les touristes, il dînait dans un restaurant de Nice. Il estima avoir une quinzaine de jours avant que l'enquête sur sa disparition démarre, et quinze de plus avant que ses collègues obtiennent les renseignements sur ses derniers mouvements financiers. Il se doutait que ceux-ci ne mordraient que modérément à l'hameçon, mais de Mézières et Chebel joueraient le jeu et ne relanceraient a priori pas les gars sur ce dossier, qui s'enliserait. Personne, en tout cas, ne viendrait jamais fouiner jusqu'aux States. *À part de Mézières, et peut-être Chebel, qui savait qu'il serait là-bas ? Personne.* Sur ces pensées rassurantes, Mamba s'endormit du sommeil du juste dans un hôtel face à la Méditerranée.

Au réveil, Mamba traversa sans être contrôlé la frontière à Vintimille puis, de train en train, il descendit dans la soirée à la gare de Naples. Aussitôt, il acheta un portable prépayé et appela le contact donné par Staaf. Un Néerlandais, capitaine d'un porte-conteneurs. Les deux hommes se rencontrèrent, firent affaire moyennant sept mille euros, le prix pour un passager clandestin avec débarquement sécurisé garanti. Le soir même, Mamba embarqua à bord du navire marchand et n'en bougea pas jusqu'au départ pour le Panama, prévu une dizaine de jours plus tard. Il disposait d'une cabine sommaire et prenait ses repas avec le capitaine et son adjoint, dont il ne doutait pas de l'intégrité. Il n'était en revanche pas en confiance avec l'équipage composé d'une trentaine de marins de diverses nationalités, aux profils de repris de justice. Les premiers temps, Mamba avala des comprimés d'ecstasy pour rester éveillé et, au besoin, marquer son territoire en usant de violence. Les bastons dans les bars malfamés, ça le connaissait. Se castagner sur un bateau, qu'est-ce que ça changeait, après tout ?

Son projet était simple : se procurer une autre identité et ouvrir un compte bancaire au Panama. Au vu du montant du dépôt, les difficultés seraient vite levées. Alors seulement il rejoindrait les États-Unis pour commencer une nouvelle vie et abandonner derrière lui le marécage dans lequel il s'était enlisé.

Le navire marchand long de deux cents mètres et chargé de deux mille conteneurs leva l'ancre le jour prévu. Mamba, qui se trouvait à l'avant du pont, vit peu à peu s'éloigner Naples, puis les côtes italiennes et, plus tard, les côtes européennes. Il alluma une Marlboro à la flamme du Zippo et referma le briquet avec un claquement sec du couvercle.

# 87

Un peu plus d'un mois s'était écoulé depuis que Murthy avait pris son poste de voiturier. Le métier n'était pas sorcier, mais demandait de la souplesse avec les clients exigeants. Les premiers jours, Ethan avait pris en charge les voitures de luxe et celles de sport, aux instruments de conduite souvent inhabituels. Dès le coup de bourre passé, il lui avait patiemment expliqué le fonctionnement de ces mécaniques, pour que son ami devienne autonome. Jérôme Maurice avait quant à lui exprimé sa satisfaction à Murthy, qu'il trouvait réactif. Il appréciait le jeune homme qui se montrait reconnaissant et ne se plaignait jamais.

— Le patron t'a à la bonne, c'est cool, se réjouit Ethan. Dis, tu penses toujours à la taule, toi ?

— Oui, je ne peux pas m'en empêcher. J'imagine qu'avec le temps les choses iront en s'atténuant…

— Pour moi, c'est pareil. Tu sais, à un moment, j'ai eu peur pour toi, là-bas. Quand tu as eu une grosse pression de Master et ses mecs. Je crois que tu ne m'as jamais vraiment dit ce qu'ils te voulaient, d'ailleurs.

— Ils cherchaient à localiser la maison d'un narco, quelque chose comme ça.

— Tu avais l'info ?

— Tu déconnes, Ethan ! Bien sûr que non.

— Et ton pote, le rouquin, celui qui t'a protégé… C'est qui ce mec ?

— Ethan, lâche l'affaire. Je suis voiturier et je reprends mes études. Je ne t'appelle plus Tom Cruise, la taule c'est derrière nous, d'accord ?

— Ne le prends pas mal. C'était juste pour discuter.

Murthy et Malini s'étaient inscrits en master d'histoire contemporaine. Les cours avaient lieu en journée, Murthy travaillait de 19 heures à 2 heures du matin, parfois plus tard, excepté le jeudi et le mardi, ses jours de congé. Pour faciliter ses allers-retours, le garagiste voisin lui avait vendu à bas prix un scooter d'occasion, qui plafonnait à quarante-cinq kilomètres à l'heure.

Le juge de Mézières et les policiers ne s'étaient plus manifestés. Johnny le Gitan, en revanche, téléphonait régulièrement à Murthy pour lui donner les dernières nouvelles de la prison. Curieusement, Murthy s'y intéressait. Il avait appris ainsi les assassinats de Master et de Richmond, et l'existence d'une procédure pour des tortures et actes de barbarie suivis de meurtre à l'encontre d'Imad le rouquin. « Deux morts et un futur condamné à une longue peine, avait résumé Johnny. Tu vois, frérot, Sara la noire et tes divinités ont fait l'ménage, t'es peinard. Tu roules sur du velours. Et moi j'te dis à bientôt, parce que j'ai idée que j'vais pas tarder à prendre l'air. »

Malini, de son côté, avait retrouvé le sourire. Les préparatifs du mariage avançaient. *Les vagues de l'océan se sont calmées*, songeait-elle, soulagée. *Nous pouvons enfin recommencer à penser à nous.*

*

* *

Au cours de l'automne, six hommes qui aimaient la bonne chère, les alcools fins, les cigares et les cartes devinrent des habitués du restaurant. Chaque semaine, Jérôme Maurice leur réservait une salle à part, à l'étage, dans laquelle ils fumaient et jouaient au poker. Ils arrivaient aux alentours de 20 heures et repartaient généralement bien après les autres clients. Des personnes sans histoire, qui distribuaient des pourboires conséquents à Ethan et à Murthy, lesquels se partageaient les fins de soirée des « poker boys du mercredi », comme ils les avaient surnommés.

Un soir, Murthy, seul à son poste, accueillit le dernier joueur. L'homme, pressé, lui adressa un bref salut et se dépêcha de rejoindre ses partenaires. À cette période de l'année, et en milieu de semaine, l'activité était souvent moins dense, ce qui laissait toute latitude au voiturier pour parquer les voitures sans se précipiter. Murthy monta donc dans la 3008, qui sentait le cigare, et la gara dans une ruelle proche du restaurant. Il s'apprêtait à descendre quand il entendit des crachotements provenant de la boîte à gants. Curieux, il y jeta un coup d'œil et remarqua un talkie-walkie en marche. Aussitôt, une impression de déjà-vu s'empara de lui. Murthy ferma les yeux pour activer sa mémoire. *Bordel, j'ai vu le même sur les bureaux des flics et entre les mains du commandant Miller.*

Au lieu de quitter le véhicule et de retourner à son pupitre, Murthy demeura assis à la place du conducteur, les mains posées sur le volant. Il se revoyait, après son arrestation, menotté, secoué sur la banquette arrière. Mauvais souvenir. Il y avait un gyrophare bleu sur le toit et une plaque « POLICE » intégrée dans le pare-soleil passager. *Elle y est sûrement aussi dans celle-là.* Murthy, malgré la frousse qui s'était emparée de lui, explora la voiture. Le gyrophare se trouvait en partie dissimulé, coincé sous le siège à côté de lui. *Le joueur de poker est un flic, pas de doute.* Murthy se remémora la physionomie du client, un petit bonhomme avec un début de calvitie, un léger embonpoint, un costume gris, des lunettes à la Harry Potter, une cravate sombre et le visage sérieux d'un notaire de campagne.

Quand il regagna le pupitre, le jeune homme, sans trop se l'expliquer, eut l'intuition d'avoir déclenché une nouvelle fois la loi de Murphy. « Si, sur deux façons de faire quelque chose, au moins une peut entraîner une catastrophe, il se trouvera forcément quelqu'un quelque part pour emprunter cette voie. » Murthy leva l'index et dit :

— Présent.

# 88

La situation du clan Mansouri commença à se dégrader après la pendaison d'Imad le rouquin. Johnny apportait la gamelle du petit déjeuner quand il avait découvert le corps, immobile, accroché par un morceau de drap à un barreau de la fenêtre. Il semblait figé dans une posture de désespoir, le menton reposant sur la poitrine. Les pieds nus affleuraient le sol à côté d'un tabouret renversé. Le tissu avait creusé un sillon profond, violacé, autour du cou. C'était la première fois que Johnny voyait un mort. Il avait refusé de s'en approcher.

La nouvelle, en tout cas, se répandit comme une traînée de poudre dans la détention et parvint aux deux frères, à Tanger, via Sandra Weber. Juste un bref appel entre téléphones sécurisés. Sans surprise, El Dorado hurla de rage et insulta tous ceux qui se trouvaient à sa portée. Sofiane laissa passer l'orage.

— Sofiane, reprit Rachid, je t'ai chargé de remplacer deux mecs importants pour notre réseau : Nordine, qui a été assassiné, et Imad, qui partait pour perpète. Le souci, c'est que je ne vois rien venir. Tu traînes pour prendre des décisions, c'est insupportable.

El Dorado ne cachait pas sa colère.

— En vérité, j'attendais d'être sûr pour t'en parler, répondit Sofiane avec calme. Noémie m'a présenté un jeune type qu'elle connaît, un banquier qui végète dans une petite banque privée. Je l'ai rencontré plusieurs fois. Il réfléchit vite, est hyper à l'aise avec les mécanismes financiers, n'a aucun état d'âme par rapport à notre business, et a été très sensible à ma proposition. À mon avis, je tiens là un bon saraf.

— Je veux d'abord le sonder moi-même, le sentir, et après je donnerai le feu vert ou pas. Fais-le venir.

— Pas de problème, c'est toi, le boss.

— Comme tu dis. Et pour remplacer Imad, où tu en es ?

— Il nous faut un mec fiable, qui percute et fasse la paire avec le saraf.

— Je sais, Sofiane, je sais, mais encore ?

— Nordine m'avait fait les louanges d'un Indien. Imad avait checké l'étudiant et voulait qu'il bosse avec lui pour qu'il prenne de l'épaisseur. Détail important, quand il a été arrêté, à aucun moment il n'a balancé qui que ce soit malgré la pression des flics. Impressionnant de sang-froid. J'ai fait en sorte que la prison ne se passe pas trop mal pour lui.

— J'en ai entendu parler. Tu l'as rencontré ?

— Pas encore.

— Qu'est-ce que tu fous, Sofiane ? T'attends que nos concurrents voient qu'on a un trou dans la raquette, ou quoi ? Trouve-le et mets-lui le marché en main.

— Le truc, c'est qu'il est beaucoup trop jeune pour être lancé direct dans le grand bain. Déjà, il faut qu'il accepte de réintégrer le réseau, ensuite on devra le former et l'encadrer.

— T'as pas une autre solution plus rapide ? Un mec prêt ?

— Pas dans l'immédiat. Imad était génial, mais il faisait le ménage autour de lui et a viré des anciens qu'il jugeait peu fiables. Il était en train de tout remettre en ordre quand les flics nous sont tombés dessus.

El Dorado parvint difficilement à extraire sa forte corpulence du fauteuil dans lequel il était enfoncé. Il se servit un verre de bourbon qu'il avala en trois gorgées devant la porte-fenêtre donnant sur la terrasse.

— Sofiane, dit-il sans se retourner, tu es bon lorsque tout va bien, ce qui ne me sert à rien. Au moment où ça merde, t'es pas là. Si tu n'étais pas mon frère, je t'aurais viré depuis un bail.

Silence de Sofiane.

— Tu iras en France avec Nour voir cet Indien. Ma fille, comme toi, a plusieurs mandats d'arrêt au-dessus de sa tête, mais c'est pas un problème. Avec vos faux papiers, il y a zéro risque.

— Avec Nour ? Tu en es sûr ?

— Certain.

Sofiane Mansouri se leva pour dissimuler sa crispation et fit quelques pas.

— Pour l'instant, *Incha'Allah*, les affaires tiennent, poursuivit El Dorado, imperturbable. La came est livrée sans encombre, Leïla fait récupérer le fric des cités. On est néanmoins loin de la sécurité absolue. D'ici à un mois, deux max, je veux que tout soit cadré avec une équipe de remplaçants, même temporaires.

Silence. Aucune réponse n'était attendue. Il s'agissait d'un ordre.

— Une dernière chose, est-ce qu'au moins tu as fait flinguer ce connard qui ne nous a pas prévenus de la descente des flics dans la cave ?

— Pas encore.

— Bravo ! Je ne suis même pas étonné. Voilà pourquoi Nour doit t'accompagner. C'est plus sûr.

El Dorado, après une courte réflexion, enfonça le clou.

— Je vais la charger de l'élimination de cet idiot. Elle s'en occupera vite, *elle*.

# 89

Les poker boys demeuraient assidus à leur séance du mercredi. À tour de rôle, Ethan et Murthy, avec l'accord de Jérôme Maurice, assuraient la fin de cette longue soirée. Murthy observait celui dont il savait désormais qu'il était flic. Son comportement discret et poli était à l'opposé de celui, brutal, de Miller. Quand il arrivait, il n'attendait pas que Murthy lui ouvre la portière, il saluait le jeune voiturier sans quitter son cigare des lèvres, et s'éclipsait. Murthy, pour une raison qu'il ne parviendrait jamais à expliquer, avait caché sa découverte à son binôme.

23 heures. La plupart des clients avaient terminé de dîner. Les deux amis assistèrent au départ d'un cabriolet Jaguar Type E rouge.

— Cette voiture est exceptionnelle, elle est de 1973, état collection. J'en ai vu une sur le Net à cent cinquante mille euros, dit Ethan.

— Je suis content que tu sois là, jamais je ne toucherai cet engin.

— Bien sûr que si. Bon, j'y vais, je te laisse gérer les caisses des flambeurs du mercredi, lâcha Ethan, en ôtant vareuse et casquette, et en adressant un clin d'œil à Murthy.

Vers 1 heure du matin, alors qu'il tournait en rond depuis un moment déjà, Murthy, pour gagner du temps, commença à ramener les véhicules des joueurs. En fonction de la générosité des pourboires qu'il déposait dans la boîte à partage, il devinait chaque fois qui avait gagné. Il souriait d'avance en se lançant dans des pronostics.

— Alors, p'tit pakos, tu croyais qu'on t'avait oublié ?

Murthy, qui s'apprêtait à rentrer dans une voiture, sursauta, fit volte-face et se retrouva nez à nez avec trois Blacks.

— Tu vois qui je suis ?

— Non, pas du tout.

*Oui, c'est le retour de la broyeuse, sauf que maintenant je suis seul.*

— MGD. Machine Gun Diallo. J'étais là, devant mon bar, quand le flic aux bras tatoués de serpents t'a couché par terre.

— Je ne m'en souviens pas.

*Cette scène est gravée dans ma mémoire dans les moindres détails.*

— On s'en fout. Mon pote Master s'est fait planter dans la taule pendant qu'on se parlait au téléphone. Pas de bol pour lui, mais, pour moi, c'est une autre histoire. Il m'a laissé, comment dire ? Son testament ? Oui, c'est ça, son testament. Tu vois où je veux en venir ?

— Non, prétendit Murthy.

— Mec, tu es un gros con. Imad, ton ange gardien, s'est pendu. Tu es à poil, y a plus personne avec toi. Tu as envie de mourir ?

Sur un signe de MGD, les deux autres Blacks se placèrent derrière Murthy, désormais au centre d'un triangle mortifère.

— Imad te protégeait, il t'a filé du pognon en taule, un téléphone et probablement d'autres trucs. Sûr qu'il ne le faisait pas gratuitement, c'était pas le genre. Il voulait que tu la fermes. Moi, je veux savoir pourquoi. Il se raconte qu'un paquet de fric est toujours planqué dans une baraque. Où c'est ?

— Je vous jure que je ne suis au courant de rien ! J'ai rencontré une seule fois Imad lors d'une remise d'argent, et il m'a proposé de le collecter dans les cités. Mais les policiers nous ont interpellés avant. Je ne devais pas avouer que je connaissais Imad et taire notre nouvel arrangement. C'est tout.

— Je ne te crois pas, cracha MGD en saisissant Murthy par sa vareuse. C'est pas possible.

Murthy se contracta d'instinct quand il entendit, dans son dos, le bruit sec du ressort qui dépliait la lame d'un couteau à cran d'arrêt. Soudain, il tomba à genoux, le souffle coupé sous l'effet d'un direct dans l'estomac. Un des types le releva en le tirant par les cheveux et lui colla la lame sous la gorge.

— Je vais te montrer un truc qui va te plaire.

MGD composa un numéro sur son portable et tourna l'écran vers Murthy. Malini, en larmes, terrorisée, était encadrée par deux Blacks qui la tenaient par les épaules. Elle hurla lorsqu'elle vit son fiancé, la tête en arrière, prêt à être égorgé.

— Lâchez-la, elle n'est pour rien dans cette histoire, cria Murthy.

MGD coupa la communication et lui balança une énorme gifle.

— Si ça me chante, là, tout de suite, je te saigne.

Murthy pleurait en pensant au calvaire que subissait Malini.

— Elle est canon, ta meuf. Tout ce que mes gars aiment. Ça te fait pas réfléchir ?

Murthy essuya son nez qui pissait le sang. La vision de Malini entourée des deux Blacks lui était insupportable. *Ça va trop loin, je me fous de cette maison et des Mansouri. Merde, à quoi je joue ? Je suis complètement fou. Je lui dis où est cette putain de baraque, et ce cauchemar sera fini.* Murthy respira profondément et allait parler quand MGD, hilare, s'assit sur le capot de la Peugeot 3008, les pieds posés sur le parechoc.

— Attention, c'est une voiture de police, déclara aussitôt le jeune homme. J'en suis responsable.

Soudain curieux, MGD s'approcha de Murthy.

— Qu'est-ce que tu racontes ? C'est une voiture de keuf ?

Murthy, sans répondre, ouvrit la portière, montra la plaque rabattable insérée dans le pare-soleil, le gyrophare et la radio.

— À qui elle est, cette caisse ?

— À un policier qui joue au poker dans le resto.

MGD se mit à réfléchir. Murthy profita de cet instant de répit. Plus de coups, plus d'injures, plus de menaces. *Si ça recommence, je lui donne l'adresse, je n'en peux plus.* Les autres Blacks respectaient le silence de leur chef.

— Va chercher ma bagnole, lança MGD à l'un d'eux. Et toi, le pakos, file-moi ton 06. Si tu appelles les flics, t'inquiète, mes potes s'occuperont de ta meuf et de toi aussi sec. Allez, on se casse.

Murthy, d'une main tremblante, appela Malini sans tarder. Il était mort d'inquiétude.

— Murthy, qu'est-ce que tu as encore fait ? Qui sont ces types ?

— Tu es seule ? Tu n'as rien ?

— Ils sont partis. Oui, ça va. Je téléphone tout de suite à la police.

Malini sanglotait, sous le choc.

— Non, surtout pas, cria Murthy. On va s'arranger.

— Rentre, j'ai peur qu'ils reviennent.

— Je te le promets, ils ne reviendront pas.

En réalité, Murthy était aussi terrorisé que Malini et bafouillait des mots pour la rassurer, en vain.

— Murthy, ça recommence, ce n'est plus possible de vivre comme ça. Tu dois tout me dire.

Le jeune homme, au guidon de son scooter poussif, prit le temps de réfléchir à ce qu'il allait raconter à sa fiancée, à la manière dont il pouvait la réconforter. Tout avouer n'était pas envisageable. Lorsqu'il déverrouilla la porte du petit appartement, il appréhendait l'état dans lequel il allait trouver la jeune fille. Il la découvrit recroquevillée sur le canapé, les genoux contre sa poitrine, les bras enroulés autour de ses jambes. La tête baissée, elle pleurait en silence. Il s'assit à ses côtés, la serra doucement contre lui. Il sentit qu'elle se détendait et imprima un lent mouvement comme s'il la berçait.

— Que se passe-t-il, Murthy ? Et je t'en supplie, ne mens plus.

— Pendant mon incarcération, j'ai été protégé par l'homme pour lequel je transportais l'argent, à une condition : que je ne dise pas que je le connaissais, ce que j'ai fait. Le problème, c'est que d'autres types ont su qu'il me servait d'ange gardien et se sont convaincus qu'il veillait sur moi parce que j'étais au courant de choses importantes.

— Pourquoi avait-il besoin de te protéger ? Tu n'es pas un bandit.

— Malini, les règles en prison ne sont pas celles de la vie normale. C'est la loi du plus fort qui règne.

— Dans ce cas, pourquoi ça continue dehors ?

— Parce que je ne suis plus protégé. Mais je te le promets, c'est fini, ils ont compris que je ne cachais rien.

— Tu dois tout raconter à la police.

— Non, il ne vaut mieux pas. Ne t'inquiète pas, c'est fini.

— Comment je peux te croire, Murthy ?

# 90

MGD était en planque près du Grand Restaurant avec son équipe.

— Voilà le keuf, annonça-t-il.

Ils détaillèrent, concentrés, le manège du voiturier qui prenait en charge la voiture.

— C'est toujours le même cirque depuis trois semaines... soupira un des Blacks, qui ne comprenait pas cette inertie imposée par leur chef.

— Exact, le flic n'est pas méfiant, il vient seul, commenta celui-ci. Avant de m'occuper de sa caisse, je veux tout savoir de lui. Je n'ai pas envie qu'on se fasse baiser par le petit pakos.

Une fois les derniers clients partis, seules restaient les voitures des joueurs. Ce soir-là, MGD se dirigea vers la Peugeot 3008 garée dans l'ombre d'une rue adjacente. Pendant que ses acolytes surveillaient Ethan, MGD passa un détecteur de balise sous et autour du véhicule. Aucun signal. Déjà un peu rassuré, il attendit ensuite la fin des parties de poker pour suivre la Peugeot. MGD gardait ses distances. Compliqué d'être discret alors qu'il n'y avait quasi pas de circulation. Le policier, quant à lui, conduisait prudemment, sans faire de coup de sécurité pour déjouer une filature éventuelle. Il respectait les feux de signalisation et mettait son clignotant à chaque changement de direction.

— Il se croit dans une bagnole d'auto-école ou quoi ? C'est pas possible de se traîner comme ça ! pesta l'un des Blacks.

— À mon avis, il a picolé et il n'a pas envie de souffler dans le ballon. Il fait gaffe pour ne pas se faire contrôler par d'autres keufs. À ce qu'il paraît, ils ne se font pas de cadeaux entre eux.

Le policier, la voiture de MGD dans son sillage, rentra ainsi chez lui, un petit immeuble d'une rue paisible du 14e arrondissement.

— Maintenant, au moins, on sait où y crèche. Demain, je veux une caisse à son cul à 7 heures. Vous deux, vous assurez.

Le lendemain matin, les deux Blacks collèrent au train du policier quand celui-ci accompagna ses gosses à l'école, puis alla bosser.

— C'est pareil que la nuit dernière. Il conduit avec la prudence d'un mec qu'a pas le permis et qui veut pas se faire choper.

— Ou alors il nous a repérés et s'en fout qu'on soit derrière lui.

— Commence pas à dire des conneries.

La 3008 se gara sur les places réservées d'un service administratif et juridique de la préfecture de police. Et histoire de confirmer que l'emploi du temps du flic était réglé comme du papier à musique, le manège dura plusieurs jours. Sans aucune variante. Il déposait ses enfants à l'école et filait ensuite au boulot. Une demi-heure plus tard, il descendait avec ses collègues prendre un café au comptoir d'un petit troquet à proximité. 12 h 30, il déjeunait à la cafétéria. 18 h 30, il regagnait son domicile.

— Ce mec est mortel d'ennui, en conclut MGD.

Prudent, il envoya malgré tout deux jeunes femmes pour écouter les conversations dans le café.

— Deux meufs, ça n'attire jamais l'attention, sauf si elles sont canon. Là, c'est pas le cas, donc on peut espérer apprendre des trucs.

MGD et ses acolytes s'esclaffèrent.

— Les meufs canon, on se les garde pour nous, renchérit l'un d'eux.

Le soir même, dans son bar favori, MGD et plusieurs membres de son équipe étaient regroupés autour d'une table ronde, couverte de bouteilles de bière et de sachets éventrés de *pipas*. La musique ainsi que les rires et les discussions des autres clients les isolaient des oreilles curieuses.

— Grâce à nos deux infiltrées, on sait maintenant que le flic est juriste. C'est pas un mec de PJ qui bosserait sur nous. De ce côté-là, on est peinards. Son seul truc, c'est le poker avec ses amis.

Satisfaits du dénouement de leur enquête, ils levèrent leur bouteille pour trinquer, puis commandèrent une nouvelle tournée.

— Je vous le répète, les gars, il y a un coup à jouer avec cette voiture de police. J'ai un plan, et y a moyen de se faire un paquet de fric.

— C'est quoi, les risques ?

— Zéro. Celui qui va morfler si ça se passe mal, c'est l'pakos.

— Tu penses qu'il sait vraiment pas où c'est qu'elle est, la maison des narcos ?

Avant de répondre, MGD descendit la moitié de sa bière, puis il s'essuya la bouche du revers de la main.

— C'est simple, il est seul, il n'y a plus personne pour le protéger, et il le sait. Il tient à sa meuf, ça se voit. J'ai cru qu'il allait chier de peur dans son froc quand on lui a mis la lame sous la gorge. Fallait les entendre couiner, les deux. Certain qu'il ne connaît pas la baraque, sinon il aurait craché l'adresse.

— OK. Bon, a priori, il va se tenir à carreau, mais on fait quoi s'il nous balance pour la caisse ?

— D'après toi ?

Un sourire aux lèvres, MGD mima le geste d'appuyer sur la détente d'un pistolet imaginaire.

# 91

23 heures. Le dernier mercredi d'un mois de novembre humide. Ethan fit un saut dans le restaurant pour intercepter un de ses collègues qui servait les joueurs de poker.

— Où ils en sont ?

— Si tu veux mon avis, vous n'êtes pas couchés, les amis. Ils ont à peine terminé l'entrée et le patron n'a pas encore préparé la cave à cigares ni les jeux de cartes.

Ethan rapporta la conversation à Murthy. Puis, afin de tromper l'ennui, les deux jeunes gens fumèrent un joint sous l'un des parasols. Là, le portable de Murthy vibra. Message : « Je t'attends aux bagnoles. » Pas besoin de signature. Le jeune homme devina avec angoisse l'identité de celui qui lui écrivait.

— Je vais jeter un œil aux voitures, annonça-t-il. Comme ça, tu pourras t'en aller après.

Sur ces mots, Murthy s'éloigna vers une des rues adjacentes. MGD était appuyé contre la Peugeot 3008. Un autre type faisait le tour du véhicule avec un détecteur de balise. Un contrôle supplémentaire. Par prudence. Le jeune homme s'arrêta net en les apercevant.

— Qu'est-ce que vous faites ?

— Va chercher la clef de la caisse. Et sois discret, sinon mes potes qui boivent des coups en bas de chez toi montent et s'occupent de ta meuf. Ils en crèvent d'envie.

— Je vous en prie, laissez ma fiancée, supplia Murthy.

— Chiale pas, je veux juste les clefs de la caisse.

— Si le policier se rend compte qu'on s'en est servi, je repars en prison.

— Tu veux que je te répète ce qu'on compte faire à ta meuf ? demanda MGD, en allongeant une forte gifle à Murthy. Allez, bouge.

Murthy courut vers le restaurant et aperçut Ethan sur son deux-roues, déjà prêt à partir. Celui-ci se figea quand il vit le visage de son ami dévasté par la peur.

— Qu'est-ce qui se passe ?

Murthy parla très vite. Il raconta tout, le flic joueur de poker, la présence de MGD qui avait repris le flambeau de Master, son intention d'utiliser la voiture de police.

— Putain, dans quoi tu t'es encore fourré ? murmura Ethan. Pourquoi tu ne m'as rien dit ?

— Je ne sais pas.

— Écoute, la solution est simple, tu fonces à l'intérieur, tu déballes tout au flic, il appelle ses potes, ils embarquent MGD et les types qui crèchent devant chez toi. Et voilà, c'est réglé.

— Ce n'est pas possible, Ethan. Ces mecs font le tour de la caisse avec un détecteur de balise. Tu vois le genre ? J'ai pas le choix, je dois rappliquer tout de suite, sinon ils s'occuperont de Malini. Je verrai plus tard pour la police, là il faut que tu me couvres.

La terreur qui tordait les tripes de Murthy l'empêchait d'avoir des pensées cohérentes.

— Bien sûr, rien de plus facile, et comme ça on fonce tous les deux la tête la première en taule. Tu es complètement dingue !

— Si ça foire, tu diras que tu ignorais tout de cette histoire.

— Ça, tu peux en être sûr. Je te préviens, je n'hésiterai pas à te plomber. Je ne retournerai jamais en prison, tu m'entends ? Jamais. Va faire tes trucs.

Murthy serra les mains de son ami et repartit en courant.

— Qu'est-ce tu foutais ? cracha MGD en le saisissant par le cou dès qu'il les rejoignit.

— J'ai baratiné l'autre voiturier pour m'absenter.

— J'espère pour toi que tu m'embrouilles pas. Éteins ton portable et ferme-la.

MGD déverrouilla les portières de la voiture. Son gars leur fit signe de se taire. Il ouvrit la grosse mallette noire qu'il transportait, et passa plusieurs appareils dans tout l'habitacle, comme s'il l'auscultait. Au bout d'un moment, Murthy regarda sa montre. Ça faisait près d'une demi-heure que le type sondait la Peugeot sous le regard attentif de son boss, debout, les bras croisés. Enfin, il replia son matériel et le rangea.

— C'est bon, dit-il.

— Clean ?

— Ouais. Cette caisse n'est pas sonorisée.

— Cool. On y va. Pakos, enlève ton costume à la con. Tu prends le volant, on file à Neuilly. Grouille, je suis à la bourre.

MGD écoutait les fréquences de la police à la radio. À l'arrière, le Black à la mallette ne parlait pas. Arrivée dans Neuilly. MGD indiqua l'itinéraire à Murthy, qui avait abandonné tout espoir. Résigné, il se voyait le lendemain, menottes aux poignets, en train de réintégrer la maison d'arrêt. De son côté, au fur et à mesure que la voiture progressait dans Neuilly, MGD se crispait.

— Gare-toi et laisse le moteur tourner.

Sur ce, MGD sortit son portable et composa un numéro.

— On y est, vous avez trois minutes max, dit-il simplement.

— Tu fais une grosse connerie, protesta le type à l'arrière. On va se faire choper.

— Ta gueule ! Si t'es pas content, dégage, j'ai pas besoin de toi.

Une seconde après, la portière claqua. Le gars était parti. Murthy, les mains moites de peur, se cramponnait au volant. Son cœur cognait de la même façon que le jour où Miller l'avait arraché de son scooter et plaqué au sol. *C'est mauvais signe.* MGD changeait sans cesse de fréquence radio pour écouter les messages. Rien d'inquiétant ne leur parvint jusqu'à ce que, une minute plus tard, l'état-major de la police judiciaire envoie une alerte qui fit bondir MGD.

— À tous les postes fixes et mobiles, on signale un vol par effraction en cours dans une armurerie de Neuilly-sur-Seine, 26, rue du Boisgelin. Le signal d'alarme s'est déclenché dans le commissariat. Les effectifs se dirigent sur place. Terminé.

Panique. MGD se crispa sur son portable et hurla :

— Tirez-vous, les keufs se ramènent. On est au point de ramassage.

Murthy avait un goût d'acétone dans la bouche, il ne réussissait plus à maîtriser les tremblements de ses mains. Quand il entendit les sirènes de police se rapprocher et qu'il vit les éclairs bleus des gyrophares se refléter sur les vitrines des magasins voisins, il ferma les yeux et se prépara à être arraché du volant, plaqué au sol et menotté. Tout était sur le point de recommencer. Et puis, soudain, il y eut un miracle. Les voitures passèrent en trombe sans s'arrêter. À plat ventre sur le trottoir, dissimulés par une camionnette, deux types attendaient que la rue redevienne calme.

— Pakos, allume les phares.

Il s'exécuta. Les mecs se relevèrent, ils portaient de lourds sacs noirs sur leur dos. Ils rejoignirent en courant la Peugeot dans laquelle ils s'engouffrèrent. MGD abaissa aussitôt le pare-soleil pour rendre la plaque « POLICE » visible et aimanta le gyrophare sur le toit.

— Démarre ! ordonna-t-il. Direction le bois de Boulogne.

Murthy quitta le quartier tandis que plusieurs véhicules des forces de l'ordre en bloquaient à la hâte les issues. Des policiers, vêtus de gilets pare-balles et armes automatiques au poing, opéraient des contrôles.

— Ils n'ont pas tardé à se pointer, ces connards, constata MGD.

Murthy ne réfléchissait plus, il agissait comme un robot. Quand il remarqua le pistolet que tenait MGD entre ses mains, et surtout lorsqu'il entendit l'un des types à l'arrière manœuvrer la culasse d'une arme, il fut persuadé que la première rafale en riposte serait pour lui, le conducteur. Mais tout coula. En voyant approcher la Peugeot 3008, un des policiers déployés les laissa passer avec un léger signe de la main. MGD évita de croiser son regard. Tout le monde retint son souffle.

— Accélère.

Quelques minutes plus tard, la 3008 s'arrêta derrière un vieux fourgon blanc. Veilleuses allumées, guirlandes lumineuses autour du pare-brise et rubans en fourrure synthétique rose sur les rétroviseurs extérieurs, le tableau était improbable.

— On est là, signala MGD dans son portable.

Dans la foulée, une Africaine en sous-vêtements ouvrit la porte arrière de la camionnette. L'intérieur faiblement éclairé par de minuscules spots ne permettait que d'entrevoir un matelas posé sur le plancher, des bouteilles d'eau, des rouleaux de papier-toilette et divers objets que Murthy n'identifia pas.

— Rien de mieux que l'antre d'une pute pour se tirer. Tous les flics la connaissent, elle n'est jamais contrôlée. Je parie même que certains font des haltes à l'arrière de ce fourgon pourri. La pute me doit un service. On grimpe dans son truc et on se casse.

Une fois la tension retombée, MGD et ses deux sbires s'esclaffèrent. Murthy, les yeux fixés droit devant lui, les mains serrées sur le volant, n'osait pas parler.

— Pakos, t'en as assez vu pour ce soir, rentre au bercail. Je te préviens, tu parles, toi et ta gonzesse, vous êtes morts. N'oublie pas que tu es à moi.

Murthy avait mal aux dents tellement ses mâchoires étaient crispées. Quand il se retrouva seul dans l'habitacle, il hésita entre rires et pleurs, encore sous le coup du stress violent qu'il avait subi. Il vit la camionnette partir avec les trois bandits et leurs sacs d'armes, ouvrit toutes les vitres de la voiture malgré le froid qui régnait dehors et prit, en respirant de soulagement, la direction du Grand Restaurant.

Cinq petites minutes que Murthy roulait tranquillement. Son rythme cardiaque se calmait enfin lorsque son regard identifia en une fraction de seconde un nouveau problème. Accident à l'entrée du périphérique intérieur. Des voitures encastrées, dont une voiture de police, gyrophare en action. Deux types en civil avec le brassard fluorescent autour du bras. Un mec menotté assis par terre, tête sur les genoux. Très vite, Murthy tenta de se dégager par la gauche, mais un des flics en civil repéra son pare-soleil abaissé, et arriva en courant à sa hauteur.

— Collègue, tu tombes bien. On vient d'avoir un carton avec une bagnole. On a un détenu menotté.

Murthy, les yeux écarquillés, fixait son interlocuteur comme si c'était un extraterrestre.

— Ce serait top si tu pouvais nous déposer.

— Où ça ? s'entendit dire Murthy par automatisme.

— À la une.

— La quoi ?

— À la première division de la PJ.

— Où est-ce ?

— Tu ne connais pas ? s'étonna le policier.

— Je suis à Paris depuis peu. Et là, je suis en retard.

— C'est pas loin, et franchement ça nous aiderait bien.

Murthy hocha la tête, résigné. *Ce n'est pas ma nuit, je ne vais jamais m'en sortir.* Le tableau de bord de la Peugeot affichait 1 h 15. Les deux policiers et l'homme menotté prirent place à l'arrière.

— Direction boulevard Bessières. Je t'indique le chemin, mets le gyro, on ira plus vite.

Murthy, tout en conduisant, s'interrogeait sur son karma. *Est-ce que je suis en train d'accomplir une bonne action ? Je l'espère. Si ce soir je m'en tire, je ferai des offrandes aux divinités qui me protègent.* Lorsqu'il leva les yeux, il aperçut dans le rétroviseur le visage de l'homme interpellé. La Crevure. Aussitôt, il se tassa sur son siège, la respiration bloquée, et ne parla plus de tout le trajet. Un trajet interminable. Une agonie à laquelle le policier qui le guidait mit fin en annonçant qu'ils étaient arrivés.

— C'est top, collègue, merci pour le coup de main, ajouta celui-ci. Où tu bosses ?

La question que redoutait Murthy. Il répondit ce qui lui passa par l'esprit, en l'occurrence le service de police de son quartier où il était allé avec son père pour signaler le vol de son portefeuille.

— Au commissariat du 10^e^.

Là, la Crevure redressa la tête et croisa le regard de Murthy dans le rétroviseur.

— Mais je connais ce type. J'en étais sûr, c'est un infiltré. Il était avec moi en taule, cria la Crevure.

— Ta gueule, répliqua un des deux flics. Vous, les camés, y en marre de vos conneries.

Quand Murthy regagna le restaurant, les vitres de la voiture toujours grandes ouvertes, la partie de poker était terminée. Les joueurs s'apprêtaient à partir, ils discutaient avec le directeur des lieux.

— Merci, Ethan, c'était limite.

— C'est ton problème, Murthy, t'assumes tes conneries. Qu'est-ce que vous avez foutu ?

— Je te raconterai ça une autre fois, je suis rincé.

— Comme tu veux. Je termine la soirée, tu peux rentrer. Pour le service que je t'ai rendu, je garde tous les pourboires du mois.

— Je m'en fous, Ethan.

# 92

Sofiane Mansouri lut le message qu'il avait reçu de Sandra Weber par WhatsApp. Satisfait, il en annonça le contenu à son frère :

— C'est bon, je sais où travaille et habite l'Indien. Weber a réussi à consulter la procédure dans laquelle figuraient ces infos.

— C'est pas trop tôt, grogna El Dorado. Et donc ?

— Il bosse comme voiturier dans un restaurant, à Suresnes, et vit à La Courneuve. J'ai ses deux points de chute.

— Parfait. Tu t'occupes de prendre contact avec lui. Et très vite, cette fois. J'insiste.

— Oui, c'est prévu.

Rachid se tut un instant. De toute évidence, quelque chose le tracassait. Il poursuivit :

— L'idée d'envoyer une équipe dans la maison de Nordine pour récupérer notre fric ne m'a pas quitté, Sofiane.

— Tu sais ce que j'en pense, Rachid. Imagine une seconde ce qu'il se passerait si les flics avaient caché des caméras pour surveiller la baraque. Premièrement, ils serreraient nos mecs. Deuxièmement, ça confirmerait l'existence d'un pactole, alors ils démonteraient tout et mettraient la main dessus. Je te suggère vraiment de ne pas bouger. Il n'y a pas d'urgence.

— Puisque tu le dis…

Pour une fois, quoique de mauvaise grâce, Rachid Mansouri se rangea aux arguments de son frère.

— Le risque est trop grand, surtout pour rapatrier de l'argent dont on n'a pas besoin, même si c'est vingt-six millions, insista Sofiane. Ça peut attendre.

— C'est bon, j'ai saisi. Sinon, tu as eu des nouvelles de la fliquette, Elvire Andrieu, le contact de Dalmasso ?

— Zéro. Complètement évaporée. Elle n'est jamais retournée à son service, paraît-il. D'ailleurs, j'ai appris que Miller, l'autre flic, avait disparu, lui aussi.

Rachid Mansouri secoua la tête avec une mimique très explicite, qui traduisait son agacement. Définitivement, si ce n'était pas lui qui gérait les trucs importants, rien n'avançait.

Sofiane, lui, connaissait assez son frère pour savoir que la discussion n'était pas close. Toute son attitude corporelle montrait qu'il avait quelque chose d'autre à aborder, quelque chose de désagréable a priori. Plongé dans son téléphone, Rachid fit défiler les messages, répondit à deux ou trois d'entre eux en écrivant d'un doigt. Quand il eut terminé, il posa son portable et dévisagea Sofiane.

— Sofiane, tu as remarqué, je présume, que nos relations sont tendues depuis quelque temps.

— Oui, et je ne comprends pas pourquoi.

— Parce que tu manques de poigne pour piloter le trafic, et ce n'est plus possible. J'ai exigé que tu fasses respecter le clan, mais tu es encore trop timide. Pareil pour les prises de décisions. Sans vouloir te vexer, Nour va dix fois plus vite que toi.

— Et donc ?

— Je ne sais pas combien de temps je serai en mesure de rester à la tête de notre réseau. J'ai un très mauvais diabète et tu devras, un jour ou l'autre, me remplacer. Or, puisque tu te montres toujours trop clément, j'ai décidé que le pouvoir sera partagé avec Nour. Elle est préparée, pas toi.

— Je ne suis pas d'accord, Rachid, je…

Moue dubitative de Rachid qui lui coupa net la parole.

— Je ne reviendrai pas dessus, c'est acté. Tu peux disposer. Ma fille t'attend pour partir en France.

# 93

Johnny serra longuement Murthy dans ses bras. Les deux jeunes gens, attablés dans un bar non loin de la fac, déjeunaient d'une pizza décongelée. Ils étaient avant tout heureux de se retrouver.

— Qu'est-ce que je t'avais dit, mon frérot ? Me voilà libre. J'ai payé ma dette à la société, comme on dit.

— Je suis vraiment content pour toi. Quels sont tes projets ?

— J'en sais rien. Pour l'instant, j'me laisse vivre dans la famille. Et toi ? Le resto avec les belles caisses, Tom Cruise… Raconte-moi tout.

Murthy parla en adoptant un ton qui se voulait enjoué mais qui sonnait faux. Johnny écouta d'abord son ami, puis il finit par l'interrompre.

— Frérot, arrête de me pousser la chansonnette, j'te connais, y a un truc qui coince grave. Viens, on marche. Tu veux un joint ?

— Pas dans la rue. En plus, ma fiancée va arriver d'un moment à l'autre, je vais te la présenter.

— Alors, c'est quoi, l'problème ?

Murthy ne réfléchit pas longtemps. Il résuma la situation dans laquelle il se sentait de nouveau englué : les menaces, la violence, la peur qui lui tenaillait les tripes à longueur de journée.

— Ah ouais, putain, c'est chaud. Qu'est-ce que vous avez fait avec la caisse du flic ?

— Je les ai conduits sur le casse d'une armurerie.

— J'ai jamais vu un mec comme toi. T'es le champion du monde pour choisir le plus gros merdier et sauter à pieds joints dedans. Là, j'dois dire que t'es mal. Si les keufs l'apprennent, tu tombes direct pour complicité, et c'est très cher. T'as expliqué à Tom Cruise le but de votre promenade ?

— Non.

— Petit conseil : lui dis rien, vaut mieux pas.

— Il y a autre chose.

Murthy raconta l'épisode des policiers qui avaient interpellé la Crevure.

— Il hurlait que j'étais un infiltré. Heureusement, les deux flics ne l'ont pas cru, mais quand même.

— Ça s'est passé la même nuit que l'armurerie ?

— Oui.

Johnny éclata de rire.

— C'est dingue ! T'es sûr que tes divinités t'ont toujours à la bonne ?

— Parfois, je me demande aussi. En tout cas, après cette nuit de folie, je leur ai fait des tas d'offrandes. Johnny, j'ai l'impression de chuter d'un avion sans parachute. Je vais m'écraser bientôt.

— Pas sûr, mon frérot. Tu connais la solution.

— Non.

— Évidemment que si. Toi et moi, on sort de taule. On sait ce qu'y faut faire. Dehors, c'est pas si différent. On prévient mes cousins, et MGD, c'est fini, on n'en parle plus.

— Johnny, réfléchis. On n'est pas en train de discuter de voler un camion rempli de machines à laver, là. Ce serait la cour d'assises pour tout le monde. C'est de la folie !

— Frérot. J't'aime bien, mais je suis convaincu que tu m'balades depuis le début. Et surtout, me refais pas le coup du mec qui comprend rien, qu'est au courant de rien, qui connaît personne, j'ai déjà donné. Si t'as besoin de mon aide, va falloir qu'tu sois honnête et qu'tu m'expliques vraiment le bordel dans lequel tu patauges. J't'écoute.

Murthy se tut. Johnny ne le relança pas. Le visage sévère, il attendait.

— C'est simple, commença Murthy.

Derrière ces deux mots, il livra le récit de son activité de coursier, du policier qui lui avait volé l'argent, de la proposition d'Imad et de Nordine, de son choix qui s'était imposé de ne balancer aucun nom, des bobards racontés aux policiers, au juge d'instruction, à son avocat, à sa famille. Murthy vida son sac. Enfin, il respirait.

— Merci pour ta confiance. Ce que j'pige pas, c'est pourquoi MGD continue à te mettre la pression. Abdel a planté Master. Imad s'est pendu. Fin du match. Normalement, tu devrais être sorti du piège.

Là, Murthy ne réfléchit plus, il lâcha ce qu'il n'avait jamais avoué à Johnny. *J'en ai assez de lui mentir.*

— Il croit que je sais où se situe la maison de Nordine.

Le Gitan siffla d'étonnement, mais, cette fois-ci, ne rit pas.

— J'ai entendu parler de cette baraque de rupin. On dit qu'les flics n'ont pas trouvé l'pognon, et qu'y en aurait un gros paquet de bien planqué. En vrai, tu sais où elle est ?

Les deux jeunes gens furent interrompus par l'arrivée de Malini. Une demi-heure avant la reprise des cours, assis devant un café, Johnny raconta sa relation amicale avec Murthy. Le Gitan passa sous silence les côtés sombres de la prison et ce à quoi avait échappé son ami. Il se concentra sur des anecdotes amusantes, souvent inventées. Malini riait des expressions et du vocabulaire imagés de Johnny. Elle donnait l'apparence d'une jeune femme détendue, heureuse. Murthy avait bien conscience qu'il n'en était rien. Sa fiancée ne s'était toujours pas remise de son agression et restait persuadée que les deux Blacks reviendraient. Elle était effrayée à l'idée de rentrer seule le soir, et attendait une voisine pour grimper dans les étages.

Malini sonna finalement l'heure du départ. Il n'était pas question d'être en retard. Ils se promirent en revanche de se revoir très vite, tous les trois.

— À bientôt, frérot. Et tu m'as pas dit, tu sais où qu'elle est ?

— Oui.

# 94

Pendant deux semaines, les joueurs de poker avaient déserté le restaurant. MGD était venu en vain, sans se montrer aux voituriers, avec le type à la mallette. Il maintenait la pression sur Murthy par des SMS réguliers : « Je t'oublie pas, ni ta jolie fiancée. » Cette phrase, qui revenait comme un leitmotiv, plongeait le jeune homme dans une terreur permanente. Pour autant, fidèle à son habitude, il se taisait et s'efforçait de remettre du liant dans sa relation avec Ethan, distendue depuis son périple à Neuilly. Dans le fond, il comprenait la réaction de son ami. Lui non plus n'était pas à l'aise avec ce qu'il avait fait. *J'ai trahi la confiance du patron.* Le sentiment de honte qu'il avait ressenti en entrant en prison l'étreignit de nouveau.

Quand les joueurs de poker réapparurent, Murthy eut l'impression d'avaler du plomb fondu. Ethan vit aussitôt la trouille prendre possession du visage de son ami.

— Si MGD se pointe, il n'y a qu'un choix possible, lui expliqua-t-il. Tu en parles au patron, qui appelle les flics. Elle est au courant ta fiancée de ce qui peut lui arriver ?

— Oui.

— J'imagine qu'elle doit être terrifiée. Murthy, tu déconnes, là.

— Ethan, si MGD se pointe, reste ce soir, s'il te plaît.

— Mec, tu n'as qu'une seule solution pour te sortir de ce pétrin. Tu crèves de peur, et pourtant tu tergiverses encore. Pour moi, ton comportement est un mystère.

— Je pourrais également changer de travail, comme ça il ne me retrouverait pas, c'est une solution aussi, non ? tenta Murthy, tout en songeant à la proposition folle de Johnny.

Ethan préféra ne pas argumenter et lui signifia qu'il laissait tomber, d'un geste de la main.

À 23 heures, le portable de Murthy vibra. Le SMS disait : « Je t'attends. »

— Ethan, il est là.

— Vas-y. Mais que ce soit bien clair, le deal est le même : si ça foire, je t'enfonce profond. Je te préviens, je ne te prends pas en traître. Tu connais ma position, à toi de voir.

Murthy hésita une seconde. Il finit néanmoins par s'éloigner vers une des rues adjacentes. Là, il découvrit MGD, seul, appuyé contre la Peugeot du policier.

— Enlève ta casquette et éteint ton portable, on se casse.

— Où ça ?

— Pas loin, à Gennevilliers. Quand je pense que chaque fois que je suis monté dans une voiture de keuf, c'était à l'arrière avec les poignets menottés, cette histoire me fait bien marrer. On change la donne.

Avec un air satisfait, MGD sortit de la poche de sa veste un boîtier noir avec une petite antenne. Une lumière bleue clignotait.

— Un brouilleur de balise GPS, précisa-t-il. Je suis prudent. Allez, démarre.

Murthy retrouvait les mêmes sensations de peur intense que lors de la précédente virée. Il suivait, appliqué, les indications de MGD qui ne cessait de regarder son portable, nerveux.

— Arrête-toi là, lança-t-il soudain. Et laisse le moteur tourner.

— Qu'est-ce qu'on fait ?

— On attend.

Le Black envoya un SMS. Dix minutes plus tard, une éternité pour Murthy, un type s'assit à l'arrière.

— MGD, tu fais fort avec cette caisse !

— J'assure. J't'écoute, Koundé, on en est où ?

— C'est qui, c'mec au volant ?

— T'inquiète.

— Les keufs mettent le paquet sur les cités pour choper la came. Ils débarquent avec leurs clebs, les CRS et tout le bordel. Un enfoiré a balancé la planque où on a les cinquante kilos de coke. Faut tout bouger rapidos. L'autre, il parlera plus, je l'ai enterré vivant.

Murthy posa la tête sur le volant, prêt à s'effondrer.

— Tu vois, Koundé, tu me demandais qui c'était ce mec. Eh bien, disons que lui n'a pas envie de finir enterré vivant.

— Parfait. Bon, impossible de rentrer comme ça dans la cité, sinon on se fait éclater. J'appelle pour prévenir qu'on se ramène dans une caisse de keuf. Là-bas, on charge la came et on se barre. Tu verras, il y a déjà plein de bagnoles de la BAC. Ils serrent tous les tacots qui sortent de la cité pour les fouiller. Nous, on risque rien grâce à ta trouvaille.

Koundé passa un bref coup de fil pour signaler leur arrivée.

— C'est réglé, annonça-t-il. Ils foutent le bordel là où y a la BAC, on sera tranquilles.

Murthy suivit les consignes de Koundé. Non loin de la cité, dans une longue ligne droite entre deux ronds-points, une dizaine de motos de cross, dans un vacarme infernal, se livraient à des rodéos urbains pour créer une diversion. Des riverains exaspérés téléphonèrent au poste. Au cinquantième appel, les flics commencèrent à chasser les motos. La Peugeot, pendant ce temps, pénétra dans la cité en roulant au pas. Deux gros scooters se mirent devant pour la guider jusqu'à l'entrée d'une cave gardée par des hommes, armes automatiques à la main. MGD et Koundé sortirent rapidement de l'habitacle.

— Pakos, tu restes au volant, ordonna MGD.

Murthy n'avait pas l'intention de descendre, ça tombait bien.

— Salut, Omar, lança ensuite MGD d'une voix forte. Comment tu vas, mon frère ?

— Putain, j'y crois pas, t'es venu avec ton taxi de keuf, répondit Omar en riant. Et en plus, c'est mes charbonneurs qui l'escortent. Celle-là, on m'l'avait jamais faite.

— Mettez tous vos cagoules, les gars, intervint Koundé. On va s'offrir un kif. C'est pas tous les jours qu'on a ce genre de bagnole sous la main. Toi, le chauffeur, descends avant qu'je t'arrache les oreilles.

Murthy ne se fit pas prier et observa le spectacle. Une dizaine de types cagoulés et armés entouraient désormais Omar, MGD et Koundé, le visage également dissimulé, appuyés contre le capot de la Peugeot, plaque « POLICE » abaissée et gyrophare en marche. Tous prenaient des selfies et rigolaient. Chacun leur tour, ils s'assirent derrière le volant et mimèrent une course-poursuite. Le jeune Indien, les mains enfoncées dans sa vareuse, ne quittait pas des yeux ce qui lui apparut comme une mise à mort de la voiture de police, et la sienne par voie de conséquence.

— Les gars, le safari est terminé, gueula Omar. Allez chercher la coke.

Omar, MGD et Koundé allumèrent d'énormes joints en attendant la remontée de la came des profondeurs de la cave. Murthy, pétrifié, n'osait détailler cet endroit qui respirait la violence pure, où des types armés se déplaçaient en terrain conquis.

— Tu sais quoi, MGD, je crois que je vais m'enjailler grave, annonça Omar. J'ai jamais conduit une voiture de keuf. Cette nuit, grande première.

MGD et Koundé s'esclaffèrent. Quelques secondes plus tard, Murthy ferma les yeux quand il entendit le moteur de la 3008 hurler. Omar jouait les pilotes dans les allées de la cité, enclenchait la sirène, faisait des demi-tours au frein à main sous les applaudissements et les cris de joie de sa bande. *C'en est fini pour moi.* Enfin, Omar s'arrêta en voyant les sacs de cocaïne posés sur le trottoir. Il descendit, toujours hilare, et son regard se porta sur Murthy, qui n'en menait pas large.

— Qu'est-ce que tu as sur le dos, toi ?

— Ma vareuse. C'est mon uniforme.

— Ouais, un truc de larbin pour mecs friqués, quoi, répliqua avec mépris Omar.

Celui-ci s'était mis à fixer Murthy. Il semblait réfléchir.

— Enlève-la, ça peut peut-être nous servir.

— La casquette qui va avec est dans la bagnole, précisa MGD.

— Envoie.

Murthy tendit sa vareuse à Omar. Il n'avait ni l'envie ni les moyens de s'y opposer. Le chargement des sacs de drogue dura quant à lui moins d'une minute. Le cerveau de Murthy moulinait à fond. *Il y a cinquante kilos de cocaïne dans le coffre d'un véhicule de police que je suis censé garder. Sur ce coup, je pars pour vingt ans.* Il pria ses divinités.

— On se casse, dit MGD.

Dès que la Peugeot 3008 quitta la cité, MGD colla le gyrophare sur le toit et Murthy accéléra. Les flics étaient toujours occupés à chasser les motos qui s'éparpillèrent soudainement. Fin de la diversion.

— D'où ils sortent, les collègues ? s'étonna un des policiers en voyant passer la 3008 en trombe, sirène hurlante.

— Pas de la cité en tout cas, c'est impossible.

MGD indiqua l'itinéraire à Murthy. L'heure tournait. Lorsqu'il jugea le danger assez loin, MGD enleva le gyrophare et arrêta la sirène. Le véhicule roula ainsi jusqu'à un parking vide du stade d'Argenteuil. Là, une camionnette de chantier, garée dans un recoin, alluma ses veilleuses. La cocaïne changea de véhicule. À la lueur des phares de la Peugeot, les dix sacs de cinq kilos, enveloppés hermétiquement, furent plongés dans des bidons de fuel. Murthy balisait toujours. *Si les Blacks n'ont plus besoin de moi, ils vont me coller une balle dans le crâne et brûler la voiture.* Le scénario se précisait dans sa tête quand la voix de MGD le fit sursauter.

— Tire-toi, pakos. Tu connais la règle : tu parles, je t'enterre vivant et je me paie une nuit avec ta jolie meuf.

La pluie se mit à tomber, forte, drue. Murthy conduisait aussi rapidement que la route détrempée le lui permettait. Les essuie-glaces de la Peugeot évacuaient difficilement les trombes d'eau qui s'abattaient en rafales. Murthy ralentit. *Si je cartonne, c'est la fin.* Le téléphone d'Ethan sonnait dans le vide chaque fois qu'il essayait de le joindre. *Il voit que je l'appelle, mais il ne veut pas répondre.*

Quand Murthy rejoignit le restaurant, Ethan avait déjà ramené trois des véhicules. Plus que deux. Murthy, la gorge sèche, tremblait de tout son corps. Il arrêta la 3008 devant les parasols du pupitre. Les mains tétanisées sur le volant, il était incapable d'en descendre. Ethan comprit. Il ouvrit la portière, desserra les doigts de Murthy et l'aida à quitter la voiture. Dans la foulée, le policier arriva en courant, abrité par un grand parapluie, donna un maigre pourboire – *Il a perdu* –, salua brièvement les deux jeunes gens et s'en alla.

— Qu'est-ce que tu as fait de la vareuse et de la casquette ? demanda Ethan.

— Je les ai égarées.

— Quoi ?

Murthy ne répondit pas.

— Tu raconteras tes salades au patron.

Quelques minutes plus tard, les lumières de l'établissement désormais éteintes, Ethan et Murthy rangèrent leur attirail.

— C'est terminé, Murthy, je ne te couvre plus, déclara Ethan. Si demain tu ne parles pas à la police, je vais voir le patron. Et pas besoin de me sortir ton baratin sur la loi de Murphy, c'est toi qui décides de faire ou de ne pas faire, pas quelqu'un d'autre.

— Tu te trompes, je n'avais pas le choix.

— Je m'en tape, répliqua Ethan, agacé. J'ai récupéré, au prix d'un tas de promesses faites à genoux, ma femme et mon gosse. Replonger, ce serait tirer un trait sur ça pour toujours, et je n'en ai vraiment pas envie.

— Je comprends.

Ethan souffla de colère face à l'attitude de Murthy. Il avait l'impression de s'adresser à un robot dénué de raison.

— Qu'est-ce que vous avez fait ? le questionna-t-il. Où est-ce que vous êtes allés ?

— À Gennevilliers et à Argenteuil. MGD a discuté avec ses gars.

— C'est tout ?

— Oui.

— On ne le dirait pas à ta tête. Je suis sûr que tu racontes des conneries, comme quand on était en taule. Tu vas tomber pour complicité, c'est comme ça que ça va finir…

— Si je parle, Malini et moi sommes morts.

— La police vous protégera.

— Le temps de la garde à vue. On n'est pas en Amérique, Ethan.

— C'est toi qui vois, Murthy.

# 95

Une dizaine de commissaires et d'officiers de la PJ étaient réunis autour de Patrick Chebel. Le juge d'instruction Jean de Mézières participait au briefing.

— Il m'a paru nécessaire, commença Chebel, que vous ayez un bilan d'étape sur l'affaire « ALBORÁN », car j'ai donné le feu vert à une opération, qui va vous être exposée par le commandant N'Guyen.

Chebel, concis et direct comme à son habitude, ne s'embarrassait pas de fioritures. Guy N'Guyen se leva et lança un diaporama.

— Cette procédure, depuis le début, est bien plus poussive que ce que nous escomptions. J'ai eu espoir que la confrontation des suspects change la donne. Nordine Hassani, le saraf des Mansouri, et Imad Chakir, leur collecteur central, ont été mis face à un jeune coursier, Murthy Banerjee. Le gars m'a semblé être à deux doigts de s'effondrer, mais, pour une raison que j'ignore, il s'est ressaisi et a prétendu ne pas les reconnaître.

Pendant que N'Guyen s'exprimait, il faisait défiler avec une télécommande les photos des différents protagonistes cités sur un grand écran.

— Ce gamin n'a pas du tout le profil d'un bandit. Pourtant, il s'est comporté comme tel en se terrant dans le silence sur les conseils d'une avocate réputée pour être au service des narcos. J'ai trouvé cela intrigant et j'en ai parlé au juge d'instruction.

— J'ai quant à moi placé ce jeune homme quatre mois en détention, poursuivit de Mézières, au vu de ses réponses incohérentes, confuses, toujours dictées par son avocate.

— Une fois passée sa période d'évaluation en prison, reprit N'Guyen, je me suis arrangé avec l'administration pénitentiaire pour qu'il soit mis en cellule avec un gars qu'on connaît bien, un dénommé Ethan. Chaque semaine, je débriefais avec lui au parloir.

Des photos d'Ethan et de Murthy apparurent à l'écran pour que les officiers mettent des visages sur les noms.

— Banerjee, en confiance, lui a raconté ce qu'on savait déjà sur son activité de coursier, le transport de l'argent… Rien de plus. Il n'a balancé ni Nordine Hassani ni Imad Chakir. En revanche, Ethan a clairement eu l'impression que l'Indien le baladait.

Chebel fit apporter des Thermos de café. Les policiers se servirent en silence. Pas un ne toucha à son portable, un signe manifeste d'attention.

— Ethan nous a décrit la pression et les violences subies par Banerjee de la part du clan black piloté par un certain Master. Le môme, pourtant en position de faiblesse, n'a jamais varié d'un iota de son foutu « Je ne comprends pas ce qui m'arrive ». Par contre, la donne a changé quand Imad Chakir a été transféré à notre demande dans la même détention que Banerjee. Là, le clan arabe l'a pris sous son aile et a défoncé les Blacks. Du jour au lendemain, notre cible s'est retrouvée protégée, avec de l'argent sur sa cantine et un téléphone. Pourquoi ? Quel intérêt ? Même si Banerjee a continué de jouer les innocents au cœur pur, nous étions persuadés que les deux se connaissaient. Un lien que, malheureusement, rien ne permettait d'établir. Ethan nous a alors communiqué le numéro du mobile fourni par Imad. Nous l'avons branché. Résultat, zéro sur toute la ligne. L'Indien ne parlait qu'à sa fiancée, une jeune fille avec la tête sur les épaules. Il n'a jamais évoqué avec elle quoi que ce soit sur le trafic. Les retranscriptions des écoutes donnent une succession de « Je t'aime », « Moi aussi » et « Dès que tu seras dehors, on reprendra nos études ». Point barre.

— Donc l'affaire se présentait mal, observa un officier.

— Plutôt, oui. Beau joueur, comme promis, j'ai soutenu la demande de mise en liberté d'Ethan, qui avait été écrite par Murthy Banerjee.

L'ironie de la situation n'échappa pas aux policiers, qui rigolèrent franchement. N'Guyen laissa passer quelques secondes et enchaîna :

— La suite est moins réjouissante. Nordine Hassani a été égorgé à l'instigation du fameux Master. Les représailles n'ont pas tardé, l'exécuteur et le commanditaire ont été assassinés sur ordre des Mansouri.

— J'apporte ici une précision, compléta de Mézières. À peu près dans le même temps, le trio Sofiane Mansouri, Hassani et Chakir a été mis en examen dans une affaire distincte pour des tortures et actes de barbarie suivis de meurtre. Chakir se doutait qu'il partait pour de très longues années de détention, il s'est pendu dans sa cellule. Reste Sofiane Mansouri, à l'abri, au Maroc ou à Dubaï.

Tous avaient les yeux rivés sur l'organigramme projeté sur l'écran.

— Je pense, intervint N'Guyen, que Banerjee, prisonnier de son obstination à ne rien avouer, a laissé la porte ouverte à toutes les supputations, renforcées par la protection déployée par Imad Chakir.

— Et alors qu'on continuait à jouer de malchance, ajouta Patrick Chebel, le hasard nous a remis sur la voie. Malgré l'acharnement de sa fiancée et de son père à lui trouver un travail, condition imposée par le juge de Mézières à sa libération, rien ne fonctionnait. J'ai donc décidé de donner un coup de pouce au destin. Je vous la fais courte.

Rires des policiers à l'énoncé de cette phrase. Celui-ci poursuivit, imperturbable :

— J'ai rencontré le directeur du Grand Restaurant, à Suresnes, Jérôme Maurice, pour faire embaucher Banerjee au même endroit qu'Ethan. Maintenant, l'Indien est dehors, sans aucune protection. Il bosse comme voiturier. Visiblement, il est très apprécié de son patron. Malgré leur relation amicale, il ne se livre toujours pas à Ethan, qui essaie pourtant de le faire parler. Ce mec est une vraie tombe.

— En fait, selon une source, Banerjee aurait effectué quinze transports, et non deux ou six, ainsi qu'il me l'a affirmé, intervint le juge d'instruction. Il a été un coursier constant et fiable pour les Mansouri, ce qui pourrait expliquer le lien avec Imad Chakir.

— Faute d'éléments solides, nous faisions du surplace, enchaîna Chebel. J'ai donc changé de stratégie.

D'un regard, il redonna la parole au commandant N'Guyen.

— Il nous fallait un œil neuf pour essayer de trouver une faille chez Banerjee. On a pensé à utiliser les joueurs de poker, qui se réunissent tous les mercredis au restaurant de Suresnes. Un groupe de bonhommes cool, qui fument le cigare, boivent des coups et jouent aux cartes. J'ai fait entrer dans ce club un collègue, Paul Picerni. Paul, on t'écoute.

Les policiers se tournèrent dans un même mouvement vers le fond de la salle et saluèrent d'un signe de tête ou de la main le nouvel arrivant.

— Le défi était de taille, commença sans préambule Picerni. J'en ai parlé à Ethan, qui était aussi dubitatif que moi. Quand j'étais là-bas, je ne m'asseyais pas toujours à la table de poker et, derrière une fenêtre, j'observais le môme pour me faire une idée de son comportement. Honnêtement, j'étais persuadé de perdre mon temps. Un soir, j'ai laissé mon talkie en marche dans la boîte à gants. Un oubli. Et, un mercredi, une voiture m'a suivi sur le retour jusqu'à mon domicile. Le lendemain matin, une autre voiture s'est livrée au même manège lorsque j'ai accompagné mes gamins à l'école, puis rejoins mon service. La filature n'était pas trop mal faite, mais bon, pas au point de ne pas la repérer.

— À partir de ce moment, l'activité sur le portable de Banerjee, sur écoute, a changé, dit N'Guyen. Un type s'est mis à le harceler avec de brefs SMS. Ethan nous a informés qu'il s'agissait d'un Black surnommé MGD, de la même bande que Master. Le jeune Murthy a alors fait une grosse connerie. Sous la pression de ce type, qui menaçait sa fiancée de viol, il a utilisé à deux reprises la voiture de Picerni. Et ça, je dois reconnaître que nous ne l'avions pas envisagé. Sitôt après leur première balade, le véhicule a été balisé, mais le signal a été neutralisé par un puissant brouilleur. Résultat : on n'a aucune idée de ce qu'ils ont fabriqué durant ces nuits. Et, bien évidemment, il n'a rien confié à Ethan.

— Ethan, lui, me prévenait du départ de Banerjee avec le MGD en question. Pour la petite histoire, j'ai poireauté la seconde fois en attendant son retour. J'ai fait comme si de rien n'était, pourtant j'ai vu immédiatement que le gamin semblait très mal.

— Pour ceux qui s'interrogent, précisa N'Guyen, nous avions naturellement envisagé de suivre la voiture de Picerni en plus du balisage, mais c'est très compliqué de filer un véhicule de police qui fonce avec son gyro, à moins de faire la même chose, ce qui n'était pas une option.

Cette remarque fit sourire l'ensemble des participants, qui imaginaient la scène.

— Dernière info, ajouta Chebel, le seul mec que fréquentait l'Indien en détention est un Gitan prénommé Johnny, un petit délinquant sans envergure. Son heure de gloire a été de voler un camion d'appareils électroménagers et de le cramer ensuite. Celui-là, on l'ignore, il est con comme un balai. On oublie quelque chose ou pas ?

— J'aimerais juste signaler, nota N'Guyen, que Banerjee, entre le moment où on l'a arrêté et maintenant, a profondément changé. Le passage par la case prison l'a endurci. Il ne baisse jamais la garde, il garde son cap, même s'il donne l'apparence d'un mec qui va mal. Ethan nous l'a confirmé et a aussi souligné qu'il fumait des joints à la chaîne.

— Conclusion : on prépare l'interpellation de MGD, de sa bande et de Murthy Banerjee. Direction le placard pour longtemps. Des questions ?

# 96

Ethan reçut des instructions du commandant N'Guyen : « Reviens à la charge, mets-lui la pression. » Bien décidé à faire ce que lui demandait le policier, il saisit la première occasion qui se présenta, mais n'obtint pas le résultat escompté.

— Ethan, je t'apprécie, mais je n'ai pas envie de t'en parler, répondit sèchement Murthy. Pourquoi ça t'intéresse qui j'ai vu avec MGD, qu'est-ce qu'il a fait et où nous sommes allés ? Tu veux me balancer aux flics ? Ne te gêne pas. J'en ai plus que marre, de toutes ces conneries. Laisse-moi tranquille une bonne fois pour toutes.

Guy N'Guyen écouta avec attention le débrief d'Ethan. « Ne bouge plus et, s'il y a du nouveau, appelle-moi. »

Murthy, de son côté, avait pris les devants vis-à-vis de Jérôme Maurice et inventé une histoire – *une de plus* – pour justifier la perte de sa casquette et de sa vareuse.

— Elles sont tombées de mon scooter, je les emportais chez moi pour les nettoyer. Je suis vraiment désolé, je m'en suis rendu compte trop tard.

Il avait été aussitôt rassuré par la réaction de son patron. Celui-ci ne s'était pas formalisé de sa mésaventure, à laquelle il avait semblé croire. Il l'avait simplement enjoint de récupérer un nouvel uniforme auprès de la personne qui gérait leur stock.

Ce soir-là, aux alentours de 21 heures, Murthy s'isola pour réfléchir et fumer un joint. Il ne parlait presque plus à Ethan, qu'il jugeait trop intrusif.

— Salut, frérot.

Le jeune homme sursauta en s'entendant appeler à voix basse. Johnny, qui s'était caché entre deux voitures, se dirigea vers son ami.

— Je t'observe depuis un moment, ç'a pas l'air de gazer.

— Je suis dans la nasse. MGD ne me lâchera pas, il est trop content de l'avantage que lui donne ce véhicule de police. Je vois de plus en plus la prison qui se profile. C'est la fin, Johnny.

— À part le casse de l'armurerie, qu'est-ce que t'as fait ?

— Je l'ai conduit dans une cité pourrie de Gennevilliers pour évacuer cinquante kilos de cocaïne.

— Ah ouais, quand même ! Frérot, ça peut plus durer. Tom Cruise est au courant que j'suis sorti de taule ?

— Non.

— Tu lui as raconté pour le braquage et la came ?

— Certainement pas.

— T'fais bien de rester discret.

Johnny alluma un joint, inspira profondément, puis relâcha la fumée.

— Elle va trop loin, cette histoire. Tu risques de morfler cher. J't'ai déjà dit comment on pourrait régler ce bordel.

Le ton grave du Gitan impressionna Murthy.

— C'est d'accord, souffla celui-ci.

*Qu'est-ce que je suis en train de faire ? Je suis devenu fou.*

— Parfait !

Dans la foulée, Johnny tira de sa poche un portable qu'il remit à Murthy.

— Frérot, prends ça. Celui-là, il sert que pour nous deux. Ton téléphone est peut-être branché. Vaut mieux être prudent. On se parle plus tard. En attendant, reste naturel.

Murthy acquiesça et, dans un état second, rejoignit le pupitre.

— Où étais-tu passé ? demanda Ethan.

— Je fumais. En fait, je suis crevé, et il n'y a quasiment plus personne, je vais rentrer. Si tu veux, demain, je rattraperai les horaires.

Sans attendre la réponse de son binôme, il enleva sa casquette, sa vareuse, et les rangea dans le meuble. Il salua ensuite Ethan d'un signe de la main en s'éloignant. Une minute plus tard, la tête dans les épaules, il se traînait sur son scooter, direction La Courneuve. Murthy en avait assez, une migraine lui vrillait le crâne et lui filait la nausée. *Demain j'irai voir les flics. Je suis en plein délire. Je préviendrai Johnny de lâcher l'affaire, c'est de la pure folie. Ni lui ni moi ne sommes des tueurs. Je veux être professeur d'histoire, me marier, avoir des enfants, rendre hommage aux divinités et oublier ces dernières semaines. Je dois absolument me ressaisir, sinon je vais avoir un mauvais karma, et ma vie future sera catastrophique.* Il s'efforçait de se rassurer avec ses phrases de bon sens, même si elles sonnaient creux. Il était épuisé. Il s'arrêta à un feu rouge de la porte Maillot. Un Range Rover noir se mit à sa hauteur. Le passager avant baissa la vitre et laissa pendre un bras énorme le long de la portière, comme une menace muette.

— Banerjee ?

# 97

Murthy tourna la tête vers le type. Le nez écrasé, une gueule de boxeur. *Qu'est-ce que j'ai encore fait ? C'est sans fin…*

— Gare ton deux-roues sur le trottoir et monte.

Il obéit. *Est-ce que j'ai le choix ?* Assis à l'arrière, un homme mince, élégant. Au volant, une jeune femme dont le parfum subtil s'était répandu dans le SUV. Le boxeur referma la vitre, puis le véhicule redémarra lentement.

— Vous n'avez aucune crainte à avoir, nous voulons juste discuter. Je m'appelle Sofiane, et, elle, c'est Nour.

— On va me voler mon scooter, je n'ai pas mis l'antivol.

Sofiane et Nour ne purent s'empêcher de sourire de la repartie inattendue du jeune homme. Un silence s'installa ensuite dans le Range Rover jusqu'à ce qu'il se gare près de la place Dauphine, à une encablure de l'ancien mythique 36, quai des Orfèvres. Ils en sortirent et se dirigèrent, toujours sans un mot, vers l'entrée d'un immeuble. Le boxeur marchait derrière eux, en protection. L'appartement dans lequel ils pénétrèrent était luxueux et anonyme. Murthy ne percevait aucune menace de la part du couple ni du garde du corps, qui avait disparu dans une autre pièce. L'éducation de la prison. *Je suis en confiance.*

Pendant près d'une demi-heure, Sofiane et Nour exposèrent la proposition esquissée par Nordine le saraf et Imad le rouquin. Ils valorisaient l'attitude de Murthy pendant les courses, le remerciaient chaleureusement pour ses services, sa vigilance et sa discrétion. Les mots comme « argent sale », « trafic », « drogue » et « violence » étaient bannis de leur répertoire, remplacés par « fiabilité », « circulation du cash », « sérieux », « discernement », etc.

« J'écoutais, fasciné, des gens agréables m'exposer un business plan avec formation sur le long terme et, à la clef, un joli pactole », dirait Murthy, bien des années plus tard, à Malini.

— Que pensez-vous de notre offre ? demanda finalement Nour en souriant.

Le jeune Indien était perdu, incapable de se prononcer. Sentant son dilemme intérieur, Sofiane le rassura :

— Soyez à l'aise, vous pouvez nous donner votre réponse dans trois ou quatre jours. Je vous recontacterai. Avez-vous un point à éclaircir ?

— Non, tout est clair. Merci de votre confiance, murmura Murthy.

Nour et Sofiane scrutaient le jeune homme, qui semblait vouloir ajouter quelque chose. Il réfléchissait aux mots qu'il allait prononcer.

— En fait, je crois que ce n'est pas aussi simple.

— C'est-à-dire ? releva Nour.

Murthy parla posément. Il exprima sa reconnaissance envers Imad pour les services rendus en prison. Sofiane souriait discrètement en l'écoutant. *Je sais, c'est moi qui ai organisé tout ça.*

— Le problème, c'est que tout recommence dehors. Machine Gun Diallo, un ami de Master, a pris la relève. Il a failli m'égorger et menace de violer ma fiancée.

— Je ne comprends pas bien, dit Sofiane d'une voix calme. Que veut-il exactement ?

— Il s'est mis en tête que je connaissais l'adresse de la maison de Nordine.

*Je viens de lancer une bombe*, songea Murthy en captant un échange de regards entre Nour et Sofiane qui signifiait « danger ». Ils encouragèrent le jeune homme à poursuivre.

— Rassurez-vous, je n'ai jamais raconté que j'avais eu une discussion dans cette maison avec Nordine et Imad, et ce malgré la pression que j'ai subie d'abord en prison et maintenant dehors. En revanche, tout ça, ce n'est pas pour moi. Je vais donc rentrer, annonça-t-il en se levant.

— Murthy, asseyez-vous, s'il vous plaît. Qui d'autre vous a interrogé au sujet de cette maison ?

— À part Master et MGD, personne.

— Très bien. Parlez-moi de ce Machine Gun Diallo, demanda Sofiane d'une voix douce qui dissimulait mal sa nervosité.

— C'est facile. Quand j'ai été arrêté par le policier Miller, j'étais au métro Château d'Eau. MGD se trouvait là, devant un bar. D'après ce que j'ai compris, c'est son endroit. Ce soir-là, Miller et lui ont failli en venir aux mains.

— Miller ? Un flic chauve avec une casquette et des Ray-Ban ?

— Oui, et des bras couverts de tatouages de serpents. En perquisition, il m'a volé tout l'argent que j'avais gagné pendant les courses. Voilà, c'est à peu près tout ce que je sais. Pardon, mais il faut vraiment que j'y aille maintenant, ma fiancée m'attend. Depuis l'agression qu'elle a subie par les gars de MGD, elle est en proie à des crises d'angoisse. Elle est persuadée qu'ils vont revenir.

— Bien sûr, pas de souci, acquiesça Sofiane. On se revoit dans trois ou quatre jours pour que vous me fassiez part de votre décision. Sachez néanmoins que votre place est parmi nous. Je vous fais déposer chez vous ?

— Non, plutôt à mon scooter. Enfin, s'il est toujours là.

Nour s'absenta quelques instants. Elle revint avec une épaisse enveloppe en papier kraft.

— Il y a quinze mille euros. Pour le scooter, s'il a disparu.

— Merci, mais il n'en vaut même pas cinq cents. Il est complètement rincé.

— Alors, disons que ça compense le vol commis par le policier.

Murthy la remercia pour sa générosité. Il retrouva son scooter là où il l'avait abandonné et fila vers La Courneuve. Il respirait, soulagé, un énorme poids en moins. Le réseau Mansouri l'avait protégé en prison. En parlant de MGD et de sa bande, il espérait avoir réglé son problème. Si tout allait bien, la bombe exploserait sans tarder. *Et en plus, j'ai de l'argent. Quinze mille euros ! Le double de ce que le policier m'a volé. Malheureusement, je ne peux pas le dire à Malini, elle ne comprendrait pas. Je vais les cacher et réfléchir.* Le jeune homme éclata de rire, se dressa sur son scooter, lâcha le guidon et leva les bras au ciel, radieux, comme un pilote de moto qui franchit la ligne d'arrivée en vainqueur. Cela faisait bien longtemps que Murthy Banerjee n'avait pas ri d'aussi bon cœur.

# 98

Vers 3 heures ce même matin, des officiers de la permanence de nuit de la PJ du Val-de-Marne effectuèrent des constatations sur un véhicule criblé de balles, qui s'était immobilisé sur le toit après plusieurs tonneaux. Les policiers, accroupis, munis de puissantes torches, éclairèrent l'intérieur. Un carnage. Trois morts. Avant de demander les services de l'Identité judiciaire, le capitaine qui dirigeait les opérations fit venir des renforts pour sécuriser les lieux, situés près d'une cité sensible. Une heure plus tard, les trois types hachés par des rafales d'armes automatiques étaient emballés dans des sacs en caoutchouc et envoyés à l'Institut médico-légal dans un fourgon mortuaire.

Le capitaine transmit par mail le compte rendu avec les identités des victimes à l'état-major. Il conclut, désabusé, par, « un énième règlement de comptes, encore une affaire de stups ».

*

* *

8 heures. Patrick Chebel, une tasse de café en main, lisait sur l'écran de son ordinateur l'activité des services de nuit de la région parisienne. Il s'arrêta sur la fiche concernant les

trois morts du Val-de-Marne, posa sa tasse et appela Guy N'Guyen.

— Monte me voir avec ton équipe.

Chebel imprima la note de la PJ, se resservit du café, alluma un cigarillo et se planta devant la fenêtre ouverte. *Quand tout s'emballe, le hasard n'existe pas.*

— Entrez, cria-t-il après avoir entendu frapper à la porte.

Sans un mot, N'Guyen et cinq officiers prirent place autour de la table de réunion. Le sous-directeur commença :

— Machine Gun Diallo et deux de ses mecs ont été rafalés cette nuit à proximité d'une cité de Champigny-sur-Marne.

Étonnement sur les visages.

— D'autres infos là-dessus ? demanda N'Guyen.

— Aucune. Pas de témoin non plus. Le portable de Banerjee est-il bien géolocalisé ?

— Depuis trois jours.

— Très bien. Récupère ses mouvements, je serais curieux d'y jeter un œil.

— Je le vois mal tenir une kalachnikov et arroser à tout va, dit en souriant N'Guyen, tandis qu'il resserrait son *bolo tie* turquoise sur le col de sa chemise en jean.

— Je reconnais que moi aussi.

*

* *

19 heures. Murthy s'apprêtait à prendre son service. Ethan avait déjà sorti le pupitre et déployé les parasols.

— Hier soir, tu avais l'air complètement lessivé. Ça va mieux ? s'inquiéta-t-il.

— Oui, merci. Un coup de fatigue. Entre la fac la journée et le resto le soir, parfois ça coince un peu. Mais ça va aller.

— Cool. Tu es rentré direct ?

— Ben oui, où veux-tu que j'aille ? Par contre, le scoot rame de plus en plus. J'ai bien cru que j'allais m'endormir dessus tellement j'avais sommeil.

— Et tu es allé voir les flics ce matin ?

— J'ai pas eu le temps.

— Comme d'habitude… Ce soir, il y a les poker boys et j'ai pas changé d'avis, Murthy. Si MGD se pointe et que vous partez avec la voiture du flic, je balance tout.

— Pas la peine, je le ferai.

Ethan se contenta d'acquiescer, puis il s'isola et appela N'Guyen.

— Je l'ai questionné ainsi que vous me l'avez demandé. J'ai fait du léger. À l'entendre, il est rentré directement chez lui.

— Ça marche. Et pour les joueurs de poker et MGD, qu'est-ce qu'il dit ?

— Que si MGD se pointe et le force à prendre le véhicule de votre collègue, il déballera toute l'histoire. Il n'en peut plus, ça se voit.

*
* *

20 heures. N'Guyen et son équipe firent le point avec Chebel.

— L'Indien raconte donc des conneries, lâcha le sous-directeur.

N'Guyen acquiesça d'un mouvement de tête. Les policiers examinaient le graphique fixé sur un panneau de liège qui retraçait les mouvements de Murthy via les bornes téléphoniques.

— Vas-y, N'Guyen, on t'écoute, dit Chebel en allumant un cigarillo.

Le commandant s'exécuta. Il suivit du doigt le tracé horodaté et le commenta.

— 22 heures, Banerjee quitte le resto à Suresnes avec son scooter. 22 h 25, il arrive porte Maillot. Logique, il a un petit deux-roues qui n'avance pas. 22 h 45, il se trouve place Dauphine. Là, on a un problème. À l'allure à laquelle il bouge avec son engin, il lui aurait fallu au moins une demi-heure de plus pour parcourir cette distance.

— Donc il est monté dans une voiture, observa Chebel.

— Possible. La suite maintenant. Minuit, départ de la place Dauphine. 0 h 20, retour porte Maillot. Il est soit dans une bagnole, soit sur une moto. En tout cas, le type qui conduit fonce. 0 h 25, Murthy récupère probablement son scooter puisqu'on voit qu'il se traîne de nouveau. 1 h 30, il rejoint La Courneuve. Entre-temps, il a pris de l'essence.

— Je résume, reprit Chebel. Banerjee a été embarqué par un véhicule inconnu ; il est resté environ une heure place Dauphine, sans doute dans un appartement. Aujourd'hui, il reprend son travail comme si de rien n'était. Il ne s'est pas fait casser la figure, n'a rien balancé à Ethan. Visiblement, tout va bien. En revanche, il semble revenu à la raison et explique à notre informateur que si MGD se pointe, il nous balance tout. Conclusion ?

— Demain, je l'interpelle, et il nous raconte sa soirée en détail, enchaîna Guy N'Guyen.

*

* *

22 heures. La soirée des joueurs de poker allait bientôt commencer. À tour de rôle, Murthy et Ethan garaient les véhicules. Le policier arriva le dernier, Murthy parqua la 3008 à sa place habituelle, dans la ruelle derrière le restaurant. Là,

Johnny apparut. D'un doigt sur les lèvres, il fit signe à son ami de ne pas parler fort.

— Putain, frérot, c'est quoi, ce bordel ?

Regard interrogatif de Murthy.

— T'es pas au courant ? reprit le Gitan. MGD et ses mecs ont été fumés. Je le tiens d'un de mes cousins.

— Comment veux-tu que je le sache ? Entre le boulot et la fac, je n'ai pas un temps mort.

— J'sais pas, je me disais…

— Que j'étais allé les canarder ? Johnny, tu me vois avec un flingue ?

— Non, bien sûr.

— Par contre, je suis obligé d'admettre que ça me soulage de ne plus avoir cette menace qui pèse sur Malini et moi.

— Normal, j'comprends à mille pour cent. En plus, avec MGD flingué, plus personne peut te mettre sur le dos la complicité du casse et le transport d'la coke. Mec, t'es peinard.

Murthy sourit devant cette évidence qu'il avait déjà bien intégrée.

— Bon, j'me sauve, lança le Gitan. Fais quand même gaffe à ton téléphone, parle de rien. Les keufs n'ont peut-être pas lâché l'affaire. On s'revoit rapidos au calme.

Une minute plus tard, Murthy montra à Ethan un visage soucieux tandis qu'il regagnait le pupitre. Il ne voulait pas donner l'impression qu'il n'y avait plus de risque. *MGD dégagé.*

# 99

Quand Murthy et Malini sortirent de chez eux pour se rendre en cours, deux policiers les attendaient. Le jeune homme serra la main de sa fiancée quand il reconnut le commandant qui avait organisé les tapissages.

— Je vois que tu ne m'as pas oublié, lui lança N'Guyen. Viens avec nous, j'ai des questions à te poser.

Aussitôt, Malini eut l'impression de renouer avec les cauchemars des mois précédents. Elle s'effondra en larmes.

— Je vous en prie, monsieur, il n'a rien fait. Il travaille dans un restaurant en tant que voiturier le soir, et le jour, on est tous les deux à la fac.

— Je le sais, mademoiselle. C'est pour ça que je ne lui passe pas les menottes et qu'il n'y a pas de gyrophare sur ma voiture. Nous allons juste discuter.

Malini embrassa Murthy. Son regard était chargé d'incompréhension et de panique mêlées. « Je t'en supplie, dis-moi que tu n'as pas recommencé. » Murthy essaya de la rassurer d'un sourire. Il n'en menait pourtant pas large. La voiture de police démarra, le commandant, assis à l'arrière à côté de lui, songeait qu'il jouait gros. Dans l'habitacle, personne ne décrocha un mot jusqu'à leur arrivée. De nouveau, l'ascenseur et les couloirs. Dans le bureau de N'Guyen, deux officiers attendaient.

— Installe-toi, mets-toi à l'aise.

Le policier enleva sa veste, rangea son arme dans l'armoire forte et jaugea Murthy, assis, les bras serrés contre la poitrine.

— Eau, café, Coca ?

— De l'eau, s'il vous plaît.

Un des agents lui donna une petite bouteille.

— Parle-moi de ton métier de voiturier.

— Je voudrais mon avocat, annonça Murthy d'une voix calme.

Stupeur des policiers qui ne s'étaient pas préparés à cette demande.

— Tu n'es pas en garde à vue, précisa N'Guyen. Tu n'as pas été fouillé, je t'ai laissé tes affaires, tes lacets et ta ceinture.

— Alors qu'est-ce que je fais ici ?

— Je tenais juste à ce qu'on ait une conversation. Comme tu peux t'en rendre compte, personne n'enregistre tes déclarations et tu ne signeras pas de procès-verbal. J'espère néanmoins que tu seras en mesure de nous apprendre des choses qu'on ignore.

Murthy acquiesça et regarda sa montre.

— Je vois que tu étais à bonne école en prison, dit N'Guyen en souriant.

— Les détenus, quand ils ne racontent pas leur vie, n'ont qu'un sujet en tête, la procédure, les avocats, la police et les magistrats. Entre la bibliothèque et la cour de promenade, forcément, j'ai entendu tout un tas de trucs utiles.

*Merci, Johnny !*

— Je vois. Si tu nous décrivais ton activité de voiturier ?

Murthy brossa un rapide tableau de son métier. Les policiers écoutaient, attentifs au comportement du jeune homme.

— Jamais de soucis ?

— Au début, si. C'est beaucoup de pression. Avec les véhicules de luxe, il faut faire très attention pour les manœuvres.

— Ton patron est très content de toi. Il me l'a dit. Comment ça se passe avec les joueurs de poker du mercredi ?

— Bien. Ce sont des types cool, et ceux qui gagnent laissent de bons pourboires.

Les flics sourirent à cette remarque. Murthy, la gorge sèche, avala une gorgée d'eau. *Ils m'entraînent dans la nasse.* Il déglutit avec peine, les policiers s'en aperçurent. Échanges de regards entre eux. « On y est, on rentre dans le bois dur. »

— Et qu'est-ce que ça fait de conduire une de nos voitures ?

Le jeune Indien ne répondit pas. Il reprit un peu d'eau et haussa les épaules comme s'il ne comprenait pas.

— La Peugeot 3008 que tu gares, tu t'en souviens ?

— Oui, bien sûr.

— Où es-tu allé avec ?

— À peu près toujours dans la même ruelle, derrière le restaurant.

— Machine Gun Diallo, tu m'en touches deux mots ?

Le sang reflua des lèvres de Murthy, son cœur cognait. *Putain, comment il le sait ? Ethan, à tous les coups.*

— Tu n'as pas besoin de réfléchir. Je t'écoute.

— Il est venu me trouver. Il s'est présenté comme l'ami d'un détenu qui était dans la même prison que moi.

— Son nom ?

— Master.

Nouveaux échanges de regards entre les flics.

— MGD voulait savoir si je recommençais à transporter de l'argent ; je pense qu'il aurait aimé mettre la main dessus, enchaîna Murthy.

*J'ai bien fait de la fermer avec Ethan.*

— Ce gars est monté à deux reprises dans la voiture de police, et une balise montre qu'elle a bougé. Raconte.

*Une balise ? Et puis quoi encore ? C'est Ethan, la balise.*

— Bizarre, parce que, la première fois, un des Blacks de l'équipe de MGD a passé la Peugeot au crible. Il recherchait justement des balises, des micros, des caméras ou d'autres trucs de ce genre. Ils n'ont rien détecté.

Les collègues de N'Guyen affichèrent un sourire narquois. Message à leur patron : « Le bluff n'a pas fonctionné. L'Indien t'a marqué un but. »

— Réponds à la question, enchaîna le commandant comme si de rien n'était. Où tu l'as conduit ? Qu'est-ce qu'il a fait ?

*Impossible que j'évoque Neuilly, il va faire le rapprochement avec le cambriolage de l'armurerie.*

— Je suis allé à Paris, du côté de l'avenue Foch. Il a discuté avec deux autres Blacks. Ensuite, il m'a dit de repartir.

— Et la seconde fois ?

— Dans une cité, à Asnières. Là-bas, je suis resté au volant pendant que MGD faisait ses affaires. J'avais la trouille, je n'avais qu'une idée en tête, retourner au plus vite au restaurant.

Murthy reprit de l'eau. N'Guyen le dévisagea.

— C'est bidon ce que tu racontes. Tu inventes au fur et à mesure. On passe à autre chose, mais je reviendrai là-dessus, tu peux me croire. À présent, j'aimerais que tu nous parles de la balade que tu as faite dans la nuit de mardi à mercredi. De la porte Maillot à la place Dauphine, tout ça.

*C'est maintenant que je vais faire une bonne action pour mon karma.* Les flics, toujours très attentifs, eurent tout de suite conscience que le jeune homme ne mentait pas. On était loin des déplacements fantaisistes inventés avec MGD.

— Je suis monté dans une voiture parce que je n'avais pas le choix, commença Murthy.

— OK, je comprends. Continue.

— C'était un Range Rover noir immatriculé au Luxembourg. Déformation professionnelle, depuis que je suis voiturier, je note davantage ce genre de détails qu'avant.

Les policiers, d'un mouvement de tête, admirent cette évidence.

— Tu connaissais les passagers ?

— Pas du tout. Ils étaient trois. Une femme au volant, un garde du corps à ses côtés et un homme à l'arrière, vêtu de manière classe. Ils n'étaient pas menaçants. La conductrice a dit s'appeler Nour, et l'homme Sofiane.

Là, les policiers changèrent de couleur.

— Décris-les.

Murthy s'exécuta, hésitant. Il faisait mine de réfléchir alors qu'il s'était préparé à cette question. *Ils ont plongé, je vais m'en sortir.*

— Tu saurais retrouver l'adresse exacte où ils t'ont conduit ?

— Oui, je peux vous donner le numéro de l'immeuble. L'appartement est au troisième étage, la porte en face de l'ascenseur. Par contre, je ne veux pas y aller.

Les flics prenaient des notes, sans un mot. L'ambiance s'était sensiblement modifiée dans le bureau, la tension était montée de plusieurs crans. Ils connaissaient tous ce type de déclarations, celles qui font basculer une procédure dans la bonne direction.

N'Guyen, désormais seul à la manœuvre, ne quittait pas du regard le jeune homme. Celui-ci avait les yeux écarquillés. *Plus sincère, tu meurs*, se dit-il. Une petite musique insidieuse tournait dans son esprit. Celle qui jouait la partition de « J'ai toujours su que l'Indien nous enfumait ». *En tout cas, heureusement que je n'ai rien lâché, c'était sûr qu'il finirait par craquer. Et en l'occurrence, si ce que raconte Banerjee est vrai, les Mansouri explosent.* Murthy termina sa bouteille d'eau. Il en demanda une autre. Il donnait l'apparence d'une personne épuisée.

— De quoi avez-vous parlé ?

*Plus aucun risque, je déroule.*

— Sofiane m'a proposé d'intégrer leur business. Dans un premier temps, de récupérer l'argent dans des cités au lieu de faire la navette entre deux collecteurs. Il m'a aussi expliqué que je pourrais vite prétendre à mieux. Je suis censé lui faire part de ma décision dans deux jours. Bien sûr, je compte refuser. Je n'ai pas changé de projet. Je veux être professeur d'histoire et me marier.

*Stop, n'en fais pas trop, quand même.*

— Quoi d'autre ?

*Surtout, ne pas évoquer MGD.*

— Rien de plus. Après, je suis rentré.

# 100

À la suite des informations transmises par Murthy, N'Guyen et plusieurs groupes des Stups organisèrent dès le lendemain matin une surveillance de la place Dauphine, jusqu'à ce qu'ils repèrent les Mansouri. Le but n'était pas de les arrêter dans l'immédiat, mais de suivre leurs mouvements.

Les observations ne donnèrent rien de probant. Le commandant s'entêtait. Selon lui, il fallait poursuivre. Chebel, quant à lui impatient, lança leur arrestation. Un soir, plusieurs voitures de police bloquèrent ainsi le SUV des narcos sur le Pont-Neuf. Menottés, Nour et Sofiane Mansouri, ainsi que leur garde du corps, prirent dans la foulée la direction de la police judiciaire.

Deux heures plus tard, Sandra Weber apprit la nouvelle à El Dorado. Après avoir raccroché, celui-ci analysa la situation, froid, méthodique, et ne ferma pas l'œil de la nuit. Les pièces maîtresses de son réseau étaient soit décédées, soit détenues par les flics. Sa garde rapprochée avait volé en éclats. En réalité, seuls des seconds couteaux restaient, en France et en Espagne. Tant pis, il s'appuierait sur Noémie et Leïla pour tout rebâtir.

Le jour suivant, Rachid Mansouri tint une sorte de conseil de guerre avec la financière et la logisticienne. Si le chef de clan tâchait de se montrer optimiste, répétant sans cesse que c'était dans les difficultés qu'on devenait plus fort, les deux jeunes femmes, elles, envisageaient l'avenir plus sombrement.

Noémie prit le dernier vol de la journée de la compagnie Royal Air Maroc avec, comme seul bagage, son ordinateur portable et un sac à main. Destination Paris. Elle avait au préalable transféré le crédit de son compte et ceux des bureaux d'agents de change de Dubai sur une myriade de comptes bancaires ouverts dans des paradis fiscaux, avec une nouvelle identité. *Quand on détient plusieurs centaines de millions d'euros, il ne faut pas mettre tous ses œufs dans le même panier*. Sur cette vérité cardinale, elle s'endormit dans le coquet appartement qu'elle possédait à Montmartre. Sûre de son choix. Le lendemain, en fin de matinée, elle se présenta au siège de la direction centrale de la police judiciaire.

— J'ai des informations au sujet du réseau Mansouri, annonça-t-elle à l'agent qui l'accueillit.

Cette phrase, en un claquement de doigts, lui donna accès au bureau de Patrick Chebel, qui l'attendait avec des policiers des Stups. La jeune femme, pas du tout impressionnée par cet aréopage, posa sur la table de réunion son ordinateur portable.

— Là-dedans, affirma-t-elle en tapotant le couvercle d'un ongle verni d'un très beau rouge, se trouve tout ce qui concerne le fonctionnement du réseau Mansouri, y compris la liste de l'ensemble des personnes corrompues, un peu partout en Europe, qui facilitent le trafic.

— Pourquoi ce cadeau ? demanda le sous-directeur, abasourdi.

— Ce n'est pas un cadeau. Vous avez arrêté Nour et Sofiane Mansouri. Rachid n'a plus que très peu de gens compétents autour de lui. Le réseau est sur le point de s'effondrer.

— Que voulez-vous en échange ?

— L'abandon des poursuites judiciaires à mon encontre. Je n'ai jamais eu qu'un rôle administratif, bien loin du trafic de cannabis à proprement parler.

— Je vois. Les comptes bancaires et les biens immobiliers du clan Mansouri sont-ils répertoriés dans votre ordinateur ? s'enquit Chebel.

— Les biens immobiliers, les marinas, les commerces, les sociétés, tout cela étant disséminé un peu partout dans le monde. Pour les comptes bancaires, en revanche, seul Rachid Mansouri a la main dessus, mentit-elle.

Noémie était confiante sur le fait que les policiers ne seraient pas en mesure de vérifier cette information de sitôt. Satisfaite de son laïus, elle attendit la réponse.

— Nous allons enregistrer vos déclarations par procès-verbal, annonça Chebel. La décision de l'abandon des poursuites ou pas relève de l'autorité judiciaire que je vais contacter.

— Je suis à votre disposition.

— Parfait. Pour plus de sécurité, nous gardons votre ordinateur portable.

— Bien sûr. En revanche, n'essayez surtout pas de l'ouvrir. À la première tentative, tout s'effacera.

*

* *

El Dorado, avachi dans un fauteuil, congédia d'une main Leïla, qui n'avait prononcé qu'une seule phrase : « Noémie est partie avec l'ordinateur de travail et a vidé les comptes. » Il se leva pesamment, rempli un verre de glaçons et y versa une triple dose de bourbon. D'un trait, il but l'alcool et s'en resservit la même dose. Son verre à la main, il fit quelques pas sur la terrasse, balayant d'un regard circulaire son domaine.

*Un Mansouri ne baisse jamais les bras. Je ne vais certainement pas perdre tout ce que j'ai bâti. J'ai déjà affronté pire que ce bordel. Après tout, mon réseau existe toujours. J'ai des centaines d'hectares de cannabis, des bateaux, des camions et toute une logistique pour acheminer la came. Quant aux mecs qui veulent bosser pour moi, y en a des centaines. Il est où, le problème ?*

# 101

Murthy et Johnny déjeunaient dans un restaurant de pâtes. Les deux amis dévoraient leur plat, parlaient en même temps, et riaient beaucoup.

— Frérot, depuis le temps que j'te connais, j't'ai jamais vu aussi relax. Laisse-moi deviner la recette : MGD flingué et les Mansouri au placard ?

Murthy sourit et ne contesta pas.

— En plus, après les infos qu'tu leur as filées, sûr qu'les keufs vont t'lâcher.

— Je le pense aussi.

— À l'occasion, j'veux bien qu'tu me présentes à tes divinités, parce qu'elles ont l'air surpuissantes vu comment elles ont réglé vite fait l'problème. J'parie que, quand même, t'as bien dû les aider, dit Johnny avec un clin d'œil.

Au même instant, le Gitan reçut un coup de fil sur son portable. Il regarda de qui il provenait, mais l'ignora.

— Mon cousin, j'l'appellerai plus tard. Frérot, maintenant qu'c'est plus calme, si on causait de la maison de Nordine ? Tu savais que Master et MGD voulaient à tout prix savoir où elle est, parce qu'ils avaient entendu que les keufs, même avec leurs clebs, n'avaient pas trouvé le fric planqué dedans. Moi, j'crois qu'le pactole, il est pour nous.

— Johnny, ne déconne pas. Là, tu es en train d'envisager un cambriolage. C'est encore un coup à retourner en prison pour un moment. Dis-toi bien que si la police, avec tous ses équipements, n'a pas mis la main dessus, personne ne le fera. Je me demande même si ce trésor n'est pas une légende.

— T'as peut-être raison, mais j'peux pas laisser ce doute me bouffer. Imagine, on le trouve ?

Silence de Murthy.

— Tous ces billets n'appartiennent qu'aux narcos. On vole pas les vieux, on attaque pas une banque, on empêche des vendeurs de mort de récupérer leur blé. Tu vois, c'est carrément moral, en fait.

— Tu as une drôle de manière de t'arranger avec la moralité.

— T'as envie que j't'esplique comment on va monter le coup avec deux de mes cousins ? À quatre, ça devrait l'faire.

— Je t'écoute.

*Si sur deux façons de faire quelque chose, au moins l'une peut entraîner une catastrophe…*

Johnny repoussa les assiettes.

— Ça, c'est la maison, dit-il en désignant la corbeille de pain. Et ça, c'est nous dans une camionnette.

Le Gitan bougea une salière et la fit circuler plusieurs fois devant la corbeille de pain.

— On organise un repérage, histoire de vérifier qu'y a pas des voitures ou des fourgons de keufs. Si c'est clean, on rentre et on cherche.

Murthy n'était pas du tout convaincu.

— Tu simplifies à l'extrême. Je ne vais pas m'embarquer dans quelque chose d'aussi grave avec comme plan d'attaque une salière qui fait le tour d'une corbeille de pain. Sois réaliste.

— Mes cousins sont balèzes, t'inquiète. Ils connaissent ces trucs à fond. Bon, c'est quoi, l'adresse ?

# 102

Après soixante-douze heures de garde à vue, Noémie ressortit libre de la PJ. Les charges qui auraient pu peser contre elle furent réduites à néant. Durant son audition, elle n'épargna rien aux frères Mansouri, Nour et Leïla. Les policiers ne furent néanmoins pas dupes du rôle qu'elle avait joué dans le trafic. En contrepartie de sa liberté, elle déverrouilla l'ordinateur et, comme promis, les informations qu'il contenait représentaient une mine d'or. Elle s'en alla ainsi avec une simple interdiction de quitter le territoire français – elle remit son passeport sans broncher – et une obligation de résider à Paris pour pouvoir se présenter à toute convocation de police ou de justice, selon la formule consacrée.

Deux semaines plus tard, la coiffure changée, vêtue de vêtements luxueux et portant un élégant sac de voyage, Noémie prit la direction de l'aéroport de Roissy, munie d'un passeport marocain avec une nouvelle identité. Elle embarqua à bord d'un vol Iberia, en business class. Un aller simple pour Buenos Aires. Elle était ravie d'avoir berné les policiers qui ignoraient l'existence de ce second passeport, cadeau de Rachid Mansouri en récompense de sa première année à son service. Rien ne résistait au narco marocain quand il demandait un service à l'État. Noémie, qui désormais se nommait Sarah Zérouali, désirait visiter l'Argentine. Ensuite ? Elle aviserait.

# 103

Autant Johnny était enjoué, dynamique et prompt à rire de la vie, autant ses cousins, deux frères, Miguel et Jordi, ne parlaient presque pas et ne montraient aucun enthousiasme. Ils avaient l'habitude de travailler ensemble – *faire des coups*, traduisit Murthy –, si bien qu'ils se comprenaient avec de simples gestes. Le jeune Indien visionnait une vidéo enregistrée par Miguel sur son portable.

— Nous avons fait plusieurs repérages à des heures différentes, et jamais avec les mêmes bagnoles. Les keufs ne sont pas en planque, c'est sûr.

Murthy, les mains moites, des picotements dans le dos, transpirait de peur. *Si je m'en sors, je promets d'honorer nos divinités et de leur faire des offrandes jusqu'à la fin de mes jours. Je suis embarqué dans un grand huit, comme dans les fêtes foraines. Une fois que c'est parti, on ne peut pas en descendre. Et je crois bien que c'est parti…*

— Des caméras de surveillance sont dissimulées dans les lampadaires, mais trop loin de la maison, poursuivit Miguel. Je me suis promené à pied, j'en ai profité pour photographier avec mon téléphone la façade, la serrure du portail et celle du garage. Il y a juste un dispositif sous le balcon qui filme la rue, facile à contourner. Pour le reste, rien de compliqué non plus, j'ai ce qu'il faut. Dernier truc : on a vu la police municipale passer plusieurs fois. Pas de panique, ce sont des patrouilles de routine.

— Pour le stationnement, c'est OK aussi, ajouta Jordi. Je pourrai me garer devant, sur le trottoir d'en face, entre les arbres. C'est autorisé. Après, si on peut entrer dans le garage, c'est encore mieux. On verra.

— On pense que le meilleur moment c'est vers 16 h 30, quand les gamins sortent de l'école. Il y a beaucoup de va-et-vient, on passera inaperçu. Avant, il n'y a personne dans le coin.

— Et la nuit ? demanda Johnny.

— Tu te balades avec des lampes électriques dans la baraque et, cinq minutes plus tard, tu as les flics sur le dos, répondit Jordi.

— La maison est à une heure d'ici, conclut Miguel. Demain, rendez-vous à 15 h 30. Vous rappliquez sans les portables, nous, on s'occupe du matériel. Et pour le fric, on partage en quatre.

Murthy ressentait déjà le boulet des prisonniers se refermer sur ses chevilles. Johnny, lui, était inconscient et excité. Les cousins, sur un simple salut de la tête, quittèrent les deux amis.

— Qu'est-ce que t'en dis, mon frérot ? T'as vu l'organisation ? Au millimètre.

Murthy gardait le silence, les oreilles bourdonnantes des certitudes de Jordi et de Miguel.

— Enfin, j'veux pas minimiser leur job, reprit Johnny, mais c'est quasi la même chose qu'avec la corbeille de pain et la salière. Avec en plus la vidéo, c'est tout.

# 104

— Nous y sommes.

Jordi coupa le moteur de la petite fourgonnette blanche, habillée du logo d'un artisan chauffagiste. Les coordonnées étaient exactes, mais l'entreprise n'existait plus depuis deux ans. Dès qu'ils furent garés, Miguel distribua un bonnet et des gants en latex à chacun. Murthy, embarqué dans le cambriolage, abandonna à cet instant toute velléité de résistance et fit taire sa conscience. *Tu es là parce que tu l'as bien voulu. Assume les conséquences.* Jordi descendit ensuite seul du véhicule, vêtu d'une salopette bleue et muni d'une sacoche d'ouvrier. Moins de deux minutes plus tard, il déverrouillait la porte du garage. Les trois autres se dépêchèrent de le rejoindre. Jordi ferma le volet métallique derrière eux. Après ça, ils firent sauter le scellé de la porte de la maison et cassèrent la serrure. Un jeu d'enfant. Les trois hommes enfilèrent des gants et un bonnet. Murthy les imita. *Ils n'en sont pas à leur coup d'essai, c'est évident.*

— Restez ici, ordonna Miguel.

Il s'absenta deux minutes et revint en écartant les bras.

— Les flics ont embarqué les DVD de la caméra fixée sur la façade, y a plus rien dans le lecteur. On n'a pas été filmés.

Aussitôt, tout le monde s'éparpilla dans les pièces. Murthy ne savait que faire. Il suivait Johnny et ses cousins, qui ouvraient les armoires, renversaient les tiroirs et soulevaient les matelas.

Une demi-heure plus tard, ils se rejoignirent dans le salon. Bredouilles.

— Les keufs sont déjà passés par là, les clebs auraient dû trouver le pognon s'il y en avait vraiment. C'est une légende, ce pactole, déclara Jordi.

— Il nous reste quand même le garage et le jardin à fouiller, rebondit Miguel. On est là, on va au bout du truc. Je fais le garage avec Johnny. Jordi et Murthy, vous prenez le jardin.

Ces derniers s'exécutèrent et sondèrent chaque millimètre du terrain, mais, au bout d'une heure, force fut de constater qu'aucun trou n'avait été creusé. Murthy, de moins en moins stressé, prit plaisir à admirer ce lieu paisible qu'il n'avait vu que brièvement lors de sa rencontre avec Nordine et Imad. Il s'avança sur le ponton. À quelques mètres, deux embarcations, qui portaient le nom de la villa, se balançaient. *Je viendrai un jour me promener au bord du lac avec Malini, elle aime ce genre d'endroit. Je louerai une barque et on donnera du pain aux cygnes.* Plus loin, des pêcheurs assis sur des pliants somnolaient, indifférents aux rires des jeunes gens qui s'affrontaient dans une course de kayaks sur le plan d'eau.

Le jour commençait à décliner. Les lumières des villas alentour s'allumèrent une à une. Johnny et Miguel arrivèrent du garage, des traces de graisse sur leur salopette. Les quatre hommes se regardaient, dépités.

— On a tout retourné, sondé les murs, le sol, bougé des tas de trucs. Il n'y a rien. De toute façon, c'était naïf de croire qu'on serait plus malins que les clebs des flics… capitula cette fois Miguel.

— Moi, je dis que ça aurait pu. Il paraît que le poivre, la moutarde, le clou de girofle et d'autres épices empêchent les chiens de renifler, tempéra Johnny, lui-même pourtant pas vraiment convaincu.

Silence de déception.

— Bon, les gars, c'est mort, lâcha Jordi. On ne gagne pas à tous les coups. On se casse.

— L'eau ! s'exclama soudain Murthy.

— Quoi l'eau ?

— Les chiens ne sentent rien dans l'eau.

Tous les quatre pivotèrent en même temps en direction du lac. Ils se précipitèrent vers la berge et, à plat ventre dans l'herbe, cherchèrent une corde, un lien quelconque qui leur aurait permis de remonter des sacs à la surface. Rien.

— L'idée était bonne, convint Jordi, mais zéro. Allez, on se tire.

Plus déçus et harassés que jamais, les trois Gitans s'apprêtaient à reprendre le chemin du garage.

— Les barques ne sont pas attachées au ponton, marmonna Murthy, le regard toujours rivé vers le lac.

Johnny observait son ami sans comprendre. Les deux frères retournèrent quant à eux sur le ponton.

— Il a raison, dit Miguel.

Murthy, désormais accroupi sur la petite plateforme, désigna du doigt l'avant des barques où des cordages s'enfonçaient dans l'eau. La nuit était tombée et on ne distinguait rien d'autre.

— Elles sont à deux mètres de nous et je n'ai rien pour les atteindre, râla Miguel. J'en ai marre, de ces conneries.

Alors, il enleva sa salopette, s'immergea et nagea vers les embarcations. Il empoigna ensuite une des amarres pour tirer dessus.

— Elle est fixée à un truc. Ça bouge, mais c'est trop lourd.

Miguel fit pivoter la barque pour en coller l'arrière au ponton. Murthy, Johnny et Jordi sautèrent dedans et tirèrent ensemble de toutes leurs forces sur la corde. Ils remontèrent ainsi, avec difficulté, cinq paquets emballés dans plusieurs couches de bâches en caoutchouc noir, elles-mêmes entourées de ruban adhésif résistant. Plus personne ne parlait. Ils examinaient en silence les ballots sans trop y croire.

— L'autre barque est fixée de la même façon.

Une heure plus tard, les quatre hommes, exténués, contemplaient dix gros sacs posés sur l'herbe du jardin.

— On aurait dû en vérifier un. Peut-être qu'il y a autre chose que ce qu'on espère, dit Murthy, qui n'osait pas employer le mot « pactole ».

Miguel déplia un couteau et, avec d'infinies précautions, en entrouvrit un. Des centaines de liasses de billets de cinquante euros, protégées dans des pochettes transparentes, s'offrirent aussitôt à leurs yeux.

— Il y a plus de deux cent cinquante kilos de cash, estima Jordi. On ne va pas pouvoir les charrier comme ça. Je propose de rentrer la camionnette dans le garage, on sera plus à l'aise pour la charger et on sera en sécurité. Je n'ai pas vraiment envie de partager avec la police municipale.

À 23 heures passées, le fourgon s'arrêta devant chez Murthy, à La Courneuve.

— Demain, je compte le fric et, dans quelques jours, on partage. Tu es toujours d'accord, Murthy ? demanda Jordi.

— Oui, bien sûr.

— Frérot, c'est la première fois que j'vois un mec faire confiance à des Gitans !

Sur ce, Johnny et ses cousins s'esclaffèrent.

— Je t'ai fait confiance quand nous étions en prison, pourquoi ça changerait ?

*En fait, je m'en fiche. Je ne me suis pas fait choper par les flics, c'est le principal*, songeait Murthy. Impatient, il se hâta d'aller retrouver Malini, qui finissait de rédiger un exposé.

— Tu as bien profité de ce repas avec Ethan ? s'enquit-elle, pleine de bienveillance.

Murthy culpabilisait à cause de ses nouveaux mensonges. En réalité, quand les joueurs de poker étaient revenus le mercredi qui avait suivi son entrevue avec le commandant N'Guyen, le policier, lui, n'était pas réapparu. Murthy s'en était alors faussement étonné et avait planté un regard sévère dans celui d'Ethan. Ce dernier, mal à l'aise, avait bafouillé et rougi. Depuis, ils n'avaient plus eu que des échanges limités, et Ethan avait même prétexté des ennuis personnels pour reprendre le service du midi, une excuse pour ne pas croiser Murthy.

# 105

N'Guyen enchaînait les succès grâce aux informations contenues dans l'ordinateur de Noémie. Des corrompus et des petites mains du deal défilaient chaque semaine devant le juge de Mézières. Pour autant, le magistrat et les policiers étaient lucides : la place laissée par les Mansouri était convoitée par d'autres réseaux qui s'affrontaient à coups d'armes automatiques. Une histoire sans fin.

Malgré cette certitude, le commandant s'empressa de saisir tous les biens immobiliers possibles pour assécher financièrement celui que tout le monde surnommait El Dorado. Un matin, Leïla eut alors la lourde tâche de montrer à son patron à quel point son patrimoine se réduisait à peau de chagrin. Par la suite, Rachid Mansouri remarqua le changement à son égard dans la médina de Tanger. Nombreux étaient les serviles qui ne se précipitaient plus pour le saluer. Pire, ils l'évitaient. Il découvrit que les patrouilles de police et de la gendarmerie royale avaient également cessé de protéger la villa. Le pont-levis du château s'était abaissé.

Le magistrat, de son côté, ordonna une fouille minutieuse de la maison de Nordine le saraf, afin de déterminer, une bonne fois pour toutes, si de l'argent s'y trouvait. La recherche tourna court dès l'ouverture de la porte du garage.

Guy N'Guyen, sur le seuil, alluma une cigarette. Il contempla la dizaine de bâches en caoutchouc et les bandes de ruban adhésif qui jonchaient le sol.

— Apparemment, des mecs plus intelligents que nous sont passés par là, dit-il à son adjoint.

*
* *

Chebel, de Mézières et N'Guyen, attablés dans la boulangerie Merci Jérôme ! – qui faisait office de buvette pour le nouveau palais de justice –, sirotaient un café en regardant la pluie tomber derrière les grandes baies vitrées.

— Guy, vous êtes un très bon flic, le réseau Mansouri a explosé, c'est un succès incontestable. En revanche, j'ai l'impression que vous avez en travers de la gorge l'histoire de l'argent du saraf, lança le magistrat.

— C'est rageant, reconnut N'Guyen. Les millions d'euros ne sont réapparus nulle part. Nos informateurs chez les dealers le confirment. J'ai même fait une vérification sur Banerjee quand je l'ai aperçu sur un TMAX. Il a obtenu un prêt bancaire de six mille euros, cautionné par son patron.

— Fin du match, conclut Chebel. Un petit conseil : passe à autre chose. Personnellement, j'estime aussi que c'est une réussite. J'organise un pot ce soir pour fêter ça.

Après chaque affaire d'importance, les services de la PJ s'offraient un « moment de convivialité », comme inscrit sur le carton d'invitation adressé à tous ceux qui avaient participé au succès de celle-ci. Cadres, membres des groupes opérationnels, traducteurs, interprètes, techniciens… Tout le monde était convié. Chebel prononça le discours attendu avec force éloges et remerciements. Les applaudissements de circonstance furent accompagnés par des flûtes en plastique remplies de champagne, que chacun leva bien haut. Puis ce fut le tour des plateaux de charcuterie et de fromage d'être au centre de l'attention.

Guy N'Guyen ne s'attarda pas à ce pot, mettant pourtant à l'honneur sa section. Il n'aimait pas ces festivités. Avachi dans son fauteuil, les jambes allongées sur son bureau, il contemplait ses bottes commandées à prix d'or à Santa Fe, au Nouveau-Mexique. Son adjoint, également déjà de retour à son poste, le regardait. Il n'avait aucun doute sur ce qui se passait : le commandant ruminait le dossier Alborán. Et il en eut rapidement la confirmation.

— Je résume, dit N'Guyen qui semblait avant tout se parler à lui-même. L'affaire part en vrille dès les premières interpellations. À part le banquier et le collecteur, on ne chope que des nazes. Une belle quantité de came est saisie, mais quasiment zéro pognon. Pas de quoi pavoiser. Je me concentre sur Banerjee, que je pense être un point faible. Ce mec se révèle aussi insaisissable qu'un poisson, il me glisse en permanence entre les doigts. En taule, il est super protégé. Pourquoi ? Mystère. Et ce n'est pas fini. Un surveillant surnommé Matraque s'acharne apparemment sur lui. Le type va se faire éclater la gueule et finir à l'hosto. Coïncidence ? Je n'y crois pas. Le fait est que tous les trucs que je mets en place pour coincer ce jeune Indien foirent. Et d'un seul coup, comme aux osselets, je rafle la mise. Grâce à qui ? Banerjee.

— Guy, plus ça va, et plus tu présentes ce gamin comme Keyser Söze[1]. Ce n'est pas un cerveau non plus, faut pas déconner.

---

1. Personnage du film *Usual Suspects*, interprété par Kevin Spacey. L'histoire d'un génie du crime qui leurra les policiers.

N'Guyen haussa les épaules et ne répondit pas. En fait, il avait juste besoin d'exprimer son ressenti. Il poursuivit sa démonstration :

— Il se fait emballer par les Mansouri et, le lendemain, MGD, celui qui le menace, est retrouvé flingué avec ses deux lascars. Encore une coïncidence ? Je n'y crois toujours pas. Je l'interroge sur la localisation possible des Mansouri, il me lâche l'info sans sourciller. Il aurait pu me raconter qu'ils s'étaient barrés après leur entretien, ou je ne sais quoi pour assurer ses arrières. Mais non, il les balance avec son air effrayé et ses grands yeux de personnage de mangas. J'ai vraiment l'impression qu'il fait le ménage. Tu piges ?

— Oui, continue.

— À partir de là, tout s'enchaîne. Le premier domino fait chuter tous les autres. Sentant le vent tourner, Noémie, la financière, se pointe avec l'ordinateur. C'est la fin pour les Mansouri. La PJ a fait un très gros carton, ce qui n'aurait pas été possible sans l'Indien. Le truc, c'est que je reste persuadé qu'il m'a bien baisé la gueule, même si je ne sais pas comment. Il est bien plus difficile à déchiffrer que Noémie qui, elle, s'est juste volatilisée dans la nature dès qu'elle en a eu l'occasion. Qu'en dis-tu ?

— Rien.

— Sans surprise, je me demande pourquoi je t'ai posé la question.

N'Guyen n'avait pas envie de rentrer chez lui, pas pour l'instant. Il prétexta des obligations personnelles pour ne pas non plus aller dîner avec Chebel et son groupe. Il faisait nuit. Il écoutait d'une oreille distraite une chaîne d'infos. Les messages répétitifs l'agacèrent, il éteignit la télé. Debout, un verre de scotch à la main, il feuilletait à présent la procédure. Il lut en diagonale le procès-verbal qui décrivait le visionnage des DVD issus de la vidéosurveillance installée sur la maison de Nordine. Il jeta ensuite un œil au nom de l'agent qui l'avait rédigé, un jeune type dont le sérieux n'était pas la première des qualités. Des litanies sur les heures d'arrivée et de départ d'Hassani et d'Imad Chakir, conclues par la formule magique : « Aucun élément intéressant l'enquête en cours. » Que dalle.

Las, N'Guyen ouvrit la fenêtre et alluma une cigarette, qu'il fuma les yeux dans le vague. Il saisit la pochette qui contenait les DVD, en inséra un dans le lecteur de l'ordinateur, se resservit un verre de scotch et lança la lecture. *C'est vrai qu'il n'y a rien d'exploitable sur ces images...* Deuxième DVD. Même chose. N'Guyen, les pieds sur son bureau, alluma une autre cigarette. De temps en temps, il accélérait la vitesse de diffusion. Quand il reconnut Sofiane Mansouri à côté d'Hassani dans le jardin, il mit sur pause. *OK, c'est bien mentionné dans le PV.* N'Guyen relança la lecture. Sur l'écran figuraient, en incrustation, les jours et les heures des enregistrements. Stop, il revint légèrement en arrière. *C'est bien ce qu'il m'avait semblé.* Les images montraient un scooter qui s'arrêtait à une quinzaine de mètres en amont de la maison, phares éteints. Le conducteur du deux-roues relevait la visière de son casque. Murthy, le visage éclairé par un lampadaire. Une minute plus tard, le deux-roues filait. *L'enfoiré, il savait où était la maison des narcos. Et je suis sûr qu'il a, à un moment donné, rencontré Nordine et Imad. En fermant sa gueule, il a actionné son assurance-vie.*

N'Guyen relut le procès-verbal de l'arrestation de Murthy Banerjee. Il y était question d'un TMAX 530. *Le même engin que sur la vidéo, le même que celui qui nous a échappé devant le McDo, porte d'Asnières.* N'Guyen éclata de rire. *Il m'a bien roulé dans la farine, et je sais enfin comment. Je parie qu'il a récupéré le fric, dont je ne reverrai jamais le moindre euro.* Le flic se versa un troisième grand verre de scotch. Il inclina son fauteuil et s'installa confortablement.

Il enfonça ensuite ses écouteurs sans fil dans les oreilles et sélectionna une playlist de Bruce Springsteen sur Spotify. Celle-ci démarrait par « Streets of Philadelphia ». Plus tard, il s'endormit sur son fauteuil, son verre vide à la main. À l'aube, courbaturé, d'un pas pesant, il rentra chez lui avec un sachet de croissants achetés dans une boulangerie de la rue Montorgueil. *Les gosses vont adorer.*

## 106

Des semaines étaient passées. Murthy n'avait aucune nouvelle de Johnny qui ne répondait même plus à leur téléphone spécial. Ce silence le décevait, non pas pour l'argent mais pour l'amitié. Et, au fond de lui, le jeune homme était en même temps soulagé que toutes les conséquences liées à son activité de coursier s'éloignent.

Malini remarqua le changement opéré chez son fiancé. Murthy, plus calme, avait trouvé une stabilité entre les études et son travail de voiturier. Grâce à un prêt de la banque, il roulait de nouveau sur un puissant scooter acheté d'occasion, qui divisait son temps de trajet par deux. Il utilisait par ailleurs les quinze mille euros des Mansouri avec précaution, essentiellement pour aider ses parents. « Je touche de gros pourboires », prétendait-il.

Un mardi, jour de congé, Murthy se hâtait de retrouver Malini après avoir fait quelques courses pour le dîner. Des coups de klaxon, brefs, réguliers, attirèrent son attention. Ils provenaient d'une Ford Fiesta rouge, ancien modèle. Johnny en descendit et s'approcha.

— Je ne croyais plus jamais te revoir ! s'exclama le jeune Indien, sincèrement étonné.

— Frérot, c'était un peu compliqué. Monte dans la voiture pour causer, il pleut.

Murthy suivit son ami.

— Bon, j't'esplique pour le fric, pas simple du tout.

— Est-ce qu'on a besoin d'en parler ?

— Ben, oui, bien sûr. Avec les cousins, on a tout dépiauté. Compter deux cent quatre-vingt-quinze kilos de biftons à la main, ça prend trop de temps. On a vite abandonné.

Murthy écoutait à peine le bavardage de Johnny. Il se concentrait sur le mouvement de va-et-vient des essuie-glaces. *Il tourne autour du pot, mais il va me sortir une connerie dont il a le secret pour justifier qu'il n'a plus rien.*

— Oh, frérot, j'ai l'impression que t'es pas avec moi, là.

— Si, vas-y, continue.

— Du coup, on a acheté une balance pour peser les billets de vingt, de cinquante et de cent. En tout, il y en a pour vingt-six millions et des poussières. Miguel et Jordi se sont tirés en Espagne avec leurs caravanes, j'les rejoins demain. Ici, c'est chaud, on risque trop de se faire gauler. Six millions et demi chacun, t'imagines ?

— Oui, ça fait un sacré paquet d'argent, observa Murthy, stoïque.

— Mec, t'piges pas, j'crois. J'suis en train de te dire que j'ai ta part dans le coffre. On t'a fait un assortiment de billets, et ça pèse quand même plus de soixante kilos. On les pose où ?

Murthy, bouche bée, le regard fixe, ne sut plus quoi répondre. Ou plutôt il avait tellement de questions qui se bousculaient qu'il n'en trouvait aucune à formuler.

— J'suis d'accord, frérot, ça fait un choc. Mais on s'habitue vite, t'inquiète.

— Oui, sûrement, marmonna Murthy, l'esprit dans le brouillard.

— Rappelle-toi la première fois, quand on était au chtar, Sara la noire m'avait ordonné de faire une bonne action. C'est tombé sur toi, tu t'en souviens ? Eh ben, j'ai bien fait d'lui obéir, pas vrai, mon frérot ?

# 107

Plus d'un an plus tard, Murthy se déplaçait toujours sur son scooter d'occasion dont il remboursait, avec la régularité d'un métronome, les traites. Il donnait plus que jamais satisfaction à son patron, et les clients réguliers du restaurant l'appréciaient. Jérôme Maurice se félicitait de l'embauche de ce jeune homme, et de ne pas avoir cru à l'analyse défavorable des policiers. *S'il devait renoncer à son projet d'enseigner, il aurait toute sa place à mes côtés pour grimper les échelons dans mes établissements.*

Il n'était néanmoins pas question de renoncer. Murthy et Malini, en effet, avaient réussi leur première année de spécialisation, poursuivant leur objectif, et le mariage était enfin sur le point d'avoir lieu. Les deux familles, au comble de l'excitation, préparaient dans la joie les noces en courant dans tous les sens. Iswaran Banerjee avait, quant à lui, tenu à mettre les choses au point avec son fils sur un ton péremptoire : « Je paie le mariage. » Murthy n'avait pas insisté. En revanche, il avait rendu visite aux commerçants et traiteurs sollicités par son père. Le message avait été identique pour tous.

— Je veux que tu fasses cinquante pour cent de réduction sur la facture. La différence, c'est moi qui te la règle, en espèces, à condition que cet arrangement reste entre nous.

— Comme tu veux, Professeur.

Ce surnom exaspérait le jeune homme. Il lui rappelait trop la prison. Pourtant, dans la bouche des gens de sa communauté, il y voyait un signe de respect.

— Et qu'est-ce que je réponds à ton père s'il m'interroge sur ma générosité ? Il connaît les prix, c'est lui qui fait les courses.

— Tu lui expliqueras que c'est pour te faire pardonner de m'avoir accusé d'être un trafiquant de drogue. D'ailleurs, est-ce que j'ai vraiment l'air d'en être un ?

— Non, bien sûr que non, Professeur. Je rajouterai des cadeaux pour ton mariage. Et puis je prierai Vishnou et Ganesh pour toi et ta future épouse.

Murthy n'avait pas non plus oublié ses promesses, celles d'honorer les divinités qui l'avaient protégé. À plusieurs reprises, il avait discrètement glissé quelques milliers d'euros dans la grande boîte en métal du temple de Ganesh. « Pour remercier les divinités et pour mon karma », avait-il chuchoté en quittant le temple.

Bien sûr, il offrit également un très beau sari à Malini et choisit un plus modeste *sherwani* pour lui.

— Mais comment fais-tu, Murthy ?

— J'ai économisé sur les pourboires, répondait-il invariablement.

*Après tout, je ne mens qu'en partie…*

Le jour des noces fut mémorable.

Jérôme Maurice avait accepté l'invitation de bon cœur. Après de longues tractations avec le père de Murthy, qui s'était d'abord montré inflexible, il avait même obtenu de payer la location de la salle, la prestation d'un photographe, et celle de l'orchestre qui animerait la soirée. En réalité, Iswaran Banerjee avait fait semblant de capituler de mauvaise grâce quand il avait eu connaissance du montant des factures.

Johnny le Gitan fit une apparition remarquée, tout de blanc vêtu, avec, à son bras, une jeune Espagnole au port altier des danseuses de flamenco. Elle offrit d'ailleurs une démonstration de son art, qui séduisit la communauté indienne, surtout la moitié masculine, au grand dam des reines de Bollywood.

Tard dans la nuit, les invités commencèrent à partir, ils embrassèrent les jeunes mariés, firent des selfies devant la montagne de cadeaux. Johnny et Murthy s'isolèrent alors pour parler et rattraper les mois passés.

— T'vois, frérot, avec mes cousins, on a fait un pot commun. Quand t'as dix-huit millions en poche, on t'regarde plus de la même façon. Miguel a fait le tour des banquiers du sud de l'Espagne. Ils se battaient presque pour nous ouvrir des comptes.

— Ils n'ont pas eu peur devant une telle montagne de cash ?

— Cent mille euros en biftons, ça fout les jetons à tout le monde et ça appelle les flics direct. Dix-huit barres, tu marches sur le tapis rouge et on t'invite à bouffer. Sans bouger une oreille, pendant six mois, on a vécu comme des rois rien qu'avec les intérêts.

— Et puis ?

— On a acheté des appartements, des maisons, des commerces, des magasins de location de bateaux, de bagnoles et j'ne sais quoi d'autre. Nos conseillers nous téléphonent tous les quatre matins pour des investissements. Et on a carrément des avocats financiers.

— Bravo, Johnny, vous avez l'air de gérer ! dit Murthy avec sincérité.

— Grave. Et toi, le fric dort toujours dans la cave de ton père ? Fais gaffe parce que les souris aiment le papier, ou alors fous des chats là-dedans.

Les deux jeunes gens éclatèrent de rire. Ils étaient heureux de se revoir.

— Un petit joint pour fêter nos retrouvailles ? proposa le Gitan.

— Non, merci, j'ai arrêté.

— Pas moi. De temps en temps, un petit joint avec un verre de rhum sur la plage, c'est mieux que dans la cour de promenade !

— Je te comprends. Plus sérieusement, pour répondre à ta question sur ma part, tu te souviens du jour où tu m'as dit que je devais profiter de mon passage en prison pour ne plus me faire avoir ?

— Bien sûr. Et alors ?

— J'ai mis en pratique le fonctionnement du réseau Mansouri. Ça m'a pris du temps, mais j'ai découvert que dans la communauté indienne les sarafs existent aussi. L'argent est aujourd'hui au chaud dans une banque de Pondichéry, à mon nom. La commission pour le transfert a été d'un pour cent. Au bout de quinze jours, avec les intérêts, j'avais récupéré les soixante-cinq mille euros.

— Bien joué, frérot.

— Demain, j'envoie un mail à mon juriste en Inde pour accoler le prénom de Malini au mien sur l'intitulé du compte. M. et Mme Murthy et Malini Banerjee.

— Et t'as accès facilement à ton fric ?

— Comme si la banque était au bout de la rue. Je dispose d'une carte avec des retraits illimités, utilisable partout dans le monde. J'ignorais même que c'était possible. Au début, j'avais le vertige, et puis je m'y suis habitué.

— Ah, j't'avais prévenu ou pas ? Et ton épouse est au courant ?

— Bien sûr que non. Elle ignore tout. Il faudrait que je trouve le moyen d'en discuter avec elle, mais je connais son honnêteté scrupuleuse et sa moralité… C'est d'ailleurs pour cette raison que je ne touche à cet argent qu'au compte-gouttes.

— Frérot, tu m'étonneras toujours.

— Johnny, j'ai un service un peu particulier à te demander.

— Vas-y, j't'écoute.

Si une personne avait assisté de loin à cet échange, sans les entendre, elle aurait dit : « Ils parlaient vite, je le voyais à leurs gestes. En revanche, leur discussion n'a pas duré longtemps. À la fin, celui qui avait un costume de noces a serré dans ses bras le jeune homme habillé tout en blanc, qui a sorti une enveloppe de sa poche. »

— Cadeau pour le voyage de noces, annonça le Gitan en la lui tendant.

Murthy, quand il découvrit le montant du chèque, le rendit à son ami.

— Johnny, je ne peux pas accepter une telle somme. Cinquante mille euros ! Tu te rends compte de ce que c'est ?

— Parfaitement. C'est grâce à toi que j'suis devenu multimillionnaire, je ne l'oublie pas.

# 108

La campagne d'affichage organisée par les Tigres tamouls pour la commémoration du soixante-dixième anniversaire de leur leader, Velupillai Prabhakaran, débuta. Dans le même temps, le « soutien à la cause tamoule », nom déguisé du racket des commerçants indiens et tamouls, commença.

— Les Tigres tamouls sont de retour, annonça Murthy, inquiet, à son père.

Les deux hommes, entourés de quelques-uns de leurs amis, prenaient le thé dans le bureau de l'écrivain public.

— Murthy, ils vont venir coller une affiche sur ma vitrine, planter leur drapeau partout et alors ? Nous en avons déjà discuté, ce n'est pas important.

— Et que fais-tu de l'argent qu'ils vous réclament ? Cela fait seize ans que la guérilla est terminée, mais ils continuent de vous faire payer et ce cash alimente leur caisse de criminels.

Silence crispé. Murthy avait raison, chacun le savait. En revanche, personne ne souhaitait s'exprimer sur les racketteurs et leur violence en cas de refus de participer à la collecte de fonds. Murthy capitula et attendit d'être en tête à tête avec son père pour poursuivre la conversation.

— Baba, combien leur donnes-tu chaque année ?

— Environ mille euros, répondit Iswaran Banerjee d'une voix embarrassée.

— Mais c'est énorme ! Baba, quand ils seront là, laisse-moi seul avec eux. J'aimerais leur parler.

— Souviens-toi, Murthy, de ce qui s'est passé il y a deux ans. Je n'ai pas envie que ça recommence.

— Je voudrais juste réessayer une dernière fois de les convaincre que cette histoire ne nous concerne plus.

L'idée ne plaisait pas à Iswaran. Malgré tout, il décida de faire confiance à son fils et abdiqua.

Dans la semaine qui suivit cet échange, les Tigres investirent le quartier de Little Jaffna, brandissant leur habituel drapeau noir. Pleins d'agressivité, ils en suspendaient un dans chacun des magasins qu'ils croisaient, ou placardaient des affiches de leur héros. Les commerçants, apeurés, subissaient ces manifestations sans broncher.

Ce matin-là, Iswaran Banerjee confia comme promis sa petite boutique à son fils. Il lui téléphona néanmoins toutes les demi-heures.

— Tout va bien, Murthy ? Ils sont passés ?

— Pas encore, baba, mais tout ira bien, ne t'inquiète pas. Des clients ont déposé des textes en sanscrit pour que tu les traduises.

— Je m'en occuperai dès demain.

En fin d'après-midi, quatre membres des Tigres tamouls, les redoutés Eelam Boys, entrèrent en territoire conquis dans l'antre d'Iswaran Banerjee.

— C'est le trafiquant de drogue qui tient la caisse du papa, lança l'un des Tigres avec mépris. Dépêche-toi de décrocher les cadres de la vitrine. L'affiche de notre chef rendra bien mieux ici.

Murthy se redressa et refusa très calmement d'obtempérer.

— Tu veux qu'on te remette encore les idées en place ? demanda l'un d'eux en dégageant le long de sa jambe un sabre dissimulé par son jogging. Allez, fais pas le con et donne-nous aussi l'enveloppe pour la contribution à la cause, on est pressés.

Là, la porte du magasin s'ouvrit sur le tintement aigrelet de la sonnette. Les Eelam Boys se retournèrent d'un même mouvement vers trois Gitans massifs, équipés de battes de baseball. Aussitôt, ceux-ci refermèrent derrière eux. Murthy fit le tour du comptoir et contempla la scène qui se déroula très vite. Un des Gitans, familier de la baston de rue, identifia immédiatement le chef du gang tamoul. Il fit un pas dans sa direction et lui asséna un violent coup de tête. Le nez brisé, le type bascula et s'affala sur le sol. Ses trois acolytes, sidérés, ne réagirent pas face à la menace des battes. C'était la première fois qu'ils rencontraient une telle opposition. L'un des Tigres brandit finalement son sabre. Une seconde plus tard, il s'affalait à son tour sur le sol, la bouche en sang, les dents cassées.

— Mange tes morts, cracha le Gitan, qui venait de fracasser le visage de l'imprudent.

En dehors de ces mots, le silence régna dans la pièce pendant l'altercation. Murthy finit par s'approcher de ses agresseurs.

— Donnez-moi vos papiers.

Refroidis, ils capitulèrent. Murthy fit une photocopie des documents et la remit au chef des Gitans.

— La règle est simple : s'il arrive quoi que ce soit à mon père, si sa boutique est incendiée ou sa vitrine détruite, mes amis vous massacreront, même si vous n'y êtes pour rien. Diffusez le message, on ne touche plus à Banerjee. Maintenant, tirez-vous.

Les Eelam Boys s'exécutèrent sans demander leur reste. Murthy remercia chaleureusement les Gitans qui s'éclipsèrent en un clin d'œil. Le sourire aux lèvres, il les regarda partir dans un imposant Porsche Cayenne noir, puis il envoya un SMS à Johnny. Juste deux émoticônes. L'un avec un pouce dressé, et l'autre avec un visage heureux. Dans la foulée, son portable sonna. Il décrocha.

— Oui, baba, tout va bien. D'après ce que j'ai compris, ils ont étrangement renoncé à leur action. Je vais fermer, je te rapporte les clefs.

Murthy nettoya le sol des traces résiduelles de sang, jeta un dernier coup d'œil au commerce avant de verrouiller la porte. Dès qu'il fut dehors, il grimpa sur son scooter et fila chez un tatoueur, un Tamoul prénommé Arasan, qu'il avait connu comme client dans le restaurant de Raj.

— Murthy, ça fait longtemps ! C'est un plaisir de te voir.

Les deux hommes s'exprimaient en hindi.

— Je voudrais que tu me fasses un tatouage discret en haut de mon bras gauche.

— Tu as une idée de motif ou tu souhaites consulter mes catalogues pour t'inspirer ?

— Non, merci, Arasan, je sais déjà ce que je veux. Ganesh, le dieu du commencement.

# Épilogue

Comme il se l'était promis en détention, Murthy acheta un tirage de la photographie de Théo Gosselin, celle de l'homme debout sur le toit de sa voiture dans une station-service aux États-Unis. Il avait également conservé la version découpée par Ethan dans le magazine *Rolling Stones*. Collée à la tête de son lit dans sa cellule, il avait suffi qu'il la regarde pour s'évader hors les murs. Pour Murthy, elle symbolisait la liberté. Et il avait rallié Malini à ce point de vue.

L'année après leur mariage, Murthy se mit à préparer leur voyage de noces. Il se souvenait encore, amusé, des yeux ronds de son épouse quand elle avait découvert le montant du chèque de Johnny.

— Murthy, il ne faut pas l'accepter, tu ne sais pas d'où provient cet argent.

— *Jaanu*[1], ce chèque a été émis par une banque, ne t'inquiète pas. Johnny a gagné une grosse somme à la loterie en Espagne et c'est quelqu'un de généreux. Il n'y a pas de mal à ça, si ?

Une fois la question réglée, la photographie de l'homme sur le toit de la voiture était devenue l'ancrage, le moteur de leur escapade en Amérique. Ils avaient lu des romans, écouté

1. « Ma chérie », en hindi.

de la musique, visionné des road movies, qui les avaient confortés dans le choix de leur destination. Finalement, après avoir obtenu leur diplôme, Murthy estima qu'ils étaient prêts et ils quittèrent Roissy, rêvant d'explorer des États-Unis qui n'existaient que dans leur esprit. « Le rêve fait voyager », disait Malini.

L'avion atterrit à Austin, au Texas. Le jeune couple, chacun équipé d'un sac à dos, grimpa à bord d'un autobus qui les déposa à Georgetown. Exténués, ils s'effondrèrent sur le lit d'un motel.

— Es-tu sûr que ce projet est raisonnable ? s'inquiéta Malini, le lendemain matin.

— Bien sûr, je suis en contact avec le patron depuis des semaines. Et tu vas être étonnée, la rassura Murthy en l'enlaçant tendrement.

Le taxi qu'il avait réservé s'arrêta devant un garage proposant des véhicules d'occasion, « Old School », comme l'indiquait l'enseigne. Le propriétaire les attendait.

— Tout est prêt, suivez-moi.

Malini emboîta le pas à Murthy et à l'Américain. Elle photographia discrètement le bonhomme qui dépassait les cent kilos. Il transpirait, boudiné, dans une chemise jaune à manches courtes, le col fermé par une cravate rouge. Son ventre débordait sur la ceinture invisible de son jean.

Soudain, au détour d'une allée, la voiture apparut. Une Ford LTD marron de 1973, identique en tout point à celle de la photographie de Théo Gosselin. Murthy souriait comme un enfant devant un cadeau du père Noël. *Il est incroyable*, songea Malini en immortalisant ce moment, bien décidée à alimenter son futur carnet de voyage. Murthy fit le tour du véhicule et s'installa au volant.

— Je la prends, lança-t-il.

— On va d'abord s'occuper des papiers, répondit le vendeur avec un clin d'œil.

Le gros type remplit un tas de paperasses. Malini, heureuse, ne quittait pas des yeux son mari.

— Nous en avons terminé. La voiture est révisée, les pneus sont bons, j'ai fait le plein. Elle a beaucoup de kilomètres, c'est une vieille dame, mais vous pouvez partir l'esprit tranquille, elle est fiable. Ça fera trois mille dollars. Comment allez-vous régler ?

— Deux mille cinq cents, rectifia Murthy en posant le mail sur la table. Ce que vous m'aviez écrit. Je paie en espèces.

M. et Mme Banerjee traversèrent le Texas sur des routes secondaires, prenant le temps d'observer les paysages et les gens. Malini photographiait tout. Ils écoutaient constamment de la musique, s'offraient des haltes dans des motels et mangeaient le plus souvent dans des Airstream, ces caravanes en aluminium reconverties en restaurants. Ils se faisaient leur cinéma sur des bandes-son qui les rendaient joyeux et, quand ils connaissaient le morceau, ils chantaient à tue-tête. « *Go, Johnny, go, go, Johnny B. Goode* ». Après le Texas, ils flânèrent au Nouveau-Mexique. Autre musique, autre nourriture, autres motels. Malini photographiait tout, encore et encore.

Cinq mois plus tôt, dans ce même État, sur la CanAm Highway, le conducteur d'un cabriolet Mustang rouge roulait à vitesse réglementaire. Main gauche sur le volant, bras droit posé le long du dossier du siège passager. Dans ses Ray-Ban Aviator se reflétait le ruban gris de l'autoroute. L'autoradio crachait un son des Doors, « Light My Fire », une de ses chansons préférées. Serein et heureux, il avait rajusté sa casquette à l'effigie des New York Yankees et allumé une cigarette avec son Zippo, qu'il avait refermé en claquant le capot.

Loin de s'imaginer cette scène, Murthy s'arrêta dans une station-service sur une route paumée de l'Arizona. Il murmura, rêveur : « Elle ressemble à celle de la photo. »

Un sourire aux lèvres, il gara la Ford devant une des pompes pour faire le plein. Malini, elle, sortit se dégourdir les jambes et laissa les portières de la voiture ouvertes. Dans la lumière chaude de la fin d'après-midi, trois types paisibles buvaient des bières, dehors, appuyés contre la paroi vitrée de la caisse. Casquettes en arrière, chemises à carreaux déboutonnées sur des T-shirts marqués de transpiration, bottes et jeans pleins de poussière, ils discutaient. Malini les observa, puis elle s'avança vers eux. *Ils ont de bonnes têtes, j'aimerais bien les photographier. Je vais leur demander si je peux.*

Les types, soudain, éclatèrent d'un même rire, franc, puissant. Ils désignaient du doigt le spectacle qui se déroulait dans le dos de la jeune femme. L'un d'eux siffla entre ses doigts. Malini se retourna.

Murthy, debout sur le toit de la Ford, tranquille, silencieux, les mains dans les poches, regardait le soleil disparaître à l'horizon. La voix de Willie Nelson résonnait dans les haut-parleurs de la station, « *On the road again* ».

# Remerciements

J'avais en tête l'histoire de Murthy depuis plusieurs années. Trois grands univers ont structuré ce récit.

Le premier est celui du blanchiment de l'argent de la drogue. Sa cohorte de narcotrafiquants, de financiers et de fonctionnaires corrompus génère des sommes astronomiques qui entraînent meurtres et violence et déstabilisent des sociétés. Ce domaine, je le connaissais puisque j'ai dirigé un service à la Direction centrale de la police judiciaire qui luttait précisément contre cette criminalité.

Le deuxième est celui de Murthy, jeune français d'origine indienne, attaché à sa culture. Je tiens à remercier Jérôme Pierrat, écrivain, journaliste et scénariste, avec lequel j'ai arpenté le quartier tamoul et indien du 10^e^ arrondissement de Paris, communément appelé Little Jaffna. Une incursion dans l'Inde et le Sri Lanka, voisins de la gare du Nord, avec leurs dizaines de commerces colorés. Les nombreux échanges que j'ai eus avec les commerçants, les restaurateurs et les écrivains publics ont été enrichissants. Je tiens, aussi, à remercier un photographe indien qui m'a dit : « Mon nom est trop compliqué, je me simplifie la vie en me faisant appeler Vishnou. » Parfait, Vishnou, cela me convient. Cet homme a deux filles, prénommées Héloïse et Camille. Elles ont aussi chacune un prénom indien, Shanti et Malini. « Quand je suis en colère après elles, m'a-t-il confié, je les appelle par leur prénom indien. » En compagnie de Vishnou, j'ai parcouru le quartier tamoul, découvert des échoppes, discuté avec lui de la religion, des croyances, du mariage, et visité des lieux de culte. Passionnant. Aujourd'hui, je retourne parfois là-bas pour déjeuner, ou simplement pour boire un thé, et croiser Murthy.

Le troisième univers est celui de la détention. Là, j'ai une pensée toute particulière pour Jean-Pierre Machain, surveillant-brigadier pénitentiaire, responsable du service des visioconférences judiciaires et de la bibliothèque de la maison d'arrêt de Rouen, historien et auteur spécialisé sur le patrimoine carcéral, la justice et les crimes. Il m'a fourni de précieuses informations sur le fonctionnement d'une bibliothèque et sur le rôle d'un écrivain public en milieu carcéral. Un grand merci, également, à Fabrice Rose, talentueux auteur de romans noirs qui a cumulé vingt ans de détention. Nos conversations entre personnes provenant de mondes opposés ont toujours été captivantes et éclairantes. Je remercie, par ailleurs, les surveillants de l'administration pénitentiaire qui ont souhaité préserver leur anonymat. Leurs « confessions » ont été édifiantes et terribles. Il en est de même pour les détenus récemment libérés que j'ai pu rencontrer et qui, eux aussi sous le couvert de l'anonymat, m'ont livré, sans filtre, leur vie au sein du monde carcéral.

Enfin, je tiens à remercier chaleureusement :

Julie Cartier, directrice de Fleuve Éditions, avec laquelle je partage mes projets et qui me prodigue de précieux conseils tout au long de nos discussions.

Amandine Le Goff, éditrice scrupuleuse. C'est toujours avec grand plaisir que je travaille avec elle, dans les moindres détails, sur la structure du roman. L'histoire s'en trouve enrichie.

Les correctrices, car un roman n'arrive en librairie qu'après être passé au travers des mailles serrées de leurs tamis.

J'en profite d'ailleurs pour préciser que les erreurs et imprécisions qui pourraient apparaître dans ce roman ne sont que de mon fait.

*Composé par Facompo, Montrouge*

#lisez engagé !
www.lisez.com
Pour plus d'information :
Imprimé sur du papier issu de forêts gérées durablement.

CET OUVRAGE
A ÉTÉ ACHEVÉ D'IMPRIMER
SUR ROTO-PAGE
PAR L'IMPRIMERIE FLOCH
À MAYENNE EN SEPTEMBRE 2025

N° d'impression : 107656
N° d'édition : R15664/01
Imprimé en France